Herman Melville

Typee - ein Südsee-Abenteuer

fabula Verlag Hamburg

ISBN: 978-3-95855-465-8
Druck: fabula Verlag Hamburg, 2016
Covergestaltung: Violetta Wegel

Der fabula Verlag Hamburg ist ein Imprint der Diplomica Verlag GmbH.
Bibliografische Information der Deutschen Nationalbibliothek:
Die Deutsche Nationalbibliothek verzeichnet diese Publikation in der Deutschen Nationalbibliografie; detaillierte bibliografische Daten sind im Internet
über http://dnb.d-nb.de abrufbar.

Herman Melville

Typee - Ein Südsee-Abenteuer

Inhalt

Vorwort

Der ewige Entdeckungsdrang der Menschen verlangt stets nach neuen Menschen und Ländern. Ein Kolumbus stieß auf seinem Schiffchen nach Westen vor, und die flache Welt wurde zur göttlichen vollendeten Kugel, einer Schwester der Sonne und der Sterne. Wer entdeckt die Literaturen? Wer erforscht, wer eröffnet neue Gebiete der Phantasie, durchschlägt die dünne, unsichtbare Wand, die Sprache von Sprache trennt, lässt neues Licht, neue Farbe, neue Stimmen und Menschen in einer alten Welt wie in einem feierlichen Zuge wandeln? Oft vergessen die Völker einen großen oder eigenartigen Geist, besonders einen, der unzeitgemäß in der Zeit wirkte. Dann kommt endlich die Generation, die ihn versteht und zu der er sprechen kann, und der Mann erwacht wieder zum Leben und nimmt Unsterblichkeit an. So war es mit Herman Melville, einem der originellsten Dichter, die Amerika jemals gebar. Man hat ihn wieder entdeckt, und das Wunder, das sich in ihm offenbarte, wirkt heute mächtiger als je. Seine Stunde ist gekommen, wie auch die Edgar Allan Poes und Walt Whitmans kam.

Unsere Zeit hat eine neue Magie gebracht. Diese Zeit, in der grellste und wildeste Abenteuer allabendlich im weichen Plüschsessel vor leuchtender Leinwand aus zweiter Hand erlebt werden können – die Abenteuer der anderen, die gedichteten und konstruierten. Die Technik des modernen Verkehrs hat ein neues Pathos geschaffen – das Pathos der Nähe, die Tragik der zusammengeschrumpften Welt. Einige Stunden – und der Luxusmensch, noch vom Duft seiner Salons umgeben, vermag im Urwald spazieren zu gehen.

Die Abenteuer des deutschen Sports, der von der Nachahmung des Fremden ausgehend, zu eigener Form gelangt, ist ein gesunder Ersatz für den Ruhm der Schlachtfeldromantik geworden. Die äußere Welt verengt sich, aber das Reich der echten Erlebnisse dehnt sich ins Unendliche. Da ist das Meer noch offen und uferlos, der Wald steht jungfräulich und voller Geheimnisse da, der Berg hebt sich strahlend in frischem Sonnenglanz wie am ersten Tag.

Dieser unsterblichen Frische und Jugend begegnen wir in der Welt Herman Melvilles. Er ist der Vorgänger der modernen Dichter der unbekannten Weltteile, Meere und Weiten. Er war vor Stevenson, vor Kipling, Conrad und Jack London. Er war der Gefangene dieser Welten, betrat sie aber als Dichter und Entdecker.

Herman Melville war ein Gentleman-Abenteurer aus alter amerikanischer Familie, der das Los eines einfachen Matrosen auf sich nahm. Er war Feuergeist, Dichter und Denker und wurde schließlich nach seinen langen Fahrten Mystiker, denn es floss in ihm von mütterlicher Seite das schwere Blut der Holländer aus dem Stamme Gansevoort. Die bunte Welt, die er auf den farbenprächtigen Inseln der Südsee oder im stahlblauen Reich der Rieseneisberge kennenlernte, hüllte sich kristallhaft in eine leuchtende Metaphysik ein, und der frühere Seemann wurde später zum Faust. Eine solche abenteuerliche, freisinnige und problematische Natur wurde von dem damaligen Amerika nicht verstanden – man sah seine Haltung als eine geistige Verwirrung an. Seine Mitbürger verdammten ihn dazu, als kleiner Zollbeamter seinen Lebensunterhalt im Hafen von New York zu verdienen, wie sie Poe durch die Redaktionsstuben und dann zur Verzweiflung trieben, und den elementaren Whitman in ein Amtszimmer in Washington bürokratisch einsperrten. Er war in seiner Zeit nicht unbekannt und nicht ungeehrt, aber er war vor seiner Zeit, und die englisch sprechende Welt musste ihm erst entgegenreifen.

Jetzt sind die Jahre von ihm abgefallen, und er steht als ein ganz Großer und Eigenartiger da. Durch den tiefen Zug im Wesen dieses Mannes der Tat und durch den Unterton des Übersinnlichen, der in seinen Worten liegt, wird er vielleicht lauter und eindringlicher zum deutschen Geiste reden, als er selbst durch seinen spielerischen Humor, seine phantastische Ironie zum Angelsachsen sprach. Die Magie, die uns in unserer Kindheit aus dem Robinson Crusoe entgegenströmt, ist wieder erwacht.

Herman Melville wurde in New York im Jahre 1819 geboren. Nach dem Tode seines Vaters schiffte er sich mit siebzehn Jahren als Schiffsjunge nach Liverpool ein, mit achtzehn war er Matrose auf dem Walfischfahrer »Acuschnet« aus New Bedford. Nach zwölf Jahren Wanderfahrten, darunter einer Reise auf einem Kriegsschiff »The United States«, ließ er sich als Schriftsteller in New York nieder, siedelte später nach Pittsfield (Massachusetts) über, pflegte eine Freundschaft mit dem Dichter Nathaniel Hawthorne und erlebte seinen literarischen Ruhm, den er dann wieder selbst durch seinen intensiven Individualismus, seinen satirischen Ausfällen gegen die Missionare und seinen zunehmenden Mystizismus vernichtete. So starb er halb vergessen in New York im Jahre 1891.

In diesem Band »Typee« führt uns Melville in das Paradies der königlichen Kannibalen ein, unter denen er gelebt und deren Leben und Wesen er studiert hat. Hier weht uns der Atem einer jungen Urwelt entgegen – in dieser Odyssee lebt wieder der ursprüngliche Zauber der Marquesas-Inseln auf mit seinen herrlichen, braunen Naturkindern und dem goldenen Zeitalter, das jetzt schon längst dem Untergang durch die Seuche der weißen Zivilisation geweiht ist.

Welch' eine Kraft durchströmt, welch ein Feuer durchglüht dieses Werk, das unter seiner eigenen Asche lebendig begraben war! Magisch rollt diese polynesische Welt weiter im Buch »Omoo«, das bald diesem ersten Band in den »Romanen der Welt« folgen wird, um bald darauf von Melvilles Meisterwerk, »Moby Dick« – einem der genialsten und ungeheuerlichsten Werke der modernen Literatur, dem Epos des Kampfes mit dem uralten unheimlichen weißen Walfisch, der in grandioser Dichtung das ganze Leben, die ganze Natur und ihre Kräfte verkörpert, gekrönt zu werden. Manches andere Werk Melvilles ist schon in Vorbereitung. Mit »Typee« sei Herman Melville einem großen deutschen Leserkreis zum ersten Male vorgestellt. Das Schiff dieses Dichters ist nach langer Fahrt endlich in einem neuen Heimathafen eingelaufen. Es bringt eine kostbare Fracht. Und von irgendwoher ertönt eine seltsame Musik, die sich in deutschen Herzen einschleichen wird. Und alle diese Herzen werden fühlen, dass das Schiff ihnen etwas von der Jugend bringt, die das Alter überdauert hat und die dem Frühling einer neuen Welt entstammt.

Herman George Scheffauer

Erstes Kapitel

Sechs Monate auf dem Meer! Ja, Leser, so wahr ich lebe, sechs Monate hatten wir kein Land gesehen, sechs Monate kreuzten wir nach Pottwalen unter der glühenden Sonne des Äquators, auf den Wogen des weithin rollenden Stillen Ozeans hin und her geworfen, den Himmel über uns, das Meer um uns und nichts sonst! Seit Wochen hatten wir keine frische Nahrung mehr, keine süße Kartoffel, nicht eine einzige Yamswurzel. Die herrlichen Bananenbündel, die einst unser Heck und Achterdeck schmückten, waren leider verzehrt! Die wonnigen Orangen, die von den Körben und Stagen hingen, gleichfalls längst dahin! Alles weg und nichts übrig als gesalzenes Pferdefleisch und Schiffszwieback.

Oh, was würden wir für einen erfrischenden Blick auf ein bisschen Gras, für eine Spur, ein Riechen von ein wenig Lehm und Erde gegeben haben! Aber das einzige Grüne, das wir sehen konnten, war die grüngestrichene Innenseite unserer Reling, eine jammervolle, widerliche Farbe, als ob nichts, was an wirkliches frisches Grün erinnerte, soweit vom Lande gedeihen könnte. Selbst die Rinde, die einst an unserem Feuerholz war, hatte das Schwein, das der Kapitän hielt, abgenagt und aufgefressen, und das Schwein selbst war leider seit langem verzehrt.

Der Hühnerstall hatte nur noch einen einzigen einsamen Bewohner, der einst ein kecker und munterer junger Hahn war und sich tapfer unter den scheuen Hennen hielt. Jetzt steht er den ganzen Tag traurig auf einem Bein und wendet sich mit Ekel von dem muffigen Korn ab, das wir ihm vorsetzen können, und dem fauligen Wasser in seinem kleinen Trog. Vielleicht trauert er auch um seine verlorenen Gefährtinnen, die ihm eine nach der anderen entrissen wurden. Aber er wird nicht mehr lange trauern; Mungo, unser schwarzer Koch, sagte mir gestern, dass das Schicksal des armen Pedro besiegelt sei. Sein abgemagerter zäher Körper wird nächsten Sonntag auf dem Tisch des Kapitäns liegen, und vor dem Abend wird er in dem Leibe des Würdigen begraben sein. Niemand hätte es für möglich gehalten, aber die Schiffsmannschaft betet um sein Ende, denn sie sagen, der Kapitän wird den Bug nie nach dem Lande richten, so lange er noch frisches Fleisch an Bord hat. Der unglückliche Hahn ist das letzte Stück, und darum ist nicht einer unter uns, der ihm nicht gerne den Hals umdrehen würde, denn alle haben nur den einen Wunsch, das lebendige Land wiederzusehen. Selbst das alte Schiff sehnt sich danach, noch einmal aus seinen Klüsgatten aufs Land schauen zu können, und mit Recht sagte Jack Lewis neulich zum Kapitän, der seine Steuerführung bemängelte:

»Ja, sehen Sie, Kapitän Vangs«, sagte er keck, »ich bin ein so guter Steuermann, als je einer Hand an die Spaken gelegt; aber niemand kann die Alte mehr steuern. Wir können sie nicht mehr im Kurs halten, Herr; man kann tun was man will, sie fällt ab. Ich kann das Ruder noch so sanft umlegen und ihr zureden und schmeicheln, sie tut's nicht, sie wird bös, sie fällt wieder ab; sie weiß, das Land liegt in Lee und sie will nun mal nicht mehr gegen den Wind angehen.«

Und Jack hat recht, und »Dolly«, das Schiff, hat recht, denn ihre Planken sind auf dem Land gewachsen, und sie fühlt so gut wie wir.

Man sieht es dem armen alten Schiff an, wie es sich nach dem Land sehnt. Es sieht wirklich kläglich aus; der Anstrich, von der glühenden Sonne ausgedörrt, ist überall gesprungen und abgefallen. Es schleppt Tang und Unkraut mit, am Heck kleben die Entenmuscheln wie hässliche Geschwüre; und sooft eine See es in die Höhe hebt, sieht man den Kupferbeschlag abgerissen und in verbeulten und ausgebrochenen Streifen hängen.

Seit einem halben Jahr wird es jetzt ohne einen Augenblick Ruhe auf den Wassern umhergeworfen. Aber nur Mut; es kommt noch anders! Bald liegst du gemütlich in irgendeiner grünen Bucht vor Anker, vor allen Winden geschützt, und nicht weiter vom vergnüglichen Ufer, als einer ein Stück Zwieback werfen kann.

»Hurra, Jungens! Es ist abgemacht, nächste Woche halten wir Kurs auf die Marquesas!«

Die Marquesas! Welche seltsamen Gesichter zaubert der Name herauf! Kokosnusshaine, Korallenriffe, sonnige Täler, mit Brotfruchtbäumen bepflanzt, Bambustempel, geschnitzte Kanus, die auf blitzenden, blauen Wassern dahinschießen, liebliche Mädchen, tätowierte Häuptlinge, wilde Wälder, die von schrecklichen Götzenbildern bewacht sind, heidnische Gebräuche, Menschenopfer und die Feste von Kannibalen. Diese Bilder verfolgten mich, seltsam durcheinandergewirbelt, während unserer Fahrt aus dem Jagdgebiet. Unwiderstehliche Neugier ergriff mich, die Inseln zu sehen, die die alten Reisenden in so glühenden Farben geschildert hatten.

Eine der frühesten europäischen Entdeckungen in der Südsee – im Jahre 1595 zum ersten Mal besucht –, sind sie noch immer von wilden und seltsamen Geschöpfen bewohnt. Als Mendaña nach irgendeinem Goldland kreuzte, waren diese Inseln plötzlich wie ein Zauberbild auf seinem Wasserwege aufgetaucht, und für einen Augenblick glaubte der Spanier, sein schöner Traum sei erfüllt. Zu Ehren des Marques de Mendoza, des damaligen Vizekönigs von Peru, hatte er sie die Marquesas genannt und der Welt bei seiner Rückkehr einen ungewissen Bericht von ihrer Pracht und Schönheit gegeben. Aber Jahre blieben die Inseln ungestört und versanken wieder ins Dunkel der Vergessenheit. Die Missionare segelten an ihrem lieblichen Ufer vorbei und überließen sie ihren Götzen aus Holz und Stein. Hier und da einmal im Laufe eines halben Jahrhunderts störte irgendein abenteuernder Seefahrer ihren Frieden, und so unbekannt waren sie geblieben, dass er, erstaunt über das ungewöhnliche Bild, sich beinahe das Verdienst der Entdeckung zuschrieb.

So weiß man wenig von ihnen; Cook hat sie kaum berührt, und erst in den letzten Jahren sind amerikanische und englische Walfischfänger gelegentlich, wenn ihnen der Vorrat ausging, in den bequemen Hafen eingefahren, der sich in einer der Inseln findet; aber die Furcht vor den Eingeborenen, die Erinnerung an das schreckliche Schicksal, das schon viele weiße Männer dort ereilt hat, schreckte die Mannschaften ab, und sie verkehrten nur so wenig als möglich mit der Bevölkerung, nicht genug, um irgendwelche Kenntnis von ihren Lebensgebräuchen und Sitten zu bekommen. So gibt es keine Inselgruppe im Stillen Ozean, von der trotz der langen Zeit seit ihrer ersten Entdeckung so wenig bekannt ist, wie die Marquesas, und ich freue mich, dass diese meine Erzählung den Schleier ein wenig lüften wird, der auf einem so romantischen und herrlichen Gebiet bisher lag.

Zweites Kapitel

Nie werde ich die achtzehn oder zwanzig Tage vergessen, in denen die leichten Passatwinde uns still auf die Insel zutrieben. Auf der Jagd nach dem Pottwal hatten wir, etwa 20 Grad westlich von den Galapagos, an der Linie gekreuzt; sobald der Kurs nach den Inseln beschlossen war, brauchten wir nichts weiter zu tun, als die Rahen vierkant zu brassen und das Schiff vor dem Winde zu halten, alles andere taten das gute Schiff und die stetige Brise von allein. Der Mann am Ruder brauchte die alte Dame nicht durch überflüssiges Steuern zu belästigen; er machte es sich an der Pinne bequem und schlummerte stundenlang. Die Dolly lief getreulich ihren Kurs, und wie jene braven Leute, die am besten arbeiten, wenn man sie ganz sich selbst überlässt, so schaukelte und schob sich die alte Seeveteranin auf ihrer Fahrt hin.

Wir aber hatten eine wonnige, lässige Zeit der Faulheit und Ruhe. Das Schiff glitt dahin, wir hatten nichts zu tun, was auch durchaus unseren Neigungen entsprach. An der Gaffel war niemand mehr zu sehen. Wir spannten eine Decke über das Vorderkastell und darunter aßen, schliefen und lungerten wir den ganzen langen Tag. Es war, als ob wir Schlafmittel genommen hätten. Selbst die Offiziere achtern, deren Pflicht ihnen gebot, sich nicht zu setzen, solange sie Deckwache hatten, versuchten vergeblich, sich auf ihren Stelzen zu halten. Sie schlossen schließlich ein Kompromiss zwischen Pflicht und Mattigkeit, sie lehnten sich an die Reling und schauten mit leerem Blick in die Weite. Lesen kam gar nicht in Frage; wenn man ein Buch in die Hand nahm, schlief man in der nächsten Minute ein.

Wenn ich auch meistens der allgemeinen Trägheit erlag, gelang es mir doch hier und da, mich aufzuraffen und die Schönheit des Anblicks ringsumher zu genießen. Der Himmel dehnte sich weithin im zartesten Blau; nur fern am Horizont hing eine dünne Draperie bleicher Wolken, die niemals Farbe oder Form änderten. In langen feierlichen Rhythmen, wie mit einem Trauergesang, wogte das Meer um uns, mit unzähligen winzig kleinen Wellen auf der Oberfläche, die im Sonnenschein funkelten. Hier und da sprang eine Schar fliegender Fische, aus dem Wasser unter dem Bug aufgescheucht, in die Luft, um im nächsten Augenblick wie ein silberner Regenschauer ins Meer zu fallen. Man sah den herrlichen weißen Thunfisch mit seinen leuchtenden Flossen durch die Luft schießen und in einem mächtigen Bogen niedersteigend an der Wasserfläche verschwinden. In der Ferne war der Speistrahl eines Walfisches sichtbar, und in der Nähe des Schiffes ein beutegieriger lauernder Hai, dieser gemeine Straßenräuber des Meeres, der aus vorsichtiger Entfernung mit bösen Augen nach uns sah. Bisweilen stießen wir auf irgendein ungestaltes Seeungetüm, das, wenn wir näher kamen, langsam in den blauen Wassern versank und aus dem Gesicht schwand. Aber das merkwürdigste war die fast ungebrochene Stille über Himmel und Meer. Kaum ein Ton war hörbar, außer dem gelegentlichen Schnaufen eines Schwertwals und dem leichten Schlagen des Kielwassers.

Als wir dem Lande näher kamen, zeigten sich unzählige Seevögel, die ich mit Entzücken begrüßte. Laut schreiend und in Spiralen um uns fliegend begleiteten sie das Schiff und ließen sich manchmal auf unseren Rahen und Stagen nieder. Der Vogel, der so räuberisch aussieht und den passenden Namen »Kriegsschiffhabicht« führt, mit seinem blutroten Schnabel und rabenschwarzem Gefieder, umschwebte uns in immer engeren Kreisen, bis wir das seltsame Funkeln seines Auges ganz deutlich sehen konnten; dann, wie befriedigt von dem, was er gesehen, stieg er hoch in die Lüfte und verschwand. Immer deutlicher wurden die Zeichen der Landnähe; und es dauerte nicht mehr lange und wir hörten die frohe Ankündigung von oben mit jenem besonderen langgedehnten Ton, den die Seeleute lieben: »Land ahoi!«

Der Kapitän stürzte aus seiner Kabine an Deck und schrie nach seinem Fernglas; noch lauter brüllte der Maat dem Mann in den Toppen zu: »Wo?« Der schwarze Koch schob seinen wolligen Kopf aus der Kombüse und »Bootsmaat«, der Hund, sprang zwischen den Ohrhölzern in die Höhe und bellte wie verrückt. Land ahoi! Ja, da war es, eine kaum sichtbare unregelmäßige blaue Linie, die den fernen Umriss der gewaltigen Höhen von Nuku Hiva andeutete.

Diese Insel wird zu den Marquesas gerechnet, bildet aber mit Ruka und Ropo eine besondere Gruppe, die man auch die Washington-Gruppe nennt. Sie bilden ein Dreieck und liegen zwischen 8+° 38+" und 9+° 32+" südlicher Breite und 139+° 20+" und 140+° 10+" westlicher Länge von Greenwich. Aber ihre Einwohner sprechen den gleichen Dialekt wie auf den eigentlichen Marquesas, und ihre Gesetze, ihre Religion und Sitten sind die gleichen. Vielleicht hat man ihnen nur deshalb einen besonderen Namen gegeben, weil man von ihrem Dasein nichts ahnte bis zum Jahre 1791, in dem sie von Kapitän Ingraham aus Boston in Massachusetts entdeckt wurden, beinahe zwei Jahrhunderte nach der Entdeckung der Nachbarinseln durch den Agenten des spanischen Vizekönigs.

Nuku Hiva ist die größte dieser Inseln, und die einzige, die oft von Schiffen berührt wird, bekannt und berühmt als der Platz, an dem der abenteuerliche Kapitän Porter während des Krieges von 1812 zwischen England und den Vereinigten Staaten seine Schiffe wieder seetüchtig machte, um von dort aus die gewaltige Flotte von Walfischfängern zu überfallen, die damals in den benachbarten Meeren unter der feindlichen Flagge segelte. Die Insel ist etwa 20 Meilen lang und ungefähr ebenso breit. An der Küste finden sich drei gute Häfen; der größte und beste wird von den Leuten, die dort leben, »Taiohi« genannt; Kapitän Porter taufte ihn »Bai von Massachusetts«. Aber bei den Reisenden und unter den feindlichen Stämmen, die am Ufer der anderen Buchten leben, ist er zumeist unter dem Namen der Insel selbst, »Nuku Hiva« bekannt. Die Einwohner sind durch den Verkehr mit Europäern in letzter Zeit ein wenig verdorben worden, aber was ihre besonderen Sitten und ihre Lebensweise betrifft, sind sie so primitiv und beinahe in dem gleichen Naturzustand geblieben, wie zur Zeit, da die weißen Männer sie zum ersten Mal erblickten. Die feindlichen Stämme, die in den entferntesten Teilen der Insel leben, und nur äußerst selten mit Fremden in Berührung kommen, sind noch völlig unverändert und genau so, wie man sie zuerst kennenlernte.

In der Bucht von Nuku Hiva lag der Ankergrund, nach dem unsere Fahrt ging. Gegen Sonnenuntergang hatten wir den ersten Schimmer der fernen Berge erblickt; die ganze Nacht lief das Schiff vor einer ganz leichten Brise, und am nächsten Morgen sahen wir die Insel dicht vor uns; da aber die Bucht, die wir suchten, an der anderen Seite lag, mussten wir eine Strecke am Ufer entlang segeln; und wir kamen auf dieser Fahrt an blühenden Tälern, tiefen Schluchten, Wasserfällen und wogenden grünen Hainen vorüber, die auftauchten und wieder verschwanden, die zwischen felsigen Vorgebirgen verborgen lagen und jeden Augenblick uns mit neuer Schönheit überraschten.

Wer die Südsee zum ersten Mal besucht, wird von dem Anblick, den die Inseln, vom Meer gesehen, bieten, zumeist überrascht. Aus den ungewissen Berichten, die man von ihrer Schönheit hört, stellen die Menschen sie sich als sanft ansteigende smaragdgrüne Ebenen vor, mit entzückenden schattigen Hainen, durch die murmelnde Bäche laufen und die sich nur wenig über die Fläche des Ozeans erheben.

Die Wirklichkeit sieht ganz anders aus: wilde Felsenküsten, an denen die Brandung mächtig gegen steile Klippen schlägt, und die sich hier und da in tiefen Schluchten öffnen und den Blick auf dichtbewaldete Täler bieten, die durch mit Grasbüscheln bewachsene Gebirgsrücken getrennt sind und von den steilen zerklüfteten Höhen im Inneren sich zur See hin senken, geben den Inseln ihren Charakter.

Gegen Mittag waren wir auf der Höhe des Hafeneingangs angelangt, und endlich glitten wir langsam um das Vorgebirge und fuhren in die Bucht von Nuku Hiva ein. Niemand vermöchte ihre Schönheit zu schildern; aber ich sah ihre Schönheit nicht; ich sah nur die dreifarbige französische Flagge, die am Heck von sechs Fahrzeugen wehte, deren schwere Schiffskörper und bestückte Breitseiten ihren kriegerischen Charakter verkündeten. Da lagen sie in der lieblichen Bucht, und die grünen Höhen am Strand sahen so ruhig auf sie nieder, als missbilligten sie den drohenden Anblick. Nichts schien mir weniger zur Landschaft zu passen als die Gegenwart dieses Geschwaders; aber wir erfuhren bald, was sie hergeführt hatte: Der Konteradmiral Du Petit-Thouars hatte soeben im Namen der unbesiegbaren französischen Nation von der ganzen Inselgruppe Besitz ergriffen!

Wir erfuhren dies von einem höchst merkwürdigen Kerl, einem echten Südseevagabunden, der in einem Walfischboot längsseits kam, sowie wir in die Bai einfuhren, und mit Hilfe einiger Menschenfreunde am Fallreep an Bord gelangte, denn er befand sich in jenem interessanten Stadium der Besoffenheit, in dem der Mensch friedfertig und hilflos ist. Obwohl er völlig außerstande war, sich aufrecht zu halten oder seinen Körper über das Deck zu steuern, erbot er sich doch großherzig, das Schiff nach einem guten und sicheren Ankergrund zu lotsen. Unser Kapitän, der kein großes Vertrauen in seine Fähigkeiten setzte, weigerte sich, ihn als Lotsen anzuerkennen; aber der freundliche Herr war entschlossen, seine Rolle durchzuführen; es gelang ihm mit mühevollem Klettern in das Boot an der Luvseite zu gelangen, dort hielt er sich an einem Segeltuch fest und begann sogleich mit erstaunlichem Wortreichtum und seltsamen Gebärden seine Befehle zu erteilen. Natürlich wurden sie von niemandem befolgt, da es aber ebenso unmöglich war, ihn ruhig zu kriegen, so fuhren wir an den Schiffen des Geschwaders entlang, während der sonderbare Kerl die ganze Zeit angesichts aller französischen Offiziere seine Mätzchen machte.

Später erfuhren wir, dass unser spaßhafter Gast einst Schiffsleutnant in der englischen Marine gewesen war, und in irgendeiner großen Hafenstadt sich irgendetwas hatte zuschulden kommen lassen und darauf desertiert war; dann hatte er sich manches Jahr auf den Südseeinseln umhergetrieben, und da er zufällig gerade in Nuku Hiva war, als die Franzosen von der Insel Besitz ergriffen, war er von der neuen Obrigkeit zum Hafenpiloten ernannt worden.

Während wir langsam tiefer in die Bucht einfuhren, stießen zahlreiche Kanus von den umliegenden Ufern ab, und wir waren bald von einer ganzen Flottille umgeben. Die Wilden darin mühten sich heftig, an Bord unseres Schiffes zu gelangen und stießen einer den anderen bei ihren vergeblichen Versuchen zur Seite. Gelegentlich verfingen sich die vorspringenden Ausleger ihrer leichten Flachboote, wenn sie aneinander fuhren, unter dem Wasser, und die Kanus drohten zu kentern. Dann gab es eine unbeschreibliche Verwirrung. So seltsame Laute und so leidenschaftliche Gebärden hatte ich noch nie im Leben gehört oder gesehen. Es sah ganz so aus, als wenn die Insulaner einander ans Leben wollten. Während sie in der Tat nur in freundlichster Weise ihre Boote frei zu machen suchten.

Zwischen den Kanus, über die Bucht verstreut, sah man überall Kokosnüsse schwimmen, die kreisförmige Gruppen auf dem Wasser bildeten und mit jeder Welle auf- und niederschaukelten. Unerklärlich war, dass diese Kokosnüsse sich alle stetig dem Schiff näherten. Als ich mich neugierig über den Schiffsrand beugte, um das Rätsel zu lösen, und den Kranz von Nüssen, der den anderen am weitesten vorausschwamm, näher ins Auge fasste, da bemerkte ich, das die Nuss in der Mitte von einer ganz merkwürdigen Art war. Sie wirbelte, bewegte sich und tanzte in der seltsamsten Weise zwischen den anderen, und als sie noch näher kam, zeigte sie ein paar Augen, einen kahlgeschorenen Schädel: was ich für eine Frucht gehalten, war der Kopf eines Insulaners, der seine Ware in dieser seltsamen Weise auf den Markt brachte. Die Kokosnüsse waren alle durch teilweise von der Schale losgerissene Streifen ihrer zottigen äußeren Hülle aneinander befestigt und zusammengebunden. In die Mitte des Kranzes steckte der Eigentümer seinen Kopf und trieb sein Kokosnusshalsband durch das Wasser, indem er sich unter der Oberfläche mit den Füßen fortbewegte.

Ich war einigermaßen erstaunt, unter den vielen Eingeborenen, die uns umgaben, nicht ein einziges Frauenzimmer zu sehen. Ich wusste damals noch nicht, dass der Gebrauch von Kanus dem weiblichen Geschlecht auf der ganzen Insel durch ein »Tabu« aufs strengste untersagt ist. Kein Weib darf bei Todesstrafe auch nur ein auf dem Lande befindliches Kanu betreten; die Folge ist, dass eine Marquesas-Dame, die zur See zu reisen wünscht, sich der natürlichen Ruder bedienen muss, die ihrem schönen Leibe angewachsen sind.

Wir waren vom innersten Rande der Bucht nur noch anderthalb Meilen entfernt, als einige Eingeborene, die inzwischen auf die Gefahr, ihre Kanus unter Wasser zu setzen, an Bord geklettert waren, unsere Aufmerksamkeit auf eine seltsame Bewegung im Wasser in unserer Fahrtrichtung lenkten. Zuerst dachte ich, es müsste ein Zug von Fischen sein, die an der Oberfläche spielten, aber unsere wilden Freunde versicherten uns, dass es ein Zug von »Winhinis« (jungen Mäd-

chen) sei, die vom Strande kämen, um uns zu bewillkomm-
nen. Als sie näher kamen und ich sie beobachtete, wie sie sich
in der Flut hoben und senkten, mit der rechten Hand ihren
Lendenschurz aus Tapa übers Wasser hielten und ihr dunkles
langes Haar seitlich im Wasser nachzogen, schienen sie lauter
Seejungfern zu sein; und wie Seejungfern benahmen sie sich
auch.

Wir waren noch in einiger Entfernung vom Strande, in
langsamer Fahrt, als wir mitten unter diese schwimmenden
Nymphen gerieten, die sogleich von allen Seiten an Bord zu
gelangen suchten; die einen hielten sich an die Püttings und
sprangen in die Ketten; andere erfaßten auf die Gefahr, vom
Schiff überrannt zu werden, die Wasserstage und hingen, ihre
schlanken Körper um die Taue windend, in der Luft.

Alle aber kamen zuletzt an der Schiffswand hoch, an die sie
sich klammerten, vom Wasser triefend, vom Bade glühend,
während ihr kohlschwarzes Haar ihnen über die Schultern fiel
und ihre sonst völlig nackten Körper halb umhüllte. Da hingen
sie, funkelnd von wilder Lebenslust, und lachten einander zu
und schwatzten in größter Fröhlichkeit. Dabei waren sie nicht
müßig, sondern alle halfen einander augenblicklich bei ihrer
allerdings höchst einfachen Toilette. Die üppigen Locken
wurden von Schlamm und Tang gesäubert, aufgewunden und
in den kleinsten Raum zusammengepresst, der ganze Körper
sorgfältig getrocknet und mit einem duftenden Öl gesalbt, das
in einer kleinen runden Muschelschale von Hand zu Hand
ging; dann gürteten sie ein paar lose Falten von weißem Tapa
um die Mitte und waren fertig. Nun zögerten sie auch nicht
länger, sondern schwangen sich leicht über die Reling und im
nächsten Augenblick tummelten sie sich lustig über das Ver-
deck. Viele eilten nach dem Vorderschiff und hockten alsbald
wie Vögel auf den Gallionsrelingen oder liefen aufs Bugspriet
hinaus, andere fanden auf der Heckreling Platz oder legten
sich der Länge nach auf die Boote.

Sie waren ein völliges Wunder für mich, alle ganz jung, die Farbe ein helles Braun, mit zartesten Zügen und unsagbar anmutigen Gestalten; die sanft gerundeten Glieder und die freie unbefangene Bewegung, alles ließ sie ebenso seltsam als schön erscheinen.

Die »Dolly« war erobert; und ich muss sagen, dass nie ein Schiff von einer keckeren und unwiderstehlicheren Schar geentert wurde. Das Schiff war genommen, uns blieb nichts übrig, als uns zu ergeben, und während der ganzen Zeit, die sie in der Bucht blieb, war die »Dolly« und ihre Mannschaft vollkommen in der Hand der Seejungfrauen. Am Abend, nachdem wir vor Anker gegangen waren, war das Deck von Laternen beleuchtet und die ganze malerische Schar von Sylphen veranstaltete, blumengeschmückt und in Kleider von buntem Tapa gehüllt, einen Ball in großem Stil. All diese Insulanerinnen tanzen leidenschaftlich, und in ihrer wilden Anmut und dem Geist, möchte ich sagen, der ihren Tanz beseelt, übertreffen sie alles, was ich je gesehen. Die mannigfachen Tänze der Marquesas-Mädchen sind wunderbar schön, aber es liegt eine wollüstige Hingabe darin, die ich nicht beschreiben werde.

Jede Art von Lust und Ausschweifung herrschte auf dem Schiff. Während der ganzen Zeit, die es dort vor Anker blieb, und mit nur sehr kurzen Unterbrechungen überließen sich die Leute, zumeist schändlich besoffen, dem gröbsten Genuss. Ach, um die armen wilden Geschöpfe, die so vollkommen verdorben werden! Sie geben sich natürlich und vertrauend hin und werden von den Europäern, die sie angeblich »zivilisieren«, zu jedem Laster verleitet und reuelos zugrunde gerichtet. Dreimal glücklich jene, die auf irgendeiner noch unentdeckten Insel mitten im Ozean leben und nie in die befleckende Berührung mit dem weißen Mann gekommen sind!

Drittes Kapitel

Unsere Ankunft auf der Insel fand im Sommer 1842 statt, und unser Schiff war noch nicht viele Tage in der Bucht von Nuku Hiva, als ich den Entschluss fasste, es zu verlassen.

Man wird mir glauben, dass meine Gründe zahlreich und gewichtig waren, wenn ich mich lieber unter die wilden Bewohner der Insel wagen als noch eine Fahrt an Bord der »Dolly« mitmachen wollte. Um es in der geraden Seemannssprache zu sagen, ich war entschlossen »auszureißen«. Und da dieses Wort im Allgemeinen eine wenig schmeichelhafte Bedeutung hat, so bin ich es mir wohl selber schuldig, mein Verhalten zu erklären.

Als ich mich für die »Dolly« heuern ließ, unterschrieb ich natürlich die Schiffsartikel und verpflichtete mich dadurch freiwillig und band mich gesetzlich für die volle Dauer der Fahrt; und unter gewöhnlichen Umständen hätte ich meine Pflicht auch erfüllen müssen. Wenn aber ein Teil seine Vertragspflichten nicht erfüllt, wird wohl auch der andere frei. Selbst die in den Schiffsartikeln besonders genannten Bedingungen waren unzählige Male verletzt worden. Die Behandlung an Bord war eine tyrannische; die Kranken wurden in unmenschlicher Weise vernachlässigt; die Nahrung wurde aufs spärlichste zugeteilt, die Kreuzerfahrten sinnlos ausgedehnt und verlängert. Schuld an alledem war der Kapitän, und es wäre töricht gewesen, zu erwarten, dass er sein Verfahren ändern würde. Man konnte nicht gewalttätiger und wilder vorgehen als er. Auf alle Klagen und Vorstellungen hatte er nur eine einzige rasche Antwort, die er mit dem dicken Ende einer Handspake gab, und die den Beschwerdeführer aufs überzeugendste und wirksamste zum Schweigen brachte.

Und wir konnten uns an niemanden um Abhilfe wenden. Gesetz und Recht hatten wir hinter uns gelassen, sobald wir Kap Horn umschifft hatten; die Mannschaft war, mit wenigen Ausnahmen, aus dem gemeinsten und völlig herabgekommenen Gesindel zusammengesetzt, überdies waren sie unter sich in Streit und nur darin einig, dass alle die Tyrannei des Schiffers widerstandslos ertrugen. Es wäre Wahnsinn gewesen, wenn zwei oder drei von uns allein den Versuch gemacht hätten, uns gegen die Missbräuche und Misshandlungen aufzulehnen. Wir würden nur die besondere Rache dessen heraufbeschworen haben, der für uns Herr über Leben und Tod war, und die übrige Mannschaft wäre noch schlimmer behandelt worden.

Schließlich hätten wir das alles eine Weile ausgehalten, wenn wir nur die Hoffnung gehabt hätten, die Reise in vernünftiger Zeit zu vollenden und unserer Sklaverei ledig zu werden. Aber gerade darin waren die Aussichten fürchterlich. Die lange Dauer der Walfischfahrten um Kap Horn ist sprichwörtlich. Häufig dauert so eine Fahrt vier oder fünf Jahre. So mancher junge Kerl mit langem Haar und bloßem Halse, der von Not und Abenteuerlust getrieben, sich in Nantucket einschifft, um, wie er meint, einen vergnüglichen Ausflug nach dem Stillen Ozean zu unternehmen, und dem die besorgte Mutter noch ein paar gut verkorkte Milchflaschen mitgibt, kommt als ein Mann von mittleren Jahren zurück.

Schon die Vorbereitungen für solch eine Expedition können einen erschrecken. Da das Schiff keine Ladung führt, wird der Schiffsraum lediglich mit Vorräten gefüllt. Die Lieferanten sind die Schiffseigentümer, und sie füllen die Speisekammer mit Leckerbissen besonderer Art: hauptsächlich Schnitten von Rind- und Schweinefleisch, die den merkwürdigsten Teilen des Tieres entnommen, sorgfältig eingesalzen und in Fässer verpackt, im Grad der Zähigkeit und des Salzgehaltes wirklich eine unendliche Abwechslung bieten. Sonst allerdings keine. Dazu das feinste alte Wasser in mächtigen Tonnen, das viele Monate lang aufbewahrt wird und von dem jeder an Bord täglich zwei Pinten voll erhält. Ein reicher Vorrat an Schiffszwieback, der vorher schon sorgfältig zu Stein gehärtet wird, offenbar um ihn vor Verfall oder Verderb zu schützen, bietet der Mannschaft einen weiteren Genuss. Die Menge, in der diese herrlichen Nahrungsmittel an Bord gebracht werden, ist unglaublich. Manchmal, wenn ich im Schiffsraum die unendlichen Reihen von Fässern und Tonnen aufgeschichtet sah, die wir im Verlauf der Reise leer essen sollten, verlor ich allen Mut.

Im allgemeinen hört ein Schiff, das kein Glück gehabt und nicht viel Wale getroffen hat, nicht auf, nach ihnen zu kreuzen, bis ihm kaum genug Mundvorrat bleibt, um nach Hause zu gelangen, dann wendet es und macht sich auf die Heimfahrt, wie es eben geht. Es gibt aber Beispiele, in denen besonders hartköpfige Schiffer sich auch davon nicht bewegen ließen, sondern die Frucht ihrer schweren Arbeit in den Häfen von Chile oder Peru gegen neuen Mundvorrat eintauschten und die Reise munter von neuem begannen. Vergeblich schreiben die Reeder ihm dringende Briefe und fordern ihn auf, um ihretwillen das Schiff heimzusteuern, da er offensichtlich keine Ladung schaffen kann. Das kümmert ihn nicht. Er hat ein Gelübde getan: er wird sein Schiff mit gutem Walrat füllen, und wenn es ihm nicht gelingt, niemals mehr Yankeeland ansteuern.

Der Seemannswitz erzählt von einem Walfischfänger, der nach langen Jahren verlorengegeben wurde; das letzte, was man von ihm gehört, war ein unsicherer Bericht, dass er eine jener schwimmenden Inseln in der fernsten Südsee berührte, deren seltsame Wanderungen in jeder neuen Ausgabe der Seekarten sorgfältig verzeichnet werden. Nach langer Zeit hörte man plötzlich wieder, die »Perseverance« – so hieß das Schiff – sei irgendwo am Ende der Welt gesehen worden, wo sie so munter kreuzte wie je, die Segel alle geflickt und mit Kabelgarn gestopft, die Spieren mit alten Röhren verschalt, das Tauwerk ganz verknotet und versplisst. Die Mannschaft bestand aus etwa zwanzig ehrwürdigen alten Teerjacken, die wie Pensionäre aus einem Seemannsheim aussahen und gerade noch über Deck humpeln konnten. Die Enden alles laufenden Guts, mit Ausnahme der Signalfallen und der Treiberschot am Schanzdeck, waren über Blöcke geschoren und führten zu Gang- und Ankerspillen; keine Rahe wurde gebrasst, kein Segel gesetzt, ohne diese Maschinerie zu verwenden. Der Rumpf war mit Muscheln so besetzt, dass er wie in einem Futteral stak. Drei zahme Haie folgten ihr im Kielwasser und wurden aus dem Mülleimer des Schiffkochs gefüttert, dessen Inhalt täglich über den Schiffsrand geleert wurde. Ein mächtiger Zug von weißen und gestreiften Thunfischen folgten ihr auf ihren Fahrten.

Was aus dem Schiff geworden, habe ich nie erfahren; es ist jedenfalls nie heimgekommen; vielleicht wendet es heute noch regelmäßig zweimal in vierundzwanzig Stunden irgendwo auf der Höhe der Buggerryinsel oder der Teufelschwanzspitze.

Angesichts der Dauer dieser Fahrten hatte die unsere erst begonnen, denn wir waren kaum fünfzehn Monate unterwegs; ich sah daher trübe in die Zukunft, umso mehr, als ich immer eine Vorahnung hatte, dass wir Unglück haben würden, und meine Erwartung bisher nur bestätigt worden war. Ich habe auch nachher gehört, als ich nach manchen Abenteuern heimkam, dass das Schiff sich noch auf dem Stillen Ozean befand und wenig Jagderfolg gehabt hatte. Der größte Teil der Mannschaft hatte es verlassen; die ganze Reise dauerte über fünf Jahre.

Ich hatte also beschlossen auszureißen; ein ruhmreiches Unternehmen war dies nicht; ich konnte mich nicht einmal für all das Unrecht rächen, das ich an Bord erfahren hatte, aber was blieb mir übrig?

Ich versuchte zunächst, soviel wie irgend möglich über die Insel und ihre Bewohner zu erfahren, um meinen Plan danach einzurichten. Und ich erfuhr folgendes: die Bucht von Nuku Hiva, in der wir lagen, hat die Form eines Hufeisens; der Umfang beträgt etwa neun Seemeilen. Man fährt durch eine schmale Öffnung ein, zu beiden Seiten der Einfahrt liegen zwei kleine Zwillingsinseln, die kegelförmig aus dem Wasser bis zu einer Höhe von etwa fünfhundert Fuß ansteigen. Dann weicht der Strand beiderseits zurück und beschreibt einen tiefen Halbkreis. Vom Ufer der Bucht steigt das Land nach allen Seiten gleichförmig an, bis es von sanften grünen Hügelabhängen und mäßigen Erhebungen unmerklich sich zu majestätischen Höhen erhebt, deren blaue Umrisse den Blick von allen Seiten schließen. Tiefe Schluchten, die sich in fast gleichmäßigen Entfernungen zum Ufer senken und offenbar alle von einem gemeinsamen Mittelpunkt ausstrahlen, erhöhen die romantische Schönheit der Landschaft. Ihr oberes Ende verliert sich im Schatten der hohen Berge. Durch jedes dieser engen Täler fließt ein klarer Bach, der hier und da über einen Felsen fällt, dann unsichtbar weiterschleicht, bis er in größeren brausenden Wasserfällen wieder sichtbar wird und zuletzt still zum Meere hinab sich schlängelt.

Unregelmäßig in diesen Tälern verstreut, unter schattigen Zweigen der Kokosnussbäume, liegen die Häuser der Eingeborenen, aus gelbem Bambus erbaut, dessen Stäbe mit einer Art von Weidengeflecht geschickt und geschmackvoll verbunden sind. Das Dach besteht aus den langen spitzen Blättern der Zwergpalme.

Von unserem Schiff aus gesehen, das etwa in der Mitte der Reede vor Anker lag, glich die Landschaft um die Bucht einem weiten natürlichen Amphitheater, das in Verfall geraten und mit wildem Wein überwachsen schien, während die tiefen Schluchten ungeheuren Rissen glichen, die durch die zerstörende Wirkung der Zeit entstanden waren. Oft, wenn ich bewundernd vor so viel Schönheit stand, tat es mir leid, dass ein so bezauberndes Bild so vor aller Welt verborgen in jenen fernen Meeren lag.

Außerhalb der Bai ist das Ufer der Insel von vielen Buchten gezahnt, zu denen breite grüne Täler niedersteigen. Sie sind von ebenso vielen verschiedenen wilden Stämmen bewohnt, die zwar verwandte Dialekte der gleichen Sprache sprechen, dieselbe Religion und dieselben Gebräuche haben, aber dennoch seit undenklichen Zeiten in Erbfeindschaft und ewigem Kampfe leben. Die Berge, die sie trennen, und die sich zumeist zwei- bis dreitausend Fuß über dem Meeresspiegel erheben, bilden auch die Grenzen dieser feindlichen Stämme, die sie nie überschreiten, außer um einen Kriegs- oder Beutezug zu unternehmen. Dicht bei Nuku Hiva, nur durch die Berge, die man von der Bucht aus sieht, getrennt, liegt das liebliche Tal von Happar, dessen Bewohner mit denen von Nuku Hiva den freundlichsten Verkehr pflegen. Jenseits von Happar liegt, dicht daran grenzend, ein herrliches Tal, in dem die gefürchteten Typees wohnen, die mit beiden Stämmen in unversöhnlicher Feindschaft leben.

Diese berühmten Krieger flößten den übrigen Inselbewohnern unsagbaren Schrecken ein. Schon ihr Name ist entsetzlich, denn das Wort »Typee« bedeutet in der Marquesas-Sprache »Menschenfresser«. Es ist allerdings sonderbar, dass gerade sie allein diesen Namen erhielten, da die Eingeborenen der ganzen Gruppe unverbesserliche Kannibalen sind. Vielleicht wurde ihnen der Name gegeben, um die besondere Wildheit des Stammes zu kennzeichnen und sie zu brandmarken. Denn die Typees sind auf der ganzen Inselgruppe berüchtigt. Die Eingeborenen von Nuku Hiva schilderten unserer Schiffsmannschaft oft mit lebhaften Gebärden ihre schrecklichen Taten und zeigten uns die Wundnarben, die sie in wilden Kämpfen mit ihnen davongetragen hatten. Wenn wir auf dem Lande waren, versuchten sie uns manchmal zu erschrecken, indem sie auf einen ihrer eigenen Leute zeigten und ihn einen Typee nannten, und wunderten sich, dass wir dann nicht augenblicklich die Flucht ergriffen. Ganz amüsant war zu beobachten, mit welchem Ernst sie alle Neigung zum Kannibalismus ihrerseits leugneten, während sie ihre Feinde, die Typees, einer eingewurzelten Vorliebe für Menschenfleisch bezichtigten; aber darüber werde ich noch öfters zu sprechen Gelegenheit haben. Jedenfalls, obwohl ich überzeugt war, dass die Bewohner der Bucht genauso eingefleischte Kannibalen waren wie die anderen Stämme der Insel, fühlte ich doch einen besonderen und unbeschreiblichen Widerwillen gegen die Typees. Noch ehe ich selbst nach den Marquesas gekommen war, hatte ich von Leuten, die die Gruppe auf früheren Reisen berührt hatten, schauderhafte Geschichten über diese Wilden gehört; noch ganz frisch in meiner Erinnerung stand das Abenteuer des Schiffers der »Katharine«, der erst vor wenigen Monaten, als er sich in einem bewaffneten Boot unvorsichtig in jene Bucht gewagt hatte, um Tauschhandel zu treiben, von den Eingeborenen ergriffen, in ihr Tal geschleppt und vor einem grausamen Tode nur durch ein Mädchen gerettet wurde, das ihm des Nachts zur Flucht den Strand entlang nach Nuku Hiva verhalf.

Ich hatte auch von einem englischen Schiff gehört, das vor vielen Jahren nach einer langen ermüdenden Fahrt den Eingang der Bucht von Nuku Hiva gesucht hatte, und etwa zwei oder drei Meilen von der Küste einem großen Kanu voll von Eingeborenen begegnete, die sich erboten, ihnen den Weg zu zeigen. Der Kapitän, der die Insel nicht kannte, nahm den Vorschlag freudig an; das Kanu paddelte weiter und das Schiff folgte; es wurde nach einer herrlichen Bucht geführt und warf im Schatten des hohen Ufers den Anker aus. Noch in derselben Nacht kamen die treulosen Typees, die sie so in ihre Todesbucht gelockt hatten, zu Hunderten an Bord des verlorenen Schiffs, und auf ein gegebenes Zeichen ermordeten sie die gesamte Besatzung bis auf den letzten Mann.

Viertes Kapitel

Nachdem ich einmal entschlossen war, das Schiff heimlich zu verlassen und alles über die Bucht in Erfahrung gebracht hatte, was ich konnte, überlegte ich meinen Plan. Der unerträglichste Gedanke war mir der, eingefangen und schimpflich wieder aufs Schiff gebracht zu werden; ich wollte daher keinen unüberlegten Schritt tun, der zu solchem Missgeschick hätte führen können.

Ich wusste, dass unser würdiger Kapitän, der um die Wohlfahrt seiner Mannschaft so väterlich besorgt war, es nicht leicht zugegeben hätte, dass einer seiner besten Leute sich den Gefahren eines Aufenthalts unter den barbarischen Eingeborenen der Insel aussetzte. Und ich war völlig sicher, dass er, wenn ich verschwand, viele Ellen herrlich bedruckten Kalikos als Lohn für meine Ergreifung bieten würde. Vielleicht schätzte er meine Dienste sogar bis zur Höhe einer Muskete ein, und dann, das wusste ich, machte sich die ganze Bevölkerung, von einem so herrlichen Preise gelockt, sofort zur Verfolgung auf.

Da mir bekannt war, dass die Insulaner aus Gründen der Vorsicht in den Tiefen der Täler zusammen wohnten und Wanderungen in den Bergen und selbst über die Uferhöhen vermieden, es wäre denn auf gemeinsamen Kriegs- und Beutezügen, so nahm ich an, dass ich unbemerkt in die Berge gelangen und leicht dort bleiben und mich von Früchten nähren könnte, bis das Schiff wieder unter Segel ging. Das aber musste ich sofort wahrnehmen, da ich von oben den ganzen Hafen bequem überschauen konnte.

Dieser Gedanke schien mir praktisch und versprach überdies genussreich zu werden. Wenn ich mir die Freude vorstellte, mit der ich aus einer Höhe von einigen tausend Fuß auf das verhasste alte Schiff heruntersehen und die grüne Landschaft um mich mit ihrem engen Deck und dem düsteren Vorderkastell vergleichen würde – der bloße Gedanke war erfrischend. Ich sah mich bereits unter einem Kokosnussbaum hoch oben in den Bergen sitzen, einen Pisanghain in erreichbarer Nähe, und die Bewegungen des ausfahrenden Schiffes mit kritischen Blicken verfolgen. Allerdings gab es auch Schattenseiten in dem erfreulichen Bild: die Möglichkeit, einer furagierenden Truppe blutgieriger Typees zu begegnen, deren Appetit, von der Höhenluft geschärft, sie zu für mich unangenehmen Maßnahmen veranlassen konnte. Aber dagegen war nichts zu machen. Wenn ich mein Ziel erreichen wollte, musste ich die Gefahr auf mich nehmen; ich rechnete auf meine Geschicklichkeit, in den Bergen hinreichende Verstecke zu finden, um den beutegierigen Kannibalen zu entgehen. Außerdem konnte ich mit einer Wahrscheinlichkeit von zehn zu eins annehmen, dass sie ihre Täler nicht verlassen würden.

Ich hatte beschlossen, meine Absichten keinem meiner Schiffsgenossen mitzuteilen und noch weniger einem zuzureden, dass er mich etwa auf der Flucht begleiten sollte. Dennoch geschah es in einer Nacht auf Deck, da ich meine Pläne überdachte, dass ich einen von der Schiffsmannschaft, offenbar in tiefe Gedanken versunken, sich über die Reling lehnen sah. Es war ein junger Bursche, etwa im gleichen Alter wie ich, der mir immer gut gefallen hatte; und Toby, so nannte er sich unter uns – seinen wirklichen Namen wollte er nie sagen –, verdiente das auch. Er war energisch, entschlossen, gefällig, von unbezwinglichem Mut und ungewöhnlich offen und furchtlos im Reden. Ich hatte ihm mehr als einmal geholfen, wenn er dadurch in Schwierigkeiten gekommen war, und er hatte vielleicht deshalb, oder weil eine gewisse Seelenverwandtschaft zwischen uns bestand, meine Gesellschaft stets bevorzugt. Wir hatten manche lange Wache zusammengesessen und uns die trägen Stunden mit Geplauder, Liedern und Geschichten vertrieben, unterbrochen von manchem kräftigen Fluch auf das üble Geschick, das uns beide betroffen hatte.

Toby hatte offenbar wie ich sich vorher in anderen Kreisen bewegt; sein Gespräch verriet es bisweilen, obschon er es zu verbergen versuchte. Er war einer jener Abenteurer, die man manchmal auf dem Meere trifft, die nie ihre Herkunft verraten, nie eine Anspielung auf ihr Zuhause machen und sich, wie von einem geheimnisvollen Schicksal verfolgt, in der Welt umhertreiben.

Vieles an Toby zog mich an; während das Äußere des größten Teiles der Mannschaft ebenso brutal war wie ihr Wesen, sah er ungewöhnlich gut aus. In seiner blauen Jacke und seinen Hosen aus weißem Segeltuch war er ein so schmucker Seemann, als je einer die Planken eines Verdecks betrat; er war auffällig klein und zierlich, aber außerordentlich kräftig und gelenkig. Seine von Natur aus dunkle Hautfarbe war von der Tropensonne noch mehr gebräunt, sein Haar hing in rabenschwarzen, dichten Locken um die Schläfen und ließ seine großen schwarzen Augen noch dunkler erscheinen. Er war ein seltsamer Mensch und wechselnden Stimmungen unterworfen, launisch, heftig, eigensinnig, melancholisch, zuzeiten fast finster und trübselig. Dabei war er von rasch aufloderndem, feurigem Temperament, und wenn er gründlich gereizt war, ging sein Zorn bis zum Wahnsinn. Ich habe kräftige Burschen, denen es sonst an Mut nicht fehlte, vor diesem zarten Jungen zittern sehen, wenn er einen seiner Wutanfälle hatte. Sie waren indessen nicht häufig und er wurde dabei die Galle los, die ruhigere Leute in beständigen kleinen Ärgernissen ausgeben.

Niemand hat Toby je lachen sehen, wenigstens nicht in herzlicher, freier Lustigkeit. Er lächelte mitunter und besaß

einen trockenen, spöttischen Humor, der bei seinem uner-
schütterlichen Ernst umso wirkungsvoller war.

In der letzten Zeit hatte ich beobachtet, dass seine Traurigkeit zunahm; seit unserer Ankunft in der Bucht hatte ich
ihn oft sehnsüchtig nach dem Ufer schauen sehen, wenn die
übrige Mannschaft sich unten im Schiffsraum ihren wilden
Vergnügungen hingab. Es war mir klar, dass auch er das Schiff
verabscheute, und ich nahm an, dass er eine gute Gelegenheit
zur Flucht gerne benützen würde. Aber der Versuch war an der
Stelle, an der wir uns befanden, so gefährlich, dass ich mich für
den einzigen Mann an Bord hielt, der tollkühn genug war, es
zu wagen. Ich war jedoch im Irrtum. Als ich Toby so in Gedanken versunken über die Reling lehnen sah, kam mir sogleich
der Gedanke, dass er Ähnliches im Sinne haben mochte wie
ich. Und wenn ich einen meiner Schiffsgenossen zum Gefährten der Flucht wünschte, so war er es. Wer weiß, ob es mir
nicht bevorstand, mich in den Bergen wochenlang versteckt
halten zu müssen. Wie angenehm musste dann ein Gefährte
sein! Diese Gedanken schossen rasch durch mein Hirn, und
ich wunderte mich, dass sie mir nicht früher gekommen waren. Es war noch nicht zu spät. Ein freundlicher Schlag auf die
Schulter weckte Toby aus seiner Träumerei; er war bereit, und
wenige Worte genügten uns zur Verständigung. In kaum einer
Stunde hatten wir unseren Plan fertig. Dann verpflichteten wir
uns gegenseitig mit einem freundschaftlichen Handschlag und
begaben uns, um keinen Verdacht zu erwecken, jeder zu seiner Hängematte, um die letzte Nacht an Bord der »Dolly« zu
verbringen.

Am nächsten Tage hatte die Steuerbordwache, zu der wir
beide gehörten, Landurlaub: das war unsere Gelegenheit. Sobald als möglich nach der Landung wollten wir uns unauffällig
von den anderen trennen und sogleich in die Berge fliehen.
Vom Schiff aus gesehen, schienen ihre Gipfel unersteiglich;
aber da und dort zogen sich sanfter geneigte Ausläufer fast bis

ans Meer; sie glichen Strebepfeilern, die den Mittelstock des Gebirges stützten und jene ausstrahlenden Täler bildeten, von denen ich sprach. Einen dieser Kämme, der leichter zugänglich schien als die anderen, beschlossen wir hinaufzuklettern, und wir suchten uns schon vom Schiff aus mit seiner Lage und den Örtlichkeiten möglichst vertraut zu machen, um dann am Ufer den Aufstieg nicht zu verfehlen. Dann wollten wir uns solange verborgen halten, bis das Schiff die Bucht verließ, hierauf versuchen, welche Aufnahme wir bei den Eingeborenen von Nuku Hiva finden würden, und solange auf der Insel bleiben, wie wir den Aufenthalt angenehm fanden, um sie später bei der ersten günstigen Gelegenheit zu verlassen.

Fünftes Kapitel

Früh am nächsten Morgen stand die Steuerbordwache auf dem Achterdeck gereiht und der Kapitän hielt vom Kajüten-gang aus folgende Ansprache:

»Nun, Leute, da wir sechs Monate Kreuzerfahrt hinter uns haben und der größte Teil der Arbeit im Hafen getan ist, nehme ich an, dass ihr an Land gehen wollt. Gut, eure Wache soll heute Urlaub haben, und sobald ihr wollt, könnt ihr euch fertigmachen und gehen. Aber wohlverstanden, ich gebe euch Urlaub, weil ihr brummen würdet wie alte Kanoniere, wenn ich es nicht täte; wenn ihr aber meinem Rat folgt, so bleibt jeder Mutter Sohn an Bord und geht den blutigen Kanniba-len aus dem Wege. Denn zehn zu eins, Leute, wenn ihr an den Strand geht, werdet ihr in irgendeine höllische Streiterei kom-men, und dann ist's aus mit euch; denn wenn die tätowierten Halunken euch nur ein kleines Stück in ihr Tal hineinkriegen können, dann fangen sie euch ab, des könnt ihr gewiss sein. Viele weiße Männer sind hier ans Land gegangen, und man hat sie nie wiedergesehen. Erst vor zwei Jahren ist die alte ›Dido‹ hier eingelaufen und eine Wache ging auf Urlaub; eine Woche lang hörte man nichts von ihnen, die Eingeborenen schwuren, sie wüssten von nichts; nur drei von ihnen kamen je wieder an Bord, und dem einen war das Gesicht für immer entstellt, denn die verfluchten Heiden hatten ihm einen breiten Fleck hineintätowiert. Aber ich sehe schon, es ist zwecklos zu reden, denn ihr wollt ans Land; ich will euch also nur noch das eine sagen: meine Schuld ist's nicht, wenn die Kerle euch fressen. Vielleicht kommt ihr noch durch, wenn ihr in der Nähe des französischen Lagers bleibt und vor Sonnenuntergang wieder an Bord seid. Denkt daran, wenn ihr auch alles andere, was ich euch jetzt gesagt, vergesst. Also los, rührt euch und macht euch klar zum Anlaufen! Nach zwei Glasen wird ein Boot bemannt, um euch an Land zu setzen, und Gott sei euch gnädig!«

Die Steuerbordwache hörte diese Rede schweigend an. Aber auf den Gesichtern drückten sich die verschiedensten Empfindungen aus. Sogleich nachher strömten alle nach dem Vorderkastell und machten sich trotz der Warnungen des Schiffers bereit. Über seine Rede sprachen sie sich recht offen aus; einer nannte ihn ein verfluchtes Lügenmaul und elenden Sohn eines Seekochs, der einem Kerl die wenigen Stunden Urlaub nicht gönnte; mit einem Fluch rief er: »Aber mich bringst du nicht darum, alter Kerl, mit all deinem Garn; und wenn jede Scholle am Ufer eine glühende Kohle wäre, und jeder Stock ein Bratspieß und die Kannibalen bereit stünden, mich gleich beim Landen zu rösten, ich ginge doch!«

Alle waren der gleichen Meinung, und wir beschlossen, uns trotz dem Gekrächze des Schiffers einen herrlichen Tag zu machen.

Toby und ich jedoch, die unser eigenes Spiel spielen wollten, nutzten die Verwirrung, die immer in einer Schiffsmannschaft herrscht, bevor an Land gegangen wird, um zu beraten und unsere Vorbereitungen zu treffen. Da wir so rasch als möglich in die Berge wollten, beschlossen wir, nichts Überflüssiges mitzunehmen. Daher kamen wir, während die übrigen sich schmuck machten, in festen neuen Segeltuchhosen, tüchtigen Schuhen und schweren Havrejacken und einem Paytahut.

Als die anderen sich darüber wunderten, sagte Toby in seiner drollig-ernsthaften Art, sie könnten machen, was sie wollten, er aber hebe seinen guten Landanzug für die spanische Küste auf, wo es auf einen besseren Matrosenknoten ankommen könnte; für einen Haufen unbehoster Heiden werde er seinen Koffer nicht umstürzen; eigentlich hätte er Lust, selbst bloß mit seiner Haut bekleidet unter sie zu gehen. Die Leute hielten dies für einen seiner komischen Einfälle und lachten nur. Wir hätten uns ihnen nicht anvertrauen dürfen; es waren einige unter ihnen, die, wenn sie nur die leiseste Ahnung von unserem Vorhaben gehabt hätten, es für die geringste Hoffnung auf Lohn augenblicklich dem Kapitän mitgeteilt hätten.

Sowie zwei Glasen schlugen, erhielten die für den Urlaub bestimmten Leute Befehl, sich ins Boot zu begeben. Ich verweilte einen Augenblick im Vorderkastell, um einen Abschiedsblick darauf zu werfen, und eben, als ich auf Deck gehen wollte, fiel mein Blick auf die Brotback und die Fleischschüssel, die die Reste unserer letzten eiligen Mahlzeit enthielten. Obschon ich nie vorher daran gedacht hatte, uns für unseren Weg mit Nahrungsmitteln zu versehen, weil ich mich vollkommen auf die Baumfrüchte der Insel verließ, konnte ich jetzt doch nicht der Versuchung widerstehen, einen Teil dieser Reste für die nächste Mahlzeit mitzunehmen. Ich fasste also zwei Handvoll des kleinen, zerbröckelten, steinharten Zwiebacks, den man »Seekadettennüsse« nennt, und barg sie im Bausch meiner Jacke, in dem ich bereits vorher mehrere Pfund Tabak und ein paar Ellen Baumwolltuch untergebracht hatte, Dinge, mit denen ich mir das Wohlwollen der Eingeborenen zu erkaufen gedachte, wenn wir nach der Abfahrt des Schiffes uns unter sie begaben. Die etwas auffallende Anschwellung, die durch den letzten Nachschub entstand, verringerte ich, indem ich die Brotbröckel rund um mich herumschüttelte und auch die Tabakklumpen besser verteilte.

Ich war kaum damit fertig, als ein Dutzend Stimmen meinen Namen rief; ich eilte auf Deck, wo ich alle schon im Boot fand, ungeduldig abzustoßen. Ich ließ mich über den Schiffsrand hinab und nahm mit den übrigen unserer Wache auf den Achtersitzen Platz, während die armen Backbordleute ihre Riemen einlegten und uns an den Strand zu pullen begannen.

Es war just die Regenzeit auf den Inseln, und den ganzen Morgen hatte einer jener schweren Schauer gedroht, die in dieser Zeit so häufig sind. Bald nachdem wir das Schiff verlassen hatten, fielen große Tropfen klatschend aufs Wasser, und als wir landeten, goss es in Strömen. Wir suchten unter dem Dach eines ungeheuren Bootshauses Schutz, das hart am Strand stand, und wollten die erste Wut des Wetters vorübergehen lassen.

Es hörte indessen nicht auf; das einförmige Aufschlagen des Regens über uns begann die Leute schläfrig zu machen, sie warfen sich hier und da auf die großen Kriegskanus, schwatzten noch eine Weile und schliefen dann sämtlich ein.

Das bot uns die erwünschte Gelegenheit; wir schlichen uns aus dem Kanuhause und flohen in die Tiefe eines ziemlich ausgedehnten Palmenhains, der hinter ihm lag. Nach zehn Minuten schnellsten Gehens kamen wir an eine offene Stelle, von der aus wir den Rücken, den wir ersteigen wollten, trüb durch den Nebel des tropischen Regens erkennen konnten; die Entfernung dahin schätzten wir auf etwas über eine Meile. Der gerade Weg hätte uns durch einen ziemlich bevölkerten Teil der Bucht geführt; da wir jedoch den Eingeborenen ausweichen und ungesehen und unbehelligt in die Berge gelangen wollten, so beschlossen wir, lieber einen Umweg durch das Dickicht zu machen.

Der schwere Regen fiel unaufhörlich weiter und begünstigte unser Unternehmen; denn die Inselbewohner hielten sich alle in ihren Häusern, und wir begegneten niemandem. Unsere dicken Jacken waren bald vom Wasser durchtränkt, und ihr Gewicht und das der Sachen, die wir darunter versteckt hatten, hinderte uns nicht wenig. Aber wir eilten weiter, denn wir fürchteten jeden Augenblick von einer Schar von Wilden überrascht zu werden und unser Unternehmen gleich im Beginn aufgeben zu müssen.

Nach dem Verlassen des Bootshauses hatten wir kaum eine Silbe miteinander gesprochen, aber als wir jetzt eine zweite schmale Lichtung im Wald erreichten und den Hügelrücken wieder vor uns sahen, fasste ich Toby am Arm, wies nach seinem ansteigenden Kamm bis zu den mächtigen Höhen am oberen Ende und sagte leise: »Jetzt, Toby, kein Wort, keinen Blick zurück, bis wir da droben auf dem Gipfel stehen; jetzt so schnell als möglich vorwärts, und in ein paar Stunden können wir lachen. Du bist der Leichtere und der Gewandtere, also geh du voran, und ich folge.«

»Recht, Bruder«, sagte Toby, »schnell sein heißt die Parole, aber wir wollen uns dicht aneinanderhalten.« Und nachdem er das gesagt hatte, setzte er mit einem Sprung wie ein junges Reh über einen Bach, der quer über unseren Weg lief, und eilte vorwärts.

Als wir nicht mehr weit vorn Kamm entfernt waren, stießen wir auf ein Hindernis: hohes gelbes Rohr wuchs vor uns, so zäh und fest wie stählerne Ruten und so dicht, als es überhaupt beisammenstehen konnte; und zu unserem Leidwesen sahen wir, dass es den Abhang bis etwa in halber Höhe bedeckte.

Vergeblich sahen wir uns nach einem Weg um; wir mussten erkennen, dass uns nichts übrigblieb, als durch dieses Rohrdickicht zu dringen. Nun übernahm ich als der Schwerere die Führung, um uns einen Weg zu bahnen, und Toby folgte. Zuerst versuchte ich mich zwischen den Halmen durchzuzwängen, sie beiseite zu biegen, es gleichsam in Güte zu versuchen; aber ebenso gut hätte ein Ochsenfrosch seinen Weg durch die Zähne eines Haarkamms nehmen können, und ich gab es verzweifelt wieder auf. Wütend über ein so unerwartetes Hindernis, warf ich mich dagegen und drückte das Rohr nieder, trat über die liegenden Halme und wiederholte dann das gleiche Manöver. So drangen wir ein wenig in das Dickicht ein; nach zwanzig Minuten war ich ganz erschöpft, und Toby, der mir bisher einfach gefolgt war, übernahm die Führung. Aber sein schlanker Körper machte nicht viel Eindruck, und so musste ich wieder an die Front. Der Schweiß brach uns in Strömen aus, unsere Kleider wie unsere Haut waren von den scharfen absplitternden Bruchstücken des Rohrs zerrissen und zerfetzt. Wir waren bis etwa in die Mitte des Dickichts gekommen, als der Regen plötzlich aufhörte und die Atmosphäre unerträglich schwül und erstickend wurde. Elastisch wie das Rohr war, richtete es sich alsbald wieder auf und umschloss uns von allen Seiten, sodass die Luftlosigkeit uns zu ersticken drohte. Es wuchs auch so hoch, dass wir gar keinen Ausblick hatten und nicht einmal wussten, ob wir nicht die ganze Zeit uns nach der falschen Richtung bewegten.

Ich war völlig übermüdet und stand keuchend da, unfähig, irgendetwas zu tun. Ich rollte den Ärmel meiner Jacke auf und drückte das Regenwasser daraus in meinen ausgetrockneten Mund. Aber die wenigen Tropfen halfen mir nicht viel, und einen Augenblick warf ich mich gleichgültig und mutlos hin; da hatte Toby einen Einfall, der uns Luft machte. Er zog sein großes Messer aus der Scheide und mähte damit die Halme rechts und links ab wie ein Schnitter, sodass bald eine Lichtung um uns entstand. Von diesem Anblick belebt, zog ich auch mein Messer und schlug erbarmungslos um mich. Aber ach, je weiter wir eindrangen, desto dichter und höher wuchs das Rohr, und das Dickicht schien endlos. Ich begann schon zu glauben, dass wir hoffnungslos in die Falle gegangen und ohne Flügel nie wieder herauskommen würden, als ich plötzlich durch das Rohrdickicht rechts von mir Licht sah. Nun mähten wir beide mit frischen Kräften weiter, öffneten uns einen Weg und waren im Freien und ganz nahe am Kamm.

Wir ruhten einige Augenblicke aus, dann erreichten wir nach einigem tüchtigen Klettern die Höhe. Wir gingen aber nicht den Kamm entlang, auf dem die Wilden im Tal uns hätten von unten sehen und, wenn sie gewollt, uns leicht an irgendeiner Stelle den Weg abschneiden können, sondern wir krochen vorsichtig am Abhang entlang, wo das hohe Gras uns verbarg, durch das wir wie zwei Schlangen glitten. Als wir uns etwa eine Stunde in dieser unbequemen Weise fortbewegt hatten, erhoben wir uns und schritten kühn über den Grat weiter. Es war einer der Ausläufer der Höhen, die die Bucht umschlossen; er erhob sich in scharfem Winkel aus den Tälern an seinem Fuß und bildete, von einigen steilen Stellen abgesehen, eine weite schiefe Ebene, die von den entfernten Höhen zum Meer niederstieg. Wir hatten ihn beinahe an seinem Ende, wo er am niedrigsten war, bestiegen, und unser Weg nach den Bergen ging deutlich den Kamm entlang, der mit einem Teppich von sanftem Grün bedeckt und an vielen Stellen nur wenige Fuß breit war.

Stolz auf den bisherigen Erfolg und gestärkt von der frischen Luft, die wir atmeten, eilten Toby und ich rasch und wohlgemut aufwärts, als wir plötzlich aus den Tälern, die zu beiden Seiten unter uns lagen, das ferne Geschrei der Eingeborenen hörten, die uns eben entdeckt hatten; unsere Gestalten, die sich scharf vom Himmel abhoben, mussten ihnen ganz deutlich sichtbar sein. Wir sahen sie unten aufgeregt hin und her eilen; sie erschienen uns wie winzige Zwerge, und ihre weißen blätterbedeckten Wohnungen sahen wie Puppenhäuser aus. Wir fühlten uns sicher; selbst wenn sie an eine Verfolgung gedacht hätten, musste sie bei dem Vorsprung, den wir hatten, ergebnislos bleiben, es wäre denn, sie verfolgten uns bis in die Berge, und das, wussten wir wohl, wagten sie nicht. Immerhin wollten wir die Zeit nutzen und liefen, wo der Boden es gestattete, rasch die Höhe entlang, bis ein steiler Fels uns Halt zu gebieten schien. Aber mit harter Kletterarbeit, bei der wir mehrmals Gefahr liefen, den Hals zu brechen, überstiegen wir ihn und setzten unsere Flucht fort.

Wir hatten den Strand am frühen Morgen verlassen, und nach ununterbrochenem, manchmal schwierigem und gefährlichem Steigen standen wir, etwa drei Stunden vor Sonnenuntergang, auf einem Gipfel, der der höchste der Insel zu sein schien. Es war ein ungeheurer überhängender Basaltfelsen, der mit Schmarotzerpflanzen bewachsen war. Wir mussten uns mehr als dreitausend Fuß über Seehöhe befinden, und die Landschaft, die wir erblickten, war von unerhörter Herrlichkeit.

Die einsame Bucht von Nuku Hiva, auf der wie schwarze kleine Flecken die Schiffe des französischen Geschwaders zu sehen waren, lag am Fuß der sie kreisförmig umgebenden Höhen; ihre grünenden Abhänge, von tiefen Schluchten durchbrochen, die mit lachenden Tälern abwechselten, boten den lieblichsten Anblick; wenn ich hundert Jahre alt würde, das Gefühl entzückter Bewunderung, das ich damals empfand, würde ich niemals vergessen.

Sechstes Kapitel

Ich war nun nicht wenig neugierig, was wir auf der anderen Seite der Höhen sehen würden; ich hatte wie Toby erwartet, dass, sowie wir den Gipfel erreichten, wir sogleich die weiten Buchten von Happar und Typee auf der anderen Seite zu unseren Füßen sehen würden, so wie Nuku Hiva vor uns ausgebreitet lag. Aber wir erlebten eine Enttäuschung. Während wir gedacht hatten, dass der Berg, den wir erstiegen, auf der anderen Seite sich in breiten Tälern zum Meer senken würde, schienen wir auf einem Hochland zu sein, das sich weit vor uns erstreckte und das, soweit das Auge reichte, aus einer Reihe von Kämmen und steilen Klüften dazwischen bestand; die jähen Wände waren vom glänzendsten Grün bedeckt, während hier und da das dichtere Laub eines Waldstreifens sich zeigte; nur dass wir nirgends jene Bäume fanden, auf deren Früchte wir so sicher gerechnet hatten. Das war eine höchst unerwartete Entdeckung, die unseren ganzen Plan zum Scheitern zu bringen drohte; denn wir konnten nicht daran denken, noch einmal nach Nuku Hiva hinabzusteigen, um uns mit Nahrung zu versorgen. Wir wären zweifellos Eingeborenen begegnet, die, wenn sie nichts Schlimmeres taten, uns sicherlich aufs Schiff zurückgebracht hätten, um die Belohnung, die der Schiffer zweifellos dafür ausgesetzt hatte, zu verdienen.

Was sollten wir tun? Es konnten noch zehn Tage vergehen, ehe die »Dolly« absegelte, und wie sollten wir inzwischen leben? Bitter bereute ich unsere Unvorsichtigkeit, dass wir uns nicht hinreichend mit Zwieback versehen hatten, was uns doch so leicht gewesen wäre. Mit kläglicher Miene dachte ich an die spärliche Handvoll Brot, die ich in den Bausch meiner Jacke gestopft hatte. Ich schlug Toby vor, allen Vorrat, den wir aus dem Schiff mitgebracht hatten, gemeinsam zu untersuchen. Wir setzten uns ins Gras; ich sah, dass auch er seine Jacke ähnlich angefüllt hatte wie ich die meine, und bat ihn zu beginnen. Er schob die Hand hinein und brachte zunächst ein Pfund Tabak zum Vorschein, das einen festen Klumpen bildete, an dem außen die weichen Brotkrümel klebten. Zudem war es so triefend nass, als ob er es gerade vom Seegrund geholt hätte. Es war für uns im Augenblick ganz ohne Wert, und ich fragte eifrig, welche Nahrungsmittel er bei sich hätte; er griff noch einmal unter die Jacke und brachte eine kleine Handvoll von etwas, das so weich, schwammig und farblos war, dass wir zunächst beide nicht wussten, was sich da im Innern seiner Jacke gebildet hatte. Es war ein Gemisch von aufgeweichtem Brot und Tabak, von Schweiß und Regenwasser so getränkt, dass es eine zähe Masse bildete. So widerwärtig es zu anderer Zeit gewesen wäre, jetzt erschien es uns unschätzbar, und mit größter Sorgfalt legte ich diese Teigmasse auf ein breites Blatt, das ich von einem Busch neben uns abgerissen hatte. Toby hatte am Morgen zwei Zwiebackstücke eingesteckt, um, wenn er Lust bekäme, während der Flucht daran zu kauen; aus diesen war die merkwürdige Masse entstanden, die ich eben auf das Blatt gelegt hatte.

Ein weiterer Griff in die Jacke brachte vier oder fünf Ellen bedruckten Kalikos zum Vorschein, dessen hübsches Muster durch gelbe Tabakflecke einigermaßen entstellt war. Wie Toby den Stoff so zollweise hervorzog, sah er aus wie ein Taschenspieler, der endloses Band produziert. Dann kam ein kleiner Matrosenbeutel mit Nadeln, Zwirn und anderem Nähzeug; dann ein Rasierzeug und noch zwei oder drei Klumpen Tabak, die am Grunde der nun geleerten Jacke lagen.

Als ich an meine eigenen Vorräte ging, fand ich sie in einer ebenso traurigen Verfassung und zu einer Quantität verringert, die für einen Hungrigen, der nichts gegen Tabak einzuwenden hatte, ein halbes Dutzend Bissen gegeben hätte: ein paar Stücke Brot, ein oder zwei Faden weißen Wolltuchs und mehrere Pfund Tabakrollen war alles, was ich hatte.

Aus dem Stoff und dem Tabak machten wir ein festes Bündel, das wir abwechselnd tragen wollten. Mit den traurigen Überbleibseln des Zwiebacks gingen wir nicht so summarisch um; wir fühlten, dass unser Schicksal von ihnen abhing. Eine kurze Erörterung ergab, dass wir beide völlig entschlossen waren, vor der Abfahrt des Schiffes nicht nach Nuku Hiva zurückzukehren. Ich schnitt daher das Brot in sechs gleiche Teile, dann nahm ich mein seidenes Halstuch ab, zerschnitt es gleichfalls und wickelte die sechs Brotstücke, die je eine Tagesration für uns beide bilden sollten, hinein. Toby wollte erst die Tabakkrümel, die an der teigigen Masse hafteten, davon ablesen, aber diese Feinschmeckerei, bei der die Quantität gelitten hätte, schien mir nicht zeitgemäß, und ich ließ sie nicht zu. Eine Tagesration war kaum mehr als ein Esslöffel voll. Die sechs kleinen Seidenpakete vertraute ich Toby mit vielen Mahnungen und Warnungen an. Da wir heute schon ein Frühstück hinter uns hatten, beschlossen wir, den Rest des Tages zu fasten.

Wir erhoben uns wieder und sahen uns nach einem geschützten Lagerplatz für die Nacht um, die nach dem Aussehen des Himmels stürmisch und dunkel zu werden versprach. Da wir in der Nähe keine geeignete Stelle fanden, kehrten wir Nuku Hiva den Rücken und begannen die andere Seite des Berges zu erforschen.

Soweit das Auge reichte, sahen wir kein Zeichen von Leben, nichts, das auch nur die vorübergehende Anwesenheit eines Menschen hätte erkennen lassen. Die ganze Landschaft schien eine vollkommene Einöde und das Innere der Insel offenbar unbewohnt seit dem ersten Schöpfungstage. Und wie wir so durch die Wildnis schritten, klangen unsere eigenen Stimmen seltsam in unseren Ohren, als ob menschliche Töne noch niemals die furchtbare Stille der Gegend aufgestört hätten, in der nur das leise Rauschen ferner Wasserfälle vernehmbar war.

Dass wir die verschiedenen Früchte nicht fanden, an denen wir uns während unseres Aufenthalts in der Wildnis zu laben gedacht hatten, schmerzte uns nicht so sehr, weil eben darum auch die Gefahr einer zufälligen Begegnung mit den wilden Stämmen verringert wurde, die, wie wir wussten, sich stets im Schatten der fruchtspendenden Bäume aufhielten. Wir wanderten daher weiter, in jeden Busch spähend, an dem wir vorüberkamen, bis ich, gerade als wir einen der vielen Kämme erstiegen hatten, von denen die Höhe durchzogen war, im Grase einen undeutlichen Fußweg sah, der den Kamm entlang zu führen und sich mit ihm in eine tiefe Schlucht zu senken schien, die etwa eine halbe Meile vor uns sichtbar war.

Sicherlich war Robinson Crusoe über die unerwarteten Fußspuren im Sande nicht mehr erschrocken als wir bei dieser unerwünschten Entdeckung. Mein erster Impuls war, so rasch als möglich umzukehren und eine andere Richtung einzuschlagen, aber die Neugier trieb uns, dem Pfad zu folgen, um zu sehen, wohin er führte. Je weiter wir schritten, desto deutlicher wurde er, bis er uns an den Rand der Schlucht führte, wo er plötzlich ein Ende nahm.

»Es scheint also«, sagte Toby, in den Abgrund spähend, »dass jeder, der auf diesem Weg geht, hier hinunterspringt?«

»Nicht doch«, sagte ich, »ich glaube, man könnte auch so hinunterkommen; was meinst du, sollen wir es versuchen?«

»Und was, bei allen Höllengruben, können wir denn da unten tun, als uns den Hals brechen? Das Loch sieht schwärzer aus als unser Schiffsraum, und das Brüllen der Wasserfälle da unten könnte einem das Hirn zerbrechen.«

»Nein, nein«, rief ich lachend, »etwas muss drunten los sein, sonst wäre hier kein Weg, und ich möchte ausfindig machen, was es ist.«

»Ich werde dir etwas sagen, mein netter Junge«, erwiderte Toby, »wenn du hier überall hineingucken willst, wo deine Neugier erweckt wird, so wirst du unglaublich schnell eins über den Schädel bekommen; es ist todsicher, dass du bei deinen Entdeckungsreisen auf einen Haufen Wilder stoßen wirst, und ich zweifle, ob dir das besondere Freude machen würde. Hör' einmal auf meinen Rat; wir wollen wenden und in eine andere Richtung steuern; außerdem wird es spät, und wir müssen uns irgendwo über Nacht vor Anker legen.«

»Gerade daran denke ich«, erwiderte ich, »und ich meine, diese Schlucht ist gerade das richtige, sie ist geräumig, abgeschlossen, mit Wasser versehen und kann uns vor dem Wetter schützen.«

»Ja, und auch vor Schlaf, und außerdem werden wir uns Heiserkeit und Rheumatismus drin holen«, rief Toby, dem die Sache offenbar nicht gefiel.

»Oh, ganz gut, mein Junge«, sagte ich, »wenn du mich nicht begleiten willst, gehe ich eben allein. Auf Wiedersehen morgen früh!« Damit trat ich an den Felsrand und begann mich an den dichten und verworrenen Wurzeln, die aus allen Spalten der Felswand hingen, hinunterzulassen. Wie ich vorausgesehen hatte, folgte Toby trotz seinem Widerspruch meinem Beispiel; mit der Behändigkeit eines Eichhörnchens ließ er sich von Vorsprung zu Vorsprung fallen, sodass er mich schnell überholte und am Grunde war, ehe ich zwei Drittel des Abstiegs vollbracht hatte.

Den Anblick, der sich uns bot, werde ich nie vergessen. Fünf schäumende Bäche, die durch ebenso viele Schluchten brachen, vom Regen geschwellt und reißend geworden, vereinigten sich in einem wahnsinnigen Sturz von nahezu achtzig Fuß Höhe; mit wildem Tosen fielen sie in einen tiefen schwarzen Teich, den sie aus den düsteren Felsen, die ringsumher gehäuft lagen, ausgewaschen hatten, und schossen von da aus in einer gemeinsamen Masse einen engen abschüssigen Gang hinab, der ins Innere der Erde zu führen schien. Zu Häupten hingen gewaltige Baumwurzeln von den Wänden der Schlucht herab, die von Feuchtigkeit troffen und infolge der donnernden Erschütterung des Wasserfalls beständig zitterten. Es war Sonnenuntergang, und das ungewisse schwache Licht, das in diese Höhlen und Waldestiefen drang, erhöhte ihr seltsames Aussehen noch und erinnerte uns daran, dass wir bald in tiefer Finsternis sein mussten.

Ich wunderte mich nur, dass das, was ein Weg schien, uns an einen so sonderbaren Ort geführt haben sollte, und ich begann zu vermuten, dass es vielleicht doch eine Täuschung gewesen war, als ich einen von den Inselbewohnern ausgetretenen Pfad zu sehen glaubte. Dieser Gedanke war uns sehr angenehm, umso weniger brauchten wir zu fürchten, zufällig auf sie zu stoßen, und ich kam auf den Einfall, dass wir hier das sicherste Versteck gefunden hatten. Toby war der gleichen Meinung, und wir begannen die herumliegenden Äste zusammenzutragen, um uns eine Art Schutzhütte für die Nacht zu errichten. Wir mussten sie dicht am Fuß des Wasserfalls anlegen, weil der Strom die Schlucht fast ausfüllte. Die wenigen Augenblicke, die wir noch Licht hatten, verwendeten wir dazu, unser Dach mit einem Gras aus flachen Halmen zu bedecken, das aus jeder Spalte der Felsen wuchs. Unsere Hütte, wenn man sie so nennen konnte, bestand aus sechs oder acht möglichst geraden Ästen, die wir schief gegen die steile Felswand gelehnt hatten, die unteren Enden nur einen Fuß vom Wasserlauf entfernt. In den so abgedeckten Raum krochen wir hinein und brachten unsere müden Glieder darin unter, so gut es eben ging.

Es war eine schauerliche Nacht. Toby sprach kaum ein Wort; die ganze lange Nacht lag er vor Kälte zitternd, die Knie zum Kinn hinaufgezogen, den Rücken an die triefende Felswand gelehnt. Der Regen brach sogleich wieder in solchen Strömen los, dass unser Schutzdach einfach lächerlich wurde. Vergeblich suchte ich dem eindringenden Wasser zu entgehen; brachte ich eine Stelle in Sicherheit, so wurde die andere umso mehr durchnässt. Ich bin im Leben oft getaucht worden, und es hat mir nie viel ausgemacht; aber die Schrecken dieser Nacht, die Todeskälte, die furchtbare Finsternis und das unheimliche Gefühl vollkommener Verlassenheit raubten mir fast allen Mut.

Sobald ich nur den schwächsten Schimmer von Tageslicht bemerkte, schüttelte ich meinen Gefährten am Arm und sagte ihm, es sei Sonnenaufgang. Der arme Toby hob den Kopf und sagte nach einer Weile mit heiserer Stimme: »Dann, Maat, sind meine Oberlichter ausgegangen, denn es scheint mir bei offenen Augen noch dunkler als bei geschlossenen.«

»Unsinn!«, rief ich, »Du bist nur noch nicht recht wach.«

»Wach!«, brüllte Toby in Wut, »Wach! Wagst du vielleicht zu behaupten, dass ich geschlafen habe? Es ist eine unerhörte Zumutung, dass ein Mensch an einem solchen Ort schlafen könnte.«

Ich entschuldigte mich bei meinem Freunde, dass ich sein Schweigen missverstanden; es wurde etwas heller, und wir krochen aus unserer Lagerstatt. Der Regen hatte aufgehört, aber alles um uns troff von Feuchtigkeit. Wir zogen unsere durchnässten Kleider ab und wanden sie aus, so gut es ging. Wir rieben unsere erstarrten Glieder kräftig mit den Händen, dass das Blut wieder in Umlauf kam, und nachdem wir uns im Strome gewaschen und unsere noch nassen Kleider wieder angezogen hatten, gingen wir daran, unser langes Fasten zu unterbrechen. Wir hatten vierundzwanzig Stunden nichts genossen.

Eine Tagesration wurde hervorgeholt, wir setzten uns auf ein Felsstück, teilten die Ration in gleiche Teile, wickelten den einen für den Abend ein, teilten den Rest in möglichst gleiche Hälften und losten darum. Ich hätte meinen Bissen auf einen Finger legen können, dennoch kaute ich sorgfältig zehn Minuten daran, ehe ich das letzte Stückchen verschluckte.

»Hunger ist der beste Koch.« Das winzige bisschen Nahrung hatte einen Wohlgeschmack, wie ihn der feinste Braten nicht besser hätte haben können. Ein tüchtiger Schluck von dem reinen Wasser, das zu unseren Füßen floss, vollendete die Mahlzeit, dann standen wir wirklich erfrischt auf und bereiteten uns zu weiteren Abenteuern vor.

Zunächst untersuchten wir die Schlucht sorgfältig, in der wir die Nacht verbracht hatten. Wir durchschritten den Wasserlauf, sodass wir an die andere Seite des dunklen Teiches gelangten, und fanden dort Beweise, dass der Ort kurz vorher von Menschen besucht worden war. Bei weiterer Beobachtung erkannten wir, dass er regelmäßig besucht sein musste, und wir schlossen später aus besonderen Anzeichen, dass die Eingeborenen sich hier eine Wurzel holten, aus der sie eine Salbe gewannen.

Diese Entdeckung bewog uns, den Platz sofort zu verlassen, den wir ja nur der Sicherheit wegen aufgesucht hatten; sonst war er wahrhaftig nicht verlockend. Nach einigem Ausschauen fanden wir eine gangbare Stelle, und nach halbstündiger Mühe waren wir wieder auf der Höhe des Felsens, von der wir am Abend vorher niedergestiegen waren.

Ich machte nun den Vorschlag, dass wir, anstatt durch die Insel zu irren und uns jeden Augenblick einer Entdeckung auszusetzen, uns irgendeinen Platz zum Wohnsitz für so lange Zeit, wie unsere Nahrung reichte, wählen, eine bequeme Hütte bauen und so vorsichtig wie möglich zu Werke gehen sollten. Mein Gefährte war einverstanden.

Wir untersuchten nun erfolglos eine kleine Senkung in unserer Nähe, überschritten mehrere der Kämme und befanden uns gegen Mittag beim Aufstieg über einem weiten Abhang; aber einen geeigneten Platz hatten wir nicht gefunden. Schwere, tiefe Wolken verkündeten ein nahes Unwetter, und wir beeilten uns, wenigstens in einem dichten Gebüsch Schutz zu finden, das wir am Ende der Steigung sahen. An der

Windseite dieser Büsche warfen wir uns nieder, bedeckten uns so gut wie möglich mit dem langen Grase, das umherwuchs, und erwarteten den Schauer. Der kam aber nicht so bald, wie wir gedacht hatten, und nach wenigen Minuten war mein Kamerad fest eingeschlafen. Ich war allmählich auch im Begriff, in glückliche Vergessenheit zu versinken, als der Regen mit einer Heftigkeit niederstürzte, die jeden Gedanken an Schlummer verscheuchte. Wieder wurden unsere Kleider vollkommen durchnässt; dies war ärgerlich genug, nachdem wir uns solche Mühe gegeben hatten, sie zu trocknen. Aber da war nichts zu tun. Und ich rate allen abenteuerlichen Jünglingen, die in der Regenzeit auf romantischen Inseln ihr Schiff verlassen, sich mit wasserdichten Mänteln und Regenschirmen zu versehen.

Nach einer Stunde war der Schauer vorüber. Mein Kamerad hatte die ganze Zeit geschlafen oder schien doch zu schlafen, und ich hatte nicht das Herz, ihn zu wecken. Ich lag auf dem Rücken, die Glieder im hohen Gras, die belaubten Zweige über mir, und dachte. Da begannen sich die Folgen der vergangenen Nacht zu zeigen. Ich fühlte abwechselnd kalte Schauer und heißes Fieber, während mir das eine Bein so anschwoll und solche Schmerzen verursachte, dass ich beinahe vermutete, es müsse irgendein giftiges Tier mich gebissen haben, das die Schlucht bewohnte. Ich möchte hier bemerken, dass, wie ich später erfuhr, alle Polynesischen Inseln gleich Irland im Rufe stehen, keine Giftschlangen zu beherbergen.

Da das Fieber zunahm und ich meinen schlummernden Gefährten nicht stören wollte, rückte ich zwei oder drei Ellen von ihm fort. Dabei schob ich zufällig einen Zweig zur Seite, und dadurch enthüllte sich mir plötzlich ein Anblick, den ich heute noch mit aller Lebhaftigkeit vor mir sehe. Ein Blick ins Paradies hätte mich nicht mehr entzücken können. Ich sah in die Tiefe eines Tales hinab, das sich in langen Hügelwellen bis zu den fernen blauen Wassern hinzog. Auf halbem Wege zum

Meer leuchteten die mit Blättern der Zwergpalme bedeckten Häuser der Einwohner da und dort aus dem Grün; ihre Dächer hatte die Sonne zu blendendem Weiß gebleicht. Das Tal war über drei Meilen lang und an der weitesten Stelle etwa eine Meile breit. Zu beiden Seiten war es von steilen grünen Abhängen eingeschlossen, die sich nahe der Stelle, an der ich lag, vereinten und einen steilen Halbkreis von grasbewachsenen Felsen und viel hundert Fuß tiefen Abgründen bildeten, über die zahllose kleine Wasserfälle niederschossen. Aber die krönende Schönheit der Landschaft war ihr leuchtendes Grün, das den Zauber Polynesiens bildet. Überall unter mir, vom Fuß des Abgrunds, an dessen Rand ich ahnungslos geruht hatte, bis zum Ozean wogte ein grünes Meer. Dazwischen hingen die schweigenden Wasserfälle wie zarte silberne Fäden an der Bergwand und verloren sich unten in dem reichen Teppich des Tales. Über dem Ganzen lag die tiefste Ruhe, die ich fast zu stören fürchtete, als könnte wie in einem Märchen der geringste Laut den Zauber verschwinden machen. Lange Zeit vergaß ich meine Lage und die Nähe meines schlafenden Freundes und lag und blickte um mich und begriff kaum, wie ich dazu gekommen war, all diese Herrlichkeit zu schauen.

Siebentes Kapitel

Als ich mich von meinem Erstaunen erholt hatte, weckte ich Toby und sagte ihm, welche Entdeckung ich gemacht hatte. Zusammen eilten wir an den Rand des Abgrunds, und er war nicht weniger entzückt als ich. Einiges Nachdenken sagte uns schließlich, dass wir nicht so überrascht zu sein brauchten, da die weiten Täler von Happar und Typee, die diesseits von Nuku Hiva lagen und die tief ins Land eindrangen, ungefähr hier endigen mussten. Die Frage war nur, welches der beiden Täler wir vor uns hatten. Toby war überzeugt, dass es das von Happar sein müsste, während ich behauptete, es müsse von ihren Feinden, den wilden Typees, bewohnt sein. Nicht, dass ich völlig sicher gewesen wäre, aber Tobys Vorschlag, sogleich ins Tal hinabzusteigen und die Gastfreundschaft der Bewohner in Anspruch zu nehmen, schien mir so gefahrvoll, dass ich schon deshalb widersprach. Die Frage war von äußerster Wichtigkeit, denn die Eingeborenen von Happar lebten in friedlichen und freundlichen Beziehungen zu denen von Nuku Hiva und standen im Ruf der Menschlichkeit, sodass wir bei ihnen eine freundliche Aufnahme, zum mindesten aber eine Unterkunft für die Dauer unseres Aufenthalts erwarten konnten. Dagegen flößte mir der Name Typee einen wahren Schrecken ein. Uns freiwillig in die Hände dieser grausamen Wilden zu begeben, schien mir Wahnsinn, und der Gedanke, uns in Ungewissheit, von welchem Stamm das Tal bewohnt war, hineinzuwagen, nicht minder.

Toby jedoch konnte der Verlockung nicht widerstehen, die das Tal mit seinem Reichtum an Früchten und sonstigen

Genüssen für ihn hatte, und blieb bei seiner unvernünftigen Ansicht, die nicht zu erschüttern war. Vergeblich sagte ich ihm, dass wir nichts wissen konnten, und wenn wir voreilig hinabstiegen, vielleicht dem schrecklichsten Schicksal entgegengingen und unseren Irrtum zu spät einsehen würden. Er fand unsere gegenwärtige Lage und die Leiden und Schrecken der Einsamkeit nicht weniger bitter.

Um ihn abzulenken, wies ich ihm einen unbewaldeten Strich des Landes, der sich von den Höhen ins Tal vor uns senkte. Ich machte ihn auf die Möglichkeit aufmerksam, dass vielleicht jenseits dieses Kammes ein unbewohntes fruchtbares Tal lag, in dem wir vielleicht bequem bleiben konnten; denn dass es solche auf der Insel gab, hatte ich gehört.

Darauf ging er ein, und wir begannen sogleich einen Weg zu suchen; aber es blieb uns keine Wahl: vor uns lagen nur steile Kämme, mit dunklen Schluchten dazwischen, über die der Weg nach jenem Tal führte. Sie alle mussten wir übersteigen und durchqueren.

So schwer der Weg schien, beschlossen wir ihn dennoch zu versuchen, obwohl ich noch vom Fieber geschüttelt und mein Bein fast lahm war. Dazu kam die Schwäche infolge der mageren Kost, ein Ungemach, das Toby mit mir teilte. Aber eben darum sehnte ich mich, einen Ort zu erreichen, der uns Ruhe und Fülle versprach, ehe mein Zustand mich völlig unbeweglich machte. Wir begannen also sogleich die fast senkrechte Wand der nächsten Schlucht hinabzusteigen, die, steil und eng, überall von rohrartigen Halmen starrte. Es gab nur eine Art hinabzukommen. Wir setzten uns und glitten abwärts, uns am Rohr festhaltend. Das ging so schnell, dass wir bald an eine Stelle kamen, an der wir wieder die Beine gebrauchen konnten, und in kurzer Zeit am Ufer des Baches standen, der wild durch die Tiefe der Schlucht schoss. Wir erfrischten uns an einem Trunk aus dem eisigen Wasser und mussten dann an der anderen Seite der Schlucht ebenso hoch wieder hinaufklettern, was uns umso weniger Freude machte, als diese senkrechte Art zu wandern uns um keine hundert Ellen dem Ziel näher brachte. Doch so bitter dies war, wir setzten unseren mühevollen Weg mit großer Geduld fort und hatten nach anderthalb Stunden dieses Schneckengangs etwa die halbe Entfernung durchmessen, als das Fieber, das inzwischen aufgehört hatte, mit größter Heftigkeit wiederkehrte. Zugleich empfand ich so wütenden Durst, dass Toby mich nur mit Mühe und Bitten davon abhielt, die Felsenwand, die wir eben erklommen hatten, wieder hinunterzueilen, um von dem Wasser, das verlockend unten floss, zu trinken. Alles andere war mir gleichgültig geworden. Es gibt eben in der Welt keinen so unwiderstehlichen Trieb wie rasenden Durst. Toby stellte mir vor, wie bald wir am Gipfel sein würden, von dem aus wir nur fünf Minuten zum Wasser im nächsten Tale haben mussten, während keiner von uns die Energie haben würde, noch einmal heraufzuklettern, wenn wir wieder in der Tiefe wären und die steile Wand nochmals vor uns hätten.

Dies musste ich einsehen. Wir kletterten weiter und erreichten endlich den Gipfel der zweiten Erhöhung, die die höchste unter den parallelen Wänden zwischen uns und dem Tale, nach dem wir strebten, war. Von hier konnten wir die ganze Strecke übersehen, die uns noch von ihm trennte, und was ich sah, brachte mich zur Verzweiflung. Soweit das Auge reichte, nichts als dunkle, schreckliche Abgründe, die durch scharfgratige steile Kämme getrennt waren. Hätten wir von Gipfel zu Gipfel schreiten können, die Sache wäre leicht gewesen; so aber mussten wir in jeden Abgrund hinunter und an jeder der Wände wieder emporklettern. Selbst Toby, der nicht krank war, wie ich, fühlte seinen Mut sinken.

Aber wir hielten uns nicht lange mit dem Schauen auf, ich war zu ungeduldig, an die Wasser des Gießbaches zu gelangen, der in der Tiefe vor uns floss. Mit einer Gleichgültigkeit gegen die Gefahr, die mich noch heute schaudern macht, stürzten wir uns geradezu in den Abgrund; endloses Echo aus den Schluchten brach die Stille, da bei unserem Klettern fortwährend Steine und Felsstückchen in die Tiefe rollten; wir achteten nicht darauf, wie unsicher wir Fuß fassen konnten, noch ob die dünnen Zweige und Wurzeln, an denen wir uns festhielten, unser Gewicht eine Weile trugen oder verräterisch dem Griffe nachgaben. Was mich betrifft, so weiß ich kaum, ob ich die Wand hinunterfiel oder ob die furchtbare Schnelligkeit unseres Abstiegs mein Wille war.

In wenigen Minuten hatten wir den Grund der Schlucht erreicht; auf einen schmalen Rand triefenden Gesteins hinkniend, beugte ich mich über den Bach, und nach Genuss lechzend, tauchte ich die Lippen in das klare Element. Aber wenn die Äpfel Sodoms sich in meinem Munde zu Asche gewandelt hätten, der Widerwille und die Veränderung hätten nicht plötzlicher und stärker sein können. Beim ersten Tropfen schien jeder Blutstropfen in meinen Adern zu erstarren; das Fieber, das in mir gebrannt hatte, wich tödlichem Frost, der mich immer wieder schüttelte, während der Schweiß, der von der vorhergehenden Anstrengung auf meiner Stirne stand, zu eisigen Perlen wurde. Mein Durst war vorbei; ich sprang auf, der Anblick der feuchten Felsen, von denen aus jeder Spalte Wasser troff, und der dunkle Strom, der in dem unheimlichen Grunde dahinschoß, verursachten mir neue Schüttelfröste, und ich fühlte ein ebenso unbezwingliches Verlangen, wieder ans warme Sonnenlicht emporzuklettern, wie vorher in die Schlucht hinabzusteigen.

Nach zwei Stunden gefährlichen Klimmens standen wir auf dem Gipfel des nächsten Rückens, und ich konnte es kaum glauben, dass wir aus dem schwarzen und gähnenden Spalt kamen, der zu unseren Füßen klaffte. Aber der Ausblick von der Höhe war völlig niederdrückend. Es war ganz unmöglich, den Weg in gleicher Weise fortzusetzen, und ich gab den Gedanken auf, das Tal, von dem wir durch so viele Hindernisse getrennt waren, zu erreichen. Und doch wusste ich keinen anderen Weg für uns.

Nach Nuku Hiva zurückzukehren, solange wir nicht wussten, dass das Schiff fort war, dachten wir keinen Augenblick; es wäre auch fraglich gewesen, ob wir es erreicht hätten, nachdem wir einmal so weit entfernt waren, und ob wir den Rückweg gefunden hätten. Aber der bloße Gedanke, dass all die furchtbare Anstrengung umsonst gewesen sein sollte, war uns unerträglich.

So stiegen wir denn wieder an der entgegengesetzten Seite der eben erklommenen Höhe nieder, obgleich wir nicht wussten, was wir damit erreichen wollten. Denn den Plan, der uns bis hierher gelockt, hatten wir stillschweigend aufgegeben. Es brauchte keines Wortes, wir lasen es einer in dem verzagten Ausdruck des anderen. Am Ende dieses beschwerlichen Tages standen wir in der Tiefe der dritten Schlucht, völlig unfähig, uns weiterzubewegen, ehe wir uns einigermaßen durch Essen und Ruhe gestärkt hatten. Wir setzten uns an die erträglichste Stelle, die wir fanden, und Toby zog das sorgfältig geschonte Päckchen aus dem Bausch seiner Jacke. Schweigend nahmen wir den schmalen Bissen zu uns, der von unserer Frühmahlzeit übrig war; dann standen wir auf und gingen daran, uns wieder eine Schutzhütte zu errichten, unter der wir den so notwendigen Schlaf zu finden hofften.

Zum Glück war die Stelle etwas günstiger als die, an der wir die letzte elende Nacht verbracht hatten. Wir reinigten ein kleines, aber fast ebenes Stück des Bodens von den hohen Rohrhalmen, die darauf wuchsen, und flochten sie zu einer korbähnlichen Hüttenwand und einem Dach zusammen, die wir mit einer Fülle langer und dicker Blätter von einem nahen Baum bedeckten. Wir ließen nur eine kleine Öffnung frei, die uns gerade gestattete, hineinzukriechen.

Diese tiefen Schluchten sind zwar vor den Winden geschützt, die oben auf den Kämmen tosen, aber so kalt und feucht, wie man es in diesem Klima nicht für möglich halten würde; da wir nur unsere Wolljacken und dünnen Segeltuchhosen hatten, pflückten wir alle Blätter ab, die wir erreichen konnten, und häuften sie in der Hütte auf dem Boden und über dem Geflecht an, um uns so warm wie möglich zu halten. In dieser Nacht hinderte mich nur der Schmerz in meinen Beinen am Schlaf. Immerhin schlummerte ich zwei- oder dreimal ein, während Toby neben mir sich eines so gesunden Schlafes erfreute, als ob er in den feinsten Leinwandbetten gelegen hätte. Zum Glück regnete es nicht, und dieses Elend wenigstens blieb uns erspart.

Am Morgen weckte mich die volltönende Stimme meines Reisegefährten, der mir in die Ohren schrie und mich aufstehen hieß. Ich kroch aus meinem Blätterhaufen hervor und staunte, wie eine Nachtruhe ihn verändert hatte. Er war munter und fröhlich wie ein junger Vogel und beschwichtigte seinen Morgenhunger, indem er die weiche Rinde eines zarten Zweiges kaute, den er in der Hand hielt, und empfahl mir das gleiche zu tun, da es ein herrliches Mittel gegen den nagenden Hunger sei.

Ich fühlte mich zwar wohler als am Abend vorher, aber der Anblick des Gliedes, das mir in den letzten vierundzwanzig Stunden solche Schmerzen verursacht hatte, machte mich besorgt. Um die gute Laune Tobys nicht zu stören, bezwang ich mich und rief ihm vergnügt zu, das Frühstück zu bereiten, während ich mich am Bache wusch. Dann schluckten wir die Bissen, die uns für diesen Morgen zukamen, oder vielmehr wir sogen an ihnen solange wie irgend möglich, und berieten, was wir tun sollten.

»Wir müssen einfach in das Tal hinabsteigen, das wir gestern sahen«, sagte Toby so laut und kräftig, als ob er heimlich einen Rinderbraten im nächsten Gebüsch verzehrt hätte. »Was sollen wir denn sonst tun? Wenn wir hier bleiben, müssen wir verhungern; und deine Furcht vor den Typees ist sicher unsinnig. Die Bewohner einer so wunderschönen Gegend können nicht anders als gute Menschen sein; und wenn du in einer dieser triefenden Höhlen zu verhungern vorziehst, ich wage mich lieber auf alle Gefahr ins Tal hinab.«

»Und wer soll uns den Weg dahin zeigen«, fragte ich, »selbst wenn wir uns dazu entschließen? Sollen wir etwa die Abgründe und Kämme, über die wir gestern gekommen sind, noch einmal hinauf- und hinuntersteigen, bis wir an die Stelle kommen, von der wir ausgegangen sind, und dann von dort etwa ins Tal hinunterspringen oder fliegen?«

»Wirklich, daran habe ich nicht gedacht«, sagte Toby, »ja freilich, zu beiden Seiten des Tales waren ja wohl steile Wände?«

»Jawohl«, gab ich zur Antwort, »so steil wie die Seiten eines Kriegsschiffes und hundertmal so hoch.«

Toby ließ den Kopf auf die Brust sinken und saß eine Weile tief in Gedanken. Plötzlich sprang er auf, während seine Augen leuchteten, als wäre ihm ein glänzender Einfall gekommen.

»Ja, ja, ich hab's«, rief er aus, »die Wasser fließen alle in der gleichen Richtung und müssen notwendigerweise ins Tal kommen, bevor Sie ans Meer gelangen; wir brauchen also nur dem Bach hier zu folgen, und früher oder später muss er ins Tal führen.«

»Da hast du recht, Toby«, rief ich, »da hast du recht; und es muss uns schnell hinabführen, weil das Bett so steil ist.«

»Ja, so ist es«, brach er los, überglücklich, dass ich ihm recht gab, »es ist klar wie der Tag. Also los; gehen wir gleich, lass deine dummen Gedanken von den Typees fahren, und ein Hoch dem schönen Tal von Happar!«

»Ich sehe schon, mein Lieber, du willst es einmal so haben; Gott gebe, dass du dich nicht täuschest«, bemerkte ich kopfschüttelnd.

»Amen, Amen!«, schrie Toby, »Aber es ist Happar und muss Happar sein. Ein so herrliches Tal, solche Wälder von

Brotfruchtbäumen, solche Haine von Kokosnusspalmen, solch eine Wildnis von Guajavabüschen! Ah, Maat, bleib nicht zurück, ich vergehe vor Gier nach all diesen herrlichen Früchten. Komm, komm, sei munter, vorwärts! Kümmere dich nicht um die Felsen, stoß sie beiseite wie ich; und morgen, alter Junge, mein Wort darauf, sitzen wir im Klee. Komm! Vorwärts!« Und damit stürzte er wie wahnsinnig die Schlucht entlang und vergaß völlig, dass ich unmöglich Schritt halten konnte. Nach wenigen Minuten war er jedoch bereits ruhiger geworden und hielt eine Weile an, sodass ich ihn einholte.

Achtes Kapitel

Seine furchtlose Zuversicht war ansteckend, und auch ich begann zu glauben, dass das Tal, in das wir stiegen, das von Happar sein müsse. Immerhin wurde ich auf dem Wege durch diese düstere Einöde eine gewisse Besorgnis nicht los. Wir kamen anfangs ziemlich leicht vorwärts, aber allmählich wurde es immer schwieriger. Das Bett des Wasserlaufs war voll von abgebrochenen Felsstücken, die von oben niedergestürzt waren und lauter Hindernisse für seinen reißenden Lauf bildeten. Die Wasser schäumten um sie herum, wurden gelegentlich zu kleinen Wasserfällen, schossen in tiefe Becken oder tosten wild auf die Steine nieder.

Die Schlucht war so eng und ihre Wände so steil, dass wir gezwungen waren, durchs Wasser zu waten; und jeden Augenblick stolperten wir über die Hindernisse des Bodens oder verfingen uns in mächtigen Baumwurzeln. Noch lästiger war uns eine Menge gebogener Äste, die beinahe waagerecht aus beiden Wänden hervorschossen und sich über der Wasserfläche zu einem phantastischen Gewirr vereinten und durcheinanderflochten, sodass wir nur gebückt unter ihren niedrigen Bogen hindurchkommen konnten. Dabei mussten wir auf Händen und Füßen kriechen, und rutschten oft auf dem schlüpfrigen Felsboden aus oder glitten plötzlich in unvermutete Tiefen und hatten kaum genug Tageslicht, um zu sehen, wo wir gingen. Dann stießen wir wieder mit dem Kopfe gegen einen Ast, und während wir die verletzte Stelle rieben, fielen wir schon auf scharfkantige Felsstücke, schlugen und schnitten uns blutig und lagen im Bachbett, dessen Wasser mitleidslos über uns weg strömte. Dennoch kämpften wir uns mannhaft vorwärts; wir wussten, dass vor uns die einzige Hoffnung lag.

Gegen Sonnenuntergang erreichten wir eine Stelle, an der wir übernachten wollten. Wir machten uns eine Hütte, ähnlich wie in der vorigen Nacht, krochen hinein und versuchten unsere Leiden zu vergessen. Toby schlief, glaube ich, recht gut; aber ich fühlte mich am Morgen, als wir uns aus dem Unterstand herauswälzten, beinahe unfähig, den Weg fortzusetzen. Als Heilmittel empfahl mir Toby, den Inhalt eines unserer kleinen Seidenpäckchen auf einmal zu nehmen. Aber darauf ging ich nicht ein; so nahmen wir den üblichen Bissen und setzten schweigend unsere Reise fort. Es war der vierte Tag, seitdem wir Nuku Hiva verlassen, und der Hunger wurde unerträglich. Um ihn zu stillen, kauten wir wieder die zarte Rinde der Wurzeln und Zweige; wenn sie uns keine Nahrung gaben, hatten sie wenigstens einen angenehmen Geschmack.

In dem steilen Wasserlauf kamen wir natürlich nur langsam vorwärts, und gegen Mittag hatten wir kaum mehr als eine Meile zurückgelegt. Um diese Zeit wurde das Brausen stürzender Wasser, das wir schon am frühen Morgen von ferne vernommen hatten, lauter, und es dauerte nicht lange, da standen wir an einem Felsenabgrund von beinahe hundert Fuß Tiefe, der so breit war wie die Schlucht, und über den das wilde Wasser in einem einzigen Sturz hinabfloss. Zu beiden Seiten waren nur die steilen Wände des Felsenspalts, über dem Fall wie unterhalb des Falles, und es blieb kein Raum und kein Mittel, ihn zu umgehen.

»Was sollen wir jetzt tun, Toby?«, sagte ich.

»Nun«, erwiderte er, »da wir nicht zurück können, müssen wir wohl vorwärts.«

»Völlig richtig, mein Lieber, aber wie stellst du dir diesen höchst wünschenswerten Gang vor?«

»Indem wir von oben hinunterspringen, wenn's nicht anders geht«, erwiderte er ohne Zögern, »es ist jedenfalls die schnellste Art, hinabzukommen; aber da du nicht ganz so leistungsfähig bist wie ich, werden wir wohl eine andere Art versuchen müssen.«

Damit kroch er vorsichtig näher und spähte über den Rand in den Schlund hinab, während ich mich fragte, wie wir nur über dieses allem Anschein nach unüberwindliche Hindernis gelangen sollten. Sowie mein Kamerad mit seiner Untersuchung fertig war, fragte ich ihn eifrig nach dem Ergebnis.

»Du wünschst das Ergebnis meiner Beobachtungen zu erfahren, ja?«, begann er bedächtig und machte dabei seine drolligste Miene. »Nun, mein Junge, dieses Ergebnis lässt sich leicht mitteilen. Es ist zwar noch ungewiss, wer von uns beiden die Ehre haben wird, sich zuerst den Hals zu brechen; aber man kann hundert zu eins wetten, das es der sein wird, der zuerst hinunterspringt.«

»Also ist die Sache unmöglich?«, fragte ich niedergeschlagen.

»Nein, Maat, im Gegenteil, es gibt nichts Leichteres; das Peinliche daran ist nur, dass wir nicht wissen, in welchem Zustand unsere Glieder unten ankommen und in welcher Verfassung für die Weiterreise wir dann sein werden. Aber folge mir nur, und ich werde dir die einzige Möglichkeit zeigen, die uns bleibt.«

Damit führte er mich an den Rand des Abgrundes und wies auf eine Menge sonderbar aussehender Wurzeln, die, etwa drei bis vier Zoll dick und mehrere Fuß lang, aus den Spalten der Felswand hervorquollen und, unten spitz zulaufend, wie dunkle Eiszapfen in den Abgrund hingen. Sie bedeckten auf der einen Seite beinahe die ganze Felswand, und die untersten reichten bis ans Wasser. Viele waren moosüberwachsen und verwittert, mit abgebrochenen Enden, und die in der nächsten Nähe des Falles feucht und schlüpfrig.

Tobys verzweifelter Plan war, uns diesen verräterisch aussehenden Wurzeln anzuvertrauen und, von einer zur anderen kletternd und gleitend, hinunterzugelangen.

»Bist du bereit, es zu wagen?«, fragte Toby, indem er mich ernst ansah, aber kein Wort über die Ausführbarkeit sagte.

»Ich bin's«, war meine Antwort, denn ich sah, es war der einzige Weg für uns, wenn wir vorwärtskommen wollten, und zurück wollten wir unter keinen Umständen.

Ohne ein weiteres Wort kroch Toby über den triefenden Steinboden bis zu einer Stelle, von der er die größte der hängenden Wurzeln eben noch erreichen konnte, erfasste sie, sie zitterte in seinem Griff, und als er sie fahren ließ, gab sie einen Klang, wie wenn man auf starken Draht schlägt. Von dem Ergebnis befriedigt, schwang der leichtfüßige Mensch sich gewandt hinab, umfasste die Wurzel nach Seemannsart mit den Beinen und ließ sich etwa acht oder zehn Fuß niedergleiten, bis sie mit seinem Gewicht wie ein Pendel hin und her schwang. Weiter hinab durfte er sich nicht wagen, er hielt sich daher mit der einen Hand fest, prüfte und schüttelte mit der anderen der Reihe nach die Wurzeln, die neben ihm hingen, und als er eine gefunden hatte, die ihm verlässlich erschien, wechselte er zu ihr hinüber und ließ sich weiter hinab.

Soweit war alles gut; aber ich verglich meinen schwereren Körper und meine Lahmheit mit seinem leichten Gewicht und seiner ungewöhnlichen Behändigkeit. Indessen half das nicht, und eine Minute später schaukelte ich über ihm. Sobald er mich erblickte, rief er in seiner gewöhnlichen trockenen Art: »Tu mir den einzigen Gefallen, Maat, und fall erst dann, wenn ich aus dem Wege bin.« Damit schwang er sich mehr zur Seite und setzte den Abstieg fort. Gefahr schien auf ihn nicht den geringsten Eindruck zu machen. Inzwischen wechselte ich vorsichtig von dem Wurzelstrang, an dem ich hinabglitt, zu ein paar anderen in der Nähe, da ich zwei für besser hielt als eine, und prüfte ihre Haltbarkeit sorgfältig, ehe ich ihnen mein Gewicht anvertraute.

Als ich gerade den zweiten Abschnitt dieser Reise in vertikaler Richtung vollendet hatte und die langen Wurzeln neben mir untersuchte, brachen sie zu meiner Bestürzung in meinen Händen ab wie Pfeifenstängel und fielen in Stücken die Wand hinunter ins Wasser, das unten floss. Eine nach der anderen gab nach und fiel, und ich verlor allen Mut. Die Wurzeln, an denen ich über dem Abgrund hing, schaukelten in der Luft hin und her und drohten jeden Augenblick zu reißen. Nur eine große Wurzel war noch in meiner Nähe, nach der ich krampfhaft griff, aber ich konnte sie nicht erreichen, obwohl meine Finger nur wenige Zoll von ihr entfernt blieben. Immer wieder versuchte ich es, bis ich halb rasend mit dem Fuß gegen die Wand stieß und mir dadurch einen so heftigen Schwung gab, dass ich bis zu der großen Wurzel flog, sie verzweifelt festhielt und meinen Körper hinüberzog. Sie zitterte heftig unter dem plötzlichen Gewicht, gab aber zum Glück nicht nach; mir wurde schwindlig bei dem Gedanken, was ich gewagt hatte, und unwillkürlich schloss ich die Augen, um die Tiefe unter mir nicht zu sehen. Für den Augenblick war ich in Sicherheit, und ich stieß ein heißes Dankgebet aus.

»Ganz gut gemacht!«, schrie Toby unter mir, »du bist gewandter, als ich dachte. Du hüpfst ja von einer Wurzel zur anderen wie ein junges Eichhörnchen. Wenn du dich genug damit unterhalten hast, würde ich dir raten, weiter herunterzukommen!«

»Mit der Zeit, Toby, mit der Zeit! Noch zwei oder drei so tüchtige Wurzeln wie die da, und ich bin drunten.«

Von da ab ging es ziemlich leicht; die Wurzeln waren unten dichter, und da und dort halfen mir Felsvorsprünge. Nach wenigen Augenblicken stand ich an seiner Seite.

Ich hatte meinen Stock oben wegwerfen müssen und suchte mir einen neuen. Wir setzten unseren Weg im Bett des Gießbachs fort. Bald hörten wir vor uns ein Brausen, das immer lauter wurde, während das des Wasserfalls hinter uns allmählich erstarb.

»Da kommt ein neuer Absturz für uns, Toby!«

»Ganz gut! Wir wissen jetzt, dass wir hinabkommen können. Nur vorwärts!«

Nichts konnte den unerschrockenen Menschen einschüchtern oder niederdrücken. Die Typees oder der Niagara, er war für beide gerüstet, und ich beglückwünschte mich tausendmal, dass ich bei solch einem Unternehmen diesen Gefährten hatte.

Nachdem wir uns eine Stunde mühsam weitergearbeitet, kamen wir an den oberen Rand eines zweiten Falls, der noch tiefer war als der vorige und zu beiden Seiten von den gleichen steilen Felswänden umschlossen war, die aber doch hier und da unregelmäßige Absätze bildeten. Auf diesen Vorsprüngen hatte sich etwas Humus angesammelt, und es wuchs eine Fülle von Bäumen und Büschen auf ihnen, deren glänzendes Grün sich prächtig von dem schäumenden Wasser abhob. Toby, der nach wie vor den Pionier machte, rekognoszierte. Er berichtete, dass die Felsvorsprünge zur Rechten uns den Abstieg mit wenig Gefahr gestatteten. Wir verließen daher das Bett des Bachs scharf an der Stelle, wo er donnernd zur Tiefe stürzte, und begannen auf einem der geneigten schmalen Vorsprünge die Wand entlang zu kriechen. An seinem Ende angekommen, sahen wir wenige Fuß entfernt einen zweiten, der sich etwas stärker senkte, und indem wir einander halfen, gelangten wir heil hinüber. Wieder krochen wir vorsichtig weiter, uns an den Buschwurzeln festhaltend, die aus allen Spalten und Sprüngen im Gestein wuchsen. Immer enger wurde der schmale Weg, immer schwerer wurde es für uns, Fuß zu fassen, bis er um eine Felsecke bog und zwei Schritte hinter ihr, anstatt, wie wir gehofft hatten, etwas breiter zu werden, zu unserem Schrecken gänzlich aufhörte.

Toby hatte wie gewöhnlich die Führung, und ich wartete schweigend, was er nun vorschlagen würde. An der Wand weiterzukommen war unmöglich. Als mehrere Minuten vergingen, ohne dass er sich irgendwie geäußert hätte, rief ich: »Nun, mein Junge, was jetzt?«

Gelassen erwiderte er, dass es ihm das Beste schiene, so rasch als möglich über diese schwierige Stelle wegzukommen.

»Gewiss, lieber Toby, aber sag' mir nur, wie!«

»Ungefähr so!«, gab er zur Antwort, und gleichzeitig ließ er sich zu meinem Schrecken einfach vom Felsen herabfallen. Nur durch einen glücklichen Zufall, wie ich glaubte, fiel er in das breite Geäst eines palmartigen Baumes, der auf einem Felsvorsprung wuchs, seinen Stamm, aufwärts krümmte und beinahe zwanzig Fuß unter uns eine dichte Masse von Zweigen und Laubwerk bildete. Ich hielt den Atem an. Ich dachte nicht anders, als Tobys Körper, der einen Augenblick von den Ästen getragen wurde, durchbrechen und kopfüber in die Tiefe stürzen zu sehen. Aber zu meinem freudigen Erstaunen gewann er Halt, machte sich von den gebrochenen Zweigen frei, steckte den Kopf aus dem Laubwerk und rief lustig: »Komm, Herzenskind! Hier bleibt keine Wahl!« Damit verschwand er im Laubwerk, glitt am Stamme nieder und stand einen Augenblick später wohl fünfzig Fuß unter mir auf dem breiten Felsvorsprung, in dem der Baum wurzelte. Ich traute meinen Augen nicht, als ich ihn so weit unten sah: was er getan hatte, grenzte ans Wunderbare. »So komm doch!«, rief er herauf, und da ich völlig den Mut zu verlieren fürchtete, wenn ich erst lange überlegte, so warf ich nur noch einen raschen Blick über die Tiefe, um mich über die genaue Lage des Baumes unter mir zu vergewissern, dann schloss ich die Augen, tat ein rasches dringliches Gebet, beugte mich über den Rand und fiel nach einem atemlosen Augenblick mit einem Krach in den Baumwipfel. Die Zweige brachen raschelnd und knackend unter mir, da ich tiefer und tiefer einsank, bis ein kräftiger Ast mich aufhielt. Wenige Augenblicke später stand ich am Fuß des Baumes und untersuchte meinen Körper, fand aber zu meinem Erstaunen, dass ich außer einigen Beulen und Quetschungen, die nicht der Rede wert waren, keinen Schaden genommen hatte. Der Abstieg ging nun leicht vonstatten, und eine halbe Stunde, nachdem wir wieder in die Schlucht gelangt waren, hatten wir unseren Abendbissen gegessen, unsere Hütte gebaut und lagen unter ihrem Schutzdach.

Am nächsten Morgen arbeiteten wir uns, trotz unserer Schwäche und dem wütenden Hunger, der uns quälte – obwohl keiner es zugestand –, auf unserem düsteren und noch immer schwierigen und gefährlichen Pfade weiter, in der Hoffnung, endlich und bald das Tal vor uns zu erblicken. Gegen Abend tönte das Brüllen eines Wasserfalls, der schon seit längerer Zeit wie ein tiefer Bass zur Musik der kleineren Fälle vernehmbar gewesen war, betäubend in unsere Ohren, und ehe die Nacht kam, standen wir am Rand eines Abgrunds, über den der dunkle Strom in eine Tiefe von vollen dreihundert Fuß hinabstürzte. Gerade unter ihm lag das Tal, zu beiden Seiten die hohen senkrechten Wände, die wie Vorgebirge in das wogende grüne Meer des Tales ragten; eine Reihe ähnlicher gewaltiger Felsenfestungen bildete einen ungeheuren Halbkreis um das Talende. Ein dichter Baldachin von Baumzweigen hing über den Wasserrand, unter dessen gewölbter Öffnung der Strom hindurchschoss, sodass wir wie durch ein weites Bogenfenster in die malerische Tiefe sahen.

Das Tal war vor uns; aber statt durch den Wasserlauf in allmählichem Abstieg hinabgeführt zu werden, schien es, dass all unsere Mühsal angesichts des jähen Abgrunds umsonst gewesen war. Trotz unserer bitteren Enttäuschung wollten wir nicht verzweifeln. Da die Sonne im Sinken war, beschlossen wir die Nacht an dieser Stelle zu verbringen, am nächsten Morgen, vom Schlaf erfrischt, was wir an Nahrung hatten, auf einmal zu verzehren und dann den Versuch zu wagen oder dabei umzukommen. Noch in der Erinnerung überläuft mich ein Schauer, wenn ich an diese Nacht denke. Auf einer schmalen Felsplatte, die über den Abgrund vorsprang und von dem Schaum des Wasserfalls beständig genässt wurde, lag ein mächtiger Baumstamm, der zweifellos von irgendeinem wilden Hochwasser hier liegengeblieben war. Er lag schräg, das eine Ende ruhte auf der Felsplatte, das andere lehnte an der Wand der Schlucht. Gegen ihn stellten wir in einem Winkel eine Anzahl der verwitterten Äste, die umherlagen, bedeckten sie mit kleineren Zweigen und Laub und erwarteten darunter den Morgen. Das Brüllen des Wasserfalls, das Heulen des Sturmwinds oben in den Bäumen, das Aufschlagen des Regens, der wieder eingesetzt hatte, und die tiefe Finsternis um uns nahmen mir allen Mut. Durchnässt, halb verhungert und bis ins Herz durchfröstelt von der Feuchtigkeit des Orts, beinahe verrückt von den Schmerzen in meinem Bein, lag ich in Angst und Verzweiflung an der Erde; auch mein Unglücksgefährte schien sehr niedergeschlagen und sprach die ganze Nacht kaum ein Wort.

Endlich dämmerte der Morgen, wir erhoben uns von unserem elenden Lager, streckten die steifgewordenen Glieder, aßen, was uns noch an Brot geblieben war, und bereiteten uns auf den letzten Abschnitt unserer Reise vor.

Ich werde nun nicht mehr erzählen, wie oft wir um ein Haar breit dem Tode entrannen, wieviel Schwierigkeiten wir zu überwinden hatten, da es im Grunde das gleiche war wie bei unseren früheren Kletterwegen an den Abgründen. Genug, daß wir nach schwerer Mühe und großen Gefahren, beide heil, wenigstens ohne ein Glied gebrochen zu haben, am oberen Ende des herrlichen Tales standen, das sich fünf Tage vorher so plötzlich meinen Blicken gezeigt hatte, beinahe im Schatten jener Klippen, von deren Gipfel wir darauf niedergesehen hatten.

Neuntes Kapitel

Unser erster Gedanke galt den Früchten, die nun in erreichbarer Nähe wachsen mussten, und wie wir an sie herangelangen könnten.

Typee oder Happar, das war die zweite Frage. Ein schrecklicher Tod unter den Händen grausamer Kannibalen oder ein freundlicher Empfang durch einen wilden Stamm von menschlichen Sitten. Was stand uns bevor? Die Antwort musste sich bald von selbst ergeben. Der Teil des Tales, in dem wir uns befanden, schien vollkommen unbewohnt. Ein fast undurchdringliches Dickicht bedeckte seine ganze Breite, und nicht eine Pflanze, die uns die ersehnte Nahrung geboten hätte, zeigte sich darin. Wir folgten dem Lauf des Wassers und warfen dabei rasche spähende Blicke in die Dschungeln zu beiden Seiten.

Auf Tobys Drängen hatte ich nachgegeben und war mit ihm in das Tal herabgestiegen; jetzt, da es geschehen war, begann er eine Vorsicht zu zeigen, die ich nicht erwartet hatte. Er schlug vor, dass wir, wenn wir nur genug essbare Früchte fänden, in dem unbewohnten Teil des Tales bleiben sollten. Wir würden hier schwerlich von den Eingeborenen überrascht werden und könnten dann, sobald wir uns genug gestärkt fühlten und einen hinreichenden Reisevorrat gesammelt hätten, leicht nach Nuku Hiva zurückgelangen; wir mussten nur so viel Zeit vergehen lassen, dass das Schiff unbedingt die Bucht verlassen haben musste.

Gegen diesen Vorschlag erhob ich lebhaften Widerspruch: wir kannten die Gegend nicht, die Schwierigkeiten mussten unüberwindlich sein, ich erinnerte ihn an das, was wir bereits durchgemacht hatten, und meinte, wenn wir das Tal einmal betreten hatten, müssten wir auch die Folgen auf uns nehmen, umso mehr als ich überzeugt war, dass wir keine Wahl hatten. Jetzt hieß es, die Eingeborenen zu finden und zu sehen, wie sie uns aufnehmen würden. Mein Bedürfnis nach Ruhe und Pflege war so groß, dass ich mich zu weiteren Mühen und Entbehrungen ganz unfähig fühlte. Widerstrebend gab Toby nach.

Wir waren schon ziemlich weit ins Tal hineingekommen und hatten immer noch das gleiche undurchdringliche Dickicht zu beiden Seiten; ich kam schließlich auf den Gedanken, dass es vielleicht nur den Fluss entlang wuchs und in einiger Entfernung von seinen Ufern freier Boden sein mochte; ich bat Toby daher, nach der einen Seite auszuschauen, während ich auf der anderen nach irgendeiner offenen Stelle in dem Buschwerk spähte. Wir mussten doch endlich an einen Weg kommen, und vorsichtig achteten wir auf irgendwelche Zeichen, die die Nähe der Einwohner verraten konnten. Mit ängstlichen Blicken in den Schatten, der uns umgab, und mit großer Vorsicht schritten wir weiter; in jedem Augenblick konnte uns der Wurfspeer eines im Hinterhalt liegenden Wilden treffen. Zuletzt blieb Toby stehen und wies auf eine schmale Öffnung im Gebüsch. Wir drängten uns hindurch und gelangten bald auf einem, wenn auch undeutlich ausgetretenen Pfad durch das Dickicht zu einer verhältnismäßig freieren Stelle, an deren entgegengesetztem Rande wir Bäume sahen, die von den Eingeborenen »Anuih« genannt werden und die herrliche Früchte tragen.

Wie wir nach ihnen rannten! Das heißt, ich humpelte über den Boden wie ein alter Krüppel, während Toby wie ein Windhund über die Lichtung schoss. Im nächsten Augenblick hatte er zwei oder drei der Früchte von einem der Bäume geholt, aber zu unserem Kummer war nicht viel daran; die Schale war zum Teil von Vögeln aufgerissen und das Fleisch halb verzehrt, der Rest angefault. Aber was noch da war, hatten wir rasch vertilgt, und es schmeckte uns wie Himmelsspeise.

Der Pfad, dem wir bisher gefolgt waren, schien sich in der Lichtung zu verlieren, und wir standen, ungewiss, wohin wir uns wenden sollten. Wir beschlossen endlich, einen nahen Hain zu durchschreiten, aber wir hatten noch keine fünfzig Schritte zurückgelegt, als ich an seinem Rande einen noch völlig grünen Schössling eines Brotfruchtbaums von der Erde aufhob, von dem die zarte Rinde frisch abgezogen war. Er war noch ganz feucht vom Saft und sah aus, als hätte ihn eben jemand weggeworfen. Wortlos zeigte ich ihn Toby, der eine Bewegung der Überraschung machte, denn das bewies, dass die Wilden ganz nahe sein mussten.

Richtig fanden wir in geringer Entfernung ein ganzes Bündel der gleichen Schösslinge, die mit einem Rindenstreifen zusammengebunden waren. Hatte sie ein einsamer Wilder weggeworfen, der, über unseren Anblick erschrocken, davongeeilt war, um seinen Landsleuten die Nachricht zu bringen? Und war es ein Typee oder einer von Happar? Zum Umkehren war es in jedem Fall zu spät, wir gingen daher langsam weiter, mein Freund voran, mit vorsichtigen Blicken durch die Bäume spähend, als ich ihn plötzlich wie von einer Natter gestochen zurückfahren sah. Er ließ sich auf ein Knie nieder, winkte mir mit der einen Hand, zurückzubleiben, während er mit der anderen die Blätter zur Seite schob und scharf ausblickte. Ohne seine Warnung zu beachten, kam ich sogleich heran und sah zwei Gestalten, die zum Teil durch das dichte Laub verborgen waren; sie standen dicht nebeneinander und waren völlig regungslos. Offenbar hatten sie uns bereits vorher gesehen und sich in die Tiefe des Waldes geflüchtet, um nicht von uns bemerkt zu werden.

Ich war sogleich entschlossen, ließ meinen Stock fallen, riss unser Bündel auf, entrollte das Baumwolltuch, das wir vom

Schiff mitgebracht hatten, hielt es in einer Hand hoch, während ich mit der anderen einen Zweig vom nächsten Busch brach, hieß Toby meinem Beispiel folgen und brach durch das Dickicht, und näherte mich, den Zweig als Friedenszeichen hin und her bewegend, den beiden offenbar scheuen und erschrockenen Gestalten vor mir. Es waren ein halbwüchsiger Knabe und ein Mädchen, beide schlank und anmutig und bis auf einen schmalen Rindengürtel, von dem vorn und rückwärts je ein rötliches Blatt des Brotfruchtbaumes hing, völlig nackt. Der eine Arm des Knaben war, von ihren wilden Haarflechten halb verhüllt, um den Hals des Mädchens gelegt, während er in der anderen Hand die ihre hielt; so standen sie nebeneinander, die Köpfe vorgebeugt, auf das schwache Geräusch lauschend, das wir beim Gehen machten, den einen Fuß vorgestreckt, wie bereit zur Flucht.

Wie wir näher kamen, wuchs ihre Besorgnis sichtlich. Da ich fürchtete, dass sie entfliehen könnten, blieb ich stehen und machte ihnen ein Zeichen, heranzukommen und die Gabe, die ich ihnen mit ausgestrecktem Arm bot, in Empfang zu nehmen; aber sie wollten nicht.

Ich versuchte es mit den wenigen Worten ihrer Sprache, die ich kannte; nicht, dass ich erwartete, dass sie mich verstehen würden, aber um ihnen doch zu zeigen, dass wir nicht vom Himmel heruntergefallen waren. Dies schien ihnen etwas Zutrauen zu geben; ich schritt daher näher, immer den Stoff in der einen Hand und den Zweig in der anderen, und sie zogen sich ebenso langsam zurück. Endlich ließen sie uns doch so nahe kommen, dass wir ihnen den Stoff um die Schultern werfen konnten. Dabei bemühte ich mich, ihnen verständlich zu machen, dass der Stoff ihnen gehörte, und suchte ihnen außerdem durch alle möglichen Gebärden begreiflich zu machen, dass wir Gefühle der wärmsten Freundschaft für sie hegten.

Das erschrockene Paar stand nun still, während wir ihnen klarzumachen versuchten, was wir brauchten und wollten.

Insbesondere Toby vollbrachte die erstaunlichste Pantomime; er öffnete seinen Mund soweit als möglich, steckte die Finger hinein, fletschte die Zähne und rollte die Augen, bis ich zu befürchten begann, dass die armen Geschöpfe uns für ein paar weiße Kannibalen halten mussten, die sie zur Mahlzeit verzehren wollten. Als sie uns endlich verstanden, machten sie keine Miene, uns zu helfen. In diesem Augenblick begann es wieder heftig zu regnen, und wir machten ihnen mit Gebärden klar, dass sie uns irgendwohin führen sollten, wo wir Schutz finden könnten. Dazu schienen sie geneigt, aber wie sehr sie uns noch immer fürchteten, ging daraus hervor, dass sie zwar vorausgingen, aber die Augen stets nach rückwärts und auf uns gerichtet hielten, um jede unserer Bewegungen zu beobachten.

»Typee oder Happar, Toby?«, fragte ich, während wir hinter ihnen hergingen.

»Natürlich Happar«, erwiderte er mit einer Sicherheit, die seine Zweifel verbergen sollte.

»Wir werden es gleich wissen«, rief ich; gleichzeitig trat ich auf unsere Führer zu, sprach die beiden Namen; fragend aus und zeigte dabei ins Tal hinab. Aber sie wiederholten die Worte jedes Mal, wenn ich sie aussprach, ohne eines besonders zu betonen, sodass ich keine Ahnung hatte, was sie dabei dachten. Erst nachher erkannten wir, dass wir zwei schlaueren und vorsichtigeren Geschöpfen kaum hätten begegnen können. Ich aber, gespannt zu wissen, welches Schicksal vor uns lag, stellte nun die Worte »Happar« und »Mortarkih« in einer Frage zusammen. »Mortarkih« heißt »gut«. Die beiden Eingeborenen wechselten rasche bedeutsame Blicke und zeigten kein geringes Erstaunen; da ich die Frage wiederholte, berieten sie kurz miteinander, und zu Tobys großer Freude gaben sie eine deutlich bejahende Antwort. Toby geriet in Ekstase, umso mehr, als die Wilden ihre Antwort energisch wiederholten, als wollten sie uns völlig klarmachen, dass wir unter den Happars uns in völliger Sicherheit befanden.

Obschon ich immer noch leise Zweifel hegte, stellte ich mich wie Toby höchst entzückt von ihrer Mitteilung, während er wieder durch eine ganze Pantomime seinen Abscheu vor den Typees und seine unermessliche Liebe für das Tal, in dem wir uns befanden, kundgab; und die ganze Zeit sahen unsere Führer einander ungewiss an, als wüssten sie nicht, wie sie unser Verhalten deuten sollten. Dabei eilten sie weiter, und wir folgten ihnen, bis sie plötzlich einen seltsamen Ruf ausstießen, der von jenseits des Wäldchens erwidert wurde; im nächsten Augenblick standen wir auf offenem Grund, an dessen Ende wir eine lange niedrige Hütte und vor ihr mehrere junge Mädchen erblickten. Sobald sie uns sahen, flohen sie mit wildem Aufschreien in das nahe Dickicht gleich aufgescheuchten jungen Rehen. Wenige Augenblicke später widerhallte das ganze Tal von wildem Geschrei, und die Eingeborenen kamen von allen Seiten auf uns zu gelaufen.

Wäre eine feindliche Armee in ihr Gebiet eingebrochen, sie hätten keine größere Aufregung zeigen können. Bald waren wir von einer dichten Menge umgeben, die in ihrem Eifer, uns zu betrachten, uns beinahe den Weg versperrte. Eine gleiche Zahl umringte unsere jugendlichen Führer, die jetzt mit unglaublicher Gesprächigkeit alle Einzelheiten der Begegnung zu schildern schienen, und jedes Wort, das sie sprachen, schien das Erstaunen der Eingeborenen zu vermehren, und sie warfen forschende Blicke auf uns.

Wir kamen schließlich zu einem großen und stattlichen Gebäude aus Bambusrohr; man gab uns durch Zeichen zu verstehen, dass wir eintreten sollten, und die Eingeborenen öffneten eine Gasse für uns. Sowie wir drin waren, ließen wir uns, erschöpft wie wir waren, auf die geflochtenen Matten fallen, die den Boden bedeckten. Im nächsten Augenblick war der Raum dicht von Menschen erfüllt, und die, die nicht mehr herein konnten, betrachteten uns durch die Öffnungen im Rohrgeflecht der Wände.

Es war bereits Abend, und bei dem trüben Licht konnten wir gerade noch die wilden Gesichter unterscheiden, die von heftiger Neugier und Erstaunen glühten, sowie die nackten Gestalten und tätowierten Glieder kraftvoller Krieger; da und dort die schlankeren Gestalten junger Mädchen; alle aber redeten zugleich mit stürmischer Heftigkeit, natürlich über uns, während die beiden jungen Leute, die uns geführt hatten, die unzähligen Fragen kaum beantworten konnten, die an sie gerichtet wurden. Man kann sich das heftige Gebärdenspiel dieser Menschen, wenn sie einmal in lebhaftes Reden kommen, nicht vorstellen; sie schrien und tanzten dabei umher in einer Art, die uns fast mit Furcht erfüllte.

Nicht weit von uns saßen, die Beine gekreuzt, etwa acht oder zehn Männer von vornehmem Aussehen, Häuptlinge, wie sich bald herausstellte, die, beherrschter als die anderen, uns ernst und aufmerksam betrachteten; und dies beunruhigte uns noch mehr. Insbesondere einer, der im Range der Höchste schien, stellte sich gerade vor mich hin und sah mich mit einer so finsteren Strenge an, dass ich seinen Blick nicht ertragen konnte. Er sprach kein Wort, wendete sein Gesicht nicht ab, sondern fuhr fort, mich mit dem gleichen Ernst zu betrachten. Nie noch hatte jemand mich mit so sonderbaren und starren Blicken angesehen, die nichts von dem verrieten, was in der Seele des Wilden vorging, während er in der meinen zu lesen schien. Ich wurde zuletzt geradezu nervös davon, und um ihn irgendwie abzulenken und mir zugleich das Wohlwollen des Kriegers zu verschaffen, holte ich ein Päckchen Tabak hervor und bot es ihm an. Ruhig wies er das Geschenk zurück und bedeutete mir, dass ich es wieder an seinen Platz tun sollte.

Bei meinem früheren Verkehr mit den Leuten von Nuku Hiva und von Teinor hatte ich stets gefunden, dass für ein kleines Stück Tabak jedermann sich zu allen gewünschten Diensten bereitfand. „War das Verhalten des Häuptlings ein

Zeichen von Feindschaft? Waren es nun Typee oder Happar?", fragte ich mich und fuhr empor, denn im selben Augenblick stellte das fremdartige Geschöpf vor mir die gleiche Frage. Ich sah mich nach Toby um; und beim Flackerlicht der Fackel, die ein Eingeborener trug, sah ich ihn bei dieser verhängnisvollen Frage erbleichen. Ich zögerte eine Sekunde und sagte: »Typee«. Was mich dazu trieb, weiß ich nicht. Das düstere Standbild vor mir nickte beifällig und murmelte: »Mortarkih?« »Mortarkih!«, sagte ich ohne weiteres Zögern, »Typee mortarkih!«

Das war eine Veränderung! Die dunkeln Gestalten um uns sprangen auf, klatschten entzückt in die Hände und schrien immer wieder die gleichen Silben, die wie ein Talisman alle Schwierigkeiten gelöst und beendet zu haben schienen.

Als die Erregung ein wenig nachgelassen hatte, ließ sich der Oberhäuptling noch einmal vor mir nieder und hielt, plötzlich in Wut geratend, eine Philippika, die sich wie ich der häufigen Wiederholung des Wortes Happar entnehmen konnte, gegen die Bewohner des Nachbartals richtete. Mein Genosse und ich stimmten ihm durchaus zu, während wir den Charakter der kriegerischen Typee priesen. Zwar war unser Lob lakonisch: wir wiederholten den Namen und fügten das bedeutungsschwere Wort »Mortarkih« hinzu. Aber das genügte durchaus; unsere Übereinstimmung in diesem Punkt schien mehr als alles andere geeignet, uns das Volk freundlich zu stimmen.

Endlich war die Wut des Häuptlings verraucht, und er wurde gelassen wie zuvor. Er legte die Hand auf die Brust und gab mir zu verstehen, dass sein Name »Mehivi« sei und dass er den meinen zu wissen wünschte. Ich zögerte einen Augenblick, da mein wirklicher Name für ihn schwer auszusprechen sein musste, und bedeutete ihm in der besten Absicht, dass ich »Tom« hieße. Aber ich hätte keine verfehltere Wahl treffen können. Der Häuptling vermochte es nicht zu sprechen;

»Tommo«, »Tomma«, »Tommi« sagte er, nur »Tom« ging nicht. Da ich sah, dass eine zweite Silbe nötig war, einigten wir uns auf »Tommo«; und so hieß ich während der ganzen Zeit, die ich mich im Tale aufhielt. Dann kam die Reihe an Toby, dessen wohlklingender Name leichter erfasst wurde.

Der Austausch der Namen ist für diese einfach denkenden Menschen mit einer Erklärung der Freundschaft und des gegenseitigen Wohlwollens gleichbedeutend; da wir dies wussten, waren wir darüber höchst erfreut.

Auf unseren Matten ruhend, hielten wir nun eine Art Empfang ab; ein Trupp von Eingeborenen nach dem anderen kam herein; sie stellten sich vor, indem sie ihre Namen nannten, und zogen sich höchst vergnügt zurück, nachdem wir ihnen die unseren genannt hatten. Das ganze Zeremoniell schien sie aufs äußerste zu belustigen, jede neue Vorstellung von Seiten der Insulaner rief einen neuen Ausbruch von Heiterkeit hervor, sodass ich vermutete, dass wenigstens einige von ihnen die Gesellschaft harmlos auf unsere Kosten unterhielten, indem sie sich die unsinnigsten Titel beilegten, deren Bedeutung wir natürlich in keiner Weise verstanden.

All dies dauerte etwa eine Stunde; sowie das Gedränge ein wenig nachließ, wendete ich mich an Mehivi und gab ihm zu verstehen, dass wir dringend der Nahrung und des Schlafs bedurften. Der aufmerksame Häuptling sprach sogleich einige Worte zu einem der Anwesenden, der verschwand und wenige Augenblicke später mit einer Kalebasse voll »Poï-Poï« und zwei oder drei Kokosnüssen zurückkam, deren zottige Hülle entfernt und aus deren Schale ein Stück ausgebrochen war. Wir setzten diese natürlichen Becher an den Mund und leerten den erfrischenden Trank auf einen Zug. Dann wurde das Poï-Poï uns vorgesetzt, aber so ausgehungert ich war, wusste ich doch nicht, wie ich es essen sollte. Es ist eines der Hauptnahrungsmittel auf den Marquesas und wird aus der Brotfrucht bereitet. In seiner Konsistenz erinnert es an Buchbinderkleister, es ist gelb und der Geschmack ein wenig herb. Schließlich tauchte ich einfach die Hand in die weiche Masse, und zur stürmischen Heiterkeit der Eingeborenen zog ich sie zwar gefüllt mit Poï-Poï zurück, aber außerdem zog ich den Brei an jedem Finger in langen Fäden nach. So zäh war die Masse, dass ich beinahe die Schüssel mit in die Höhe hob. Toby ging es nicht besser, und unsere Ungeschicklichkeit erregte endloses Gelächter.

Sowie sie sich ein wenig beruhigt hatten, bedeutete Mehivi uns, auf sein Tun zu achten, tauchte den Zeigefinger der rechten Hand in die Schüssel, drehte ihn rasch und geübt wie einen Quirl in der Masse herum und zog ihn, mit ihr bedeckt, wieder heraus. Dann bewegte er den Finger so geschickt, dass nichts heruntertropfte, steckte ihn in den Mund und zog ihn sauber wieder heraus. Ich versuchte wohl, es ihm nachzumachen, aber mit sehr geringem Erfolg.

Ausgehungerte Leute fragen nicht allzu sehr nach den konventionellen Formen, besonders auf einer Südseeinsel, und so aßen wir das Poï-Poï in unserer ungeschickten Weise, wobei wir uns freilich das ganze Gesicht und die Hände mit der klebrigen Masse beschmierten. Das Gericht schmeckt auch für europäische Gaumen nicht unangenehm; nach wenigen Tagen war ich an sein eigentümliches Aroma gewöhnt und begann es sehr gern zu essen.

Dies war nur der erste Gang; weitere Gerichte folgten, einige davon waren ganz vortrefflich. Zum Schluss verzehrten wir noch zwei junge Kokosnüsse, dann wurde eine seltsam geschnitzte Pfeife herumgereicht, und wir gaben uns dem friedlichen Genuss des Tabakrauchens hin. Während der ganzen Mahlzeit beobachteten die Eingeborenen uns mit größter Neugier, sie verfolgten selbst unsere kleinsten Bewegungen und fanden reichlichen Gesprächsstoff. Aber ihre größte Überraschung kam, als wir unsere unbequemen durchnässten Kleider ablegten. Mit Staunen sahen sie die weiße Hautfarbe unserer Körper und wussten sich den Kontrast zu der dunkeln Farbe unserer in sechs Monaten von der Sonne des Äquators völlig gebräunten Gesichter nicht zu erklären. Sie befühlten unsere Haut, wie ein Seidenhändler ein besonders feines Stück Atlas untersucht; einige berochen sie sogar. Ich war schon nahe daran, zu glauben, dass sie nie zuvor einen weißen Mann gesehen hatten; aber das war unmöglich, und ich fand seither eine befriedigendere Erklärung für ihr Verhalten.

Durch die schrecklichen Geschichten, die von den Typees erzählt werden, abgeschreckt, fährt nie ein Schiff in ihre Bucht ein, während sie infolge ihrer Feindschaft mit den Stämmen in den angrenzenden Tälern nicht nach den Teilen der Insel kommen, die gelegentlich von Schiffen angesteuert werden. Hier und da aber wagt sich doch irgendein besonders furchtloser Kapitän mit zwei oder drei wohlarmierten Booten, von einem Dolmetscher begleitet, ein kleines Stück in die Bucht hinein. Die Eingeborenen, die an der Küste wohnen, sehen die Fremden lange, ehe sie in ihre Gewässer eingefahren sind, und da sie wohl wissen, warum sie kommen, machen sie ihre Ankunft mit lauten Rufen bekannt. Die Nachricht dringt durch eine Art mündlichen Telegraphensystems in unglaublich kurzer Zeit bis in die entferntesten Winkel des Tales, und sogleich strömt fast die ganze Bevölkerung, mit Früchten jeder Art beladen, zum Strand hinab. Der Dolmetsch, der fast immer irgendein durch ein »Tabu« gefeiter Kanake[1] ist, springt mit den zum Eintausch bestimmten Waren ans Land, während die Boote mit eingelegten Riemen und jeder Mann an seiner Ducht ge-

---

1   Das Wort »Kanake« wird heutzutage von den Europäern allgemein
     gebraucht, um die Eingeborenen auf den Südseeinseln zu bezeichnen.
     In den verschiedenen Dialekten der Hauptgruppen ist es eigentlich nur
     eine Geschlechtsbezeichnung für den »Mann«, die Person männlichen
     Geschlechts, wird aber heute auch von den Eingeborenen im Verkehr mit
     Fremden im gleichen Sinne gebraucht, in dem diese es verwenden. Durch
     ein »Tabu«, einen Ritus, von dem später ausführlich die Rede sein wird,
     kann jemand bis zu einem gewissen Grad »Unverletzlich« werden.

rade außerhalb der Brandung liegen, den Bug seewärts, bereit, beim ersten unangenehmen Zwischenfall in die offene See hinauszustoßen. Sowie der Handel abgeschlossen ist, rudert eines der Boote, immer von den schussbereiten Musketen der anderen gedeckt, heran, die Früchte werden rasch hineingeworfen, und die flüchtigen Besucher entfernen sich eiligst aus der mit Recht für so gefährlich geltenden Gegend.

Da also der Verkehr mit Europäern auf ein so geringes Maß beschränkt ist, war es kein Wunder, dass die Bewohner des Tals solche Neugier zeigten, als wir in so überraschender Weise plötzlich unter ihnen auftauchten. Ich zweifle nicht, dass wir die ersten Weißen waren, die so tief in ihr Gebiet hineingelangten, jedenfalls die ersten, die es von der Landseite betraten. Was uns hergeführt haben konnte, musste für sie ein vollkommenes Rätsel sein. Und da wir ihre Sprache nicht kannten, vermochten wir es ihnen auch nicht zu erklären. Alles, was wir auf ihre Fragen, die ihr beredtes Gebärdenspiel uns verständlich machte, erwidern konnten, war, dass wir aus Nuku Hiva kamen, und mit diesem Gebiet standen sie, wie man bedenken muss, in offenem Kriege. Die Mitteilung schien sie denn auch aufs lebhafteste zu erregen. »Nuku Hiva mortarkih?«, fragten sie. Und wir verneinten dies natürlich aufs allerenergischste.

Sie stellten dann noch tausend Fragen, von denen wir nur erfassten, dass sie sich auf das Vorgehen der Franzosen bezogen, gegen die sie den wildesten Hass zu empfinden schienen. So begierig waren sie, über diesen Punkt mehr zu erfahren, dass sie noch lange fortfuhren zu fragen, obwohl wir ihnen deutlich gemacht hatten, das wir völlig außerstande waren, sie zu verstehen. Gelegentlich glaubten wir irgendwie zu ahnen, was sie meinten, und suchten ihnen dann nach Kräften die gewünschte Auskunft zu erteilen. Dann kannte ihre dankbare Freude keine Grenzen, und sie verdoppelten ihre Anstrengungen, um sich uns deutlicher zu erklären. Aber es war alles umsonst, und zuletzt sahen sie uns verzweifelt an, als wären wir unschätzbarer Kunde voll, an die sie nicht zu gelangen vermochten.

Allmählich zerstreute sich die Gruppe, und gegen Mitternacht – so kam es uns wenigstens vor – waren nur die noch bei uns, die die dauernden Bewohner des Hauses zu sein schienen. Sie gaben uns frische Matten zum Liegen und Decken aus Tapa, dann verlöschten sie die Fackeln, warfen sich neben uns hin, wechselten noch ein paar Worte untereinander und lagen bald in festem Schlaf.

Zehntes Kapitel

Müde von den Anstrengungen des Tages lag Toby neben mir in schwerem Schlummer; mich hinderte der Schmerz am Schlafen, und lebhaft drängte sich mir die furchtbare Gefährlichkeit unserer Lage auf. Es war kein Zweifel mehr darüber möglich, dass wir uns im Tal der schrecklichen Typees befanden, und der Gedanke machte mich schaudern. Welches Schicksal lag vor uns? Gewiss waren wir bisher nicht nur nicht verletzt, sondern sogar freundlich aufgenommen und gastlich bewirtet worden; aber wer kann sich auf diese leidenschaftlichen Wilden verlassen? Ihre Verräterei war sprichwörtlich. Konnte sich nicht hinter dem schönen Schein eine treulose Absicht verbergen, auf den freundlichen Empfang eine schauerliche Katastrophe folgen? Düstere Ahnungen erfüllten mich, als ich ruhelos auf meinem Lager von Matten lag und rings um mich die im Dunkel nur ungewiss sichtbaren Gestalten der gefürchteten Feinde liegen sah.

Aus der schrecklichen Erregung sank ich gegen Morgen in einen unruhigen Schlaf, und als ich aus einem entsetzlichen Traum emporfuhr, sah ich in eifrige Gesichter, die sich über mich beugten. Es war heller Tag, das ganze Haus angefüllt von jungen Frauenzimmern, die phantastisch mit Blumen geschmückt waren, und deren Gesichter, als ich mich erhob, kindisches Entzücken und lebhafteste Neugier ausdrückten. Nachdem sie auch Toby geweckt hatten, setzten sie sich im Kreise um uns auf die Matten und ließen sich mit jener Forschungslust gehen, die dem reizenden Geschlecht seit unvordenklichen Zeiten nachgesagt wird. Diese von Kultur unbeleckten jungen Geschöpfe waren von keiner Duenna begleitet, sie hielten sich an keine Form, kannten keine künstliche Zurückhaltung. Sie beehrten uns mit den eingehendsten Untersuchungen und lachten dabei so laut und stürmisch, dass ich mir sehr schafsmäßig vorkam, während Toby über die Vertraulichkeiten, die sie sich gestatteten, aufs höchste empört war.

Dabei waren diese lebhaften jungen Damen zu gleicher Zeit überraschend höflich und menschlich; sie fächelten uns die Insekten fort, die uns gelegentlich ins Gesicht flogen, sie boten uns Nahrung und hatten für meine Schmerzen die mitleidigsten Blicke. Aber so liebenswürdig sie waren, meine Begriffe von Anstand verletzten sie entschieden, denn die Grenzen, die in Europa weiblicher Zurückhaltung vorgeschrieben werden, überschritten sie durchaus.

Als sie sich nach Herzenslust unterhalten hatten, zogen unsere jungen Besucherinnen sich zurück und räumten Scharen von Männern den Platz, die bis gegen Mittag unaufhörlich ins Haus strömten; um diese Zeit hatte sich zweifellos der größte Teil der Talbewohner an unserem Anblick gelabt.

Als ihre Zahl endlich geringer wurde, trat ein prachtvoll aussehender Krieger ein; er musste sich bücken, um mit den wehenden Federn seines Hauptschmucks durch die niedrige Tür zu gelangen. Ich sah sogleich, dass er eine hervorragende Persönlichkeit sein musste, denn die Eingeborenen behandelten ihn mit größter Ehrfurcht und räumten ihm den Platz, sowie er herantrat.

Er sah imponierend aus. Die leuchtenden, lang herabhängenden Schwanzfedern des Tropenvogels, mit farbigen Hahnenfedern abwechselnd, standen in einem mächtigen Halbkreis aufrecht um seinen Kopf; an ihrem unteren Ende waren sie in einem Halbmond von Glasperlen befestigt, der seine Stirne umspannte. Um seinen Hals hingen mehrere gewaltige Ketten von Eberzähnen, die glatt wie Elfenbein und so angeordnet waren, dass die längsten und größten auf seiner breiten Brust lagen. In seinen großen Ohrlöchern staken zwei kleine fein geformte Pottwalzähne, mit den Höhlungen, in denen frisch gepflückte Blätter staken, nach vorn, während sie am anderen Ende zu seltsamen kleinen Bildern und Zeichen geschnitzt waren. So vom Ohr herunterhängend, glichen diese barbarischen Schmuckstücke einem Paar von Füllhörnern. Die Lenden des Kriegers waren mit schweren Falten von dunkelfarbigem Tapa gegürtet, wobei vorn und hinten Büschel von geflochtenen Quasten hingen; Hals- und Knöchelringe aus gelocktem Menschenhaar vollendeten sein eigenartiges Kostüm. In der rechten Hand trug er einen schön geschnitzten Ruderspeer von beinahe fünfzehn Fuß Länge aus glänzendem Koarholz, der an dem einen Ende scharf zugespitzt und am anderen abgeflacht wie ein Ruder war. Schräg von seinem Gürtel hing in einer Schlinge aus Flechtwerk eine reich verzierte Pfeife. Das dünne Rohr, das den Stiel bildete, war rot gefärbt, und rings um ihn, sowie um den als Götzen geschnitzten Kopf, flatterten kleine Streifen von dünnstem Tapastoff.

Aber was an dem prachtvollen Menschen am auffälligsten erschien, das war die sorgfältige Tätowierung seiner herrlichen Glieder. Alle erdenklichen Linien, Kreise und Figuren waren auf seinen ganzen Körper gezeichnet, die in ihrer grotesken Buntheit und Überfülle an die seltsam gehäuften Muster kostbarer alter Spitzen erinnerten. Die einfachsten und auffälligsten zugleich zierten sein Gesicht. Zwei breite tätowierte Streifen, die von der Mitte seines kahl geschorenen Schädels ausgingen, liefen schräg über beide Augen, sodass sie die Lider färbten, und vereinten sich unter jedem Ohr mit einem anderen Streifen, der in gerader Linie die Lippen entlang lief und die Basis dieses Dreiecks bildete. Der Krieger war so wundervoll gebaut, dass man sagen konnte, die Natur habe ihn adlig gestaltet, und die Linien in seinem Gesicht bezeichneten vielleicht seinen hohen Rang.

Er setzte sich in einiger Entfernung von der Stelle nieder, wo Toby und ich ruhten, und die übrigen Wilden sahen bald ihn, bald uns an, als erwarteten sie etwas, das immer noch nicht kam. Als ich den Häuptling aufmerksam betrachtete, schienen mir seine Züge bekannt, und sowie er mir sein Gesicht voll zuwandte und ich dem seltsamen Blick begegnete, der sich in der Nacht vorher auf mich geheftet hatte, erkannte ich trotz der Veränderung in seiner Tracht den edlen Mehivi. Als ich ihn ansprach, kam er herzlich auf mich zu, begrüßte mich warm und schien den Eindruck, den sein barbarisches Kostüm auf mich gemacht hatte, nicht wenig zu genießen.

Ich beschloss sogleich, mir womöglich sein Wohlwollen zu sichern, da ich wohl erkannte, dass er großes Ansehen in seinem Stamme besaß und auf unser späteres Schicksal mächtigen Einfluss üben konnte. Ich tat es mit Erfolg. Die Freundlichkeit, die er mir und meinem Genossen zeigte, hätte nicht größer sein können. Er streckte seine stämmigen Glieder neben uns aus und suchte uns begreiflich zu machen, wie groß sein Wohlwollen für uns war, und dass die Verständigung fast unübersteigliche Schwierigkeiten bot, ärgerte ihn nicht wenig. Er wünschte vor allem über die Sitten und Eigentümlichkeiten des fernen Landes unterrichtet zu werden, aus dem wir kamen, und das er immer wieder »Manikah« nannte.

Aber was ihn mehr als alles andere beschäftigte, das war das Vorgehen der »Frenih« – so nannte er die Franzosen – in der Bai von Nuku Hiva. Darüber wurde er nicht müde uns zu befragen, aber alles, was uns ihm mitzuteilen gelang, war wenig mehr, als dass wir sechs Kriegsschiffe in der feindlichen Bucht liegen sehen hatten, als wir sie verließen. Sowie er dies hörte, begann Mehivi mit Hilfe seiner Finger eine lange Berechnung; er schien die Zahl der Franzosen abzuschätzen, die das Geschwader mit sich führen mochte.

Er schien gerade damit fertig geworden zu sein, als er die Schwellung meines Beines bemerkte. Er untersuchte es sogleich mit größter Aufmerksamkeit, dann schickte er einen Jungen, der gerade dastand, mit irgendeiner Botschaft weg. Wenige Augenblicke später kehrte der Bursche mit einem alten Manne zurück. Sein Kopf war kahl wie eine polierte Kokosnussschale, der er auch in Farbe und Glätte glich; ein langer silberweißer Bart reichte ihm fast bis zu dem Rindengürtel, den er trug. Um seine Schläfen lief ein Band aus geflochtenen Blättern des Omoobaumes, das so über seinen Brauen lag, dass es seine schwachen Augen vor dem Sonnenglanz schützte. Er ging mit schwankenden Schritten an einem langen dünnen Stecken; in der einen Hand trug er einen frisch geflochtenen Fächer aus jungen grünen Kokosblättern. Ein flutendes Gewand aus Tapa, das über der Schulter zusammengeknüpft war, fiel in losen Falten um seine gebeugte Gestalt und ließ ihn noch ehrwürdiger erscheinen.

Mehivi grüßte diesen alten Herrn, bedeutete ihm, sich zwischen uns zu setzen, dann entblößte er mein Bein und bat ihn, es zu untersuchen. Der Wundarzt sah mich und Toby aufmerksam an, dann ging er ans Werk. Nachdem er das schmerzende Glied sorgfältig untersucht hatte, begann er die Behandlung; er schien anzunehmen, dass es gefühllos geworden war, denn er begann es in einer Weise zu kneten und zu hämmern, dass ich vor Schmerz brüllte. Vergeblich suchte ich Widerstand zu leisten; es schien nicht leicht, den Fängen des alten Hexenmeisters zu entgehen; er hielt das Bein fest, als wäre es ein Schatz, und während er eine Art Beschwörung murmelte, fuhr er mit seiner Behandlung fort, sodass ich beinahe wahnsinnig wurde; Mehivi aber hielt mich mit gewaltigem Griff fest, etwa wie eine liebevolle Mutter ein sich wehrendes Kind im Stuhle des Zahnarztes festhält, und feuerte den Kerl noch an, die Folter fortzusetzen. Beinahe verrückt vor Schmerz und Wut, brüllte ich wie ein Wahnsinniger, während Toby, alle Stellungen eines hervorragenden Mimikers annehmend, vergeblich versuchte, die Eingeborenen durch Zeichen und Gebärden von ihrem Tun abzubringen. Es sah absolut so aus, als ob er das Taubstummenalphabet vorgeführt hätte, und ob der alte Folterknecht Tobys Bitten nachgab oder aus purer Erschöpfung innehielt, weiß ich nicht; jedenfalls hörte er plötzlich mit der Behandlung auf, der Häuptling ließ mich los, und ich sank erschöpft und schwer atmend auf das Lager zurück. Mein Bein sah beinahe aus wie ein Rinderbraten, den die Köchin geklopft hat, ehe sie mit dem Schmoren beginnt. Der Arzt aber nahm nun einige Kräuter aus einem kleinen Beutel, der an seiner Seite hing, befeuchtete sie mit Wasser und legte sie auf die entzündete Stelle; dabei beugte er sich wieder darüber und flüsterte Zaubersprüche, wenn es nicht etwa ein vertrauliches Gespräch mit einem Dämon war, den er in meiner Wade vermutete. Dann wurde das Bein ganz in einen Verband aus Blättern gewickelt; ich dankte der Vorsehung für die Einstellung der Feindseligkeiten und hatte nun Ruhe.

Bald darauf erhob Mehivi sich, aber ehe er ging, sprach er gebieterisch zu einem der Eingeborenen, den er Kory-Kory nannte; und aus dem wenigen, was ich davon verstand, entnahm ich, dass er ihm das besondere Amt, für mich zu sorgen, übertrug. Ich weiß nicht einmal, ob ich das sogleich verstand, aber das Verhalten dieses meines wackeren Leib- und Kammerdieners in der Folge machte mir klar, dass es so gemeint war.

Sehr amüsant war, dass der Häuptling nunmehr eine Ansprache an mich hielt und wenigstens fünfzehn bis zwanzig Minuten so ruhig zu mir redete, als ob ich jedes Wort verstehen müsste. Ich habe dies nachher noch oft bei vielen anderen Bewohnern der Insel erlebt.

Als Mehivi gegangen war und der Hausarzt uns gleichfalls verlassen hatte, blieben wir – es war gegen Sonnenuntergang – mit den zwölf Eingeborenen zurück, die, wie ich inzwischen festgestellt hatte, den Haushalt bildeten, zu dem Toby und ich nunmehr gehörten.

Das Haus, in das ich zuerst geführt worden war, blieb auch meine ständige Wohnung während meines Aufenthaltes im Tale; es glich den meisten anderen Wohnstätten und lässt sich etwa in folgender Weise beschreiben:

Nahe der Talseite und etwa auf halber Höhe eines ziemlich steil ansteigenden, mit dem reichsten Grün bewachsenen Abhanges war eine Anzahl großer Steine bis zu etwa acht Fuß Höhe geschichtet, sodass sie eine ebene Fläche bildeten, auf der dann das Wohnhaus aufgeführt wurde. Vorn blieb ein schmaler Raum auf der Steinschicht – die die Eingeborenen »Pai-Pai« nennen – frei, der, mit einem kleinen Rohrzaun umgeben, eine Art Veranda bildete. Das eigentliche Gestell des Hauses besteht aus dicken, aufrecht eingesetzten Bambusstäben, die in Zwischenräumen durch Querstäbe aus dem leichten Holz des Hybiscus gesichert sind, die wiederum mit Riemen aus Baumrinde verknotet werden. Die Wände sind aus aneinandergebundenen Kokoszweigen zusammengefügt, deren Blätter sehr geschickt miteinander verflochten sind; die Rückseite ist ein wenig geneigt, sie erhebt sich vom äußersten Ende des Pai-Pais etwa zwanzig Fuß; das vorspringende Dach, das mit langen spitzen Zwergpalmblättern gedeckt ist, neigt sich stark geschrägt bis etwa fünf Fuß über den Boden; über die Fassade hängen quastengleiche Büschel herunter. Diese bestand aus schlanken, eleganten Rohrstäben, die eine Art Gitterwerk bildeten, das mit Gebinden, die es zusammenhielten, geschmackvoll verziert war. Die Seitenwände des Hauses waren in gleicher Weise angelegt, sodass die Luft von drei Seiten frei durchziehen konnte, während das Innere vor Regen völlig geschützt war.

Die Länge dieser malerischen Wohnstätte betrug etwa zwölf Ellen, die Breite kaum mehr als ebenso viel Fuß. Von außen erinnerte es mich mit seinen rohrgeflochtenen, metalldrahtgleichen Stäben an ein riesiges Vogelhaus.

Man musste sich ein wenig bücken, um durch die schmale Öffnung an der Vorderseite einzutreten; zwei lange, vollkommen gerade und sorgfältig geglättete Kokosbaumstämme lagen in der ganzen Länge des Hauses, der eine an der Rückwand, der andere, etwa vier Schritte entfernt, parallel dazu; zwischen beiden Stämmen war eine Menge bunt geflochtener Matten gebreitet, beinahe jede mit einem anderen Muster. Dieser Raum bildete den gemeinsamen Lager- und Aufenthaltsplatz der Eingeborenen, etwa dem Diwan im Orient entsprechend. Hier schlummerten sie in der Nacht, hier lagen sie genießerisch den größten Teil des Tages. Der übrige Teil des Fußbodens zeigte nur die kalte glänzende Fläche der breiten Steine des Pai-Pai. Von der großen Querstange unter dem Dach des Hauses hing eine Anzahl von Bündeln herab, die in grobes Tapa gehüllt waren; einige davon enthielten Festgewänder und andere Kleidungsstücke. Mit Hilfe einer Schnur, die über die große Stange lief und mit dem einen Ende je an einem Bündel, mit dem anderen an der Wand festgemacht war, konnte man sie nach Belieben herunterlassen oder zur Decke hinaufziehen.

An der Rückseite des Hauses waren eine Menge Spieße, Wurfspeere und anderes Kriegsgerät geschmackvoll angeordnet. Außerhalb der Wohnung auf dem freien Platz davor befand sich ein kleiner Schuppen, der als eine Art Speisekammer gebraucht wurde und in dem die verschiedensten Gegenstände, die im Haushalt und sonst nötig waren, aufbewahrt wurden.

Wenige Schritte von dem Pai-Pai entfernt, befand sich ein großer Schuppen aus Kokoszweigen, in dem das »Poï-Poï« bereitet wurde und der überhaupt als Küche diente.

Ein bequemeres und für das Klima und die Leute geeigneteres Haus hätte man nicht erdenken können. Es war kühl, ließ überall Luft einströmen, war äußerst sauber gehalten und durch den steinernen Unterbau vor der Feuchtigkeit und allen Unsauberkeiten des Bodens geschützt.

Was die Bewohner betrifft, so hat mein treuer Diener Kory-Kory das Recht auf den ersten Platz. Sein Charakter wird im Laufe der Erzählung klar werden; hier sei nur sein Äußeres geschildert. Kory-Kory war der hingebungsvollste und gutmütigste Pfleger der Welt, aber leider scheußlich anzusehen. Er war etwa fünfundzwanzig Jahre alt, ungefähr sechs Fuß hoch, wohlgebaut und kräftig, dennoch bot er einen erstaunlichen Anblick. Der Kopf war sorgfältig kahl geschoren bis auf zwei kreisrunde große Flecke nahe dem Scheitel, an denen das Haar, das er an diesen Stellen erstaunlich lang wachsen ließ, zu zwei abstehenden Knoten geflochten war, die ihm geradezu ein gehörntes Aussehen gaben. Desgleichen war der Bart fast im ganzen Gesicht sorgfältig ausgerupft, nur zwei lange haarige Strähnen hingen von seiner Oberlippe, und zwei andere befanden sich am Kinn. Um sich weiter zu verschönern, hatte Kory-Kory sein Gesicht mit drei breiten Querstreifen tätowiert, die seine Nase überquerten, in die Augenhöhlen hinabstiegen und sich um seinen Mund zogen. Alle drei umspannten sein ganzes Gesicht: der eine verlief in Augenhöhe, der andere kreuzte das Gesicht in der Nähe der Nase, der dritte zog sich die Lippen entlang von einem Ohr zum anderen. So dreigeteilt schien sein Gesicht immerfort hinter Gefängnisstäben hervorzusehen, während der übrige Körper meines wackeren wilden Dieners über und über mit Darstellungen von Vögeln und Fischen und anderen ganz unbegreiflichen Geschöpfen bedeckt, an eine mittelalterliche Naturgeschichte erinnerte.

Dabei erscheint es mir fast herzlos, so von dem Armen zu sprechen, dessen unablässiger Pflege ich vermutlich mein Leben verdanke. Sein Anblick, mir so ungewohnt, entsprach nur der Sitte seines Landes.

Sein Vater war ein Eingeborener von riesiger Größe, der einmal ungeheure Kräfte besessen hatte; jetzt war seine mächtige Gestalt von der Last der Jahre gebeugt, obwohl der alte Krieger niemals im Leben krank gewesen zu sein schien. Marheyo, so hieß er, schien sich von aller Teilnahme am Leben des Tales zurückgezogen zu haben; selten oder nie begleitete er die anderen auf ihren Zügen; den größten Teil der Zeit beschäftigte er sich mit der Errichtung eines kleines Schuppens neben dem Hause, an dem er, soweit ich weiß, vier Monate arbeitete, ohne sichtbare Fortschritte zu machen. Vermutlich befand er sich im Zustand greisenhaften Schwachsinns. Er hatte ein Paar auserwählter Ohrschmuckstücke, die aus den Zähnen irgendeines Seeungeheuers geschnitzt waren. Diese legte er wohl mindestens fünfzigmal am Tage an und nahm sie wieder ab, wobei er jedes Mal still aus seiner kleinen Hütte ins Haus und wieder dahin zurückging. Manchmal, wenn er den Schmuck in die Ohren gesteckt, ergriff er seinen Speer, der lang und dünn war wie eine Angelrute, und schritt damit in den benachbarten Hainen auf und ab, als erwartete er irgendeinen Kannibalenritter zum Zweikampf. Aber bald kam er wieder zurück, barg seine Waffe unter dem vorspringenden Dach, wickelte seine plumpen Schmuckstücke sorgfältig in ein Stück Tapa und nahm seine friedliche Arbeit am Schuppen wieder auf. Bei alledem war er ein väterlicher, warmherziger alter Mensch, und glich darin durchaus seinem Sohne. Kory-Korys Mutter war die Herrin des Hauses, eine großartige Hausfrau und überhaupt eine höchst tätige alte Dame. Wenn sie auch nicht Marmeladen, Teekuchen und Puddings zu machen verstand, so war sie dafür vollkommen in die Geheimnisse, wie man »Emar«, »Poï-Poï«, »Koku« und andere kräftige Gerichte bereitet, eingeweiht. Sie war immer geschäftig; schoss um das Haus herum, wie die Besitzerin eines Wirtshauses auf dem Land, in das unerwartete Gäste gekommen sind; unaufhörlich gab sie den jungen Mädchen Aufträge, die diese nachlässigen Frauenzimmerchen oft genug nicht ausführten; jetzt schoss sie in diese Ecke, jetzt in jene, suchte in den Bündeln aus altem Tapa herum oder machte ein erstaunliches Geklapper mit ihren Kalebassen. Dann sah ich sie wieder mit gekreuzten Beinen vor einem ungeheuren hölzernen Becken sitzen, und ein gewaltiges Poï-Poï kneten oder mit dem Steinmörser hämmern, dass das Gefäß in Stücke zu gehen schien, dann lief sie wieder durch das Tal, um eine besondere Art Blätter zu finden, die sie zu ihren geheimnisvollen Künsten brauchte und kam keuchend und schwitzend nach Hause, und hatte ein Bündel aufgeladen, das die meisten Frauen nicht hätten tragen können.

Ich muss allerdings sagen, dass Kory-Korys Mutter die einzige derart geschäftige und tätige Person im ganzen Tale war; wenn sie eine kräftige und mittellose Witwe mit einer zahlreichen Kinderschar im trostlosesten Teil der zivilisierten Welt gewesen wäre, sie hätte nicht tätiger sein können. Hier auf der Insel aber war der größte Teil ihrer Arbeit vollkommen unnötig; die alte Dame schien einem unwiderstehlichen Zwang zu folgen; sie konnte einfach nicht in Ruhe bleiben. Dabei war sie nicht etwa ein Hausdrache oder sonst eine bösartige Person; sie hatte das gütigste Herz, und mich besonders behandelte sie wahrhaft mütterlich. Immer wieder brachte sie mir irgendeinen Leckerbissen, eine süße Speise, ein besonderes Gebäck der polynesischen Küche, genau wie bei uns eine verliebte Mutter ihrem kranken Jungen verzuckerte Pflaumen bringt. Ich habe an die gute, liebevolle, alte Teinor die wärmsten und dankbarsten Erinnerungen.

Außer den Genannten gehörten noch drei junge Leute zum Haushalt; liederliche, nichtsnutzige, lärmende Bengel, die entweder ihren Liebesangelegenheiten mit den Jungfrauen des Stammes nachgingen oder sich in der Gesellschaft verwandter Seelen, der größten Tunichtgute des Tales, mit »Arwa« betranken oder Tabak rauchten.

Ferner wohnten im Hause einige liebliche Fräulein, die zwar nicht wie aufgeklärtere junge Damen Piano spielten oder Romane lasen, dafür aber schönen Tapastoff webten, den größten Teil ihrer Zeit jedoch von einem Haus zum anderen hüpften, um mit ihren Bekannten zu plaudern und zu klatschen.

Ich muß indessen für die wunderschöne Fayaweh, meinen besonderen Liebling, eine Ausnahme machen. Ihre biegsame Gestalt war von vollkommener weiblicher Anmut und Schönheit. Ihre Hautfarbe war ein reiches Oliv, und wenn ihre Wangen glühten, dann war es, als ob sich unter einem durchsichtigen Email ein zartes Erröten zeigte. Das Gesicht des Mädchens war ein gerundetes Oval und jeder Zug so vollkommen, wie die Phantasie eines Mannes es nur träumen konnte. Wenn sie lächelte, dann zeigten ihre vollen Lippen blendend weiße Zähne, und wenn sie ihren rosigen Mund zu hellem Lachen öffnete, dann glichen sie den milchweißen Samenkörnern der »Arta«, einer Frucht des Tales, die, wenn man sie spaltet, diese Samenkörner in zwei Reihen, in rotem, saftigem Fleisch eingebettet, zeigt. Ihr tief braunes Haar, in der Mitte unregelmäßig geteilt, fiel in natürlichen Locken über ihre Schultern, oder, wenn sie sich vorbeugte, über ihre zarte Brust. Wenn sie nachdenklich war und ich in die Tiefe ihrer seltsamen blauen Augen sah, dann schienen sie ebenso sanft wie unergründlich. Wenn sie lebhaft bewegt war, funkelten sie wie Sterne. Fayawehs Hände waren so zart und fein wie die einer jungen Gräfin, denn durch ihre ganze Mädchenzeit und Jugend sind die Typee-Frauen von jeder härteren Arbeit befreit. Ihre stets bloßen Füße waren so klein und wohlgestaltet, wie sie unter dem Kleidersaum der Damen von Lima nicht zierlicher hervorsehen. Ihre Haut war durch das beständige Baden und den Gebrauch heilsamer Salben unsagbar zart und weich.

Damit sind wohl einige besondere Züge ihrer Schönheit hervorgehoben, aber die ganze Anmut ihrer Erscheinung vermag ich nicht entfernt zu schildern. Die freie, ungelernte, ungewollte Anmut solch eines Naturkindes, das seit seiner Geburt die Lüfte eines ewigen Sommers atmet und sich von den einfachen Früchten der Erde nährt, das frei und sorglos und unberührt von irgendwelchen Schädigungen dahinlebt, macht einen Eindruck, den man nicht wiedergeben kann. Man glaube mir, ich schildere kein Phantasiebild. Ich versuche lebendigste Erinnerung zu zeichnen.

Wenn man mich allerdings fragt, ob Fayawehs schöne Gestalt aller Tätowierung bar war, müsste ich dies leider verneinen. Aber die barbarischen Künstler, die die muskulösen Glieder ihrer Krieger so mitleidlos behandeln, scheinen zu erkennen, dass die Reize der Mädchen des Tales ihrer Nachhilfe nicht bedürfen. Die Frauen werden sehr wenig tätowiert, und Fayaweh und die anderen jungen Mädchen ihres Alters noch weniger als ihre älteren Schwestern. Warum, wird später erklärt werden. Drei winzige Fleckchen, nicht größer als Stecknadelköpfe, die in geringer Entfernung gar nicht sichtbar waren, zierten ihre Lippen. Über die Neigung der Schulter waren in einem Abstand von etwa einem halben Zoll zwei parallele, etwa drei Zoll lange Linien gezogen, und der Zwischenraum mit zart gezeichneten Figuren ausgefüllt. Diese schmale Tätowierung erinnerte ein wenig an die Streifen von Goldlitze, die unsere Offiziere in kleiner Uniform tragen, um an Stelle der Epauletten den Rang anzudeuten. Nur so weit war Fayaweh tätowiert und nicht mehr.

Ich muss nun noch die Kleidung beschreiben, die diese Nymphe des Tales trug. Und da muss ich gestehen, dass sie zumeist an jener Sommertracht festhielt, die im Paradiese gebräuchlich war. Aber dieses Kostüm stand ihr außerordentlich gut. Bei gewöhnlichen Gelegenheiten war sie genauso gekleidet, wie die zwei jugendlichen Wilden, die wir bei unserem ersten Eintritt ins Tal getroffen hatten. Manchmal, wenn sie in den Hainen spazieren ging, oder die Häuser ihrer Bekannten besuchte, trug sie ein Röckchen von weißem Tapa, das vom Gürtel bis unter die Knie reichte; und wenn sie sich für längere Zeit der Sonne aussetzen musste, dann schützte sie sich stets durch einen einfach umgelegten und frei fallenden Mantel aus dem gleichen Stoff, den sie lose um sich legte. Ihren Festanzug werde ich später beschreiben. So wie die Schönheiten in unseren Ländern sich gerne mit mannigfachem Schmuck aus Goldschmiedearbeit zieren, sie an die Ohren hängen, um den Hals oder ums Handgelenk legen, so pflegten das auch Fayaweh und ihre Gefährtinnen zu tun. Nur, dass Flora ihr Juwelier war. Sie trugen Halsketten aus kleinen roten Blumen, die wie Rubine an einem Tapafaden gereiht waren, oder eine weiße Knospe im Ohr, den Stiel durch die Öffnung gesteckt, so dass vorn die zart gefalteten Blumenblätter wie eine reine Perle sichtbar waren. Oft auch trugen sie Kränze, die in ihrer Anordnung den Krönlein glichen, die die Gattin eines englischen Pairs trägt, und die aus Blättern und Blumen geflochten waren. Auch Armbänder und Knöchelschmuck der gleichen zierlichen Art konnte man häufig sehen. Die Mädchen der Insel liebten Blumen leidenschaftlich und wurden nicht müde, sich damit zu schmücken.

Wenn auch, in meinen Augen wenigstens, Fayaweh unbestreitbar das lieblichste Weib war, das ich in Typee sah, so passt die Schilderung, die ich von ihr gab, in gewissem Grade fast auf die ganze weibliche Jugend des Tales; der Leser mag sich vorstellen, wie schön diese Geschöpfe waren.

Elftes Kapitel

Als Mehivi das Haus verlassen hatte, begann Kory-Kory sofort, die Pflichten seiner Stellung zu erfüllen. Er brachte uns Nahrung verschiedener Art und bestand darauf, mich wie ein kleines Kind zu füttern. Vergeblich erhob ich ernsthaften Widerspruch; er legte eine Kalebasse mit Koku vor mich hin, wusch seine Finger in einem Gefäß mit Wasser, dann steckte er die Hand in die Schüssel, rollte die Speise zu kleinen Klößen und schob mir einen nach dem anderen in den Mund. Wenn ich mich widersetzte, erhob er ein solches Geschrei, dass ich nachgeben musste. Toby durfte sich selbst bedienen.

Als die Mahlzeit vorüber war, ordnete mein Diener die Matten, bedeckte mich mit einem weiten Mantel aus Tapa, dann betrachtete er mich wohlgefällig und rief »Kai-Kai muï, muï, ah! Muï, muï, mortarkih. – Viel essen, ah! Schlafen sehr gut.« An der Weisheit dieser Worte zweifelte ich nicht. Da ich mehrere Nächte keinen Schlaf gefunden und der Schmerz in meinem Bein sehr nachgelassen hatte, benützte ich die Gelegenheit.

Als ich am nächsten Morgen erwachte, sah ich Kory-Kory an der einen Seite neben mir liegen, und Toby an der anderen. Ich fühlte mich nach einer ruhigen Nacht merklich erfrischt und war mit dem Vorschlag meines Dieners, dass ich zum Fluss hinabgehen und mich waschen sollte, sogleich einverstanden, nur fürchtete ich, dass mir die Bewegung zu viel Schmerz verursachen könnte. Aber diese Sorge war überflüssig, denn Kory-Kory sprang vom Pai-Pai herunter, lehnte sich daran wie ein Träger, der einen Koffer auf die Schulter heben will, und gab mir mit lautem Zuruf und einem Übermaß von

Gebärden zu verstehen, dass ich auf seinen Rücken steigen sollte, da er mich zu dem etwa vierhundert Schritt vom Hause entfernten Fluss tragen würde.

Unser Erscheinen auf der Veranda vor dem Hause lockte sogleich eine Menge Zuschauer herbei, die eifrig miteinander sprachen. Sobald ich meine Arme um den Hals des freundlichen Menschen geschlungen hatte und er mit mir davontrabte, folgte die Menge, die hauptsächlich aus jungen Mädchen und Burschen bestand, uns sogleich, fröhlich lachend und springend, und begleitete uns ans Flussufer. Dort watete Kory-Kory ins Wasser, das ihm bis zu den Hüften reichte, trug mich etwa bis in die Mitte des Flusses und setzte mich dort auf einen glatten schwarzen Stein, der sich einige Zoll über die Wasserfläche erhob. Die amphibische Schar, die uns auf den Fersen folgte, sprang hinter uns in die Flut; erkletterte die grasbewachsenen Felsen, die hier und da aus dem Bett des Baches ragten, und wartete neugierig darauf, meinen Waschungen zuzusehen. Mich aber machte die Gegenwart des weiblichen Teiles der Gesellschaft noch befangen; schließlich zog ich meine Jacke aus und wusch mich bis zum Gürtel. So wie Kory-Kory begriff, dass ich nicht weitergehen wollte, schien er starr vor Staunen, stürzte auf mich zu und in einem Schwall von Worten verwahrte er sich gegen diese Beschränkung des Bades und hieß mich durch unverkennbare Zeichen mit dem ganzen Körper ins Wasser tauchen. Und da er mich offenbar für ein unerfahrenes Kind hielt, dem er helfen musste, selbst wenn es dies übel aufnahm, so hob er mich einfach vom Stein und badete und wusch mich mit zartester Sorgfalt. Als dies vorüber war und ich mich wieder hinsetzte, sah ich erst die ganze Szene, die sich um mich entwickelt hatte, mit staunender Bewunderung.

Von all den grünen Steinen, die ringsumher lagen, glitten die Eingeborenen ins Wasser, tauchten und schwammen nach allen Richtungen; die jungen Mädchen machten fröhliche Luftsprünge, so dass das lange Haar um ihre Schultern flog, ihre Augen wie Tautropfen in der Sonne funkelten, und bei jedem lustigen Vorfall hallte ihr frohes Gelächter durch den Hain.

Am Nachmittag erhielten wir neuerlich den Besuch Mehivis. Der vornehme Wilde schien in gleich freundlicher Stimmung und war so herzlich wie zuvor. Er blieb etwa eine Stunde, dann stand er auf und lud Toby und mich ein, ihn zu begleiten. Ich wies auf mein Bein; aber Mehivi wies auf Kory-Kory. Ich stieg wieder auf die Schultern des treuen Menschen und, wie der Meergreis auf Sindbad dem Seefahrer ritt, folgte ich dem Häuptling, von Kory-Kory getragen.

Der Weg, auf dem wir gingen, zeigte mir mehr als alles das lässige Wesen der Inselbewohner. Es war offenbar der betretenste Pfad des Tales, in den mehrere andere von beiden Seiten mündeten, und war vielleicht seit Generationen die Hauptstraße gewesen; dennoch schien er, bis ich mich an ihn gewöhnt hatte, genauso verwachsen und schwierig wie die tiefste Wildnis. Ein Teil führte am Fuß einer steilen Böschung hin, voll vorspringender Felsblöcke, deren Spitzen oft durch den üppigen Pflanzenwuchs und das hängende Laub verborgen waren. Bald führte der Weg direkt über diese Felsen, bald in einem weiten Umkreis um sie herum; bald führte er plötzlich über glatte Steine in die Höhe, stieg auf der anderen Seite in eine tiefe Schlucht hinab oder in das kiesige Bett eines Baches. Bald lief er mitten durch einen Wald, und man musste sich beständig unter mächtige waagerechte Zweige bücken, bald über gewaltige Stämme und Äste hinwegschreiten, die quer über den Weg lagen und dort verfaulten.

Das war die Hauptstraße in Typee. Kory-Kory keuchte und schnob unter meiner Last; ich stieg daher bald ab, fasste Mehivis langen Speer und half mir damit; es war immer noch bequemer als die andere Art, die für mich und meinen müden Diener gleich beschwerlich wurde. Wir erstiegen einen

Hügel, den wir plötzlich vor uns ansteigen sahen, und waren am Ziel. Es wird nicht leicht sein, die Stelle so lebhaft mit Worten zu schildern, wie ich sie vor mir sehe. Hier lagen die Haine des Tales, die »Tabu« waren, der Schauplatz manchen bis tief in die Nacht reichenden Festes, mancher schauerlichen Gebräuche. Unter den dunkeln Schatten der heiligen Brotfruchtbäume herrschte ein feierliches Zwielicht, ein Düster wie in einer Kathedrale. Der furchtbare Geist heidnischen Götzendienstes schien in dem Schweigen zu hausen, und jeder Gegenstand schien von ihm erfüllt. Da und dort in unheimlichem Schatten, durch überhängende Laubmassen halb verborgen; erhoben sich Altäre aus ungeheuren schwarzen, geglätteten Steinblöcken erbaut, ohne Bindemittel zwölf, fünfzehn Fuß hoch aufeinandergeschichtet und von einem einfachen offenen Tempel überragt, den ein niedriger Zaun aus Rohrpfählen umgab. Darin konnte man Opfer von Brotfrucht und Kokosnüssen in den verschiedensten Graden der Fäulnis und ebenso faulende Reste irgendeines kürzlich dargebrachten Opfers sehen.

In der Mitte des Waldes lag der geheiligte »Hulah-Hulah-Grund«, der für die phantastischen, religiösen Feierlichkeiten dieser Stämme dient. Auf einem weiten rechteckigen Pai-Pai stand an beiden Enden je ein hoher stufenförmiger Altar, und um ihn scheußliche hölzerne Götzenbilder gereiht, während sich an den beiden anderen Seiten je eine Reihe von einfachen Bambushütten befand, die gegen das Innere des Vierecks offen waren. In der Mitte standen gewaltige Bäume, die ihren tiefen Schatten über den ganzen Raum warfen und um deren massige Stämme Stufen aus leichtem Holzwerk liefen; wenige Fuß über den Boden erhöht und mit einem Rohrgeländer versehen, bildeten sie die einfachen Kanzeln, von denen die Priester zu ihrer Gemeinde sprachen.

Dieses Allerheiligste war durch das strengste »Tabu« vor jeder Entweihung geschützt. Jedes Weib, das den geheiligten

Raum betrat oder berührte, ja, nur ihren Fuß in seinen Schatten setzte, war zu sofortigem Tode verurteilt.

Man betrat den abgeschlossenen Raum auf der einen Seite durch eine Art Laubentor, dem gegenüber sich turmhohe Kokosnussbäume erhoben, die in regelmäßigen Zwischenräumen auf einen flachen Grund von etwa zweihundert Schritt Länge gepflanzt waren. Am anderen Ende der Palmenreihe sah man ein Gebäude von beträchtlicher Größe, in dem die Priester und Diener des Haines wohnten. In seiner Nähe stand ein anderes bemerkenswertes Gebäude, das wie alle über einem Pai-Pai errichtet und wenigstens zweihundert Fuß lang, aber nicht mehr als zwanzig breit war. Die ganze Vorderseite dieses Gebäudes war völlig offen, und von einem Ende zum anderen lief eine enge Veranda, die am Rande des Pai-Pais durch einen Rohrzaun eingehegt war. Das Innere schien eine ungeheure Halle, der ganze Boden war mit mehreren Lagen von Matten bedeckt, die zwischen parallelen Kokosnussbaumstämmen ausgebreitet waren; die Stämme selbst waren die geradesten und regelmäßigsten, die im Tale zu finden gewesen waren.

Zu diesem Gebäude, das die Eingeborenen in ihrer Sprache das »Tai« nannten, führte uns Mehivi. Bis dahin hatte eine Schar von Eingeborenen beiderlei Geschlechts uns begleitet; aber sobald wir in die Nähe der Halle kamen, trennten sich die Frauen allmählich von der Schar und blieben zurück. Das mitleidlose Verbot des »Tabu« erstreckte sich auch auf dieses Gebäude.

Als ich das Haus betrat, sah ich zu meiner Überraschung sechs Musketen gegen die Bambuswand auf der einen Seite gelehnt; von ihren Rohren hingen ebenso viele Beutel aus Segeltuch, die zum Teil mit Pulver gefüllt waren. Um diese Musketen waren die mannigfaltigsten Spieße, Ruder, Wurfspeere und Keulen in großer Zahl gereiht. »Dies«, sagte ich zu Toby, »muss das Arsenal des Stammes sein.«

Als wir am Gebäude weiter entlang schritten, erblickten wir vier oder fünf scheußliche alte Geschöpfe, die durch Alter und Tätowierung jede Menschenähnlichkeit verloren hatten. Denn bei den Kriegern wird die Tätowierung bis ins höchste Alter fortgesetzt; die Figuren verwischen sich zuletzt, und so war die Körperfarbe dieser alten Leute ein einförmiges stumpfes Grün geworden. Ihre Haut hatte ein schauerlich schuppiges Aussehen; ihre Glieder waren wie aus staubiger grüner Bronze. Ihr Fleisch hing stellenweise in unförmigen Falten herab, wie von den Flanken eines Nashorns. Ihre Köpfe waren vollkommen kahl, auf den verrunzelten Gesichtern wuchs kein einziges Barthaar. Am eigentümlichsten sahen ihre Füße aus: die Zehen waren auseinandergespreizt und wiesen wie die Linien der Windrose auf einem Schiffskompass nach allen Richtungen des Horizonts.

Die abschreckenden Geschöpfe schienen den Gebrauch ihrer Glieder völlig verloren zu haben; mit gekreuzten Beinen saßen sie auf dem Boden und nahmen von uns nicht die geringste Notiz. Tatsächlich schienen sie sich unserer Gegenwart gar nicht bewusst. Mehivi hieß uns auf den Matten Platz nehmen, und Kory-Kory sprach irgendein unverständliches Kauderwelsch. Wenige Augenblicke später trat ein Knabe mit einer hölzernen Schüssel voll Poï-Poï ein, und wieder musste ich mich von meinem unermüdlichen Diener füttern lassen. Verschiedene andere Gerichte folgten; der Häuptling nötigte uns gastlich, uns zu bedienen und gab uns selbst das beste Beispiel. Als die Mahlzeit zu Ende war, wurde eine Pfeife angezündet, die von Mund zu Mund ging; sie hatte eine einschläfernde Wirkung und bei der Stille des Ortes, und da die Schatten der Nacht immer tiefer wurden, sanken Toby und ich in eine Art Dämmerzustand, während der Häuptling und Kory-Kory neben uns einzuschlummern schienen.

Gegen Mitternacht erwachte ich aus unruhigem Schlaf; ich richtete mich halb auf der Matte auf. Rings um uns war es völlig dunkel. Toby lag und schlief, aber unsere Begleiter waren verschwunden. Das einzige Geräusch, das die Stille unterbrach, war das asthmatische Atmen der Greise, die in einiger Entfernung von uns ruhten. Außer ihnen schien niemand mehr im Hause zu sein.

Schlimmes befürchtend, weckte ich meinen Gefährten; flüsternd erörterten wir das unerwartete Verschwinden der Eingeborenen, als plötzlich in der Tiefe des Haines vor uns Flammen aufschossen und die umgebenden Bäume hell beleuchteten, während alles ringsumher in noch tieferes Dunkel gehüllt schien. Jetzt wurden dunkle Gestalten sichtbar, die sich zwischen den Flammen hin und her bewegten, während andere tanzten und umhersprangen und den Eindruck von Dämonen machten.

Ängstlich fragte ich meinen Freund: »Was kann das bedeuten, Toby?«

»Oh, nichts!«, erwiderte er, »vermutlich machen sie das Feuer zurecht!«

»Das Feuer!«, rief ich, während mein Herz wie ein Schmiedehammer zu schlagen begann, »was für Feuer?«

»Nun, das Feuer, auf dem sie uns kochen wollen, natürlich! Zu welchem Zweck sonst würden die Kannibalen solchen Radau machen, wenn nicht dazu?«

»Lass jetzt deine schlechten Witze, Toby! Es ist nicht Zeit zu scherzen! Ich fühle, dass sich etwas vorbereitet.«

»Witze!«, rief Toby wütend. »Ist es meine Gewohnheit, Witze zu machen? Wozu sollten die Teufel uns denn drei Tage gefüttert haben, als zu diesem scheußlichen Zweck? Hat der Kory-Kory dich nicht mit seinem verfluchten Brei gestopft, wie man Schweine mästet, bevor man sie schlachtet? Verlass dich darauf, wir werden noch diese Nacht verspeist werden, und an dem Feuer da wollen sie uns braten.«

Diese Ansicht war nicht sehr beruhigend; wir waren ja tatsächlich einem Stamm von Menschenfressern auf Gnade und

Ungnade ausgeliefert, und das Schreckliche war keineswegs unmöglich.

»Da, ich sagte es dir, da kommen sie, um uns zu holen!«, rief Toby, als vier Gestalten, die sich scharf von dem erleuchteten Hintergrund abhoben, das Pai-Pai erstiegen und herankamen. Geräuschlos glitten sie durch die Finsternis, die uns umgab, als fürchteten sie, uns aufzustören, bevor sie uns gefasst hatten. Die furchtbarsten Gedanken drängten sich in diese eine Minute; kalter Schweiß trat auf meine Stirn, und regungslos vor Schrecken erwartete ich mein Schicksal.

Das Schweigen wurde durch die wohlbekannte Stimme Mehivis unterbrochen, die so freundlich klang, dass meine Furcht im Augenblick schwand. »Tommo, Toby, Kai-Kai!« – »Essen.« Er schien überrascht, uns wach zu finden.

»So? Kai-Kai!«, sagte Toby grob; »dann kocht uns wenigstens erst – aber was ist denn das?«, fügte er hinzu, als ein anderer Wilder erschien, der ein mächtiges Hackbrett trug, auf dem, wie deutlich zu riechen war, irgendein dampfend heißes Gericht lag und das er zu Mehivis Füßen auf den Boden setzte. »Vermutlich ein gebackenes Baby! Aber ich esse nicht davon, auf keinen Fall! Da wäre ich ja ein schöner Dummkopf, wenn ich mich hier mitten in der Nacht aufwecken ließe, um zu fressen und zu saufen, nur damit ich recht fett werde und so ein Haufen blutgieriger Kannibalen mich eines schönen Morgens verspeist! Nee, nee; ich weiß jetzt, was die Kerle wollen, und ich werde so hungern, bis ich nur noch Haut und Knochen bin; sie sollen eine Freude haben, wenn sie mich dann anrichten! Tommo, du wirst doch von dem Zeug da im Finstern nichts essen? Wie willst du denn wissen, was es ist?«

»Indem ich's koste«, sagte ich, und ich kaute bereits einen Bissen, den Kory-Kory mir in den Mund gesteckt hatte; »und ich kann dir sagen, es schmeckt vorzüglich, ähnlich wie Kalbfleisch!«

»Gebackenes Kinderfleisch ist's, beim seligen Kapitän Cook!«, brüllte Toby. »Kalbfleisch? Auf der Insel gab es doch kein Kalb, bevor du gekommen bist. Ich sage dir, sie mästen dich mit irgendeinem toten Happar, so wahr ich lebe!«

Das war ein scheußliches Gefühl. Wie Brechmittel und lauwarmes Wasser! In der Tat, wo sollten denn die Teufel Fleisch herbekommen haben! Aber ich wollte sicher gehen, wendete mich zu Mehivi und machte dem dienstwilligen Häuptling rasch begreiflich, dass ich Licht wünschte. Als die Fackel gebracht wurde, blickte ich scharf auf das Brett und erkannte die verstümmelten Reste eines Ferkels! »Puerki!«, rief Kory-Kory, wohlgefällig darauf blickend. Ich habe nie wieder vergessen, dass dies die Bezeichnung für Schweinefleisch in der Typee-Sprache ist!

Am nächsten Morgen, nachdem wir von dem gastlichen Mehivi nochmals reich bewirtet worden, erhoben Toby und ich uns, um zu gehen. Aber der Häuptling bat uns, unsere Absicht zu verschieben. »Abo, abo, wartet, wartet«, sagte er, und so setzten wir uns wieder nieder, während er von dem eifrigen Kory-Kory unterstützt, einer Anzahl Eingeborenen draußen Befehle erteilte. Wenige Augenblicke später ließ er uns kommen, und wir sahen, dass er eine Art Ehrengarde aufgestellt hatte, die uns nach dem Hause Marheyos zurückgeleiten sollte.

An der Spitze des Zuges schritten zwei ehrwürdig aussehende alte Wilde; jeder trug einen Speer, von dessen Ende ein Wimpel aus milchweißem Tapa flatterte. Nach ihnen kamen mehrere Jünglinge, die Kalebassen voll Poi-Poi auf den Häuptern trugen; ihnen folgten wieder vier stämmige Kerle mit langen Bambusstäben, von deren Spitze wenigstens zwanzig Fuß über dem Boden gewaltige Körbe voll grüner Brotfrucht hingen. Dann kam eine Schar von Jungen, die Bündel reifer Bananen und aus Kokospalmblättern geflochtene Körbe trugen, angefüllt mit frischen Nüssen, deren Schalen, von der zottigen Hülle befreit, aus dem grünen Weidengeflecht hervorsahen. Zuletzt kam ein stämmig gebauter Insulaner, der auf dem Kopf ein hölzernes Tranchierbrett trug, auf dem die Überbleibsel unseres nächtlichen Mahles mit Brotfruchtblättern zugedeckt lagen.

Der erstaunliche, grotesk aussehende Aufzug machte mich lächeln; es schien Mehivis Absicht, die Speisekammer des alten Marheyo aufzufüllen; vielleicht fürchtete er, dass seine Gäste sonst nicht so gut genährt werden könnten, wie er es wünschte. Sowie wir vom Pai-Pai herunterkamen, nahm der Zug uns in seine Mitte; Kory-Kory nahm mich auf die Schulter, und gelegentlich erleichterte ich es ihm unterwegs, indem ich ein Stück weit an einem Speer ging. Als wir uns in Bewegung setzten, begannen die Eingeborenen eine Art Rezitativ, das sie in Wechselgesängen fortsetzten, bis wir an unserem Bestimmungsort anlangten. Unterwegs kamen Scharen junger Mädchen aus den Wäldern der Umgebung, die uns unter lustigem Rufen und Lachen freudig begleiteten und beinahe die tiefen Töne des Marschrezitativs überschrien. Als wir uns dem Wohnort des alten Marheyo näherten, stürzten die Insassen heraus, uns zu empfangen; und während Mehivis Gaben verstaut wurden, machte der uralte Krieger den Hausherrn mit all der Wärme und vornehmen Gastlichkeit, mit der ein englischer Landedelmann seine Freunde in seinem Stammschloss empfangen und bewirten könnte.

Zwölftes Kapitel

Mit all diesen für uns so neuartigen Ereignissen war unmerklich eine Woche vergangen. Aus irgendeinem geheimnisvollen Grunde wurden die Eingeborenen mit jedem Tag aufmerksamer und dienstfertiger. Wir konnten uns ihr Benehmen gar nicht erklären. Jedenfalls dachte ich, können sie nichts Böses im Schilde führen, aber wozu dieses Übermaß von ehrerbietiger Güte? Was konnten sie von uns dafür erwarten? Es war ein Rätsel. Aber, obwohl ich gewisse Befürchtungen nicht völlig los wurde, der schreckliche Ruf, in dem diese Typees standen, schien gänzlich unverdient.

»Sie sind dennoch Menschenfresser!«, sagte Toby, als ich den Stamm pries.

»Zugegeben«, erwiderte ich, »aber eine menschlichere, anständigere und freundlichere Gattung solcher Feinschmecker dürfte es im ganzen Stillen Ozean nicht geben.«

Aber obwohl wir so freundlich behandelt wurden, kannte ich die launische Natur der Wilden doch zu gut, und ich wünschte sehr, das Tal zu verlassen. Unter all dem lächelnden Schein konnte immer noch ein schrecklicher Tod drohen. Freilich konnte ich an kein Fortkommen denken, solange ich gelähmt war. Denn trotz all der Kräuter der Eingeborenen wurde das Übel immer schlimmer. Ihre milde Behandlung stillte den Schmerz, aber das Bein blieb lahm, und ich fürchtete, wenn ich nicht bald ärztliche Hilfe fände, dass es ein langes und schweres Leiden werden könnte.

Aber woher sie bekommen? Ich dachte an die Wundärzte der französischen Flotte, die vermutlich noch in der Bucht

105

von Nuku Hiva lag; aber wie sollte ich sie von meinem Fall verständigen? In meiner Not schlug ich Toby vor, er sollte versuchen, nach Nuku Hiva zu gelangen, und wenn er nicht zu Wasser in einem Boot des Geschwaders nach dem Tal zurückkehren und mich mitnehmen könnte, konnte er mir vielleicht wenigstens geeignete Heilmittel mitbringen und zu Lande wiederkommen.

Mein Gefährte hörte mich schweigend an; die Sache schien ihm anfangs nicht zu gefallen. Auch er war ungeduldig, wegzukommen und wünschte die hohe Gunst, in der wir zurzeit bei den Eingeborenen standen, zu benützen, um uns einen guten Abgang zu schaffen, ehe in ihrem Verhalten etwa ein plötzlicher Umschlag eintrat. Da er mich nicht in meinem hilflosen Zustand verlassen wollte, beschwor er mich, guten Muts zu sein, es würde mir sicher bald besser gehen und ich würde in wenigen Tagen mit ihm nach Nuku Hiva aufbrechen können. Zudem war ihm der Gedanke, nochmals in das gefährliche Tal zurückzukehren, unerträglich, und meine Hoffnung, dass die Franzosen sich dazu bewegen lassen würden, ein bemanntes Boot herzuschicken, um mich aus den Händen der Typees zu befreien, hielt er für müßig. Er machte geltend, dass sie schwerlich den Stamm reizen würden, nachdem sie bisher die Bucht gemieden hätten, nur um die Befürchtungen der Typees zu beruhigen. »Und wenn sie selbst einwilligten«, sagte Toby, »würde das in dem Tal solch eine Aufregung hervorrufen, dass die Wilden uns leicht dabei umbringen könnten.« Darauf wusste ich nichts zu erwidern; aber ich meinte, dass wenigstens ein Teil meines Planes ausführbar wäre, und er willigte schließlich ein.

Als es uns gelang, den Eingeborenen unsere Absicht begreiflich zu machen, erhoben sie den heftigsten Widerspruch. Der bloße Gedanke, dass einer von uns sie verlassen könnte, betrübte sie aufs lebhafteste. Kory-Kory war vollkommen konsterniert; eine wahre Flut von Gesten sollte uns begreiflich machen, nicht nur, wie sehr er Nuku Hiva und dessen barbarische Bewohner verabscheute, sondern auch wie erstaunt er war, dass wir, nachdem wir die herrlichen Typees kennengelernt, auch nur den leisesten Wunsch hegen könnten, ihre Gesellschaft, und wenn auch nur zeitweise, aufzugeben.

Ich aber wies auf mein lahmes Bein und versicherte, dass es rasch geheilt werden könnte, wenn Toby nur die geeigneten Mittel brächte. So wurde denn schließlich abgemacht, dass er, von ein oder zwei Bewohnern des Hauses begleitet, aufbrechen sollte, sie wollten ihm einen bequemen Weg zeigen, auf dem er die Bucht vor Sonnenuntergang erreichen könnte.

Bei Tagesanbruch am nächsten Morgen war alles im Hause in Bewegung. Einer der jungen Männer stieg auf einen Kokosnussbaum und warf Früchte herunter, denen der alte Marheyo rasch die grünen Zotten abzog und sie dann an einer kurzen Stange zusammenband. Sie sollten Toby auf dem Weg zur Erfrischung dienen.

Als alles bereit war, verabschiedete ich mich von ihm in nicht geringer Bewegung. Er versprach, spätestens in drei Tagen zurück zu sein, hieß mich in der Zwischenzeit guten Mutes bleiben, und von dem ehrwürdigen Marheyo geführt, verschwand er um die Ecke des Pai-Pais. Ich war sehr niedergeschlagen, kehrte ins Haus zurück und warf mich in fast verzweifelter Stimmung auf die Matten nieder, die den Fußboden bedeckten.

Zwei Stunden später kehrte der alte Krieger zurück und gab mir zu verstehen, dass er meinen Freund ein kleines Stück begleitet, dann ihm den Weg gezeigt und ihn verlassen hätte.

Es war am selben Tage gegen Mittag, zu einer Zeit, in der diese Leute gewöhnlich schlafen; ich lag wach im Hause, die anderen lagen schlummernd umher; das seltsame Schweigen um mich bedrückte mich, als ich plötzlich einen schwachen Ruf zu hören glaubte, der aus den Tiefen des Haines, der vor dem Hause lag, zu kommen schien.

Die Töne wurden lauter und kamen näher, und jetzt hallte das ganze Tal von wildem Geschrei. Die Schläfer um mich sprangen auf und eilten hinaus, um den Grund zu entdecken. Kory-Kory, der der erste gewesen war, kehrte atemlos und beinahe verrückt vor Aufregung wieder. Alles, was ich verstehen konnte, war, dass Toby etwas geschehen war. In schrecklicher Angst stürzte ich aus dem Hause und sah eine wildbewegte Menge, die unter Schreien und Klagen aus dem Hain hervorkam und irgendetwas trug, dessen Anblick sie mit solcher Trauer erfüllte. Als sie näher kamen, verdoppelten sich die Rufe der Männer, während die Mädchen, ihre bloßen Arme in die Luft schwingend, klagend riefen: »Awah, Awah! Toby möckih moih!« »Wehe, wehe! Toby ist tot!«

Die Menge teilte sich, und ich sah den leblosen Körper meines Freundes von zwei Männern getragen; sein Haupt hing schwer über die Brust des Vordermannes. Gesicht, Hals und Brust waren mit Blut bedeckt, das noch immer langsam aus einer Wunde hinter der Schläfe herabtropfte. Unter Aufruhr und Verwirrung wurde der Körper ins Haus getragen und auf eine Matte gelegt. Ich machte den Eingeborenen Zeichen, zurückzutreten und uns Raum und Luft zu lassen, dann beugte ich mich eifrig über Toby, legte die Hand auf seine Brust und fühlte, das das Herz noch schlug. Überglücklich griff ich nach einer Kalebasse mit Wasser, schüttete sie ihm über das Gesicht, dann wischte ich das Blut weg und untersuchte ängstlich die Wunde. Sie war etwa drei Zoll lang, und als ich das verklebte Haar entfernt hatte, sah ich, dass der Schädel völlig bloßgelegt war. Mit meinem Messer schnitt ich die schweren Locken ab und wusch die Wunde wiederholt mit Wasser.

Nach wenigen Augenblicken kam Toby zu sich, öffnete die Augen, schloss sie aber sogleich wieder, ohne zu sprechen. Kory-Kory, der neben mir kniete, rieb seine Glieder sanft mit den flachen Händen; ein junges Mädchen, das ihm zu Häupten saß, fächelte ihm Luft zu, während ich fortfuhr, Lippen und Stirn zu befeuchten; bald zeigte mein armer Freund Lebenszeichen, und es gelang mir, ihm aus einer Kokosnussschale etwas Wasser einzuflößen.

Jetzt erschien die alte Teinor, sie hatte Heilkräuter in der Hand, die sie inzwischen gesammelt hatte, und bedeutete mir durch Zeichen, dass ich den Saft ausdrücken und in die Wunde träufeln sollte. Dies tat ich und hielt es dann fürs beste, Toby ungestört zu lassen, bis er von selbst wieder zu sich käme. Mehrmals öffnete er die Lippen, aber ich hieß ihn schweigen. Nach zwei oder drei Stunden richtete er sich auf und war genug erholt, um mir zu erzählen, was geschehen war.

»Wir gingen quer durch das Tal«, sagte er, »und erstiegen die gegenüberliegenden Höhen. Gleich hinter ihnen, sagte mir mein Führer, begann das Tal von Happar; über ihren Kamm, um das Talende herum ginge der Weg nach Nuku Hiva. Marheyo begleitete mich nur ein kleines Stück die Höhe hinauf, dann blieb er stehen und bedeutete mir, dass er mich nicht weiter begleiten könnte; seine Gebärden sagten, dass er dem feindlichen Gebiet sich weiter zu nähern fürchtete. Er zeigte mir den Pfad, der deutlich vor mir lag, sagte mir Lebewohl und stieg rasch hinunter.

Ganz froh, so nahe bei den Happars zu sein, eilte ich aufwärts und erreichte bald die Höhe. Sie verlief in einem scharfen Grat, von dem ich die beiden feindlichen Täler überschauen konnte. Hier setzte ich mich nieder, ruhte eine Weile und labte mich an den mitgebrachten Kokosnüssen. Ich setzte meinen Weg über den Kamm fort, als ich plötzlich drei Eingeborene, die offenbar gerade aus dem Tal von Happar gekommen sein mussten, in einiger Entfernung vor mir auf dem Wege stehen sah. Sie waren jeder mit einem schweren Spieß bewaffnet; einen hielt ich seinem Aussehen nach für einen Häuptling. Sie riefen etwas, das ich nicht verstehen konnte, und winkten mir, heranzukommen.

Ohne Zögern schritt ich auf sie zu und war noch zwei Schritte von dem vordersten entfernt, als dieser zornig ins Typee-Tal wies, einen wilden Ruf ausstieß, mit seiner Waffe blitzartig ausholte und mich zu Boden schlug. Ich verlor die Besinnung. Als ich wieder zu mir kam, sah ich die drei Insulaner eine kleine Strecke von mir entfernt stehen; sie schienen einen heftigen Streit zu haben, der mich betraf. Mein erster Gedanke war Flucht; aber da ich aufzustehen versuchte, fiel ich wieder um und rollte einen kleinen grasigen und steilen Abhang hinunter. Der Sturz schien mich zu mir zu bringen, ich sprang auf und floh den Weg hinab, den ich gekommen war. Ich brauchte mich nicht umzusehen, aus dem Brüllen hinter mir wusste ich, dass die Feinde mich verfolgten. Das Blut lief mir über die Augen und machte mich fast blind, aber von dem wilden, fürchterlichen Geschrei hinter mir gejagt, floh ich wie der Wind den Abhang hinunter. Ich hatte nahezu ein Drittel der Entfernung zurückgelegt, die Wilden schrien nicht mehr, aber plötzlich ertönte ein fürchterliches Geheul, gleichzeitig flog ein schwerer Wurfspeer an mir vorbei und blieb zitternd in einem Baumstamm neben mir stecken. Ein zweiter Wutschrei folgte, und ein zweiter und ein dritter Spieß flogen an mir vorbei und fuhren ein paar Schritte vor mir schräg in die Erde. Die Kerle brüllten vor Wut und Enttäuschung, wagten sich aber wohl nicht tiefer ins Tal von Typee hinab und gaben die Verfolgung auf. Ich sah sie ihre Waffen aufnehmen und umkehren, während ich so schnell als möglich weiter eilte.

Was diesen wilden Angriff von Seiten der Happars veranlasst hatte, ahne ich nicht, es wäre denn, dass sie mich mit Marheyo hatten hinaufsteigen sehen, und dass die bloße Tatsache, dass ich aus dem Typee-Tal kam, genügte, sie dermaßen in Wut zu bringen.

Solange ich in Gefahr war, fühlte ich meine Wunde kaum, aber als die Jagd vorüber war, wurde sie mir beschwerlich. Ich hatte meinen Hut verloren und die Sonne brannte mir auf den

Kopf. Eine Schwäche befiel mich, und mir wurde schwindlig; ich wankte fort, so gut ich es vermochte, und als ich den Talboden erreichte, sank ich zu Boden. Von da an weiß ich nichts mehr, bis ich auf den Matten hier liegend erwachte und dich mit der Kalebasse über mich gebückt sah.«

Dies war Tobys Bericht von dem traurigen Vorfall. Ich hörte später, dass an der Stelle, wo er umgesunken war, die Eingeborenen Brennholz zu holen pflegten. Ein Trupp von ihnen hatte ihn fallen sehen und ihn unter lauten Rufen aufgehoben; sie hatten vergeblich versucht, ihn am Bach zu sich zu bringen und waren dann mit ihm nach Hause geeilt.

Dieser Vorfall trübte unsere Hoffnungen. Wir waren von feindlichen Stämmen umschlossen und konnten ihr Gebiet nicht durchschreiten, ohne ihren Groll zu spüren. So schien uns kein Weg zur Flucht zu bleiben als übers Meer, das das untere Ende des Tales umspülte.

Unsere Typee-Freunde nützten Tobys Unfall, um uns begreiflich zu machen, wie gut wir es bei ihnen hatten, und sie verglichen ihre freundliche Aufnahme mit der Bosheit des Nachbarvolkes. Sie betonten die kannibalischen Neigungen der Happars, denn sie wussten, welche Wirkung dies auf uns machte, während sie ihrerseits derartig scheußliche Sitten in Abrede stellten. Sie wiesen uns endlich die Lieblichkeit ihres Tales, die verschwenderische Fülle, mit der es alle Früchte hervorbrachte, und priesen es vor allen anderen Tälern der Insel. Insbesondere Kory-Kory suchte uns richtige Ansichten hierüber beizubringen; wir hatten uns einige wenige Worte der Typee-Sprache angeeignet, und um uns das Verständnis zu erleichtern, fasste er sich so kurz wie möglich.

»Happar kikihno nui«, rief er, »nui, nui, kai-kai kannaka! – ah! ohle mortarkih!« Das hieß: »Schreckliche Burschen, diese Happars – fressen eine erstaunliche Menge Menschen! Ah! schrecklich böse!« Dazu machte er eine Fülle von Gebärden, stürzte mitten im Reden aus dem Hause und zeigte mit deutlichem Abscheu nach dem anderen Tal; dann eilte er wieder ins Haus, damit wir nur ja kein Wort von dem, was er uns sagen wollte, verlören; zuletzt fasste er den fleischigsten Teil meines Arms mit den Zähnen, um mir klarzumachen, dass die Leute da drüben nichts sehnlicher wünschten, als so mit mir zu verfahren.

Als er sicher war, uns darüber völlig aufgeklärt zu haben, ging er zum zweiten Teil des Gegenstandes über: »Ah! Typee mi arkih! Nui, nui, meiori – nui, nui wai nui, nui poï-poï – nui, nui koku – ah! Nui, nui kai-kai – ah! Nui, nui, nui!« Das hieß frei übersetzt: »Ah, Typee! Das ist ein schönes Land! Hier kann man nicht verhungern, sag' ich dir! Viel Brotfrucht, viel Wasser, viel Pudding, ah, alles viel, viel, viel, viel!« All dies von nicht misszuverstehenden Zeichen und Gebärden begleitet.

Und genau wie die Redner in kultivierteren Ländern, verlor sich auch Kory-Kory im weiteren Verlauf seiner Rede auf andere Gebiete, vermutlich erging er sich in moralischen Betrachtungen, die sich aus den früheren ergaben, und schwatzte fort, bis ich tatsächlich Kopfschmerzen hatte.

Dreizehntes Kapitel

Nach wenigen Tagen hatte Toby sich von den Folgen seines Erlebnisses mit den Happar-Kriegern erholt; unter dem Einfluss der guten Teinor und ihrer heilsamen Kräuter heilte seine Wunde rasch. Ich war weniger glücklich; mein Fuß blieb lahm, während die Ursache mir ein Geheimnis war. Ich wusste nun, dass die Heilkunst der Eingeborenen mir nicht helfen konnte; vom Verkehr mit der zivilisierten Welt war ich abgeschnitten; ich wusste, dass ich, solange ich in diesem Zustand war, selbst wenn sich mir ein Weg geboten hätte, das Tal nicht verlassen konnte, und da ich den Eingeborenen keineswegs traute, gab ich alle Hoffnung auf Heilung und Flucht auf und versank in Trübsinn. Weder das freundliche Zureden Tobys, noch Kory-Korys hingebungsvolle Dienste, noch Fayawehs sanfter Einfluss vermochten mich aufzuheitern.

Eines Morgens, als ich traurig und gleichgültig auf den Matten lag, kam Toby, der mich vor etwa einer Stunde verlassen hatte, plötzlich eilig zurück und erzählte mir jubelnd, ich sollte guten Muts und fröhlich sein, denn aus dem Treiben der Eingeborenen glaube er, dass Boote sich der Bucht näherten. Die Nachricht wirkte auf mich wie Zauber. Die Stunde der Befreiung schien gekommen. Ich sprang auf und sah alsbald, dass irgendetwas Ungewöhnliches bevorstand. Aus allen Richtungen scholl das Wort »Botih! Botih!«; aus der Ferne hörte man Rufe, die bei jeder Wiederholung lauter wurden und näher kamen, bis sie ein Bursche in einem Kokosnussbaum, wenige Schritte von uns entfernt, aufnahm und weitergab; im nächsten Hain wurden sie wiederholt und erstarben allmählich in der

Ferne, während die Nachricht so bis in die letzten Winkel des Tales drang. Das war der mündliche Telegraph der Eingeborenen; auf diese Weise konnten kurze Mitteilungen in wenigen Minuten vom Meeresufer bis zur letzten Hütte über eine Entfernung von mindestens acht oder neun Meilen weitergegeben werden. Zurzeit war dieser Telegraph in voller Arbeit, eine Mitteilung folgte der anderen mit unbegreiflicher Schnelligkeit.

Alle schienen in größter Aufregung. Bei jeder neuen Nachricht verdoppelten die Eingeborenen ihre Anstrengungen: sie sammelten Früchte, um sie den erwarteten Besuchern zu verkaufen. Einige rissen die zottige Hülle von den Kokosnüssen, andere in den Baumwipfeln warfen ihren Gefährten Brotfrüchte zu, die sie unten einsammelten, während andere mit raschen Fingern Laubkörbe flochten, um die Früchte zu befördern. Da und dort sah man einen stämmigen Krieger seinen Speer mit einem Stück alten Tapatuches putzen oder die Gürtelfalten um seine Lenden richten; oder ein junges Mädchen sich mit Blumen schmücken, da sie offenbar irgendeine Eroberung im Auge hatte, und wie überall in der Welt, wo es Eile und Verwirrung gibt, rannten viele Leute mit erstaunlichem Eifer hin und her, die durchaus nichts taten und die anderen nur hinderten.

Noch niemals hatten wir die Eingeborenen in solcher Aufregung gesehen, und der Anblick bewies zur Genüge, dass das Ereignis ein seltenes war. Und wenn ich dachte, wie lange es dauern konnte, bis mir eine ähnliche Gelegenheit zur Flucht sich bieten würde, beklagte ich bitter, dass ich nicht in der Lage war, diese Gelegenheit wirksam auszunützen.

Es sah aus, als ob die Eingeborenen besorgten, zu spät zum Strand zu kommen, wenn sie sich nicht außerordentlich anstrengten. Krank und lahm wie ich war, wäre ich sofort mit Toby aufgebrochen, aber Kory-Kory weigerte sich nicht nur, mich zu tragen, er wollte auch selbst die Nähe des Hauses nicht verlassen. Auch die anderen Wilden widersetzten sich unseren Wünschen und schienen über meine ernsten Bitten betrübt und erstaunt. Ich sah ganz klar, dass mein Diener zwar nicht dergleichen tat, aber ganz entschlossen war, mich am Mitkommen zu hindern. Und er schien, wie auch öfters nachher, einem Befehl zu gehorchen, obschon ich an seiner wirklichen Zuneigung für mich nicht zweifeln konnte.

Toby, der entschlossen war, mit den anderen hinunterzugehen, und sich gehütet hatte, solche Begier danach zu zeigen wie ich, stellte mir vor, dass ich ganz unmöglich den Strand rechtzeitig erreichen konnte. »Siehst du nicht«, sagte er, »dass die Wilden selbst zu spät zu kommen fürchten? Ich würde gleich losrennen, aber wenn ich zu viel Eifer zeigte, könnte ich meine Aussichten vernichten. Wenn du möglichst ruhig und uninteressiert bliebest, würde das ihren Verdacht verringern, und dann würden sie wenigstens mich mit zum Strand gehen lassen und vielleicht glauben, dass ich aus bloßer Neugier gehe. Sollte ich bis an die Boote gelangen, so kann ich den Leuten sagen, in welcher Lage du hier bist, und dann kann etwas für uns getan werden.«

Ich musste dies einsehen. Und in der Tat, sowie die Eingeborenen begriffen, dass ich hierbleiben wollte, erhoben sie weiter keine Einwendung dagegen, dass Toby mit hinunterging, ja, sie begrüßten es mit Freude. Dieses seltsame Verhalten gab mir viel zu denken und ließ spätere Ereignisse noch geheimnisvoller erscheinen.

Die Eingeborenen liefen jetzt eiligst den Pfad entlang, der zur See führte. Ich schüttelte Toby warm die Hand und gab ihm meinen Paytahut, damit er seinen verwundeten Kopf vor der Sonne schützen konnte, weil er den seinen verloren hatte. Er erwiderte meinen Händedruck herzlich, versprach mir feierlich, zurückzukehren, sobald die Boote den Strand verlassen hätten, sprang davon und verschwand im Wäldchen.

Obwohl meine Gedanken keine erfreulichen waren, fand ich doch das eigenartige Schauspiel vor mir höchst unterhaltend. Auf dem engen Wege drängten sich die Eingeborenen, beladen mit Früchten jeder Art. Da versuchte einer vergeblich, ein widerspenstiges Schwein an einer Schnur vorwärtszubringen und musste das Tier schließlich in die Arme nehmen und es, während es sich beständig sträubte und quiekte, an seiner nackten Brust tragen. Jetzt kamen zwei, die man für die hebräischen Kundschafter hätte halten können, als sie mit ihrer Riesentraube zu Moses zurückkehrten. An einer langen Stange, die auf ihren Schultern ruhte, hing ein mächtiges Bündel von Bananen, das bei ihrem schaukelnden Gang hin und her schwankte. Dort lief einer schwitzend, der eine Menge von Kokosnüssen trug und in der Angst, zu spät zu kommen, nicht darauf achtete, dass die Früchte aus seinem Korbe sprangen, und nur hinunterkommen zu wollen schien, ohne Rücksicht darauf, ob die Kokosnüsse mitkamen. Bald war der letzte vorüber und die schwachen Rufe erstarben allmählich. Unser Teil des Tales war fast völlig verlassen, nur Kory-Kory, sein alter Vater und ein paar andere alte Leute waren dageblieben.

Gegen Sonnenuntergang begannen die Insulaner in kleinen Trupps vom Strande zurückzukommen; aber vergeblich suchte ich unter ihnen Toby zu erspähen. Ein Trupp nach dem anderen kam vorüber, ohne dass ich ihn erblickte. Da ich indessen dachte, dass er mit jemandem vom Hause zurückkehren würde, wahrscheinlich mit der schönen Fayaweh, so blieb ich ruhig und wartete geduldig. Endlich sah ich die alte Teinor kommen, hinter ihr alle Mädchen und jungen Leute, die in Marheyos Haus wohnten, aber mein Genosse war nicht bei ihnen, und von tausend Ängsten erfüllt, suchte ich den Grund zu erfahren. Bei meinen dringenden Fragen schienen die Eingeborenen in Verlegenheit zu kommen. Ihre Auskünfte waren widersprechend; der eine gab mir zu verstehen, dass Toby in kürzester Zeit da sein würde, ein anderer sagte, er wüsste nicht, wo er wäre, während der dritte mir unter heftigen Schmähungen auf ihn versicherte, dass er sich fortgestohlen hätte und nie wiederkommen würde. Ich schloss daraus, dass sie mir irgendein schreckliches Unglück verhehlen wollten, und in wirklich großer Angst, dass etwas Verhängnisvolles sich ereignet hatte, suchte ich die junge Fayaweh auf, um von ihr, wenn möglich, die Wahrheit zu hören.

Das liebenswürdige Wesen hatte mich von Anfang an angezogen, nicht nur durch ihre außerordentliche Schönheit, sondern auch, weil der Ausdruck ihres Gesichtes ungewöhnliche Intelligenz und Wärme verriet und etwas überaus Gewinnendes hatte. Von all den Eingeborenen schien sie allein zu verstehen, was wir, Toby und ich, in unserer Lage fühlen mussten. Wenn sie zu mir sprach – besonders wenn ich in Schmerzen auf der Matte lag –, war in ihrem Wesen eine Zärtlichkeit, die ich weder missverstehen noch der ich widerstehen konnte. Sooft sie das Haus betrat, zeigte ihr Gesicht die lebhafteste Sympathie für mich. Gewöhnlich kam sie auf mich zu, den einen Arm mit einer mitleidigen Gebärde ein wenig erhoben, sah mich mit ihren großen leuchtenden Augen lange an und murmelte mit klagender Stimme »Awah! Awah, Tommo!« und setzte sich dann traurig neben mich. Ich war überzeugt, dass sie tiefes Mitleid mit mir hatte, da ich so fern von meinem Land und allen Freunden völlig hilflos lag. Sie schien sogar zu begreifen, dass Bande mit der Heimat rau zerrissen waren, dass Schwestern und Brüder auf unsere Rückkehr warteten, die uns vielleicht nie mehr sehen würden. So erschien mir Fayaweh wenigstens, und mit vollem Vertrauen in ihre Aufrichtigkeit und ihr Verständnis, wendete ich mich jetzt an sie. Meine Fragen schienen sie sichtlich zu betrüben. Sie sah die Umstehenden der Reihe nach an, als ob sie nicht wüsste, was sie sagen sollte. Endlich gab sie nach und bedeutete mir, dass Toby mit den Booten abgefahren war, aber versprochen hatte, nach drei Tagen zurückzukehren. Im ersten Augenblick warf ich ihm innerlich Treulosigkeit vor, da er mich so verlassen hatte, dann aber beruhigte ich mich in dem Gedanken, dass er nur die Gelegenheit benützt hatte, nach Nuku Hiva zu kommen, um von dort aus irgendetwas zu unternehmen, damit auch ich das Tal verlassen könnte. Jedenfalls, dachte ich, wird er mit den nötigen Medizinen wiederkommen, und sobald ich gesund bin, kann es weiter keine Schwierigkeit geben. Damit tröstete ich mich und schlief diese Nacht froher ein als in der ganzen letzten Zeit. Der nächste Tag verging, ohne dass die Eingeborenen von Toby gesprochen hätten. Sie schienen den Gegenstand meiden zu wollen. Dies machte mich besorgt, aber als die Nacht kam, freute ich mich, dass der zweite Tag vorüber war und Toby am nächsten Morgen wieder hier sein würde. Aber der Morgen kam und verging, und er erschien nicht. Ah, dachte ich, er rechnet die drei Tage von der Abfahrt an, also wird er morgen kommen. Aber wieder verging ein öder Tag ohne seine Rückkehr. Auch jetzt wollte ich noch nicht verzweifeln. Ich dachte, dass irgendetwas ihn aufgehalten hatte, dass er warten musste, bis ein Boot von Nuku Hiva abfuhr; in zwei, drei Tagen würde ich ihn wiedersehen. Aber Tag auf Tag verging und zuletzt verlor ich alle Hoffnung. Ja, dachte ich finster, ihm ist die Flucht gelungen, und was mit mir geschieht, ist ihm gleichgültig. Ich Narr, zu glauben, dass einer freiwillig wieder in das gefährliche Tal zurückkehren wird, wenn er einmal daraus entkommen ist! Er ist fort, und ich muss mich allein all der Gefahren ringsum erwehren. Manchmal fand ich einen verzweifelten Trost darin, Tobys abscheuliche Perfidie ihm im Geist vorzuhalten, während ich zu anderen Zeiten bitter bereute, dass meine eigene Unklugheit mein Schicksal herbeigeführt hatte. Manchmal aber dachte ich, dass die verräterischen Wilden ihn vielleicht einfach beseitigt hatten und darum durch meine Fragen so verwirrt geworden und so widersprechende Antworten gegeben hatten; oder dass er vielleicht in einem anderen Teil des Tales gefangen gehalten würde, oder noch schrecklicher, dass ihn das Schicksal erreicht hatte, vor dem mir am meisten schauderte. Aber all dies waren müßige Gedanken; Toby kehrte nicht wieder, und es kam keine Nachricht von ihm.

Das Benehmen der Eingeborenen schien unerklärlich. Sorgfältig vermieden sie jede Anspielung auf ihn, und wenn sie einmal auf meine Fragen antworten mussten, dann nannten sie ihn einen undankbaren Ausreißer, der seinen Freund verlassen und sich nach dem schändlichen und niederträchtigen Nuku Hiva begeben hatte. Dagegen wurden die Eingeborenen immer freundlicher und aufmerksamer und behandelten mich beinahe, als ob ich ein himmlischer Gast gewesen wäre. Kory-Kory wich nicht von meiner Seite, es wäre denn, um mir einen Wunsch zu erfüllen. Zweimal an jedem Tag, in der Morgenfrische und in der Kühle des Abends, bestand der treue Mensch darauf, mich zum Fluss zu tragen und mich in seinen erfrischenden Wassern zu baden. Nachmittags trug er mich häufig an eine besondere Stelle am Fluss, deren Schönheit tatsächlich einen lindernden Einfluss auf meine Traurigkeit hatte. Die Wasser strömten dort zwischen, grasbewachsenen Ufern, die mit ungeheuren Brotfruchtbäumen bepflanzt waren, deren mächtige Zweige sich über dem Fluss vereinten und ein Laubdach über ihm bildeten; in der Nähe waren einige glatte schwarze Felsen, und einer davon, der mehrere Fuß über die Wasserfläche ragte, hatte oben eine flache Höhlung, die mit frisch gesammelten Blättern gefüllt, ein entzückendes Lager bot.

Hier lag ich oft stundenlang mit einem gazeartigen Tapaschleier bedeckt, während Fayaweh neben mir saß und mit einem aus frischen Kokospalmblättern geflochtenen Fächer die Insekten vertrieb, die mir gelegentlich ins Gesicht flogen, und Kory-Kory, um mich aufzuheitern, tausend Schwimmkünste im Wasser ausführte. Wenn mein Auge den Fluss entlang blickte, fiel es vielleicht auf die Gestalt irgendeines schönen Mädchens, das halb im durchsichtigen Wasser stand und in einem kleinen Netz eine winzige Art von Schellfischen fing, die die Leute dort besonders gerne essen. Oder eine schwatzende Gruppe saß mitten im Bach am Rand eines niedrigen Felsens, eifrig damit beschäftigt, Kokosnussschalen abzuflachen und zu polieren, indem sie sie im Wasser rasch mit einem kleinen Stein rieben. Auf diese Weise machen sie daraus leichte und elegante Trinkgefäße, die beinahe wie Becher aus Schildpatt aussehen. Aber die schöne Landschaft und das reizende Leben in ihr war nicht mein einziger Trost. Jeden Abend sammelten sich die Mädchen um mich auf den Matten, jagten Kory-Kory fort – der sich indessen nie weit entfernte und sie eifersüchtig beobachtete –, dann rieben sie meinen ganzen Körper mit einem duftenden Öl, das aus einer gelben Wurzel gepresst wird, die sie vorher zwischen Steinen zerstampften, und die in ihrer Sprache »Ekah« heißt. Dies rief stets ein wonniges Gefühl hervor, bei dem ich für eine kurze Zeit all meine Sorgen vergaß.

Manchmal, in der Kühle des Abends, führte Kory-Kory mich auf das Pai-Pai vor dem Hause hinaus, bereitete mir einen Sitz nahe am Rand und wickelte mich in Tapa ein, um mich vor den Insekten zu schützen. Er brauchte mindestens zwanzig Minuten, ehe er es mir seiner Ansicht nach bequem genug gemacht hatte. Dann holte er meine Pfeife, zündete sie an und reichte sie mir. Dazu musste er oft eigenes Feuer machen, und das tat er in höchst merkwürdiger Weise. Ein gerader, trockener, zum Teil verwitterter Hibiskusstock, etwa sechs Fuß lang und drei Zoll im Durchmesser, sowie ein kleineres Stückchen Holz, das nur einen Fuß lang und kaum einen Zoll breit ist, finden sich in jedem Hause in Typee, so gewiß wie eine Streichholzschachtel in jeder Küche bei uns.

Der Eingeborene lehnt den dickeren Stock schräg gegen irgendeine Stütze in einem Winkel von fünfundvierzig Grad, setzt sich rittlings darauf, als wollte er Steckenpferd reiten, faßt dann das kleinere Holz fest mit beiden Händen und reibt dessen spitzes Ende langsam auf dem großen Stock wenige Zoll weit hin und her, bis in dem Holz eine enge Rinne entsteht, an deren oberem Ende sich die durch die Reibung gebildeten Stäubchen anhäufen. Zuerst ist die Bewegung eine ganz gemächliche, wird aber immer schneller, zuletzt fährt das spitze Holz wie rasend in der rauchenden Rinne auf und nieder, der Mann bewegt seine Hände mit erstaunlicher Schnelligkeit und der helle Schweiß bricht ihm aus. Er arbeitet keuchend fort und die Augen treten vor Anstrengung fast aus den Höhlen. Dies ist der kritische Augenblick; die ganze Arbeit ist umsonst, wenn er die Schnelligkeit der Bewegung nicht solange durchführen kann, bis der widerwillige Funke erzeugt ist. Plötzlich hält er inne, sitzt bewegungslos. Die Hände halten noch das kleinere Holz fest und drücken es krampfhaft gegen das obere Ende der Rinne, wo der feine Staub sich gesammelt hat, als hätte er eine Viper durchbohrt, die sich windet und sträubt, um ihm zu entkommen. Im nächsten Augenblick kräuselt sich der zarte Rauchfaden in die Luft, das Häufchen feinen Holzstaubs ist in Glut, und Kory-Kory steigt atemlos von seinem hölzernen Rosse.

Dieses Feueranmachen ist die schwerste Arbeit, die ich je auf Typee gesehen; und hätte ich ihre Sprache genug beherrscht, so hätte ich den einflussreichsten Eingeborenen vorgeschlagen, ein Kollegium von Vestalinnen einzusetzen, die in der Mitte des Tales das unentbehrliche Feuer zu pflegen hätten, wodurch viel Kraft erspart worden wäre. Aber vielleicht hätte die Durchführung ihre Schwierigkeiten gehabt.

Daran kann man den Unterschied zwischen wildem und kultiviertem Leben erkennen. Ein Herr in Typee kann eine zahlreiche Familie aufziehen und allen eine anständige Kannibalen-Erziehung geben, mit viel weniger Anstrengung, als er zum Feuermachen braucht, während ein armer europäischer Handwerker zwar in einer Sekunde Feuer machen kann, aber verzweifelt arbeiten muss, um seinen hungernden Sprösslingen die Nahrung zu schaffen, die die Kinder eines Polynesiers, ohne ihre Eltern zu bemühen, vom nächsten Baum pflücken.

Vierzehntes Kapitel

Alle Bewohner des Tales behandelten mich freundlich, aber was die vom Haushalt Marheyos für mich taten, war unbeschreiblich. Insbesondere sorgten sie für meinen Gaumen. Immer wieder luden sie mich zum Essen ein, und wenn ich endlich nicht mehr konnte und die Speisen ablehnte, dann suchten sie nach etwas besonders Pikantem, um meinen Appetit anzuregen. Zu diesem Zweck schlich sich der alte Marheyo bei Tagesanbruch zum Strand hinab, um irgendeine besondere Meerespflanze zu sammeln, die die Eingeborenen für einen großen Leckerbissen halten; damit verbrachte er den ganzen Tag und kam gegen Abend mit mehreren Kokosnussschalen voll verschiedenartigen, wie Wollhaar aussehenden Tanges zurück. Dann machte er sich an die Zubereitung mit all der Feierlichkeit eines erfahrenen Kochs, obschon das ganze Geheimnis darin zu bestehen schien, dass man die richtige Quantität Wasser darüber goss.

Als dieser Salzwassersalat mir zum ersten Mal vorgesetzt wurde, erwartete ich natürlich, nachdem solche Mühe darauf verwendet worden war, etwas Herrliches; es war nicht mehr davon da als ein Mundvoll, und der alte Krieger war nicht wenig bestürzt, als ich sein Meistergericht mit größter Schnelligkeit wieder ausspuckte.

Die Seltenheit erhöht eben den Wert jeden Gutes in erstaunlichem Grade. In irgendeinem Teil des Tales, vermutlich in der Nähe des Meeres, sammelten die Mädchen gelegentlich kleine Mengen von Salz; ein Fingerhut voll war das Ergebnis, wenn fünf oder sechs den größten Teil des Tages daran setzten. Dann trugen sie die Kostbarkeit, sorgfältig in Blätter gewickelt, nach Hause, und um mir ihre ganze Hochachtung zu zeigen, breiteten sie ein ungeheures Blatt auf dem Boden vor mir aus, streuten einige winzige Körnchen Salz darauf und luden mich ein, sie zu kosten. Ich glaube, mit einem Säckchen gewöhnlichen englischen Salzes hätte man den ganzen Grund und Boden von Typee kaufen können. Mit einer Fingerspitze voll Salz in der einen Hand und dem Viertel einer Brotfrucht in der anderen, würde der größte Häuptling des Tales alle Genüsse eines Pariser Hotels verlacht haben.

Der Brotfruchtbaum, wenn er in vollem Saft steht, ist ein prächtiger Anblick und bildet einen hervorragenden Zug der Landschaft auf den Marquesas, ähnlich wie die Ulme in Neuengland. Er erinnert auch an sie sowohl in der Höhe als durch das weit ausgebreitete Dach kraftvoller Äste und den ehrwürdigen und imponierenden Anblick. Die Blätter sind groß und am Rande gezackt, wie der Spitzenkragen einer Dame. Bei dem alljährlichen Verwelken wetteifern sie in ihren glänzenden und allmählich wechselnden Farben mit dem flüchtigen Farbenspiel eines sterbenden Delphins. Der herbstliche Wald in Amerika, so herrlich er ist, lässt sich mit einem Hain von Brotfruchtbäumen nicht vergleichen. In einem bestimmten Stadium des Welkens mischen sich fast alle Farben des Prismas auf der Blattfläche, und dann verwenden die Eingeborenen die Blätter als herrlichen und höchst wirkungsvollen Kopfschmuck. Zu diesem Zweck wird das Blatt in der Hauptlängenfaser aufgeschlitzt und der Kopf dazwischen gesteckt; das Blatt fällt, zur einen Seite geneigt, mit der Spitze über die Stirn, während die breiten unteren Teile hinter den Ohren sichtbar sind. Die Frucht ähnelt an Größe und Aussehen einer Melone von mittlerer Größe, hat aber außen keine Kerben. Die Oberfläche ist mit kleinen konischen Erhöhungen bedeckt, wie die gekörnte Platte eines alten Kirchentors. Die Rinde ist etwa ein Achtel Zoll dick;

wird sie entfernt, so liegt, wenn die Frucht reif ist, das herrliche weiße Fleisch wie eine schöne Kugel bloß; bis auf den innersten schmalen Kern ist es völlig essbar. Allerdings wird es nie roh gegessen. Meistens werden die frisch gepflückten Früchte, wenn sie noch grün sind, in heiße Asche gelegt und wie Kartoffeln geröstet. Nach zehn bis fünfzehn Minuten wird die grüne Rinde braun und springt, und das milchweiße Fleisch wird an den aufgesprungenen Stellen sichtbar. Sowie sie abgekühlt ist, fällt die Rinde ab, und man hat das zarte Fleisch im reinsten und köstlichsten Zustand. So gegessen, hat es einen milden und angenehmen Geschmack.

Mitunter nehmen die Eingeborenen die frisch geröstete Frucht mit raschem Griff aus der heißen Asche, drücken das Fleisch aus der Rinde, die dabei abgestreift wird, in ein Gefäß mit kaltem Wasser und verrühren das Ganze zu einer Mischung, die sie »Bo-e-scho« nennen. Ich habe es in dieser Form nie essen können, und die vornehmeren Typees pflegen sie gleichfalls nicht so zu sich zu nehmen.

Es gibt jedoch eine Bereitungsweise, in der die Frucht manchmal angerichtet wird, die sie zu einem Gericht für die Tafel eines Königs macht. Sowie sie vom Feuer genommen ist, wird die Schale entfernt, das Mittelstück herausgeschnitten, das übrige aber in einen flachen Steinmörser getan und mit einem Kolben aus gleichem Material tüchtig bearbeitet. Während eine Person damit beschäftigt ist, nimmt eine andere eine reife Kokosnuss, bricht sie geschickt entzwei und reibt das saftige Fleisch zu ganz kleinen Stückchen. Dies geschieht vermittels eines Stücks Perlmutterschale, das an der einen geraden Seite wie eine Säge gezahnt und mit der anderen an einem schweren Holzstock befestigt ist. Oft ist dies ein unförmiger Ast mit seinen Zweigen, auf denen er wie auf drei oder vier ungestalten Beinen auf der Erde steht. Der Eingeborene schiebt eine Kalebasse unter, setzt sich rittlings auf den Ast, dreht die halbe Kokosnuss mit der Innenseite schnell auf den scharfen Zähnen der Perlmutter und das reine weiße Fleisch fällt wie Schneeschauer in das untenstehende Gefäß. Hat er genug, so tut er es in einen Beutel, der aus einer netzartigen Fasersubstanz der Kokospalme bereitet ist, und drückt diesen Sack über der inzwischen hinreichend gestampften Brotfrucht in eine hölzerne Schüssel aus, wobei eine dicke sahnenartige Milch herausfließt. Der köstliche Saft sammelt sich um das Fleisch der Frucht, das gerade noch daraus hervorsieht.

Dieses Gericht heißt »Koku« und schmeckt wundervoll. In der Zeit, die ich in Marheyos Haus verbrachte, hatte Kory-Kory oft Gelegenheit, seine Geschicklichkeit in der Verwendung der geschilderten Werkzeuge zu zeigen.

Aber die Hauptspeisen, zu denen die Eingeborenen dieser Inseln die Brotfrucht verarbeiten, sind »Emar« und »Poï-poï«. Zu einer bestimmten Zeit, wenn die Frucht in den hundert Hainen des Tales völlig reif geworden ist und die goldenen Bälle von jedem Zweige hängen, schreiten die Insulaner zur Ernte und heimsen sie in Fülle ein. Rinde und Mittelstück werden entfernt und die Früchte in großen hölzernen Gefäßen gesammelt und mit dem Steinmörser zu einer zähen Masse gestoßen, die die Eingeborenen »Tuteo« nennen. Diese wird in Teile geschnitten und fest in Blättern verpackt, die mit Rindenschnur zugebunden und in unterirdischen Vorratskammern verstaut werden, aus denen man sie nach Bedarf herausholt. Dort bleibt das »Tuteo« manchmal jahrelang liegen, denn es heißt, dass es umso besser wird, je älter es ist. Soll es gegessen werden, so wird ein primitiver Ofen angelegt, indem man eine Vertiefung in der Erde gräbt, den Boden mit Steinen bedeckt und ein Feuer darin anzündet. Sowie die nötige Hitze erreicht ist, wird die Asche entfernt, die Steine mit einer dicken Blätterschicht zugedeckt, eines der großen Bündel mit »Tuteo« daraufgelegt und wieder mit einer Lage von Blättern bedeckt. Über das Ganze wird dann rasch die Erde gehäuft, sodass ein kleiner Hügel entsteht. Das so gebackene »Tuteo« heißt »Emar«: es ist eine amberfarbene, kuchenartige Substanz, eine Art Torte, die gar nicht schlecht schmeckt.

Um »Poï-Poï« zu machen, wird das »Emar« in ein Gefäß getan und mit Wasser gemischt, bis es eine puddingartige Konsistenz hat. Damit ist es fertig. Das ist die gebräuchlichste Form; wie man es dann essen muss, habe ich geschildert.

Könnte man die Brotfrucht nicht in dieser Weise aufbewahren, so würden die Eingeborenen Hungersnöten ausgesetzt sein; denn aus unbekannten Gründen tragen die Bäume in manchen Jahren keine Früchte, und dann sind die Eingeborenen auf ihre Vorräte angewiesen.

Dieser stattliche Baum, den man auf den Sandwich-Inseln nur selten antrifft und dann nur in weit geringerer Qualität, und der auch auf Tahiti nicht häufig genug ist, um das Hauptnahrungsmittel zu bilden, gedeiht im herrlichen Klima der Marquesas-Gruppe am besten; er wächst dort bis zu ungeheurer Größe und trägt Früchte in Fülle.

Fünfzehntes Kapitel

Wenn ich an diese Zeit zurückdenke und mich erinnere, wie zahlreiche Beweise ihrer Freundschaft und Achtung die Eingeborenen des Tales mir gaben, so begreife ich kaum, warum ich trotz alledem von den düstersten Ahnungen gequält wurde und meine Tage in tiefster Traurigkeit verbrachte. Wohl waren die verdächtigen Umstände, unter denen Tobys Verschwinden erfolgt war, an sich genug, um mich den Wilden gegenüber misstrauisch zu machen, in deren Gewalt ich war, besonders wenn ich daran dachte, dass diese Leute, so freundlich und achtungsvoll sie mir begegneten, doch im Grunde Menschenfresser waren.

Aber die Hauptquelle meiner Sorge und was mir jeden Genuss verbitterte, war die geheimnisvolle Krankheit meines Beins, die unvermindert fortdauerte. Weder die Kräuterbehandlung Teinors, noch die härteren Maßnahmen des alten Wundarztes und Kory-Korys liebevolle Pflege hatten mir geholfen. Ich war nahezu ein Krüppel, und der Schmerz war manchmal geradezu unerträglich. Das unerklärliche Leiden zeigte keine Spur einer Besserung, im Gegenteil, es nahm täglich an Heftigkeit zu und drohte zum Schlimmsten zu führen, wenn nicht bald geeignete Abhilfe geschaffen wurde. Und jedenfalls wusste ich, das ich, solange das Übel bestand, keine Gelegenheit zur Flucht aus dem Tal benützen konnte.

Ein Ereignis, das nach meiner Schätzung sich etwa drei Wochen nach Tobys Verschwinden zutrug, bewies mir, dass die Eingeborenen, aus welchem Grunde immer, mir unter keinen Umständen gestatten würden, sie zu verlassen.

Ich bemerkte eines Morgens, dass die Leute in der Nachbarschaft sich höchst aufgeregt benahmen, und ich entdeckte bald, dass ihre Aufregung von dem unbestimmten Gerücht herkam, dass man Boote in weiter Entfernung gesehen hätte, die sich der Bucht näherten.

Zufällig hatten meine Schmerzen an diesem Tage ein wenig nachgelassen; ich fühlte mich wohler als sonst, auch meine Stimmung war besser und ich hatte in Kory-Korys Aufforderung, den Häuptling Mehivi im »Tai« zu besuchen, gewilligt. Ich habe diesen Ort, der sich innerhalb der mit Tabu belegten Haine befand, bereits geschildert. Die geweihte Stelle lag nicht weit von Marheyos Wohnung entfernt, zwischen ihr und dem Meer; der Weg zum Strand lief an der Vorderfront des Tai vorüber und führte dann den Saum der heiligen Haine entlang.

Ich lag im Inneren des Gebäudes in Gesellschaft Mehivis und mehrerer anderer Häuptlinge auf den Matten, als jene Nachricht kam. Ein freudiges Erbeben lief durch meinen ganzen Körper: vielleicht kehrte Toby zurück. Ich sprang sogleich auf und unwillkürlich wollte ich ohne weiteres zum Strand hinabeilen, ganz ohne die Entfernung und meine Lahmheit zu bedenken. Als Mehivi bemerkte, welche Wirkung die Nachricht auf mich machte, und wie ungeduldig ich schien, ans Meer zu kommen, nahm sein Gesicht wieder jenen unbeugsam starren Ausdruck an, der mich an dem Nachmittag unserer Ankunft im Hause Marheyos so eingeschüchtert hatte. Als ich das Tai verlassen wollte, legte er mir die Hand auf die Schulter und sagte ernst: »Ebo! ebo!« – »Warte, warte.« Nur von dem einen Gedanken erfüllt, achtete ich gar nicht darauf, sondern wollte an ihm vorbeieilen, als er plötzlich in gebieterischem Ton »Moih« – »Setze dich nieder« zu mir sagte. Obschon die Veränderung in seinem Benehmen mir auffiel, war meine Aufregung doch zu groß, als dass ich dem unerwarteten Befehl gehorcht hätte, und ich humpelte noch auf den Rand des Pai-Pai zu, wobei ich Kory-Kory, der mich zurückzuhalten suchte, an dem einen Arm mit mir zog, als die Eingeborenen, die um mich saßen, aufsprangen und sich längs der offenen Front des Gebäudes in einer Reihe aufstellten, während Mehivi mich finster ansah und seinen Befehl in noch strengerem Tone wiederholte.

Fünfzig wilde Gesichter richteten ihre drohenden Blicke auf mich, und zum ersten Mal begriff ich die ganze Tragweite der Tatsache, dass ich ein Gefangener war. Die plötzliche Erkenntnis war erschütternd, ich sah meine schlimmsten Befürchtungen wahr werden. Ich sah auch sofort, dass jeder Widerstand meinerseits nutzlos sein musste, mir wurde elend zumute, ich setzte mich wieder auf die Matte und überließ mich der Verzweiflung.

Ich sah nun, wie die Eingeborenen, einer nach dem anderen, am Tai vorüber den Weg zur See hinabeilten. Die werden nun bald, dachte ich, vielleicht mit meinen Landsleuten zusammentreffen, die mich leicht befreien könnten, wenn sie von meiner Lage wüssten. Mir war unbeschreiblich jammervoll zumute; und bitter verwünschte ich die Treulosigkeit Tobys, der mich meinem Schicksal überlassen hatte. Vergeblich bot Kory-Kory mir Essen, zündete meine Pfeife an und suchte mich durch seine ungeschlachten Spaße, über die ich bisweilen gelacht hatte, abzulenken. Dieses letzte Missgeschick, obwohl ich es oft vorausgesehen und gefürchtet hatte, schlug jetzt, da es wirklich eintraf, mich völlig nieder.

So allein meinem Kummer hingegeben, blieb ich mehrere Stunden im Tai, bis laute Rufe aus den Wäldern jenseits des Hauses die Rückkehr der Eingeborenen vom Strande verkündeten.

Ob an diesem Morgen Boote in der Bucht gewesen waren oder nicht, habe ich nie erfahren. Die Eingeborenen leugneten es, aber ich dachte, dass sie mich täuschen und die Heftigkeit meines Kummers damit lindern wollten. Wie dem aber sein mochte, ich wusste jetzt, dass die Typees mich gefangen halten wollten. Dabei behandelten sie mich mit immer gleicher Aufmerksamkeit, sodass ich mir ihr Verhalten gar nicht erklären konnte. Wäre ich in der Lage gewesen, sie irgendwelche Handwerkskunst zu lehren, oder hätte ich mich ihnen sonst irgendwie nützlich erwiesen, so hätte ich einen Grund für ihr Benehmen gewusst; so blieb es mir vollkommen unbegreiflich.

Während meines ganzen Aufenthalts auf der Insel kam es nur zwei oder dreimal vor, dass die Eingeborenen sich an meine höhere Erkenntnis wendeten, und diese Vorfälle waren so komisch, dass ich sie erzählen mus.

Als wir in das Tal herabstiegen, hatten wir die wenigen Sachen, die wir von Nuku Hiva mitgebracht, in einem kleinen Bündel mit uns geführt. In der ersten Nacht hatte ich es als Kopfkissen benutzt. Am folgenden Morgen hatte ich es aufgemacht, um den Inhalt den Eingeborenen zu zeigen; sie blickten darauf mit einer bewundernden Scheu, als ob ich ihnen ein Kästchen voll Diamanten gezeigt hätte und bestanden darauf, dass ein so kostbarer Schatz sicher aufbewahrt werden müsste. Es wurde daher an eine Schnur gebunden, die über die große Längsstange unter dem Dach lief, und daran in die Höhe gezogen, sodass es gerade über meinem gewöhnlichen Lager hing. Wenn ich etwas brauchte, streckte ich nur den Finger nach einem Bambus neben mir aus, und ließ an der Schnur, die daran befestigt war, das Paket herab. Dies war eine sehr bequeme Einrichtung, und ich gab den Eingeborenen zu verstehen, wie ausgezeichnet ich sie fand. Der Hauptinhalt des Bündels waren ein Rasiermesser mit seinem Futteral, Nadeln und Zwirn, oder ein oder zwei Pfund Tabak und ein paar Ellen bunten Kalikos.

Meine ganze Garderobe bestand aus einem Hemd und einem Paar Hosen. Kurz nach Tobys Verschwinden hatte ich im Gedanken, wie lange ich vielleicht noch auf der Insel würde

bleiben müssen – wenn es mir überhaupt je gelang, davonzu-
kommen! –, beschlossen, diese Kleidungsstücke abzulegen,
um sie in einem erträglichen Zustand zu erhalten für den Tag,
an dem ich wieder unter zivilisierte Menschen kommen würde. Ich selbst musste daher die Tracht der Typees anlegen, die
ich ein wenig veränderte, um meinen Begriffen von Anstand
zu genügen, und in der ich zweifellos so vorteilhaft aussah wie
ein römischer Senator in seiner Toga. Ein breiter Streifen von
gelbem Tapa, um die Mitte meines Leibes gewickelt, fiel in
Falten auf meine Füße, etwa wie ein Damenunterrock, nur
dass ich ihn rückwärts nicht in der Weise ausstopfte, in der
unsere lieblichen Frauen die erhabene Rundung ihrer Gestalt zu betonen pflegen. Das war mein Hausanzug. Wenn ich
ausging, zog ich noch ein weites mantelartiges Kleid aus dem
gleichen Stoff über, in das ich mich völlig einhüllte, um mich
vor den Sonnenstrahlen zu schützen.

Eines Tages hatte ich ein Loch in den Mantel gerissen, und
um den Eingeborenen zu zeigen, dass der Schaden leicht gut-
zumachen war, ließ ich mein Bündel herunter, nahm Nadel
und Faden heraus und begann die Öffnung zuzunähen. Sie
betrachteten diese herrliche Kunst mit äußerster Bewunderung, und während ich noch mit dem Steppen beschäftigt
war, schlug sich der alte Marheyo, der sich unter den Zu-
schauern befand, plötzlich vor die Stirne, eilte in eine Ecke
des Hauses, zog einen schmutzigen und zerfetzten Streifen
ausgeblichenen Kalikos hervor, den er vermutlich einmal am
Strande erhandelt hatte, und bat mich eifrig, meine Kunst
daran zu versuchen. Ich tat ihm gerne den Gefallen, obwohl
sicherlich noch niemals eine so kurze Nadel wie meine so
riesenhafte Stiche durch Kaliko geführt hat. Als die Aus-
besserung vollendet war, umarmte der alte Marheyo mich
väterlich, löste seinen »Maro« – »Gürtel« –, schlug das Ka-
likotuch um seine Lenden, steckte seine geliebten Schmuckstücke in die Ohren, ergriff seinen Speer und schritt stolz aus

dem Hause wie ein tapferer Tempelritter, der eine neue und kostbare Rüstung angelegt hat.

Mein Rasiermesser blieb während meines ganzen Aufenthaltes auf der Insel unbenutzt; obschon es gar nichts Besonderes war, bewunderten die Typees es sehr, und Narmonih, einer ihrer Helden, der besonders peinlich und sorgfältig in seiner Toilette war und auf seine Erscheinung hielt – er war der am scheußlichsten tätowierte Mann im ganzen Tale –, wünschte, dass ich es an seinem bereits geschorenen Schädel versuchte.

Die Eingeborenen benützten zum Scheren gewöhnlich einen Haifischzahn, der sich dafür so eignete wie eine einzinkige Gabel zum Heuaufladen. Es war also kein Wunder, dass der scharfsinnige Narmonih die Vorzüge meines Rasiermessers erkannte. Infolgedessen erbat er sich eines Tages diese persönliche Gefälligkeit. Ich gab ihm zu verstehen, dass es zu stumpf wäre und vorher geschliffen werden müsse. Um ihm dies klarzumachen, tat ich, als würde ich es an meiner Handfläche abziehen. Narmonih begriff meine Absicht sogleich, eilte aus dem Hause und kehrte im nächsten Augenblicke mit einem Block, groß wie ein Mühlstein, zurück und bedeutete mir, dass es das wäre, was ich brauchte. Es blieb mir nichts übrig, als ans Werk zu gehen. Er wand sich und schnitt Gesichter unter der Prozedur, aber von meiner Kunstfertigkeit überzeugt, ertrug er den Schmerz standhaft wie ein Märtyrer.

Ich habe Narmonih nie in der Schlacht gesehen, aber auf seinen Mut und seine Tapferkeit will ich schwören. Hatte sein Kopf vorher eine mit kurzen Borsten besetzte Fläche gebildet, so glich er am Schlusse meiner stümperhaften Arbeit einem Stoppelfelde, über das eine Egge gegangen war. Da aber der Häuptling nur die lebhafteste Befriedigung zeigte, hütete ich mich, eine andere Meinung auszusprechen.

Sechzehntes Kapitel

Tag für Tag verging, und nichts änderte sich in dem Verhalten der Eingeborenen gegen mich. Allmählich verlor ich die Zeitrechnung und versank in jenen Zustand der Apathie, der auf einen heftigen Verzweiflungsausbruch zu folgen pflegt. Plötzlich heilte mein Bein, die Schwellung nahm ab, der Schmerz ließ nach, und ich konnte hoffen, dass ich das Leiden, das mich so lange gequält hatte, bald vollkommen los sein würde. Sobald ich in Gesellschaft der Eingeborenen im Tale umherstreifen konnte, begann ich eine Elastizität des Geistes zu fühlen, in der all jene düsteren Ahnungen schwanden. Eine ganze Schar von Eingeborenen folgte mir, so oft ich das Haus verließ; wohin ich kam, wurde ich mit achtungsvollster Freundschaft aufgenommen, mit den köstlichsten Früchten bewirtet, von dunkeläugigen schönen Mädchen bedient; dabei standen mir stets die Dienste des treuen Kory-Kory zur Verfügung; für einen Aufenthalt unter Kannibalen konnte man es nicht besser haben.

Meine Wanderungen waren allerdings auf ein bestimmtes Gebiet beschränkt. Der Weg zum Strande war mir durch ein ausdrückliches Verbot untersagt; und nach zwei oder drei vergeblichen Versuchen, die ich ebenso sehr aus Neugier, um zu sehen, was geschehen würde, als aus anderem Grunde unternahm, gab ich den Gedanken auf. Etwa heimlich hinzugelangen, war völlig ausgeschlossen, da die Eingeborenen mich stets in größerer Zahl begleiteten; ich kann mich nicht erinnern, dass sie mich auch nur einen einzigen Augenblick allein gelassen hätten.

Die steilen grünen Höhen, die das Talende, wo Marheyos Wohnung stand, umschlossen, machten jede Hoffnung, in anderer Richtung zu entfliehen, unmöglich, selbst wenn ich den tausend Augen der Wilden hätte entgehen können.

Aber diese Betrachtungen störten mich jetzt nur selten; ich gab mich dem Augenblick hin, und wenn mir etwa ein unangenehmer Gedanke kam, so scheuchte ich ihn fort. Wenn ich auf die grüne Landschaft hinaussah, in der ich verborgen lebte, oder zu den Gipfeln der herrlichen Berge emporblickte, die sie umschlossen, dann konnte ich mir gut vorstellen, dass ich mich in den »seligen Gefilden« befand, während jenseits der Höhen eine Welt von Mühsal und Sorge lag.

Nun erschien mir alles in einem neuen Licht, und je mehr ich Gelegenheit fand, die Sitten der Eingeborenen zu beobachten, desto stärker wurde der günstige Eindruck. Was mir als bewundernswert auffiel, war die beständige Heiterkeit, die in dem ganzen Tale herrschte. Es schien keine Sorgen, keine Trübsal, kein Ärgernis im Lande der Typees zu geben. Die Stunden flogen fröhlich dahin wie vergnügten Paaren auf einem ländlichen Tanzfest.

All die tausend Quellen der Verärgerung, die der zivilisierte Mensch sich ausgedacht hat, um sein eigenes Glück zu zerstören, gab es hier nicht. Keine Hypotheken, die fällig wurden, keine Wechsel zum Protestieren, keine Rechnungen, keine Ehrenschulden; keine unvernünftigen Schneider und Schuster, die durchaus ihr Geld verlangten; überhaupt keine Gläubiger irgendwelcher Art; keine streitsüchtigen Rechtsanwälte, die die Zwietracht ihrer Klienten nährten und beide Seiten ausbeuteten; keine armen Verwandten, die eine Stelle am Familientisch beanspruchten und sich im einzigen freien Schlafzimmer einquartierten; keine mittellosen Witwen mit hungernden Kindern, die der kalten Wohltätigkeit überlassen blieben, keine Bettler, keine Schuldgefängnisse, keine stolzen, hartherzigen Millionäre, um es mit einem Worte zu sagen: kein Geld! Diese »Wurzel allen Übels« gab es nicht.

In diesem abgeschlossenen Wohnsitz glücklicher Menschen gab es keine boshaften alten Weiber, keine grausamen Stiefmütter, keine vergrämten alten Jungfern, keine liebeskranken Mädchen, keine versauerten alten Junggesellen, keine unliebenswürdigen Ehegatten, keine schmachtenden jungen Männer, keine plärrenden Burschen noch lärmende Rangen. Alles war Lust, Scherz, Heiterkeit und glänzende Laune.

Hier sah man eine Schar Kinder den ganzen langen Tag spielen und sich tummeln, ohne Zanken, ohne Streit. In unserer Heimat hätte die gleiche Schar keine Stunde miteinander spielen können, ohne dass es zum Kratzen und Beißen gekommen wäre. Dort konnte man eine Anzahl junger Frauen und Mädchen sehen, die einander nicht um ihre hübschen Gesichter beneideten; keine wollte feiner und vornehmer sein als die andere, sie trugen keine Fischbeinkorsetts, sondern waren unbefangen, frei und zwanglos glücklich.

Es gab Stellen in dem sonnigen Tale, an die sie sich häufig begaben, um sich mit Blumenkränzen zu schmücken. Wenn man sie so im Schatten eines der herrlichen Haine liegen sah, der Boden rings um sie mit frisch gepflückten Knospen und Blüten bestreut, aus denen sie Kränze und Halsbänder flochten, dann konnte man wirklich glauben, Floras Gefolge zu sehen, das seiner Herrin zu Ehren ein Fest feierte.

Die jungen Männer schienen immer etwas zu tun oder eine Unterhaltung zu haben, die ihnen das Leben abwechslungsvoll und genussreich machte. Ob sie fischten oder Kanus schnitzten oder ihre Schmuckstücke blank rieben, nie sah ich das geringste Zeichen von Streit und Zwietracht unter ihnen.

Die Krieger wahrten eine ruhige Würde; sie begaben sich gelegentlich von einem Hause zum anderen und wurden überall mit Aufmerksamkeit als angesehene Gäste empfangen. Die alten Männer, deren viele im Tale waren, erhoben sich selten von ihren Matten, sondern lagen stundenlang darauf und rauchten und plauderten miteinander mit der ganzen Geschwätzigkeit des Alters.

Das Glücksgefühl, das, soweit ich sehen konnte, im Tale zu herrschen schien, entsprang vornehmlich jenem alles durchdringenden Gefühl, das Rousseau, wie er sagt, einmal im Leben empfand: dem bloßen überschäumenden Gefühl vollkommener körperlicher Gesundheit. Krankheit war unter den Typees fast unbekannt. In der ganzen Zeit meines Aufenthaltes habe ich nur einen einzigen Kranken unter ihnen gesehen. Auf ihrer glatten reinen Haut sah man keine Spur irgendeines Leidens.

Indessen wurde die allgemeine Ruhe, die ich eben gepriesen, zu dieser Zeit durch einen Vorfall gestört, der immerhin bewies, dass auch die Bewohner dieser glücklichen Insel nicht ganz von jenen Ereignissen unberührt blieben, die die Ruhe in zivilisierten Ländern stören.

Da ich nun bereits eine beträchtliche Zeit im Tale gelebt hatte, begann ich mich zu wundern, dass die heftige Feindschaft zwischen seinen Bewohnern und denen der benachbarten Bucht von Happar niemals zu einem kriegerischen Zusammenstoß führte. Obgleich die tapferen Typees oft genug durch Gebärden ihren unauslöschlichen Hass gegen ihre Feinde und den Abscheu, den sie für ihre kannibalischen Neigungen fühlten, zum Ausdruck brachten, obwohl sie lang und breit von dem mannigfachen Unrecht erzählten, das jene ihnen zugefügt, schienen sie dennoch mit einer wahrhaft bewunderungswürdigen Langmut all diese Unbill geduldig zu ertragen und sich jeden Versuchs einer Vergeltung zu enthalten. Andererseits schienen mir die Happars, die beständig hinter ihren Bergen verschanzt blieben und sich niemals auch nur auf ihren Kämmen zeigten, keinen Grund für den übermäßigen Hass zu geben, den die heroischen Bewohner unseres Tales gegen sie zu empfinden vorgaben, und ich begann zu glauben, dass die blutigen Taten, die ihnen zugeschrieben wurden, stark übertrieben waren.

Und da bis zu dieser Zeit niemals Kriegsgeschrei den heiteren Frieden des Stammes gestört hatte, begann ich andererseits auch an der Wahrheit jener Berichte zu zweifeln, die den Typees einen so wilden und kriegerischen Charakter zuschrieben. Ich begann all die schrecklichen Geschichten für Fabeln zu halten, die ich von der unausrottbaren Erbfeindschaft, von ihrem tödlichen Hass und der teuflischen Bosheit gehört hatte, mit der sie selbst an den entseelten Körpern der Erschlagenen ihren Rachedurst scheußlich sättigten, und ich gestehe, dass ich sogar eine Art von Bedauern fühlte, dass meine grässlichen Erwartungen so vollkommen enttäuscht wurden. Ich empfand ungefähr wie ein Lehrling, der ins Theater geht in der Erwartung, sich an einer blutigen Tragödie mit Mord und Totschlag zu weiden, und bitter enttäuscht ist, wenn stattdessen ein artiges Lustspiel aufgeführt wird.

Ich musste tatsächlich denken, dass das Volk schlimm verleumdet wurde, und ich stellte moralische Betrachtungen über den Nachteil eines schlechten Leumunds an, der einen Stamm von Wilden, die so friedlich wie Lämmchen waren, in den Ruf eines Verbandes von Eisenfressern gebracht hatte.

Spätere Ereignisse bewiesen mir, dass meine Schlüsse ein wenig voreilig gewesen waren. Eines Tages, gegen Mittag, ich war gerade im Tai, lag dort in Gesellschaft mehrerer Häuptlinge auf den Matten, und hatte mich gerade einem wollüstigen Nachmittagsschlaf hingegeben, als ich durch einen fürchterlichen Schrei geweckt wurde und auffahrend sah, wie die Eingeborenen zu ihren Speeren griffen und hinausstürmten, während der kräftigste der Häuptlinge die sechs Musketen packte, die gegen die Bambuswand gereiht standen, und gleichfalls im Hain verschwand. Von allen Seiten ertönte wildes Schreien, und immer wieder ertönte der Ruf: »Happar! Happar!« Die Inselbewohner liefen am Tai vorüber, quer durchs Tal nach der Seite, die gegen Happar lag. Jetzt hörte ich das scharfe Krachen einer Muskete aus den nahen Hügeln und wilde Stimmen in der gleichen Richtung. Nun erhoben die Frauen, die sich in den Hainen versammelt hatten, ein gewaltiges Geschrei, wie sie es hier wie anderswo in jeder Aufregung und Angst zu tun pflegen, offenbar um sich damit zu beruhigen und andere zu verstören. Bei dieser Gelegenheit machten sie einen so unerhörten und andauernden Lärm, dass man nichts vom Gefecht in den Bergen hätte hören können.

Als ihre Aufregung ein wenig nachgelassen hatte, lauschte ich aufmerksam hinaus. Jetzt krachte ein zweiter Schuss, dem wieder Geheul von den Hügeln folgte. Wieder war alles still und so lange, dass ich zu glauben begann, die feindlichen Armeen wären zu einer Einstellung der Feindseligkeiten gekommen, als, bum! ein dritter Schuss krachte, auf den wie vorher ein wildes Geheul folgte. Dann geschah durch beinahe zwei Stunden nichts Bemerkenswertes, ausgenommen gelegentliche Schreie von der Hügelwand, die aber nicht anders klangen als das Hallo von ein paar ausgelassenen Jungen, die sich in den Wäldern verirrt haben.

Während dieser Zeit war ich auf dem Vorplatz des Tai stehengeblieben, der gerade auf den Berg von Happar hinaussah. In meiner Nähe waren nur Kory-Kory und jene uralten Wilden geblieben, von denen ich früher gesprochen. Diese rührten sich nicht auf ihren Matten und schienen sich nicht bewusst zu werden, das irgendetwas Ungewöhnliches vor sich ging.

Kory-Kory dagegen schien der Ansicht, dass wir vor großen Ereignissen standen, und suchte mir von ihrer Wichtigkeit einen Begriff zu geben. Jeder Ton, der an unser Ohr drang, schien für ihn bedeutsame Aufschlüsse zu enthalten. Und als wäre er mit einem zweiten Gesicht bedacht, zeigte er mir pantomimisch aufs genaueste, wie die furchtbaren Typees in diesem Augenblicke den Übermut der Feinde züchtigten. »Mehivi henna pippih nuih Happar«, rief er alle fünf Minuten und gab mir zu verstehen, dass die Krieger seines Volkes unter ihrem tapferen Führer Wunder der Tapferkeit vollbrachten.

Da ich im ganzen nur vier Schüsse gehört hatte, so schloss ich, dass die Eingeborenen die Musketen ungefähr so handhaben wie die Türken unter Sultan Suleiman die schwere Artillerie bei der Belagerung von Byzanz, wo das Laden eines Geschützes ein bis zwei Stunden in Anspruch nahm. Da weiter nichts aus dem Gebirge zu hören war, schloss ich zuletzt, dass der Kampf irgendwie zu einem Ende gekommen war. Dies schien auch der Fall zu sein, denn bald nachher kam ein Läufer nach dem Tai, fast atemlos vor Anstrengung, und brachte die Nachricht, dass seine Landsleute einen großen Sieg errungen hatten: »Happar pu arva! Happar pu arva!« – »Die feigen Happars sind entflohen!« Kory-Kory geriet in Ekstase und hielt eine lebhafte Ansprache an mich, die, soweit ich sie zu verstehen vermochte, offenbar besagte, dass dies Ergebnis nur seinen Erwartungen entsprach, und er mir außerdem begreiflich machen wollte, dass es selbst für eine Armee von Feuerfressern ein ganz hoffnungsloses Unternehmen sein würde, die unwiderstehlichen Helden unseres Tales bekämpfen zu wollen. All dem pflichtete ich natürlich vollkommen bei, und mit nicht geringem Interesse erwartete ich die Heimkehr der Sieger, deren Triumph, wie ich fürchtete, nicht ohne Verluste erkauft sein mochte.

Aber auch hierin irrte ich mich; denn Mehivi schien bei seinen kriegerischen Unternehmungen mehr der Taktik des Fabius Cunctator als der Napoleons geneigt, er schonte seine Hilfsquellen und setzte seine Truppen keiner unnötigen Gefahr aus. Der Gesamtverlust der Sieger in dieser so hartnäckig umstrittenen Affäre betrug an Toten, Verwundeten und Vermissten einen Zeigefinger nebst einem Teil des Daumennagels, den der frühere Eigentümer in der hohlen Hand mitbrachte, ferner einen recht arg gequetschten Arm und einen beträchtlichen Bluterguss am Schenkel eines Häuptlings, den ein Happarspeer wirklich schlimm getroffen hatte. Die Verluste des Feindes konnte ich nicht erfahren, ich nehme an, dass es ihnen gelungen war, ihre Toten mitzunehmen.

Dies war der Ausgang der Schlacht, soweit ich das Ergebnis beobachten konnte, und da sie für ein ungeheures Ereignis im Tale angesehen wurde, so schloss ich wahrscheinlich mit Recht, dass die Kriege der Eingeborenen nicht allzu blutig verliefen. Ich erfuhr später, wie es zu dem Scharmützel gekommen war. Man hatte eine Anzahl von Happars entdeckt, die auf der Typeeseite der Berge umherschlichen und unmöglich Gutes im Schilde führen konnten; es wurde Alarm geschlagen und die Eindringlinge nach längerem Widerstand über die Grenze zurückgejagt. Aber warum hatte der unerschrockene Mehivi den Krieg nicht nach Happar hinübergetragen? Warum hatte er keinen Einfall in das feindliche Tal unternommen und Siegestrophäen heimgebracht, Material für das Kannibalenfest, das, wie ich gehört hatte, jedes Gefecht zu beschließen pflegte? Ich begann zu glauben, dass diese scheußlichen Feste sehr selten vorkamen, wenn es überhaupt der Fall war.

Zwei oder drei Tage lang war dieses Ereignis allgemeines Gesprächsthema; dann verlor sich die Aufregung allmählich, und das Tal war wieder ruhig und friedlich wie zuvor.

Siebzehntes Kapitel

Mit der wiederkehrenden Gesundheit und neuem Seelenfrieden gewann alles für mich ein neues Interesse. Ich suchte mir die Zeit mit allen Genüssen, die für mich erreichbar waren, zu vertreiben. Mit den Mädchen zu baden, war eine meiner Hauptbelustigungen. Manchmal erfreuten wir uns in den Wassern eines winzigen Sees, zu dem der Hauptfluss des Tales sich erweiterte. Diese fast kreisförmige Wasserfläche hatte einen Durchmesser von etwa sechshundert Schritt und war von unbeschreiblicher Schönheit. An den Ufern wogten überall die üppigen Massen tropischen Laubwerks, und hoch darüber sah man gelegentlich den säulenartigen Stamm einer Kokospalme, von dessen Krone die anmutigen Zweige wie wehende Straußfedern herunterhingen.

Die Anmut und Leichtigkeit, mit der die Mädchen des Tales sich im Wasser bewegten, und ihre Vertrautheit mit dem Element waren geradezu erstaunlich. Bald glitten sie dicht unter der Oberfläche hin, scheinbar ohne Hand oder Fuß zu bewegen; jetzt warfen sie sich auf die Seite und schossen durch das Wasser, und plötzlich schnellten sie sich empor, sodass man ihre Gestalt eine Sekunde lang durch die Luft schießen sah; jetzt tauchten sie tief ins Wasser, und im nächsten Augenblick stiegen sie blitzschnell zur Oberfläche empor.

Ich erinnere mich, dass ich einmal unter eine Schar dieser Flussnymphen tauchte und, auf meine größere Kraft vertrauend, die eine oder die andere unter Wasser zu ziehen suchte. Ich musste meine Kühnheit bald bereuen: die amphibischen jungen Geschöpfe umschwärmten mich wie eine Schar von

Delphinen, packten mich an allen Gliedern und tauchten mich unter, bis ich mich bei den seltsamen Geräuschen, die in meinen Ohren brausten, und den übernatürlichen Gesichten, die vor meinen Augen tanzten, im Lande der Geister glaubte. Ich hatte so wenig Aussichten gegen sie wie ein schwerfälliger Walfisch, der von einer Unzahl von Schwertwalen von allen Seiten angegriffen wird. Als sie mich endlich losließen, schwammen sie lachend nach allen Richtungen davon und spotteten meiner schwerfälligen Versuche, sie einzuholen.

Es befand sich kein Boot auf dem See; aber auf meine Bitten und zu meinem persönlichen Gebrauch holten einige der jungen Leute von Marheyos Haushalt unter der Aufsicht und Leitung des unermüdlichen Kory-Kory ein leichtes und schön geschnitztes Kanu vom Meere herauf. Es wurde auf die Wasserfläche des Sees gesetzt, auf dem es anmutig schwamm. Aber leider hatte es nicht die Folgen, die ich erwartet hatte. Die süßen Nymphen, die früher mit mir im See gespielt hatten, flohen sogleich aus seiner Nähe. Das verbotene Fahrzeug, das unter strengem Tabu stand, machte auch das Wasser, in dem es lag, zu einem verbotenen Wasser.

Einige Tage hindurch begleiteten mich Kory-Kory und ein oder zwei andere junge Leute zum See, und während ich in meinem leichten Kanu umherpaddelte, schwammen sie mir schreiend und im Wasser spielend nach. Aber das war nicht, was ich gewollt. Ich begann der Sache rasch müde zu werden und sehnte mich nach der angenehmen Gesellschaft der Seejungfrauen, in deren Abwesenheit das Schwimmen und Rudern gleich langweilig war. Eines Morgens teilte ich meinem treuen Diener meinen Wunsch mit. Der Brave sah mich einen Augenblick verwirrt an, dann schüttelte er feierlich den Kopf, murmelte »Tabu! Tabu!« und bedeutete mir, dass, solange das Kanu nicht entfernt würde, ich die Rückkehr der jungen Damen nicht erwarten könnte. Gerade das wollte ich aber nicht; ich wollte nicht nur das Kanu behalten, sondern ich wollte, dass die schöne Fayaweh mit mir darin auf dem See umherfahre. Dieser Vorschlag verletzte Kory-Korys Anstandsbegriffe aufs schwerste.

Er tobte dagegen: es wäre eine Sache, zu ungeheuerlich, als dass man sie sich überhaupt vorstellen dürfte, denn es widerspräche allen religiösen Geboten. Aber obgleich ein »Tabu« eine kitzlige Sache war, beschloss ich, seine Widerstandskraft auf die Probe zu stellen. Ich befragte den Häuptling Mehivi, der mir meine Absicht auszureden versuchte, aber ich gab nicht nach; meine Bitten wurden nur noch dringender. Schließlich hielt er mir einen langen und zweifellos sehr gelehrten und beredten Vortrag über die Geschichte und das Wesen des Tabu, insbesondere in diesem speziellen Fall, und gebrauchte dabei die merkwürdigsten Worte, die, nach ihrer Länge und nach ihrem Klang zu schließen, vermutlich theologische Fachausdrücke waren. Aber sie überzeugten mich nicht, zum Teil vermutlich, weil ich kein einziges Wort davon verstand, vor allem aber, weil ich um die Welt nicht begreifen konnte, warum ein Weib nicht ebenso gut in einem Kanu sitzen sollte wie ein Mann. Schließlich schien er vernünftiger zu werden und deutete mir an, dass er aus besonderer Liebe zu mir die Priester befragen und sehen wollte, was sich machen ließe.

Wie die Priesterschaft von Typee die Sache mit ihrem Gewissen vereinigte, das weiß ich nicht; aber Tatsache ist, dass Fayaweh schließlich von diesem Tabu dispensiert wurde. Ich glaube nicht, dass etwas Ähnliches sich jemals im Tal ereignet hatte; aber es war hohe Zeit, den Eingeborenen ein wenig Galanterie beizubringen, und ich hoffe, mein Beispiel hat wohltätig gewirkt. Es war doch wirklich lächerlich, dass die reizenden Geschöpfe wie Enten durchs Wasser paddeln mussten, während all die großen stämmigen Kerle in Kanus über die Oberfläche schossen.

Am ersten Tag nach Fayawehs Emanzipation machten wir einen entzückenden Ausflug auf dem See, die Dame, Kory-Kory und ich. Mein eifriger Kammerdiener trug eine Kalebasse mit Poï-Poï, ein halbes Dutzend geschälter junger Kokosnüsse, drei Pfeifen, ebenso viele Yamswurzeln und außerdem einen Teil des Weges noch mich auf seinem Rücken vom Hause nach dem See. Es war eine gehörige Last; aber Kory-Kory war für seine Größe ungewöhnlich stark und besaß ein kräftiges Rückgrat. Wir hatten einen höchst angenehmen Tag, mein treuer Diener bediente das Ruder, und wir glitten sacht unter den Schatten des überhängenden Dickichts am Ufer entlang. Fayaweh und ich lagen im Boot, die zarte Schöne setzte von Zeit zu Zeit die Pfeife an die Lippen und blies die milden Tabakwölkchen von sich, die ihr frischer Atem noch duftender machte. Es mag anderen sonderbar erscheinen, ich aber finde, dass nichts einem jungen und schönen Frauenzimmer vorteilhafter steht als das Rauchen. Wie entzückend sind die Damen von Peru, wenn sie in ihren bunten Grashängematten zwischen zwei Orangenbäumen schaukeln und dabei eine duftige Zigarre genießen! Aber Fayaweh sah noch viel entzückender aus, wenn sie in ihrer feingeformten olivfarbenen Hand das lange gelbe Pfeifenrohr mit dem seltsam geschnitzten Kopf hielt und von Zeit zu Zeit leichte Rauchwölkchen lässig aus Mund und Nase blies.

Wir verbrachten so mehrere Stunden im Boot, und wenn ich zu dem glühenden tropischen Himmel empor und dann wieder in die durchsichtigen Tiefen unter mir blickte und mein Auge von der zauberhaften Landschaft, die mich umgab, auf die grotesk tätowierte Gestalt Kory-Korys fiel und zuletzt Fayawehs nachdenklichen Blicken begegnete, dann war mir, als ob ich träumte oder in ein Feenreich entrückt wäre, so unwirklich erschien mir alles.

Dieses liebliche Wasser war der kühlste Platz im Tal, und ich verbrachte von nun an dort die heißeste Stunde des Tages regelmäßig. An der einen Seite des Sees endete eine lange, allmählich weiter werdende Schlucht, die bis zu den Höhen, die das Tal umgaben, emporführte. Wenn der kräftige Passatwind auf die Bergwände traf und um ihre Gipfel wirbelte und kreiste, dann wurde manchmal ein Luftstrom durch die tiefe Schlucht ins Tal hinabgetrieben, der die sonst ruhige und glatte Oberfläche des Sees kräuselte.

Eines Tags, wir hatten schon eine Weile umhergerudert, schiffte ich Kory-Kory aus und paddelte das Kanu nach der Windseite des Sees. Als ich wendete, schien Fayaweh, die mit mir war, plötzlich einen glücklichen Gedanken zu haben. Mit einem wilden Ruf des Entzückens riss sie das weite Tapakleid, das zum Schutze gegen die Sonne über ihrer Schulter geknüpft war, vom Leibe, breitete es wie ein Segel aus und stand mit erhobenen Armen kerzengerade an der Spitze des Kanus. Wir amerikanischen Seeleute sind auf unsere geraden und sauberen Rundhölzer stolz, aber einen hübscheren kleinen Mast als den, den Fayaweh machte, hat es noch nie in irgendeinem Fahrzeug gegeben.

Im nächsten Augenblick schwoll der Tapastoff im Wind, Fayawehs langes braunes Haar flog, das Kanu glitt schnell durch das Wasser und schoss auf den Strand zu. Am rückwärtigen Ende des Bootes sitzend, lenkte ich seinen Lauf mit meinem Ruder, bis es das sanft ansteigende Ufer hinaufschoss und Fayaweh leicht ans Land sprang, während Kory-Kory, der unser Manöver mit vieler Bewunderung verfolgt hatte, entzückt in die Hände klatschte und wie ein Wahnsinniger brüllte. Dies wurde nun noch viele Male wiederholt.

Der Leser wird wohl schon bemerkt haben, dass ich Fräulein Fayawehs erklärter Verehrer war. Aus dem Kaliko, den ich vom Schiff mitgebracht hatte, wurde für das reizende Mädchen ein Kleid gemacht. Es war allerdings eine leichte Kleidung, etwa wie die eines Ballettmädchens; und wenn die Verhüllung dieser Damen zumeist etwa in Ellenbogenhöhe beginnt, die meiner Inselschönheit begann bei der Taille und endete in genügender Höhe über dem Boden, um die bezaubernsten Knöchel zu zeigen.

Der Tag, an dem Fayaweh dieses Kleid zum ersten Male trug, wurde dadurch denkwürdig, dass ich eine neue Bekanntschaft machte. Es war Nachmittag, und ich lag im Hause, als ich von draußen einen großen Lärm hörte; aber da ich nun an das wilde Hallo, das fast beständig durch das Tal scholl, gewöhnt war, so achtete ich nicht sehr darauf, bis der alte Marheyo ungewöhnlich aufgeregt hereinstürzte und die erstaunliche Nachricht brachte: »Marnu pimi!«, was übersetzt bedeutete, dass ein Individuum namens Marnu sich dem Hause näherte. Der wackere Alte erwartete offenbar, dass diese Nachricht mir einen ungeheuren Eindruck machen würde; er blieb eine ganze Weile stehen und sah mich ernst an, als wollte er sehen, wie ich mich in so einem Fall benehmen würde. Da ich aber vollkommen unbewegt blieb, schoss der alte Herr mit ebensolcher Eile wieder aus dem Hause, wie er gekommen war.

Marnu, Marnu, dachte ich, den Namen habe ich noch nie gehört. Muss vermutlich eine angesehene Persönlichkeit sein, nach dem ungeheuren Lärm zu schließen, den die Eingeborenen machen; denn das gewaltige Lärmen kam jeden Augenblick näher und näher, und »Marnu! Marnu!« rief jede Stimme.

Ich kam zu dem Schluss, dass irgendein wilder Krieger von Rang, der bisher noch nicht die Ehre einer Audienz gehabt hatte, mir bei dieser Gelegenheit seine Aufwartung machen wollte. So eitel war ich durch die außerordentlich ehrenvolle Behandlung geworden, an die man mich gewöhnt hatte, dass ich halb geneigt war, diesen Marnu zur Strafe für seine Lässigkeit recht kühl zu empfangen – da kam die aufgeregte Menge in Gesichtsweite, und ich erblickte einen der merkwürdigsten Menschen, die ich jemals gesehen.

Der Fremde konnte nicht älter als fünfundzwanzig Jahre sein und war ein wenig über Mittelgröße; wäre er um ein Haar länger gewesen, das unvergleichliche Ebenmaß seiner Gestalt wäre weniger vollkommen geworden. Seine nackten Glieder waren außerordentlich schön und seine Gestalt so elegant, seine Wangen so jugendlich und bartlos, dass er ein geeignetes Modell für einen polynesischen Apollo geboten hätte. In der Tat erinnerten mich das reine Oval seines Angesichts und die Regelmäßigkeit seiner Züge an ein antikes Bild. Nur dass an Stelle der Ruhe des Kunstwerks hier eine Wärme und Lebendigkeit des Ausdrucks war, wie man sie nur in der glücklichen Natur der Südseeinseln findet. Marnus Haare waren reich gelockt und braun und fielen in kleinen dichten Löckchen über Hals und Schläfen. Löckchen, die, wenn er beim Sprechen lebhafter wurde, auf und nieder tanzten. Seine Wangen waren zart wie die einer Frau, sein Gesicht war auch nicht durch die leiseste Tätowierung entstellt, wenn auch auf seinem ganzen übrigen Körper phantastische Figuren gezeichnet waren, die jedoch, während man sonst nur eine zusammenhangslose Bildnerei sieht, nach einem Plan angelegt schienen.

Insbesondere die Tätowierung auf seinem Rücken fiel mir auf. Der Künstler, der sie ausgeführt hatte, musste ein Meister in seinem Beruf sein. Die Wirbelsäule entlang war der schlanke, spitz zulaufende und gleichsam mit Rauten besetzte Stamm des wundervollen »Artubaumes« gezeichnet. Zu beiden Seiten breiteten sich, am Stamm wechselnd angeordnet, die anmutigen Zweige aus, die mit ihren Blättern überhingen. All dies äußerst sicher gezeichnet und aufs feinste ausgearbeitet. Diese Tätowierung war das beste Kunstwerk, das ich bisher in Typee gesehen. Brust, Arme und Beine waren mit einer unendlichen Menge verschiedenartiger Figuren besetzt, von denen aber jede einzelne im Hinblick auf den Gesamteindruck entworfen schien. Die ganze Tätowierung war in glänzendem Blau ausgeführt, das gegen die helle Olivenfarbe der Haut eine einzigartige und geradezu elegante Wirkung hervorrief. Ein schmaler Gürtel aus weißem Tapa, kaum zwei Zoll breit, von dem vorne und rückwärts breite Quasten herunterhingen, bildete das ganze Kostüm des Fremden.

Er kam, umringt von den Eingeborenen; unter dem einen Arm trug er eine kleine Rolle heimischen Tuches, in der anderen Hand hielt er einen langen, reich verzierten Speer. Sein ganzes Gehaben war das eines Reisenden, der weiß, dass er einen angenehmen Aufenthalt vor sich hat. Jeden Augenblick wendete er sich vergnügt zu der ihn umgebenden Menge und schien auf ihre unaufhörlichen Fragen stets eine überraschende Antwort bereit zu haben, sodass sie sich in unwiderstehlichem Gelächter krümmten.

Sein Benehmen und seine außerordentliche Erscheinung, die der der anderen Eingeborenen mit ihrem kahlgeschorenen Schädel und tätowierten Gesicht so ungleich war, machte auf mich solchen Eindruck, dass ich, als er das Haus betrat, unwillkürlich aufstand und ihm einen Sitz auf den Matten neben mir anbot. Aber ohne meiner Höflichkeit die geringste Beachtung zu schenken, ja, als ob er die Tatsache meiner Existenz nicht bemerkte, schritt der Fremde an mir vorbei und warf sich am entferntesten Ende des langen Lagers nieder, das quer durch das einzige Gemach von Marheyos Wohnung lief. Wenn eine anerkannte Schönheit im ganzen Stolz ihrer Anmut und Macht irgendwo auf der öffentlichen Promenade von einem verächtlichen Dandy geschnitten würde, sie könnte nicht empörter sein, als ich bei dieser unerhörten Missachtung war. Ich fühlte ein grenzenloses Erstaunen. Das Benehmen der Wilden hatte mich gewöhnt, von jedem, der neu ankam, die gleiche ungewöhnliche Neugier und Achtung zu erwarten. Sein auffallendes Benehmen vermehrte meinen Wunsch, zu erfahren, wer dieser merkwürdige Fremde sein mochte, der jetzt alle Aufmerksamkeit auf sich zog.

Teinor setzte eine Kalebasse mit Poï-Poï vor ihn; der Fremde bediente sich, tat aber zwischen jedem Bissen irgendeinen raschen Ausruf, der eifrig aufgenommen und von der Menge, die jetzt das ganze Haus erfüllte, wiederholt wurde. Der Eifer, mit dem die Eingeborenen sich um ihn bemühten, und dass sie mich im Augenblick vollständig vernachlässigten, verletzte mich aufs tiefste. Tommos Herrlichkeit ist dahin, dachte ich, und je früher er das Tal verlässt, desto besser. Das war meine Empfindung, diktiert von jenem großartigen Grundsatz, der allen heroischen Seelen eignet, dem tiefen Entschluss, entweder das größte Stück Pudding zu bekommen oder ganz zu verzichten.

Als Marnu, der alle so ausschließlich anzog, seinen Hunger gestillt und ein paar Züge aus einer Pfeife getan hatte, die ihm gereicht wurde, begann er eine Ansprache, die die Aufmerksamkeit der Hörer aufs äußerste fesselte.

Sowenig ich noch von der Sprache verstand, begriff ich doch aus seinen lebhaften Gebärden und dem wechselnden Ausdruck seiner Züge, der von den Gesichtern um ihn her wie aus ebenso vielen Spiegeln widerstrahlte, leicht, welche Leidenschaften er in ihnen zu entflammen suchte. Aus der häufigen Wiederholung der Worte »Nuku Hiva« und »Freni« – »Franzosen« – und einiger anderer Worte, deren Sinn ich kannte, schloss ich, dass er Ereignisse berichtete, die sich in den anderen Buchten der Insel zugetragen hatten. Aber woher er das alles wusste, begriff ich nicht, wenn er nicht etwa eben von Nuku Hiva kam. Sein Aussehen – er war staubbedeckt von der Wanderung – ließ das vermuten, aber dann war wieder seine freundliche Aufnahme durch die Typees nicht zu erklären.

Jedenfalls hatte ich noch nie eine so machtvolle natürliche Beredsamkeit erlebt. Die Anmut der Stellungen, die sein geschmeidiger Körper annahm, die eindrucksvollen Gebärden seiner nackten Arme, das Feuer seines Blicks vor allem, ergaben vereint mit dem beständig wechselnden Klang seiner Stimme eine Wirkung, auf die der vollendetste Redner hätte stolz sein können. Jetzt sprach er, auf der Matte ruhend, gelassen auf seinen Arm gestützt, und erzählte die Übergriffe der Franzosen in allen Einzelheiten, ihre unerwünschten Besuche in den benachbarten Buchten, die er der Reihe nach aufzählte, Happar, Puerka, Nuku Hiva, Teior; plötzlich sprang er auf, stürzte mit geballten Fäusten und leidenschaftlich verzerrtem Gesicht vor, eine Flut wütender Schmähungen ausstoßend. Dann wurde seine Stellung eine gebieterische, als er die Typees ermahnte, diesen Übergriffen entgegenzutreten. Mit triumphierenden wilden Blicken erinnerte er sie daran, dass der Schrecken ihres Namens sie bis jetzt vor einem Angriff bewahrt hatte, und mit höhnischer Verachtung und in schneidender Ironie schilderte er die großartige Unerschrockenheit der Franzosen, die mit fünf Kriegskanus und mehreren hundert Mann die nackten Krieger dieses Tales nicht anzugreifen gewagt hatten.

Der Eindruck, den er auf seine Zuhörer machte, war außerordentlich; mit funkelnden Augen und am ganzen Körper zitternd sahen sie ihn an, als hörten sie die Stimme eines Propheten.

Aber es zeigte sich, dass Marnus Fähigkeiten ebenso mannigfach wie groß waren. Kaum hatte er seine leidenschaftliche Rede beendet, als er sich wieder auf die Matte fallen ließ und jeden einzelnen in der Menge beim Namen nannte und ihn scherzhaft ansprach, mit einem Humor, der mir zwar fast völlig unverständlich war, aber die ganze Versammlung mit lautem Entzücken erfüllte.

Er hatte für jeden ein Wort, wendete sich blitzschnell von einem zum anderen, machte irgendeinen raschen Witz, auf den schallendes Gelächter folgte. Er sprach zu den Frauen wie zu den Männern. Gott weiß, was er zu ihnen sagte, aber jedenfalls sah ich sie lächeln und erröten, wenn er sprach. Ich glaube gern, dass Marnu mit seiner bildhübschen Erscheinung und seinem gewinnenden Wesen ein schlimmer Verführer für die einfachen Mägdlein der Insel war.

Während der ganzen Zeit hatte er mich auch nicht eines Blicks gewürdigt. Es schien, als ob er meine Gegenwart überhaupt nicht bemerkt hätte. Ich konnte mir dieses ungewöhnliche Benehmen nicht erklären. Ich sah, dass er ein Mann von nicht geringem Ansehen unter den Eingeborenen war, dass er ungewöhnlich begabt sein musste und mehr wusste als die Bewohner des Tals; eben darum fürchtete ich, dass er aus irgendeinem Grunde mir abgeneigt war und seinen mächtigen Einfluss dazu verwenden konnte, mir zu schaden.

Es war klar, dass er nicht im Tal zu Hause war, aber woher mochte er kommen? Auf allen Seiten waren die Typees von feindlichen Stämmen umgeben; wie war es möglich, dass er, wenn er zu einem von diesen gehörte, mit solcher Herzlichkeit aufgenommen wurde?

Die Erscheinung des rätselhaften Fremden machte die Sache für mich noch verworrener. Ein untätowiertes Gesicht und einen ungeschorenen Kopf hatte ich noch niemals in irgendeinem Teil der Insel gesehen, und ich hatte auch immer gehört, dass das Gegenteil das unentbehrliche Kennzeichen eines Marquesas-Kriegers war. Die ganze Sache war mir vollkommen unverständlich, und ich erwartete die Lösung mit nicht geringer Sorge.

Aus gewissen Zeichen argwöhnte ich, dass er nunmehr Bemerkungen über mich machte, obschon er sich sorgfältig hütete, meinen Namen auszusprechen oder nach der Richtung zu schauen, in der ich lag. Plötzlich erhob er sich von den Matten, auf denen er gelegen hatte, und kam, immer mit den anderen sprechend, auf mich zu, wobei jedoch sein Blick den meinen absichtlich mied; zuletzt setzte er sich, kaum zwei Schritte von mir entfernt, nieder. Ich hatte mich noch nicht von meinem Erstaunen erholt, als er sich plötzlich umwendete und mit dem liebenswürdigsten Ausdruck und anmutigster Gebärde mir seine rechte Hand bot. Natürlich erwiderte ich seine Höflichkeit, und sowie unsere Hände sich berührten, beugte er sich zu mir und murmelte mit musikalischer Stimme auf englisch: »Wie Ihnen gehen? Wie lang sind Sie schon in dieser Bucht? Sie lieben diese Bucht?«

Wenn mich drei Happar-Speere zugleich durchbohrt hätten, ich hätte nicht mehr emporfahren können als bei diesen einfachen Fragen. Einen Augenblick war ich so betäubt vor Überraschung, dass ich antwortete, ohne zu wissen, was ich sprach; aber sowie ich meine Selbstbeherrschung wiedergewann, schoss mir der Gedanke durch den Kopf, dass ich von diesem Menschen etwas über Toby hören könnte, was die Eingeborenen mir, wie ich argwöhnte, absichtlich verbargen.

Ich befragte ihn daher über das Verschwinden meines Gefährten, aber er behauptete, nichts davon zu wissen. Dann fragte ich ihn, woher er käme. Von Nuku Hiva, antwortete er. Als ich mein Erstaunen aussprach, sah er mich einen Augenblick an, als genieße er meine Verwirrung, und rief dann mit seiner seltsamen Lebhaftigkeit: »Ah! mich tabu! – mich gehen Nuku Hiva – mich gehen Teior – mich gehen Typee – mich gehen überall – niemand mich was tun – tabu!«

Diese Erklärung würde mir gleichfalls unverständlich gewesen sein, hätte sie nicht meine Erinnerung an eine seltsame Sitte der Inselbewohner wachgerufen, von der ich schon gehört hatte. Obschon das Land im Besitz verschiedener Stämme ist, deren gegenseitige Feindseligkeit beinahe jeden Verkehr zwischen ihnen unmöglich macht, so weiß man doch Beispiele, dass jemand, der mit irgendeiner Person eines Tales, dessen Bewohner mit seinem Stamm im Kriegszustand leben, freundliche Beziehungen angeknüpft hat, sich unter bestimmten Einschränkungen ungestraft in das Gebiet seines Freundes wagen darf, in dem er unter anderen Umständen als Feind behandelt worden wäre. Das so geschützte Individuum gilt als »tabu« und seine Person bis zu einem gewissen Grade als unverletzlich. So hatte auch dieser Fremde Zutritt zu allen Tälern der Insel.

Ich war sehr neugierig, zu erfahren, woher er Englisch sprach, und befragte ihn darüber. Zuerst wich er aus irgendeinem Grunde aus, später aber sagte er mir, dass er als Knabe von dem Kapitän eines Handelsschiffs mit zur See genommen worden und drei Jahre bei ihm geblieben war; einen Teil dieser Zeit hatte er in Sydney in Australien gelebt und war bei einem späteren Besuch auf der Insel von dem Kapitän auf seine Bitte bei seinen Landsleuten gelassen worden. Sein Verkehr mit den Weißen hatte die natürliche rasche Auffassungsgabe des Wilden außerordentlich gesteigert, und seine teilweise Kenntnis der fremden Sprache verschaffte ihm eine große Überlegenheit über seine minder gebildeten Landsleute.

Als ich den nunmehr so leutseligen Marnu fragte, warum er mich nicht früher angeredet hatte, erkundigte er sich seinerseits eifrig, was ich von seinem Verhalten gedacht hätte. Ich erwiderte, ich hätte in ihm einen großen Häuptling oder Krieger vermutet, der schon viele weiße Männer gesehen und es nicht der Mühe wert gehalten, einen armen Seemann zu beachten. Er schien sehr geschmeichelt, dass ich eine so hohe Meinung von ihm gefasst, und gab mir zu verstehen, dass er sich absichtlich so benommen hatte, um meine Überraschung, wenn er mich anspräche, zu vermehren.

Er wünschte nun von mir zu hören, wie ich ins Typee-Tal gekommen wäre. Er hörte mich mit sichtlichem Interesse an, aber als ich auf das noch unerklärte Fernbleiben meines Kameraden kam, versuchte er von anderem zu sprechen, als wäre das ein Gegenstand, den er nicht zu berühren wünschte. Es war, als ob alles, was mit Toby zusammenhing, bestimmt gewesen wäre, mich misstrauisch und besorgt zu machen. Ich konnte den Verdacht nicht loswerden, dass Marnu die Unwahrheit sprach, als er nichts über sein Schicksal zu wissen behauptete; dieser Verdacht weckte die schrecklichsten Befürchtungen für mich selber, die ich für eine Zeit losgeworden war, aufs neue.

Gerade darum war es mein Wunsch, mir den Schutz des Fremden zu sichern und in seinem Geleit nach Nuku Hiva zurückzukehren. Aber als ich dies andeutete, erklärte er es sogleich für ganz undurchführbar und versicherte, dass die Typees niemals zugeben würden, dass ich das Tal verließe. Obschon dies nur meine eigenen Eindrücke bestätigte, vermehrte es meinen Wunsch, aus einer Gefangenschaft zu entkommen, die zwar erträglich, ja in mancher Hinsicht wonnevoll sein mochte, aber zuletzt doch zu einem schrecklichen Ende führen konnte.

Toby war ebenso freundlich behandelt worden wie ich, und doch hatte all ihre Freundschaft für ihn mit seinem geheimnisvollen Verschwinden ein Ende gehabt. Es konnte mir ebenso ergehen. Ich erneuerte daher meine Bitte; aber Marnu erklärte mir noch entschiedener, dass jede Flucht ausgeschlossen sei, und wiederholte, dass die Typees es nie zugeben würden. Vergeblich fragte ich ihn, aus welchen Gründen sie mich hier gefangen hielten; Marnus Ton wurde sogleich wieder geheimnisvoll, und meine Befürchtungen begannen mich aufs neue zu quälen. Ich beschwor ihn, bei den Eingeborenen für mich zu sprechen und sie dazu zu bewegen, mich gehen zu lassen. Er schien sehr abgeneigt, gab aber zuletzt soweit nach, dass er mit mehreren Häuptlingen darüber sprach, die uns übrigens wie alle anderen während unseres ganzen Gesprächs scharf im Auge behalten hatten. Sein Verlangen begegnete der heftigsten Missbilligung, die sich in zornigen Blicken und Gebärden wie in einem Strom leidenschaftlicher Worte äußerte, die an ihn und mich gerichtet wurden. Marnu schien den Schritt zu bereuen, den er getan; es gelang ihm bald, die Typees einigermaßen zu beruhigen, und der Lärm ließ nach.

Ich aber sah mit bitterem Gefühl diesen neuerlichen Beweis für den unabänderlichen Beschluss der Eingeborenen. Marnu sagte mir mit sichtlicher Besorgnis, dass er zwar Zutritt zur Bucht hätte und freundlichen Empfang fände, sich aber nicht erlauben dürfte, sich in ihre Angelegenheiten zu mischen; täte er dies noch länger, so würden die Typees sich nicht weiter an das Tabu zu halten brauchen, das ihn, wenn er nichts dergleichen täte, vor den Folgen der Feindschaft, die sie gegen seinen Stamm empfanden, schützte.

In diesem Augenblick wurde er von Mehivi in zornigem Ton unterbrochen; zweifellos bedeutete er ihm, nicht weiter mit mir zu sprechen und sich nach der anderen Seite des Hauses zu begeben. Marnu sprang sogleich auf, bat mich noch rasch, ihn nicht mehr anzureden und vor allem, wenn mir mein Leben lieb sei, mit keinem Wort mehr von der Abreise zu sprechen, und zog sich, da der Häuptling seinen Befehl bereits mit zorniger Stimme wiederholte, zurück und setzte sich in einiger Entfernung nieder.

Ich aber sah mit nicht geringer Sorge in den Gesichtern der Eingeborenen denselben wilden Ausdruck, der mich damals im Tai erschreckt hatte. Sie warfen argwöhnische Blicke auf Marnu und mich; die Unterredung die wir in einer für sie unverständlichen Sprache führten, war ihnen offenbar verdächtig geworden, sie schienen zu glauben, dass wir bereits Maßnahmen verabredet hätten, um ihre Wachsamkeit zu täuschen.

Das lebhafte Mienenspiel dieser Menschen drückt jede Seelenregung wunderbar aus, die nervöse Beredsamkeit ihres Ausdrucks und ihrer Gebärden ersetzt reichlich die Unvollkommenheit ihrer Sprache. Ich konnte in ihrem wechselnden Ausdruck all die Leidenschaften deutlich wahrnehmen, die jetzt unerwartet in ihnen wach geworden waren.

Ich begriff, dass Marnus Warnung ernst zu nehmen war; und ich sprach, wiewohl es mich große Anstrengungen kostete, zu Mehivi in leichtem und heiterem Ton, um jeden schlimmen Eindruck wettzumachen. Aber der erzürnte Häuptling war nicht so leicht zu besänftigen. Er wies meine Freundlichkeit mit jenem finsteren Ausdruck zurück, den ich schon einmal geschildert, und ließ mich durch sein ganzes Benehmen sein Missfallen und seinen Groll fühlen.

Marnu, der mir nützlich sein wollte, bemühte sich auf der anderen Seite des Hauses, die Menge mit seinen Späßen zu unterhalten; aber er hatte damit nicht mehr den gleichen Erfolg wie vorher, und da all seine Bemühungen vergeblich blieben, erhob er sich ernst, um zu gehen. Niemand versuchte ihn zurückzuhalten, er nahm seine Rolle Tapa und seinen Speer, trat auf das Pai-Pai, winkte der schweigenden Menge mit der Hand zum Abschied, warf mir noch einen Blick zu, in dem Mitleid und Vorwurf sich mischten, und trat rasch hinaus. Ich sah seine Gestalt im Dunkel des Haines verschwinden und blieb in großer Niedergeschlagenheit zurück.

Achtzehntes Kapitel

Die Erfahrung, die ich an diesem Tage gemacht hatte, ging mir sehr nahe. Marnu war zweifellos ein Mann, der dank seiner höheren Bildung und seiner Kenntnis von den Ereignissen, die sich in den anderen Buchten der Insel vollzogen, von den Bewohnern des Tales hoch geschätzt wurde. Er war aufs herzlichste empfangen worden. Die Eingeborenen hingen an seinem Munde, und jeder hatte sich aufs höchste geschmeichelt gezeigt, wenn er von ihm besonders bemerkt wurde. Aber einige wenige Worte, die er für meine Freilassung gesprochen, hatten nicht nur genügt, alle Eintracht und alles Wohlwollen zu verbannen, sondern, wenn ich seinen Worten glauben durfte, sogar seine persönliche Sicherheit zu gefährden.

Wie tief musste der Entschluss der Typees sein und wie plötzlich waren ihre Leidenschaften entflammt! Der bloße Gedanke meines Fortgehens hatte mir Mehivi, der der einflussreichste unter den Häuptlingen war und der mir so viele Beweise seiner Freundschaft gegeben hatte, wenigstens für den Augenblick entfremdet. Auch die übrigen Eingeborenen zeigten sich meinen Wünschen durchaus abgeneigt und selbst Kory-Kory schien die allgemeine Missbilligung zu teilen.

Vergeblich zermarterte ich mir den Kopf, weshalb die Leute mich durchaus hierbehalten wollten; ich konnte keinen Grund dafür finden. Aber jedenfalls bewies mir dieser Vorfall, wie gefährlich es war und wie verhängnisvoll es werden konnte, sich den Wünschen des launischen und leidenschaftlichen Volkes zu widersetzen und es herauszufordern. Mir blieb nichts übrig, als die Eingeborenen glauben zu machen, dass ich mich in mein Schicksal fügte und gerne bei ihnen bleiben wollte, und durch ein ruhiges, fröhliches Verhalten den Verdacht, den ich unglücklicherweise geweckt hatte, wieder zu zerstören. Wenn ihr Vertrauen wiederhergestellt war, würden sie vermutlich in ihrer Wachsamkeit lässiger werden, und ich war dann besser in der Lage, mich einer Gelegenheit zur Flucht zu bedienen. Ich beschloss daher gute Miene zum bösen Spiel zu machen und, was auch geschehen mochte, männlich zu ertragen. Und darin hatte ich mehr Erfolg, als ich erwartete. Als Marnu seinen Besuch machte, war ich schätzungsweise etwa zwei Monate im Tal. Obschon meine unerklärliche Krankheit noch nicht völlig geheilt war und noch irgendwie in mir steckte, hatte ich doch keine Schmerzen und konnte mich bewegen. Ich durfte erwarten, vollkommen gesund zu werden. Da ich diese Befürchtung los war und im übrigen der Zukunft entschlossen ins Auge sah, überließ ich mich wieder all dem geselligen Vergnügen im Tal und suchte allen Kummer, alle Erinnerungen an mein früheres Leben mit den wilden Genüssen, die es bot, zu betäuben.

Je besser ich auf meinen Wanderungen die Bewohner des Tales kennenlernte, desto größeren Eindruck machte mir die leichtherzige Fröhlichkeit, die allenthalben herrschte. Diese einfachen Wilden, deren Seelen keine ernsteren Sorgen kannten, vermochten sich an den kleinsten Dingen, die in einem intelligenteren Gemeinwesen unbeachtet bleiben würden, aufs äußerste zu entzücken. All ihre Freuden entsprangen winzigen Vorfällen des flüchtigen Augenblicks; aber all diese Kleinigkeiten zusammen schwollen zu einer Fülle des Glücks, wie sie gebildetere Menschen selten genießen.

Wo würden zum Beispiel gebildete Menschen sich am Abschießen von Knallbüchsen erfreuen? Der bloße Gedanke würde sie ärgerlich machen, während die ganze Bevölkerung von Typee durch zehn Tage kaum etwas anderes tat, als sich diesem kindlichen Vergnügen hinzugeben, und vor Entzücken darüber schrie.

Eines Tages scherzte ich mit einem lebhaften kleinen Bengel, der etwa sechs Jahre alt war, er jagte mich mit einem etwa drei Fuß langen Bambusstöckchen und bearbeitete mich gelegentlich damit. Dabei entriss ich ihm den Stock und hatte den glücklichen Einfall, dem Jungen aus dem dünnen Rohr eines jener Kindergewehre zu machen, mit denen ich die Knaben bei uns oft hatte spielen sehen. Ich schnitt mit meinem Messer zwei parallele und mehrere Zoll lange Schlitze in das Rohr, schnitt den elastischen Streifen zwischen ihnen an einem Ende los, zog ihn zurück und mit dem Ende über eine kleine Kerbe, die ich zu diesem Zweck gemacht hatte. Jeder kleine Gegenstand, den ich darauf legte, musste mit beträchtlicher Kraft aus dem Rohr geschleudert werden, wenn man den elastischen Streifen aus der Kerbe schnellen ließ.

Wenn ich nur im entferntesten geahnt hätte, welche Sensation diese ballistische Erfindung machen würde, ich hätte sicherlich ein Patent darauf genommen. Der Junge sprang halb verrückt vor Freude davon, und zwanzig Minuten, später war ich von einer lärmenden Menge umringt, ehrwürdigen Graubärten, würdigen Familienvätern, tapferen Kriegern, älteren Frauen, jungen Männern, Mädchen und Kindern, die alle Bambusstöckchen in den Händen hielten und von denen jeder schrie, dass ich ihn zuerst vornehmen sollte.

Drei oder vier Stunden war ich damit beschäftigt, derartige Büchsen zu fabrizieren; schließlich überließ ich das ganze Geschäft einem begabten Jüngling, den ich in das Geheimnis der Kunst einweihte.

Peng! Peng! Peng! tönte es durch das ganze Tal; Duelle, Scharmützel, Schlachten und allgemeine Gefechte wurden ausgefochten. Man konnte nicht durchs Dickicht gehen, ohne in einen Hinterhalt zu geraten und das Ziel für eine Schar von Musketieren zu werden, deren tätowierte Glieder man gerade noch im Laubwerk erspähen konnte. Dort wurde man von der kriegerischen Garnison eines Hauses angegriffen, deren

Bambusrohre zwischen den Rohrstangen der Wände sichtbar wurden. An der nächsten Biegung des Weges war man dem Feuer einer Abteilung von Scharfschützen ausgesetzt, die auf einem Pai-Pai Posten gefasst hatten.

Peng! Peng! Peng! Grüne Guajavas, Samenkörner und Beeren aller Art flogen nach allen Richtungen. So gefährlich wurde die Sache, dass ich beinahe fürchtete, wie der Mann, der den ehernen Stier erfunden, das Opfer meiner genialen Idee zu werden. Aber wie alles, nahm auch diese Aufregung allmählich ab, wenn man auch noch immer gelegentlich die Knallbüchsen hören konnte.

Es war gegen das Ende dieser kriegerischen Tage, dass mich ein seltsamer und komischer Einfall Marheyos unendlich belustigte.

Ich hatte, als ich das Schiff verließ, ein Paar feste Schuhe getragen, die bei unserem Felsenklettern und in Schluchten hinabgleiten so mitgenommen waren, dass sie nahezu unbrauchbar schienen. Aber Gegenstände, die für einen Zweck unbrauchbar sind, können einem anderen dienen, wenn man nur genug Erfindungsgabe hat, und diese Erfindungsgabe besaß Marheyo im höchsten Grad. Er bewies es durch den Gebrauch, den er von diesen zerrissenen alten Schuhen zu machen wusste. Die Eingeborenen schienen jeden noch so geringwertigen Gegenstand, der mir gehörte, als geheiligt zu betrachten, und so blieben auch die alten Schuhe mehrere Tage, nachdem ich ins Haus gekommen war, unberührt dort liegen, wo ich sie zuerst hingeworfen hatte. Ich erinnerte mich später, dass ich sie dann nicht mehr dort gesehen hatte, und nahm an, dass Teinor als ordentliche Hausfrau das wertlose alte Zeug weggeschmissen hätte. Aber ich wurde bald eines anderen belehrt.

Eines Tages bemerkte ich, dass der alte Marheyo sich mit ungewohnter Lebhaftigkeit um mich beschäftigte und Kory-Kory ablösen zu wollen, schien. Er erbot sich, mich nach dem

Flusse zu tragen, und als ich das ablehnte, fuhr er fort, wie ein bejahrter Haushund mich gleichsam zu umwedeln. Ich konnte ums Leben nicht herausbekommen, was der alte Herr hatte, bis er plötzlich die zeitweilige Abwesenheit aller übrigen benützte und mit den unmöglichsten Gebärden eifrig auf meine Füße und dann wieder auf ein kleines Bündel wies, das oben an der Stange hing. Ich glaubte ihn endlich zu begreifen und bedeutete ihm, das Paket herunterzulassen. Er tat dies sogleich, entfaltete ein Stück Tapa, und mit Staunen erblickte ich die alten Schuhe, die ich längst im Kehricht vermutete.

Ich verstand seinen Wunsch und schenkte sie ihm großmütig; sie waren bereits verschimmelt, und ich ahnte nicht, wozu er sie brauchen konnte. Aber noch am selben Nachmittag sah ich den ehrwürdigen Krieger mit gemessenen Schritten auf das Haus zukommen, den Speer in der Hand, die Ohrringe im Ohr, während dieses herrliche Paar Schuhe an einer Rindenschnur um seinen Hals hing und auf seiner breiten Männerbrust hin und her baumelte. Von da an bildeten diese kalbledernen Anhänger das Hauptstück in Marheyos Galaanzug.

Um von anderem und Wichtigerem zu reden: obschon das Leben der Talbewohner fast völlig frei von Mühe und Arbeit verlief, gab es doch einige leichte Beschäftigungen, die, obwohl sie eher vergnüglich und unterhaltend als mühselig waren, zu ihrem Wohlbefinden beitrugen. Die wichtigste war die Bereitung des Eingeborenentuches – »Tapa« –, das in verschiedenen Formen fast im ganzen polynesischen Archipel wohlbekannt ist. Man weiß, dass dieser nützliche und oft recht elegante Stoff aus der Rinde verschiedener Bäume hergestellt wird. Die Bereitung aber ist, glaube ich, noch nie geschildert worden.

Um das schöne weiße Tapa herzustellen, das auf den Marquesas-Inseln zumeist getragen wird, werden zunächst junge Zweige des Tuchbaumes in entsprechender Anzahl eingesammelt. Die äußere grüne Rinde wird als wertlos ab-

geschält, dann kommt eine dünne faserige Masse, die sorgfältig vom inneren Holz, an dem sie festsitzt, abgestreift wird.
Wenn man genug davon beisammen hat, werden die Streifen
in große Blätter eingewickelt, die die Eingeborenen genau
wie Packpapier benützen, und mit einer Schnur, die ein paar-
mal herumgeschlungen wird, zugebunden. Das ganze Paket
wird in fließendes Wasser gelegt und mit einem großen Stein
beschwert, damit es nicht von der Strömung fortgetrieben
werde. Nach zwei oder drei Tagen wird es herausgenommen
und für eine kurze Zeit der freien Luft ausgesetzt, wobei jedes
Stück genau untersucht wird, ob die Behandlung bereits die
nötige Wirkung hervorgerufen hat. Dies wird solange wiederholt, bis die Masse im richtigen Zustand ist. Es ist ein Zustand
beginnender Zersetzung; die Fasern sind weich und nach-
giebig und vollkommen knetbar. Jetzt werden die einzelnen
Streifen nebeneinander auf einer glatten Fläche, zumeist auf
einem liegenden Kokosnussstamm, ausgebreitet, in verschiedenen Lagen aufeinandergeschichtet und der ganze Haufen
jedes Mal, so oft eine neue Lage aufgetragen wird, mit einer
Art hölzernen Klöppel sacht bearbeitet. Der Klöppel ist aus
einem harten schweren Holz gemacht, das an Ebenholz erinnert, etwa zwölf Zoll lang und zwei breit, hat an einem Ende
einen runden Griff und sieht genau wie einer unserer viersei-
tigen Streichriemen aus. Die Seitenflächen des Instrumentes
sind parallel flach gezahnt, und zwar sind die Zähne an den
einzelnen Seiten verschieden groß, sodass sie sich für die
verschiedenen Stadien der Behandlung eignen. Dadurch ent-
stehen die cordähnlichen Streifen, die in dem fertigen Tapa
sichtbar sind. Durch dieses Klopfen wird das Ganze zu einer
einheitlichen Masse, die gelegentlich mit Wasser angefeuch-
tet, allmählich durch ein Verfahren, das an die Goldschlägerei
erinnert, bis zu jedem beliebigen Grad der Feinheit flach geklopft werden kann. So wird Tuch von jeder Stärke und Dicke
hergestellt, je nach dem Zweck, zu dem es verwendet werden

soll. Wenn es soweit ist, wird das frische Tapa auf dem Gras zum Bleichen und Trocknen ausgebreitet und wird sehr bald blendend weiß. Manchmal wird es gleich in den ersten Stadien der Zubereitung mit einem Pflanzensaft durchtränkt, der ihm eine haltbare Farbe gibt. Man sieht so gelegentlich ein reiches Braun oder ein glänzendes Gelb, aber der einfache Geschmack der Typee-Leute zieht meist die Naturfarbe vor.

Die bemerkenswert gescheite und geschickte Frau Kammahammahas, des berühmten Eroberers und Königs der Sandwich-Inseln, pflegte auf die Kunst stolz zu sein, mit der sie ihr Tapa mit den verschiedensten Farben und in regelmäßigen Mustern einfärbte; trotzdem wurde sie in ihren letzten Lebensjahren als eine altmodische Dame angesehen, da sie an dem heimischen Tuch festhielt und es dem bereits allgemein eingeführten Flitterkram europäischer Kalikos vorzog. Diese Kunst, das Tapa mit Mustern zu bedrucken, ist auf den Marquesas unbekannt.

Wenn ich durch das Tal ging, blieb ich oft stehen und lauschte dem Klopfen der Tapa bereitenden Frauen. Das harte schwere Klöppelholz gibt einen hellen, klingenden, musikalischen Ton, der auf weite Entfernung hörbar ist. Wenn mehrere Klöppel zugleich in nächster Nähe in Tätigkeit sind, so ist die Wirkung auf das Ohr äußerst angenehm.

Neunzehntes Kapitel

Die Tage folgen einander still und einer nach dem anderen vergeht in Behagen und Glück, und die Geschichte eines Tages ist die Geschichte eines Lebens.

Man stand nicht allzu früh auf. Die Sonne schoss ihre goldenen Strahlen über den Berg von Happar, ehe ich meine Tapadecke abwarf, meine lange Tunika umgürtete und mit Fayaweh und Kory-Kory und allen anderen im Hause zum Fluss hinabschlenderte. Hier fanden wir bereits alle versammelt, die in unserem Teil des Tales wohnten, und badeten mit ihnen. Die frische Morgenluft und das kühlfließende Wasser brachten Seele und Leib in Glut, und wenn wir uns etwa eine halbe Stunde so erfrischt hatten, schlenderten wir wieder zum Hause zurück. Teinor und Maheyo sammelten auf dem Wege trockene Zweige, um Feuer zu machen; einige der jungen Leute holten im Vorübergehen ein paar Früchte von den Kokosnussbäumen; Kory-Kory trieb seine seltsamen Possen, um mich zu unterhalten, und Fayaweh und ich gingen, nicht Arm in Arm, aber doch manchmal Hand in Hand, die freundlichsten Gefühle für die ganze Welt und besonderes Wohlwollen füreinander im Herzen.

Unser Frühstück war bald bereit. Die Inselbewohner sind bei dieser Mahlzeit ziemlich enthaltsam und heben sich ihren kräftigen Appetit für eine spätere Tageszeit auf. Ich aß – immer mit Hilfe meines Dieners – eine mäßige Portion Poï-Poï, das mit dem milchigen Fleisch reifer Kokosnüsse gemischt nur für mich bereitet wurde. Ein Stück geröstete Brotfrucht, ein kleiner Emarkuchen, ein Gericht Koku, zwei oder drei

Bananen oder ein Mami-Apfel; eine Annui oder sonst eine angenehme und nahrhafte Frucht gaben dem Frühstück eine gewisse Abwechslung; zum Beschluss trank ich den Saft von ein oder zwei Kokosnüssen aus.

Dieses einfache Mahl nahmen die Bewohner von Marheyos Haus in altrömischer Weise in Gruppen auf dem Mattendiwan liegend zu sich, während fröhliche Gespräche die Verdauung förderten.

Nach dem Frühstück wurden die Pfeifen angezündet, darunter meine eigene besondere Pfeife, ein Geschenk des ritterlichen Mehivi. Die Inselbewohner, die immer nur in langen Zwischenräumen ein oder zwei Züge tun, und ihre Pfeifen beständig von Hand zu Hand gehen lassen, fanden meine Art, systematisch vier oder fünf vollgestopfte Pfeifen hintereinander zu rauchen, einfach wunderbar. Wenn zwei oder drei Pfeifen umhergereicht und ausgeraucht waren, brach die Gesellschaft allmählich auf. Marheyo begab sich zu der kleinen Hütte, an der er ewig baute. Teinor begann ihre Taparollen nachzusehen oder flocht mit geschäftigen Fingern Grasmatten. Die Mädchen salbten einander mit ihren duftenden Ölen, flochten ihr Haar oder sahen ihren Putz nach und verglichen ihre Elfenbeinschmuckstücke, die aus Eberhauern oder Walfischzähnen geschnitzt waren. Die jungen Männer und Kinder nahmen ihre Ruder, Keulen, Kanugeräte und Kriegsmuscheln vor und beschäftigten sich damit, vermittels spitzer Muschelstücke oder Feuersteins alle Arten von Figuren hinein zu schnitzen und sie, besonders die Kriegsmuscheln, mit Quasten aus geflochtener Rinde und Büscheln von Menschenhaar zu verzieren. Manche warfen sich sogleich nach dem Essen wieder auf die einladenden Matten und nahmen die Beschäftigung der Nacht wieder auf, das heißt sie schliefen wieder ein, und so fest, als ob sie wochenlang kein Auge geschlossen hätten. Andere schlenderten in die Haine hinaus, um Früchte oder Rindenfasern und Blätter zu sam-

meln; beides wurde beständig gebraucht und zu hunderter-
lei Zwecken verwendet. Einige der Mädchen verschwanden
vielleicht in den Wäldern, um Blumen zu suchen oder trugen
kleine Kalebassen und Kokosschalen zum Fluss hinab, um sie
durch Reiben im Wasser mit einem, glatten Stein zu polieren.
Das unschuldige Völkchen wusste sich immer einen Zeitver-
treib, und es wäre nicht leicht, alle ihre Beschäftigungen oder
vielmehr all ihre Vergnügungen aufzuzählen.

Meine eigenen Vormittage verbrachte ich in mannig-
fachster Weise. Manchmal wanderte ich von Haus zu Haus,
überall eines herzlichen Willkommens gewiss, oder zog von
Kory-Kory und Fayaweh und einer ganzen Bande vergnügter
junger Müßiggänger begleitet, von Hain zu Hain und von einer schattigen Stelle zur anderen. Manchmal war ich zu träge,
um mir Bewegung zu machen und nahm daher eine der vielen Einladungen an, die ich beständig erhielt, streckte mich
auf die Matten irgendeines gastlichen Hauses und unterhielt
mich damit, das Treiben der anderen zu beobachten oder
selbst daran teilzunehmen. Wenn ich das letztere vorzog,
kannte das Entzücken der Eingeborenen keine Grenzen, und
immer gab es eine Menge von Bewerbern um die Ehre, mich
irgendeine besondere Fertigkeit lehren zu dürfen. Ich war
bald ein geschickter Arbeiter, der sich auf die Zubereitung
von Tapa verstand; ich wusste eine Grasschlinge zu flechten so gut wie irgendeiner, und eines Tages schnitzte ich mit
meinem Messer den Schaft eines Wurfspeers so vortrefflich,
dass ich überzeugt bin, Karnunu, sein Besitzer, bewahrt ihn
noch heute als besondere Probe meines Könnens auf. Wenn
es gegen Mittag ging, kehrten alle, die das Haus verlassen hatten, der Reihe nach zurück, und wenn die Sonne wirklich in
Mittagshöhe stand, hörte man im ganzen Tal kaum mehr einen Laut, denn alles lag in tiefem Schlaf. Diese genussvolle
Siesta fiel kaum jemals aus, nur der alte Marheyo war von so
exzentrischem Wesen, dass er sich an keine feste Gewohnheit

hielt, sondern je nach der Laune des Augenblicks schlief, aß oder an seiner Hütte herumzimmerte, ohne sich um Zeit oder Ort zu kümmern. Manchmal hielt er sein Schläfchen draußen in der Mittagssonne oder nahm um Mitternacht ein Bad im Fluss. Einmal sah ich ihn achtzig Fuß über dem Erdboden im Wipfel eines Kokosnussbaumes sitzen und rauchen, und manchmal wieder bis zur Brust im Wasser stehen, damit beschäftigt, seine wenigen Barthaare auszurupfen, wobei er ein paar Muschelschalen als Zange verwendete.

Der Mittagsschlummer dauerte gewöhnlich anderthalb Stunden, oft auch länger; wenn die Schläfer sich von ihren Matten erhoben, griffen sie wieder zu ihren Pfeifen und trafen dann ihre Vorbereitungen für die Hauptmahlzeit des Tages.

Ich aber, gleich jenen wohlhabenden Herren, die zu Hause frühstücken und im Klub speisen, nahm, wenn ich gesund war, die Nachmittagsmahlzeit in der Regel mit den unverheirateten Häuptlingen im Tai, die sich immer freuten, mich zu sehen und mir alle guten Dinge verschwenderisch vorsetzten, die ihre Speisekammer bot. Mehivi tischte neben anderen Leckerbissen zumeist gebackenes Schweinefleisch auf, das, wie ich zu vermuten allen Grund habe, lediglich für meinen Genuss besorgt wurde.

Der Tai war ein sehr vergnüglicher Ort. Es tat meiner Seele wie meinem Leibe wohl, in ihm zu verweilen. Vor weiblichen Störungen sicher, ließen die Krieger sich in ungehemmter Heiterkeit gehen, genau wie die Herren in Europa, wenn die Tafel aufgehoben wird und die Damen sich zurückziehen.

Nachdem ich einen beträchtlichen Teil des Nachmittags im Tai verbracht, pflegte ich in der Kühle des Abends entweder mit Fayaweh auf dem kleinen See umher zu segeln oder mit den Wilden im Flusse zu baden, die zu dieser Stunde fast immer dort zu finden waren. Wenn die Schatten der Nacht sich senkten, versammelte Marheyos Haushalt sich wieder unter seinem Dach; Fackeln wurden angezündet, lange seltsame Lieder gesungen und endlose Geschichten erzählt – aus denen allerdings einer der Anwesenden nicht recht klug wurde – und mit geselligen Vergnügungen jeder Art die Zeit vertrieben.

Oft tanzten die jungen Mädchen im Mondlicht vor ihren Häusern. Es gab eine Menge verschiedener Tänze, aber nie sah ich die Männer daran teilnehmen. Alle bestehen aus lebhaften, ausgelassenen und mutwilligen Bewegungen, an denen alle Gliedmaßen beteiligt sind. Die Marquesas-Mädchen tanzen gleichsam mit dem ganzen Körper; nicht nur ihre Füße, sondern auch ihre Arme, Hände, Finger, ja ihre Augen scheinen mitzutanzen. Die Dämchen tragen dabei lediglich Blumen und ihre kurzen Galaröckchen, manchmal schmücken sie sich mit Federn.

Wenn kein besonderes Fest im Gange war, zog man sich in Marheyos Haus ziemlich früh zurück. Aber nicht für die ganze Nacht, denn nach kurzem, leichtem Schlummer standen alle wieder auf, zündeten die Fackeln an und nahmen die dritte und letzte Mahlzeit ein, bei der nur Poï-Poï gegessen wurde, dann taten sie noch einen Zug aus einer Pfeife und machten sich für die große Arbeit der Nacht, den Schlaf bereit. Man kann wirklich sagen, für die Bewohner der Marquesas ist der Schlaf das Hauptgeschäft ihres Lebens, denn den größten Teil ihrer Zeit verbringen sie in seinen Armen. Die angeborene Kraft ihrer Konstitution zeigte sich in nichts so sehr, wie in der Menge von Schlaf, die sie vertragen. Für viele von ihnen ist das Leben wirklich nur ein oft unterbrochener, wollüstiger Schlummer.

Zwanzigstes Kapitel

Fast jedes Land hat seine berühmten Heilquellen. Die von Typee liegt in tiefster Einsamkeit und wird nur selten besucht. Sie liegt fern von allen Wohnstätten, ein Stück den Berg hinauf, nahe dem Talende; man gelangt zu ihr auf einem Fußwege, der von dem herrlichsten Laubwerk beschattet und mit tausend duftenden Blumen geschmückt ist.

Die Mineralquellen von Arva Wai[2] sickern aus den Spalten eines Felsens hervor, rinnen an seiner moosigen Wand herab und fallen zuletzt in großen Tropfen in ein natürliches Steinbecken, das am Rande mit Gras und tauig aussehenden kleinen violetten Blüten bewachsen ist, so frisch und schön, wie sie bei der beständigen Feuchtigkeit nur immer werden können.

Das Wasser der Quelle steht bei den Einwohnern der Insel in hohem Ansehen, einige halten es für ebenso wohlschmeckend wie heilkräftig; sie holen es in ihren Kalebassen vom Berg und bewahren es unter Haufen von Blättern in irgendeinem schattigen Winkel in der Nähe des Hauses. Der alte Marheyo liebte das Wasser sehr. Von Zeit zu Zeit schleppte er eine große runde umflochtene Kalebasse zum Berg hinauf und brachte sie, vor Anstrengung keuchend, gefüllt wieder zurück.

Das Wasser schmeckte wie eine Lösung aller möglichen unangenehmen Stoffe, so widerlich, dass, wenn die Quelle in

---

2   Man könnte dies, denke ich, mit »Starke Wasser« übersetzen. »Arva«
    ist der Name einer Wurzel, die sowohl berauschend als heilkräftig wirkt.
    »Wai« ist das Wort für Wasser in der Marquesas-Sprache.

einer zivilisierten Gegend gelegen hätte, der Besitzer ein Vermögen hätte machen können.

Ich bin kein Chemiker und nicht imstande, es wissenschaftlich zu analysieren. Ich weiß nur, dass Marheyo eines Tages in meiner Gegenwart den letzten Tropfen aus seiner großen Kalebasse schüttete, und dass ich auf dem Boden des Gefäßes eine geringe Menge eines kiesigen Niederschlags bemerkte, der ungefähr wie gewöhnlicher Sand bei uns aussah. Ob dieser Niederschlag stets vorhanden ist und dem Wasser seinen besonderen Geschmack und seine Kräfte gibt, oder ob er ein zufälliger war, wüsste ich nicht zu sagen.

Eines Tages, da ich auf einem Umweg von der Quelle zurückkehrte, sah ich etwas, das mich an Stonehenge und die Bauwerke der Druiden erinnerte.

Am Fuße eines Berges erhob sich, auf allen Seiten von dichtem Wald umgeben, eine Reihe gewaltiger Steinterrassen, die sich stufenweise an der Hügelwand hinaufzogen. Sie waren mindestens zweihundert Schritt lang und vierzig breit. Aber mehr noch als ihre Ausdehnung fiel die ungeheure Größe der Blöcke auf, aus denen sie errichtet: waren. Einige der rechteckigen Steine waren zehn bis fünfzehn Fuß lang und fünf oder sechs Fuß dick. Ihre Seiten waren vollkommen glatt, viereckig, ziemlich regelmäßig, dennoch verriet nichts, dass sie mit dem Meißel bearbeitet worden wären. Sie waren ohne Mörtel aufeinandergeschichtet; hier und da sah ich Lücken. Die oberste Terrasse und die nächste unter ihr wiesen eine Besonderheit auf. Beide hatten in ihrer Mitte eine viereckige Vertiefung, sodass der Terrassenboden um mehrere Fuß höher lag. Zwischen den Steinen hatten ungeheure Bäume Wurzel gefasst und ihre breiten Äste waren so durcheinander gewachsen, dass die Sonne kaum durch das Laubdach dringen konnte. Über sie hin, von einem Stein zum anderen kletternd, zog sich ein Dickicht von Schlingpflanzen, sodass die Steine von ihren zähen Armen halb verborgen wurden, während an manchen Stellen dichtes Buschwerk sie gänzlich bedeckte. Ein wilder Pfad führte schräg über zwei dieser Terrassen, aber der Schatten war so tief und der Pflanzenwuchs so dicht, dass ein Fremder über ihn gehen könnte, ohne ihn zu bemerken.

Die Anlagen waren zweifellos uralt; Kory-Kory, der in allen wissenschaftlichen Fragen mein Gewährsmann war, versicherte mir, dass sie aus der Zeit der Schöpfung der Welt stammten, dass die großen Götter selbst sie erbaut hätten, und dass sie dauern würden bis ans Ende der Zeit. Kory-Korys Aufklärung, sowie dass er die Bauten auf göttlichen Ursprung zurückführte, bewies mir, dass weder er noch seine Landsleute irgendetwas darüber wussten. Als ich vor diesen Denkmälern einer ausgestorbenen und vergessenen Rasse stand, die in dem grünen Winkel einer Insel am Ende der Welt verborgen liegen, deren Existenz gestern noch unbekannt war, überkam mich ein tieferes Gefühl von ehrfürchtiger Scheu, als wenn ich am Fuß der Cheops-Pyramide gestanden hätte. Sie tragen keine Inschrift, kein Bildwerk, nichts, was einen Schlüssel zu ihrer Geschichte geben könnte: nichts ist da als stummer Stein. Wie viele Generationen der majestätischen Bäume, die sie überschatten, sind gewachsen und wieder verwittert und verfault seit ihrer ersten Anlage!

Diese Steinreste brachten mich auf mancherlei Gedanken. Sie beweisen das hohe Alter der Insel, obschon dies nicht zu allen Theorien stimmt, die man über die Entstehung der Inselgruppen der Südsee aufgestellt hat. Meiner Ansicht nach ist es ebenso wahrscheinlich, dass vor mehreren tausend Jahren Menschen die Täler der Marquesas bewohnten, wie dass sie im Lande Ägypten lebten. Nuku Hiva kann keine Koralleninsel sein: wie unermüdlich dieses wundersame Tier auch schaffen mag, so kräftig kann es nicht sein, dass es Felsen bis zu dreitausend Fuß Höhe über dem Meeresspiegel aufschichtet. Dass das Land durch einen vulkanischen Ausbruch am Meeresgrund entstanden wäre, ist natürlich möglich. Niemand kann das Gegenteil beschwören, und wenn die Geologen dies vom ganzen amerikanischen Festland behaupten wollten, ich bin jedenfalls der letzte, der Widerspruch erheben dürfte.

Ich habe schon erwähnt, dass die Wohnungen der Eingeborenen stets auf massiven Steinfundamenten errichtet waren, die sie Pai-Pais nennen. Ihr Umfang sowie der der verwendeten Steine ist verhältnismäßig gering: es gibt aber andere ähnliche Anlagen, darunter die »Morais« oder Begräbnisplätze, sowie die Festplätze in fast allen Tälern der Insel, die so ausgedehnt sind und deren Errichtung solche Mühe und Kunstfertigkeit erforderte, dass ich kaum glauben kann, sie seien von den Vorfahren der gegenwärtigen Bewohner errichtet worden. Wenn es dennoch der Fall sein sollte, dann hätte die Kunstfertigkeit der Rasse einen traurigen Niedergang erlebt. Von ihrer Trägheit nicht zu sprechen, mit welchen Maschinen hätte dies einfache Volk so ungeheure Massen fortbewegen und an ihre Stelle bringen können? Wie hätten sie sie mit ihren armseligen Instrumenten zurechtmeißeln und -hämmern sollen?

All diese größeren Pai-Pais – auch das auf dem Hulah-Hulah-Grund im Typee-Tal – trugen unverkennbar das Zeichen hohen Alters; und wahrscheinlich wurden sie von der gleichen Rasse errichtet, von der die eben geschilderten noch älteren Baureste stammen.

Nach Kory-Korys Bericht wurde das Pai-Pai des Hulah-Hulah-Grundes vor vielen vielen Monden unter der Leitung eines großen Häuptlings und Kriegers, namens Momu, erbaut, der, wie es schien, der große Baumeister der Typees war. Und zwar wurde es in der unglaublich kurzen Zeit einer einzigen Sonne und zu dem gleichen Zweck errichtet, dem es heute dient; dann wurde es unter großen Festlichkeiten, die zehn Tage und Nächte währten, den unsterblichen Holzgötzen geweiht.

Aber auch unter den kleineren Pai-Pais, auf denen die Wohnhäuser der Eingeborenen stehen, sah ich keines, das erst kürzlich angelegt schien. Überall im Tal findet man eine Menge dieser massiven Steinfundamente, auf denen keine Häuser stehen. Das ist natürlich für die Leute sehr bequem, denn so oft ein veränderungslustiger Eingeborener eine neue Wohnung sucht, braucht er nur auszugehen und eines der vielen unbenutzten Pai-Pais sich auszusuchen um ohne weiteres sein Bambuszelt darauf zu errichten.

Einundzwanzigstes Kapitel

Seitdem ich nicht mehr so lahm war, hatte ich täglich Mehivi im Tai besucht, der mich auch stets aufs herzlichste empfing. Fayaweh und der nie fehlende Kory-Kory begleiteten mich auf diesen Gängen. Sobald wir in die Nähe des Tai kamen, das dem ganzen weiblichen Geschlecht durch ein strenges Tabu verschlossen war, zog Fayaweh sich in eine benachbarte Hütte zurück, als ob sie aus weiblichem Zartgefühl einer Stätte fernbliebe, die man als eine Art Junggesellenheim betrachten konnte.

Denn obschon es der dauernde Aufenthaltsort mehrerer angesehener Häuptlinge, insbesondere der Mehivis war, so war es doch auch zu gewissen Zeiten der Ort, den alle fröhlichen, gesprächigen, älteren Wilden des Tales aufsuchten, genau wie solche Leute in zivilisierten Ländern ins Wirtshaus gehen. Stundenlang blieben sie dort, schwatzten, rauchten, aßen Poï-Poï oder schliefen zur Erhaltung ihrer Gesundheit.

Das Gebäude war gewissermaßen das Hauptquartier des Tales; alle Gerüchte gelangten dorthin; und wenn man es so von einer eingeborenen Menge, natürlich lauter Männern, gefüllt sah, und die erregten Gruppen sich unterhielten, während immer neue Scharen zuströmten oder abzogen, dann hätte man es für eine Art Börse halten können, auf der das Steigen und Fallen der polynesischen Aktien erörtert wurde.

Mehivi schien der Gebieter des Tai zu sein und verbrachte den größten Teil seiner Zeit dort; und wenn es zu bestimmten Stunden des Tages fast völlig verlassen lag und nur die hundertjährigen Greise, die aus grüner Bronze schienen und die zum Hause gehörten, sich noch darin befanden, den Häuptling selbst konnte man immer dort treffen und sein »otium cum dignitate« auf den bequemen Matten, die den Boden bedeckten, genießen sehen. So oft ich erschien, stand er unfehlbar auf, machte in vornehmster Weise den Wirt, bat mich Platz zu nehmen, wo es mir beliebte, und rief »Tammarih! – Junge!« Ein kleiner Bursche erschien, verschwand und kehrte mit irgendeinem schmackhaften Gericht wieder, zu dem der Häuptling mich nötigte. Die Wahrheit zu sagen, verdankte Mehivi der Vortrefflichkeit seiner Fleischspeisen die Ehre meines häufigen Besuchs. In der ganzen Welt sind Junggesellen dafür bekannt, dass sie die beste Küche führen.

Eines Tages bemerkte ich, dass außerordentliche Vorbereitungen im Tai im Gange waren, dass also ein Fest bevorstehen musste. Es war beinahe, wie wenn in einem großen Hotel ein großartiges Jubiläumsessen stattfinden soll. Die Eingeborenen eilten dahin und dorthin, mit den mannigfachsten Aufträgen; einige schleppten ungeheure hohle Bambus zum Fluss hinab, um sie mit Wasser zu füllen; andere jagten zornige Schweine durch die Büsche, die sie fangen wollten; und sehr viele waren damit beschäftigt, Berge von Poï-Poï in gewaltigen Holzgefäßen zu kneten.

Eine Weile sah ich dem lebhaften Treiben zu, da hörte ich aus einem benachbarten Hain schreckliches Quieken. Als ich an Ort und Stelle kam, sah ich, wie mehrere Eingeborene ein großes Schwein am Boden festhielten, während ein kräftiger, mit einem Knüttel bewaffneter Kerl sich vergeblich bemühte, den Schädel des unglücklichen Borstenviehs mit einem tödlichen Streich zu treffen. Immer wieder verfehlte er sein sich windendes und sträubendes Opfer, arbeitete keuchend weiter und hatte schon eine hinreichende Zahl von Streichen geführt, um einem ganzen Trieb Ochsen den Garaus zu machen, als es ihm endlich gelang, mit einem krachenden Hieb das Tier zu töten.

Ohne dass man erst das Blut abfließen ließ, wurde es augenblicklich an ein in der Nähe angezündetes Feuer getragen; vier Wilde hoben es an den Beinen in die Höhe und zogen es rasch über den Flammen hin und her. Der Geruch versengter Borsten sagte, zu welchem Zweck. Dann wurde der Körper ausgeweidet und mit Wasser gründlich gewaschen, die Eingeweide wurden zu besonderer Verwendung beiseitegelegt. Nun wurde ein großes grünes Tuch, das aus den dicken Blättern einer Palmenart bestand, die geschickt mit kleinen Bambusnadeln zusammengeheftet waren, auf den Boden gebreitet, der Körper sorgfältig eingerollt und dann zu einem vorher bereiteten Ofen getragen. Hier wurde er sogleich auf die heißen Steine gelegt, mit einer dichten Lage von Blättern bedeckt und über dem Ganzen rasch die Erde aufgeschüttet.

So wird Schweinefleisch in Typee zubereitet und gibt einen Bissen, der auf der Zunge schmilzt, wie das Lächeln auf den Lippen einer jungen Schönheit. Ich empfehle diese Bereitungsart allen Fleischern, Köchen und Hausfrauen.

Noch manch ein wildes Grunzen, manch ein jämmerliches Quieken verriet, was im ganzen Tale vor sich ging: ich glaube, der Erstgeborene jedes Wurfes wurde geopfert, ehe die Sonne sank.

Um den Tai war große Bewegung. Schweine und Poï-Poï-Kuchen wurden in zahlreichen Öfen gebacken, die wie lauter Ameisenhaufen aussahen. Ganze Haufen von Wilden arbeiteten mächtig mit ihren Steinkolben, um Poï-Poï zu bereiten; andere sammelten grüne Brotfrucht und junge Kokosnüsse in den benachbarten Palmenhainen; während eine noch größere Zahl umherstand und nichts tat, aber unaufhörlich gewaltig schrie, um die anderen anzufeuern.

Es ist eine Eigenheit dieses Volkes, dass es bei jeder Beschäftigung einen ungeheuren Radau macht. Es kommt so selten vor, dass sie arbeiten; wenn sie es einmal tun, sorgen sie auch dafür, dass ein so verdienstliches Verhalten nicht unbemerkt bleibt. Wenn sie zum Beispiel einmal einen Stein eine kleine Strecke weit fortzuschaffen haben, den zwei kräftige Männer tragen könnten, dann sammelt sich eine ganze Schar um den Stein; sie halten zunächst ein großes Palaver ab, dann heben sie ihn alle zusammen empor, wobei jeder anzufassen sucht, und tragen ihn unter Brüllen und Keuchen fort, als ob sie etwas Ungeheures leisteten. Es sieht aus, als wenn eine Menge Ameisen sich um das Bein einer toten Fliege sammeln und es nach einem Loch zerren.

Nachdem ich diese Vorbereitungen zu einer fröhlichen Mahlzeit eine Weile mit angesehen, trat ich in den Tai, wo Mehivi saß, wohlgefällig auf das geschäftige Schauspiel hinausblickte und gelegentlich einen Befehl gab. Der Häuptling schien in der besten Laune und bedeutete mir, dass am nächsten Tage in allen Wäldern und besonders im Tai sich große Dinge ereignen würden, und bat mich, ja in der Nähe zu bleiben. Welchem Gedenktag das Fest galt, oder wem zu Ehren es gefeiert wurde, blieb mir unbekannt. Mehivi suchte mich aufzuklären, aber es misslang ihm gänzlich wie damals, als er mich in die schwierige Geheimlehre des Tabu einführen wollte.

Als wir den Tai verließen, bemerkte Kory-Kory, der mich wie immer begleitete, dass meine Neugier nicht gestillt war, und er beschloss, die Sache zu erledigen. Zu diesem Zweck führte er mich durch die Tabu-Haine, machte mich auf eine Menge von Gegenständen aufmerksam und versuchte mir ihren Sinn mit einem so unbeschreiblichen und unverständlichen Redeschwall zu erklären, dass es mir körperlich wehtat, ihm zuzuhören. Insbesondere führte er mich zu einer Pyramide, die eine Grundfläche von etwa drei Quadratfuß hatte, etwa zehn Fuß hoch war und hauptsächlich aus großen leeren Kalebassen errichtet war; ein Paar geglättete Kokosnussschalen waren auch dabei; sie sah beinahe wie eine Schädelstätte aus. Mein Cicerone bemerkte das Erstaunen, mit dem ich auf dieses Denkmal wilder Kochkunst blickte und begann sogleich wieder, mir seine Bedeutung zu erklären: aber es war alles vergebens; die Sache ist mir bis heute ein vollkommenes Geheimnis geblieben. Da diese Pyramide indessen bei den bevorstehenden Schmausereien eine so bedeutende Rolle zu spielen schien, so habe ich diese für mich das »Fest der Kalebassen« getauft.

Am nächsten Morgen erwachte ich ziemlich spät und sah Marheyos ganze Familie eifrig mit den Festvorbereitungen beschäftigt. Der alte Krieger ordnete die zwei grauen Haarlocken, die auf seinem Schädel geduldet waren, zu kugelförmigen Knoten. Seine Ohrringe und sein Speer lagen, sorgfältig geputzt und geglättet, neben ihm, während das prächtige Paar Schuhe, das seinen Halsschmuck bildete, an einem Rohr hing, das aus der Hauswand hervorragte. Die jungen Leute waren ähnlich beschäftigt; und die schönen Fräulein, auch Fayaweh, salbten sich mit »Eka«, ordneten ihre langen Haarflechten und waren sonst mit ihrer Toilette beschäftigt.

Als sie fertig waren, zeigten die Mädchen sich in ihrem Galaanzug; das Wesentliche war eine Halskette aus weißen Blüten, von denen die Stiele entfernt und die an einer Tapafaser aufgereiht waren. Ähnlichen Schmuck trugen sie in den Ohren und geflochtene Kränze auf den Köpfen. Um den Leib ein kurzes Röckchen aus fleckenlosem weißen Tapa, und manche legten noch einen Mantel aus demselben Stoff um, der über der linken Schulter zu einer schönen Schleife gebunden war und in malerischen Falten die ganze Gestalt umhüllte.

So geschmückt hätte ich die reizende Fayaweh jeder Schönheit der Welt gegenüberzustellen gewagt.

Die Leute mögen über den Geschmack unserer eleganten Damen sagen, was sie wollen. Ihre Juwelen, ihre Federn, ihre Seidenkleider und Falbeln würden neben der wunderbaren Einfachheit des Anzugs, den die Mädchen des Tales bei dieser festlichen Gelegenheit tragen, sich kläglich ausgenommen haben. Ich möchte einmal eine ganze Galerie unserer Schönheiten, wie sie bei einer Krönung in der Westminster-Abtei versammelt sind, neben einer Schar dieser Inselmädchen sehen. Wie steif, wie gezwungen und affektiert würden sie vor der natürlichen Lebhaftigkeit und unbefangenen Anmut dieser wilden Jungfrauen erscheinen! Wie die Mediceische Venus neben einer Gliederpuppe!

Schließlich waren nur noch Kory-Kory und ich im Haus, alle anderen waren bereits nach den Tabu-Hainen aufgebrochen. Mein Diener verging vor Ungeduld und meine Langsamkeit verdross ihn. Er benahm sich genau wie jemand bei uns, der zu einem Diner geladen ist und am Fuß der Treppe auf einen Begleiter wartet, der nicht fertig wird. Schließlich machten wir uns auf den Weg. Alle Häuser in den Hainen, durch die unsere Straße ging, waren vollkommen verlassen.

Als wir an den Felsen kamen, an dem der Pfad jäh endete, und der die festliche Szene unseren Blicken verbarg, konnte ich aus dem wilden Geschrei und dem verworrenen Stimmengeräusch erkennen, dass bereits eine große Menge versammelt war. Ehe Kory-Kory die Anhöhe hinanstieg, hielt er einen Augenblick an, wie ein eleganter Tänzer im Foyer eines Ballsaales, um seiner Toilette die letzte Vollendung zu geben. Dabei fiel mir ein, dass es gut sein könnte, wenn auch ich mich ein wenig um meine Erscheinung kümmerte. Da ich keinen Feiertagsanzug besaß, wusste ich nicht recht, was ich tun sollte. Aber ich wollte nun einmal Sensation erregen; ich wusste, dass ich den Wilden mit nichts mehr Freude machen konnte, als wenn ich mich nach ihrer Art richtete; ich legte daher das weite Tapakleid ab, das ich über den Schultern trug, wenn ich ins Freie ging, und behielt nur einen kurzen Rock an, der mir von der Mitte bis zu den Knien ging.

Mein Diener, der meine Absicht sofort begriff, wusste das Kompliment zu schätzen und ging daran, die Falten des einzigen Kleidungsstückes, das ich noch trug, besser zu ordnen. Während er dies tat, sah ich eine Schar junger Mädchen, die in unserer Nähe im Grase unter Haufen von Blumen saßen, die sie zu Kränzen wanden. Ich winkte ihnen, mir welche zu bringen, und im nächsten Augenblick wurde mir ein Dutzend Kränze zur Verfügung gestellt. Einen davon wand ich um den Hutersatz, den ich mir aus Zwergpalmblättern angefertigt hatte, aus mehreren anderen machte ich einen prachtvollen Gürtel. Sobald ich fertig war, stieg ich mit den langsamen und gemessenen Schritten eines eleganten Herrn im Frack den Felsenhügel hinan.

Zweiundzwanzigstes Kapitel

Die ganze Bevölkerung des Tales schien im Hain versammelt. In der Ferne sah man die lange Frontseite des Tais, den ungeheuren Vorplatz voll von Männern in den verschiedenartigsten und phantastischsten Kostümen, die alle laut und mit lebhaftem Gebärdenspiel durcheinander sprachen, während der ganze weite Raum zwischen dem Gebäude und der Stelle, an der ich stand, von Gruppen blumengeschmückter Frauen belebt war, die tanzten, sprangen und wilde Rufe ausstießen. Sowie sie mich erblickten, stießen sie einen Ruf des Willkommens aus; eine ganze Schar tanzte auf mich zu, und sie sangen irgendein wildes Rezitativ dabei. Die Veränderung in meiner Tracht schien sie zu entzücken, sie sammelten sich um mich von allen Seiten und begleiteten mich zum Tai. Allerdings, als wir uns ihm näherten, blieben die fröhlichen Nymphen stehen, wichen auseinander und öffneten mir einen Weg in das menschengefüllte Gebäude.

Sowie ich das Pai-Pai erstiegen hatte, sah ich, dass die Schmauserei bereits im Gange war. Es herrschte eine verschwenderische Fülle. Warwick, der sein Gefolge mit Rindfleisch und hellem Bier bewirtete, war ein Knauser neben dem edlen Mehivi! Längs dem Vorplatz des Tais waren schön geschnitzte Gefäße angereiht, wie Kanus geformt und manche bis zu zwanzig Fuß lang, die alle mit frisch bereitetem Poï-Poï gefüllt und durch breite Bananenblätter gegen die Sonne geschützt waren. Dazwischen lagen Haufen von grüner Brotfrucht in Pyramiden, so wie die regelmäßigen Haufen schwerer Stückkugeln im Hof eines Arsenals. In die Spalten zwischen den großen Steinen, die das Pai-Pai bildeten, waren mächtige Baumzweige gesteckt, von deren Zweigen, durch das Laub vor der Sonne geschützt, massenhaft kleine Pakete hingen. In ihren blättrigen Hüllen war das Fleisch der unzähligen für das Fest geschlachteten Schweine verpackt und aufgehängt, so dass die Gäste nur zuzugreifen brauchten. Am Geländer des Vorplatzes lehnte eine ungeheure Menge langer schwerer Bambusstämme, die am unteren Ende zugestopft und an ihrer vorspringenden Mündung mit einem Blätterpfropfen geschlossen waren. Sie waren mit Wasser aus dem Flusse gefüllt, und jedes Gefäß mochte etwa fünfzehn bis zwanzig Liter enthalten.

Die Tafel war gedeckt, man brauchte sich nur zu bedienen. In einem Augenblick waren die eingesetzten Bäumchen geplündert und ihre ungewohnte Frucht verteilt; Kalebassen von Poï-Poï wurden immer wieder aus den Riesengefäßen auf dem Vorplatz gefüllt, und eine Menge kleiner Feuer brannte um das Tai, um die Brotfrucht zu rösten. Das Innere des Gebäudes bot ein außerordentliches Schauspiel. Der riesige mit Matten belegte Raum zwischen den beiden parallelen Kokosnussstämmen, der durch das ganze Haus lief und mindestens zweihundert Fuß maß, war von ruhenden Häuptlingen und Kriegern besetzt, die mächtig schmausten oder die Sorgen des polynesischen Lebens durch Tabakgenuss linderten. Sie rauchten aus großen Pfeifen, deren Köpfe aus kleinen Kokosnussschalen verfertigt und zu seltsamen heidnischen Bildern geschnitzt waren. Sie gingen von Mund zu Mund, jeder der liegenden Raucher tat zwei oder drei mächtige Züge und reichte die Pfeife dem Nachbar, wobei er sich gelegentlich über den Körper eines Schlummernden beugte, den die anstrengende Tätigkeit an der Tafel bereits in Schlaf versenkt hatte.

Der Tabak, den die Typees rauchten, hatte ein besonders mildes und angenehmes Aroma; ich habe ihn stets nur in Blättern gesehen, und die Eingeborenen schienen reichlich damit versorgt. Ich nahm daher an, dass er im Tal wuchs. Kory-Kory bestätigte mir dies auch; ich habe indessen nie eine Tabakspflanze auf der Insel gesehen. In Nuku Hiva und, soviel ich weiß, auch in den anderen Tälern ist das Kraut spärlich, man bekommt es in geringen Mengen von den Ausländern, und das Rauchen ist daher dort für die Einwohner ein großer Luxus. Woher die Typees so reichlich damit versehen waren, ahne ich nicht. Tabak zu bauen waren sie, meiner Meinung nach, zu träge; in der Tat gab es, soweit meine Beobachtungen reichten, keinen Zoll breit Erde, der nicht von Regen und Sonnenschein allein gepflegt und fruchtbar gemacht wurde. Aber vielleicht mochte die Tabakspflanze wie das Zuckerrohr in irgendeinem abgelegenen Teil des Tales wild wachsen.

Vielen im Tai schien der Tabak kein hinreichend kräftiges Reizmittel. Diese hielten sich an »Arwa«. Arwa ist eine Wurzel, die man in der Südsee ziemlich allgemein findet und aus der ein Saft gewonnen wird, dessen Wirkung zunächst eine mäßig anregende ist; sehr bald aber übt es einen narkotischen Einfluss und erzeugt wonnigen Schlummer. Im Tal wurde das Getränk auf folgende Weise bereitet: ein halbes Dutzend junger Burschen setzte sich in einem Kreis um ein leeres Holzgefäß, neben jedem lag ein Haufen in kleine Stücke zerteilter Arwawurzeln im Gras. Eine Kokosnussschale mit Wasser wurde in der jugendlichen Gesellschaft herumgereicht; sie spülten ihren Mund und gingen an die Arbeit, die darin bestand, dass sie die Arwa gründlich zerkauten und dann einen Mundvoll nach dem anderen in das Gefäß warfen. Wenn eine genügende Menge darin war, wurde Wasser darauf gegossen, die Masse mit dem Zeigefinger der rechten Hand umgerührt, und das Getränk war so ziemlich fertig.

Arwa hat auch heilkräftige Wirkungen. Auf den Sandwich-Inseln hat man sie mit Erfolg zur Behandlung der Skrofulose verwendet und zur Bekämpfung einer Krankheit, die durch Jahre jene schönen Inseln entvölkert hat. Die Bewohner des Typee-Tales, die von diesen Plagen noch nicht heimgesucht sind, verwenden die Arwa in der Regel nur, um die geselligen Freuden zu erhöhen, und eine Kalebasse davon kreist bei ihnen, wie die Flasche bei uns.

Mehivi, der über die Veränderung meiner Tracht sehr erfreut war, hieß mich willkommen. Er hatte mir eine herrliche Schüssel »Koku« aufgehoben, denn er wusste, wie gern ich dieses Gericht aß; und hatte außerdem, drei oder vier junge Kokosnüsse, mehrere geröstete Brotfrüchte und ein prächtiges Büschel Bananen für meinen besonderen Genuss beiseitegelegt. All dies wurde mir sogleich vorgesetzt, aber Kory-Kory hielt das Menü für völlig ungenügend, ehe er mich nicht mit einem der Blätterpakete mit Schweinefleisch versorgt hatte, das, wie primitiv die Zubereitung sein mochte, überraschend weich und zart und außerordentlich wohlschmeckend war.

Da Schweinefleisch auf den Marquesas kein regelmäßiges Nahrungsmittel ist, kümmern sich die Einwohner wenig um die Aufzucht der Tiere. Die Schweine laufen frei in den Hainen herum, in denen die Kokosnüsse, die beständig von den Bäumen fallen, einen guten Teil ihrer Nahrung bilden. Allerdings haben die hungrigen Tiere eine unendliche Arbeit mit den Zotten und den Schalen, ehe sie an das Fleisch gelangen. Ich habe oft belustigt zugesehen, wie ein Schwein, nachdem es die Nuss lange Zeit erfolglos mit den Zähnen bearbeitet hatte, endlich in wilde Wut geriet, die Erde unter ihr aufwühlte und sie mit der Schnauze fortschleuderte. Dann folgte es ihr, biss wieder wild darauf, schleuderte sie wieder zur Seite und blieb dann stehen, als wunderte es sich, wo sie hingekommen war. Manchmal treibt das Tier eine Nuss so durch das halbe Tal.

Der zweite Tag des Kalebassen-Festes begann womöglich mit noch größerem Lärm als der erste. Unzählige Kalbsfelle schienen unter den Schlägen einer Armee von Trommlern zu erdröhnen. Durch das Wirbeln aus dem Schlaf geschreckt, sprang ich auf und fand den ganzen Haushalt zum Aufbruch bereit. Neugierig, was für seltsame Ereignisse diese neuartigen Töne verkünden mochten, sowie die Instrumente zu sehen, die einen so schrecklichen Lärm erzeugten, begleitete ich die Eingeborenen nach den Tabu-Hainen.

Der verhältnismäßig freie Raum zwischen dem Tai und dem Felsen war jetzt, sowie das Gebäude selbst, von den Männern völlig verlassen; der ganze Platz war von Scharen von Frauen besetzt, die in irgendeiner sonderbaren Aufregung schrien und tanzten.

Besonders komisch schienen mir vier oder fünf alte Weiber, die völlig nackt, die Arme flach an die Seiten gepresst, in vollkommen gerader Haltung steif in die Luft sprangen, genau wie Stöcke, die man senkrecht ins Wasser stößt, kerzengerade wieder an die Oberfläche kommen. Dabei blieb ihr Gesicht völlig ernst, und sie unterbrachen diese sonderbare Bewegung keinen Augenblick. Die Menge schien sie nicht zu beachten, ich aber starrte sie verblüfft an. Fragend wendete ich mich an Kory-Kory, und der unterrichtete Typee erklärte mir die Sache sogleich umständlich. Aber alles, was ich davon verstehen konnte, war, dass die springenden alten Damen Witwen waren, die ihre Ehegenossen vor manchen Monden in der Schlacht verloren hatten, und die bei jedem Fest ihrer Trauer auf diese Weise öffentlichen Ausdruck gaben. Kory-Kory schien darin auch eine ausreichende Erklärung zu sehen; mein Anstandsgefühl, muss ich sagen, blieb verletzt.

Wir gingen nun nach dem Hulah-Hulah-Grund. Die ganze Bevölkerung des Tales schien in dem geräumigen Viereck versammelt: und bot einen merkwürdigen Anblick. Unter Bambushütten, die sich nach der Mitte des Platzes zu öffneten, lagerten die obersten Häuptlinge und Krieger, während eine bunte Menge es sich unter den riesigen Bäumen bequem machte, die ein majestätisches Laubdach über sie breiteten. Auf den Terrassen der gewaltigen Altäre, an jedem Ende des Platzes, waren Körbe aus Kokosblättern voll grüner Brotfrucht, breite Rollen von Tapa, Büschel weißer Bananen, Mammi-Äpfel, die goldfarbige Frucht des Artubaumes, gebackenes Schweinefleisch auf breiten hölzernen Tranchierbrettern, die mit frisch gepflückten Blättern geziert waren, niedergelegt, während Waffen und rohe Kriegswerkzeuge verschiedenster Art in wirren Haufen vor den scheußlichen Götzenbildern aufgeschichtet lagen. Längs der unteren Terrassen beider Altäre waren in regelmäßigen Zwischenräumen Stangen senkrecht eingepflanzt, an denen Laubkörbe mit Früchten verschiedener Art hingen. An ihrem Fuße standen zwei Reihen ungeschlachter Trommeln, die aus mächtigen hohlen Baumstämmen gemacht und etwa fünfzehn Fuß hoch waren. Oben waren sie mit Haifischhaut bespannt, und die Stämme außen mit vielen verschiedenartigen seltsamen Bildern und Ornamenten in Schnitzwerk verziert. In regelmäßigen Zwischenräumen waren sie mit bunten Bändern aus Rohrgeflecht umwunden und da und dort mit Streifen des heimischen Tuchs besetzt. Hinter diesen Instrumenten waren leichte Plattformen errichtet, auf denen eine Anzahl junger Leute stand, die heftig mit den flachen Händen auf das Trommelfell schlugen und den fürchterlichen Lärm machten, der mich geweckt hatte. Alle paar Minuten hüpften diese Musikanten herab unter die Menge, während andere sogleich ihre Stelle einnahmen. Ein unaufhörlicher Höllenlärm war die Folge.

Genau in der Mitte des Vierecks waren hundert oder mehr dünne, frisch geschnittene und geschälte Stangen senkrecht in den Boden gepflanzt, von deren Ende je ein Wimpel von weißem Tapa flatterte; rings um die Stangen lief ein kleiner Rohrzaun. Wozu diese Flaggenstangen dienten, konnte ich nicht erfahren.

Ferner fielen mir etwa zwanzig alte Männer auf, die mit gekreuzten Beinen auf den kleinen Kanzeln saßen, die die ungeheuren Baumstämme in der Mitte des Geheges umgaben. Diese ehrwürdigen Herren, die vermutlich die Priester waren, leierten eine ununterbrochene eintönige Litanei ab, die von dem Trommellärm beinahe völlig übertönt wurde. In der rechten Hand hielten sie schön gewebte Grasfächer an schweren schwarzen, merkwürdig gemeißelten Holzgriffen, und bewegten diese Fächer unaufhörlich hin und her.

Dabei schien niemand weder auf die Trommler noch auf die alten Priester zu achten; die Menge schwatzte, lachte, rauchte, trank und aß, und das ganze wilde Orchester hätte den ungeheuerlichen Lärm, den es verursachte, ebenso gut unterlassen können.

Vergeblich fragte ich Kory-Kory und andere Eingeborene, was all diese seltsamen Dinge bedeuteten; ihre Erklärungen wurden mir in so unverständlichem Kauderwelsch und mit so seltsamen Gebärden gegeben, dass ich den Versuch verzweifelt aufgab. Den ganzen Tag tönten die Trommeln, psalmodierten die Priester, und die Menge schmauste und brüllte bis Sonnenuntergang; dann zerstreute sich das Gewühl und die Tabu-Haine lagen wieder in Ruhe. Am nächsten Tag wiederholte sich das gleiche Schauspiel bis in die Nacht, und dann war das merkwürdige Fest zu Ende.

Dreiundzwanzigstes Kapitel

Wenn auch meine Versuche, den Ursprung des Kalebassen-Festes zu erfahren, vergeblich blieben, so war es mir doch klar, dass es wesentlich, wenn nicht ganz und gar religiösen Charakter hatte.

Aber trotz allem, was ich dabei beobachtete, muss ich gestehen, dass ich über die Theologie der Typees keine Aufklärungen zu geben vermag. Ich bezweifle, dass sie selber dies vermöchten. Sie sind zu träge oder zu klug, um sich mit abstrakten, religiösen Fragen und Dogmen zu quälen. Solange ich unter ihnen war, fanden niemals Synoden oder andere Versammlungen statt, auf denen sie die Grundsätze ihres Glaubens erörtert hätten. Völlige Gewissensfreiheit schien im Tal zu herrschen. Wer wollte, durfte an einen greulichen Gott mit einer mächtigen Nase und unförmig fetten, über der Brust gekreuzten Armen glauben, während andere ein Bild verehrten, das keinem Ding unter dem Himmel oder auf Erden gleichsah und das man kaum einen Götzen nennen konnte. Da die Eingeborenen niemals indiskret nach meinen religiösen Ansichten fragten, so hätte ich es für höchst unfein gehalten, nach ihren zu forschen.

Obschon also meine Kenntnis der Typee-Religion eine sehr beschränkte blieb, lernte ich doch einen ihrer abergläubischen Gebräuche kennen, der mich sehr interessierte.

In einem der verborgensten Teile des Tals, etwa einen Steinwurf von Fayawehs See entfernt – so hatte ich den Schauplatz unserer Segelfahrten getauft – und dicht bei einer Gruppe von Palmen, die zu beiden Ufern des Flusses standen, befand sich das Mausoleum eines verstorbenen Häuptlings und Kriegers. Wie alle beträchtlicheren Bauten war es auf einem kleinen Pai-Pai aus Steinen errichtet, das ungewöhnlich hoch und daher weithin sichtbar war. Ein leichtes Dach von gebleichten Zwergpalmblättern hing wie ein frei in der Luft schwebender Baldachin darüber; erst wenn man ganz nahe kam, bemerkte man, dass es von vier dünnen Bambussäulen getragen wurde, die sich an den vier Ecken etwa über Mannshöhe erhoben. Ein freier Platz von geringem Durchmesser umgab das Pai-Pai und war von vier Kokospalmenstämmen eingeschlossen, die an den Ecken auf massiven Steinblöcken ruhten. Die Stelle war geheiligt. Das Zeichen des geheimnisvollen Tabu war in Form einer mystischen Rolle von weißem Tapa sichtbar, die an einer geflochtenen Schnur aus gleichem Stoff von der Spitze einer dünnen Stange innerhalb der Umzäunung hing. Weiß scheint die geheiligte Farbe auf den Marquesas zu sein. Die heilige Stelle war offenbar nie verletzt oder entweiht worden. Eine Grabesstille herrschte, und die friedliche Einsamkeit ringsumher hatte etwas Ergreifendes. Der sanfte Schatten hoher Palmen – ich sehe sie noch vor mir – lag über dem kleinen Tempel, wie um das störende Licht der Sonne fernzuhalten.

Von welcher Seite man sich auch der schweigsamen Stelle näherte, immer sah man das Bild des toten Häuptlings am Steuerende in einem Kanu sitzen, das auf einem leichten Gestell wenige Zoll über dem Boden des Pai-Pais stand. Das Kanu war etwa sieben Fuß lang, aus reichem dunkelfarbigen Holz schön geschnitzt und an vielen Stellen mit Gewinden von buntem Rohrgeflecht geschmückt, in das glänzende Muscheln geschickt eingesetzt waren; ein Gürtel von solchen Muscheln umgab es in seiner ganzen Länge. Der Körper der Figur war unter einem schweren Kleid aus braunem Tapa verborgen, nur die Hände und der Kopf waren sichtbar, der letztere trefflich aus Holz geschnitzt und mit einer prächtigen Federnkrone geschmückt. Diese Federn blieben keinen

Augenblick in Ruhe, sondern nickten und bewegten sich im schwachen Luftzug über der Stirn des Häuptlings hin und her. Zwischen den langen überhängenden Palmblättern sah man den Krieger, wie er, vorgebeugt und das Haupt gesenkt, das Ruder mit beiden Händen zu bewegen schien, als hätte er Eile, seine Reise zu vollenden. Von der Spitze des Kanus starrte ihm unaufhörlich ein sauber geglätteter menschlicher Schädel ins Gesicht. Dieser gespenstische Schmuck war umgekehrt angebracht, sodass er zurücksah und der ungeduldigen Bemühung des Kriegers zu spotten schien.

Als ich diesen seltsamen Platz mit Kory-Kory zum ersten Mal besuchte, sagte er mir – oder ich verstand ihn wenigstens so –, dass der Häuptling nach den »Reichen des Segens und der Brotfrucht«, dem polynesischen Paradies, rudere, wo die reifen Brotfrüchte unaufhörlich von den Bäumen fielen, wo es Kokosnüsse und Bananen in unendlicher Fülle gab; dort ruhten sie die lange Ewigkeit hindurch auf viel weicheren und schöneren Matten, als die von Typee waren, und badeten ihre heißen Glieder täglich in Flüssen von Kokosöl. In jenem glücklichen Lande gab es Federn, Eber- und Walfischzähne im Überfluss, weit schöner als all die leuchtenden Schmuckstücke und bunten Tapas der weißen Männer, und was das beste war, weit lieblichere Frauen als die Töchter der Erde in Unmenge. »Ein sehr angenehmer Ort«, sagte Kory-Kory, »aber schließlich – seiner Meinung nach – nicht sehr viel besser als Typee.« »Wünschte er also nicht, den Krieger zu begleiten?«, fragte ich ihn. O nein; er sei da vollkommen zufrieden, wo er sich befinde; er vermutete aber, dass er eines Tages, früher oder später, in seinem eigenen Kanu dahin reisen würde.

Soweit, denke ich, verstand ich Kory-Kory ganz gut, aber er fügte damals eine merkwürdige Äußerung hinzu, der er mit einer ebenso merkwürdigen Gebärde Nachdruck gab. Ich hätte viel gegeben, deren Sinn zu verstehen. Ich vermute, dass es ein Sprichwort war, denn ich habe ihn dieselben Worte später noch öfter und, wie mir schien, in ähnlichem Sinne wiederholen hören. Kory-Kory verfügte über eine ganze Menge kurzer, gescheit klingender Aussprüche, mit denen er das Gespräch belebte, und er gebrauchte sie mit einer Miene, die deutlich bewies, dass sie seines Erachtens die Frage, um die es sich eben handelte, erledigten.

Wollte er mir vielleicht auf die Frage, ob er nach diesem Himmel von Brotfrucht, Kokosnüssen und jungen Damen, den er mir beschrieben hatte, zu kommen wünsche, eine Antwort geben, die unserem Satz »Ein Sperling in der Hand ist besser als eine Taube auf dem Dach« entsprach? Dann war Kory-Kory ein verständiger Bursche, und ich muss seinen Scharfsinn loben.

So oft ich auf meinen Wanderungen durch das Tal in die Nähe dieses Mausoleums kam, wich ich immer vom Wege ab, um es zu besuchen. Die Stelle hatte einen eigenen Reiz für mich; ich weiß kaum warum. Wenn ich über das Geländer lehnend auf das seltsame Bild blickte und das Spiel seines gefiederten Hauptschmucks beobachtete, wie er unaufhörlich von dem Luftzug bewegt wurde, der leise durch die hohen Wipfel der Palmen hauchte, dann gab ich mich dem phantastischen Glauben der Eingeborenen hin und glaubte fast selber, das der finstere Krieger nach seinem Himmel reise. Und wenn ich wieder wegging, bot ich ihm »Gute Fahrt in Gottes Hut«. Rudere nur, tapferer Häuptling, nach dem Geisterland! Für das körperliche Auge kommst du nicht weit, aber mit den Augen des Glaubens seh' ich dein Kanu die glänzenden Wogen teilen, die am fernen Strand des Paradieses sich glätten.

Dieser seltsame Aberglaube beweist wieder, dass der unwissende Mensch allenthalben in sich etwas Unsterbliches fühlt, das nach einer unbekannten Zukunft Verlangen trägt.

Obschon die religiösen Ansichten der Insel mir ein Geheimnis blieben, ihr praktischer täglicher Gottesdienst war deutlich sichtbar. Häufig kam ich an den kleinen Tempeln im

Schatten der Tabu-Haine vorüber und sah die Opfergaben: verfaulende Früchte, die auf dem rau gezimmerten Altar lagen oder in halb verfallenen Körben um irgendein ungeschlachtes, drollig aussehendes Götzenbild hingen. Ich war bei dem großen Feste gewesen, die grinsenden Götzenbilder in Reih' und Glied auf dem Hulah-Hulah-Grund sah ich täglich, und oft begegnete ich den Leuten, die ich für Priester hielt. Aber die Tempel lagen einsam; das Fest war nichts als ein fröhliches Gelage des ganzen Stammes gewesen; die Götzenbilder waren so harmlos wie andere Holzblöcke, und die Priester waren die vergnügtesten Kerle im Tal.

Kurz, die religiösen Angelegenheiten spielten in Typee keine große Rolle. Sie gingen den gedankenlosen Einwohnern nicht tief; und in der Feier ihrer seltsamen Gebräuche schienen sie nur eine kindische Unterhaltung zu suchen.

Einen merkwürdigen Beweis hierfür bot eine seltsame Zeremonie, an der ich Mehivi und andere Häuptlinge und Krieger wiederholt teilnehmen sah, aber niemals ein Weib.

Unter denen, die ich für die Priesterschaft des Tales hielt, war ein Mensch mir besonders aufgefallen, den ich für ihr Oberhaupt halten musste. Es war ein vornehm aussehender Mann in den besten Jahren und mit dem gütigsten Ausdruck. Er hieß Kolori, und die Autorität, die er über die anderen auszuüben schien, die bischöfliche Rolle, die er beim Fest der Kalebassen spielte, sein glattes, wohlgefälliges Aussehen, die mystischen Zeichen, die auf seiner Brust tätowiert waren, und vor allem die mitraähnliche Kopfbedeckung, die er häufig trug – ein türmender Hauptschmuck aus einem Kokoszweige, dessen Stiel senkrecht über seiner Stirne stand, während die Blätter über die Schläfen und hinter den Ohren herabhingen–, all dies bewies, dass er der Fürst-Primas von Typee war. Kolori war eine Art Tempelritter, ein kriegerischer Priester; denn oft trug er die Tracht eines Marquesas-Kriegers und immer einen langen Speer, nur dass dieser nicht am unteren Ende nach der gebräuchlichen Art in ein Ruder ausging, sondern gekrümmt und zu einem heidnischen kleinen Bilde geschnitzt war. Vielleicht war dieser Speer das Emblem seiner doppelten Bestallung: mit dem einen Ende durchbohrte er die Feinde seines Stammes im fleischlichen Kampf; das andere war sein pastoraler Krummstab, mit dem er seine geistliche Herde in Ordnung hielt.

Aber von Kolori habe ich noch mehr zu sagen. Seine kriegerischen Gnaden trugen auch manchmal etwas, was wie die eine Hälfte einer zerbrochenen Keule aussah. Es war in Fetzen von weißem Tapa gewickelt und das obere Ende, das ein menschliches Haupt darstellen sollte, war mit einem Streifen aus Scharlachtuch von europäischer Herkunft verschönt. Es bedurfte keines großen Scharfsinns, um zu erkennen, dass dieser seltsame Gegenstand als Gott verehrt wurde. Neben den mächtigen Bildern, die vor den Altären des Hulah-Hulah-Grundes Schildwache standen, schien es ein bloßer Zwerg in Lumpen. Aber der Schein trügt überall. Kleine Leute sind manchmal sehr kräftig, und Fetzen bedecken manchmal große Ansprüche. Tatsächlich war dieses drollige kleine Ding der »feinste« Gott der Insel, er herrschte über all die hölzernen Kerle, die so grimmig und schrecklich dreinsahen, und sein Name war »Moa Artua«[3]. Zu Ehren Moa Artuas und zur Unterhaltung derer, die an ihn glaubten, fand die merkwürdige Feierlichkeit statt, die ich schildern werde:

Mehivi und die Häuptlinge im Tai haben sich eben von ihrem Mittagsschlaf erhoben. Staatsgeschäfte sind nicht zu erledigen; und da sie im Laufe des Vormittags bereits zwei- oder dreimal gefrühstückt haben, fühlen die Großen des Tales noch keinen Appetit zum Mittagessen. Womit also sollen sie

---

3   Das Wort »Artua« hat zwar auch einige andere Bedeutungen, wird aber in fast allen polynesischen Dialekten als allgemeine Bezeichnung für die Götter gebraucht.

ihre Mußezeit ausfüllen? Sie rauchen, sie schwatzen und zuletzt macht einer einen Vorschlag, dem die anderen freudig zustimmen, worauf der erste aus dem Hause stürzt, zum Pai-Pai hinabspringt und im Hain verschwindet. Bald sieht man ihn mit Kolori wiederkommen, der den Gott Moa Artua in den Armen trägt und in einer Hand ein schmales Gefäß hält, das wie ein Kanu ausgehöhlt ist. Der Priester kommt, seinen Gott schaukelnd, daher, als ob dieser ein weinerliches Kind wäre, das er in gute Laune zu bringen wünscht. Jetzt betritt er den Tai und setzt sich auf die Matten, so unbewegt wie ein Taschenspieler, ehe er seine Künste zum Besten gibt; die Häuptlinge sitzen im Kreise um ihn, und er beginnt mit seinem Hokuspokus.

Zunächst umarmt er Moa Artua liebevoll, legt ihn zärtlich an seine Brust und flüstert ihm zuletzt etwas ins Ohr. Alle warten begierig auf die Antwort, aber der kleine Gott ist taub oder stumm, vielleicht beides, denn er sagt kein Wort. Jetzt spricht Kolori ein wenig lauter, er wird böse und schreit ihn an, ganz wie ein cholerischer Herr, der sich vergeblich bemüht hat, einem Tauben ein Geheimnis mitzuteilen, in Wut gerät und es so laut herausschreit, dass jeder es hören kann. Aber Moa Artua verharrt in Schweigen, und Kolori, der sich anscheinend vor Zorn nicht mehr zu lassen weiß, haut ihm eins über den Kopf, reißt ihm sein Tapa und sein rotes Tuch herab, legt ihn nackt in den kleinen Trog und deckt etwas darüber. Alle Anwesenden begrüßen dieses Verfahren mit lautem Beifall und rufen immer wieder »Mortarkih!« mit nachdrücklichster Betonung. Dennoch fragt Kolori jeden einzelnen, ob er unter diesen Umständen nicht völlig das Richtige getan. Die Antwort ist stets »Ea! Ea!« – »ja, ja!« – und sie wird so oft und in einem Ton wiederholt, dass auch der Gewissenhafteste sich dabei beruhigen kann. Nach wenigen Augenblicken holt Kolori seine Puppe wieder hervor, bekleidet sie sorgfältig mit ihrem Tapa und dem roten Tuch und beginnt nun, sie bald zärtlich zu behandeln und bald zu schelten. Sobald der Gott völlig angezogen ist, spricht er nochmals laut zu ihm. Die ganze Gesellschaft lauscht gespannt, während der Priester Moa Artua an sein Ohr hält und ihnen verkündet, was der Gott ihm vertraulich mitgeteilt hat. Manches in dieser Mitteilung scheint auf alle einen außerordentlichen Eindruck zu machen, denn der eine klatscht entzückt in die Hände, ein anderer lacht vergnügt auf, der dritte springt empor und tanzt wie verrückt umher.

Was in aller Welt Moa Artua bei diesen Gelegenheiten Kolori zu sagen hatte, habe ich nie herausgefunden. Ich will auch nicht entscheiden, ob der Priester ehrlich mitteilte, was er von dem Gott zu erfahren glaubte, oder ob er die ganze Zeit den schändlichsten Schwindel trieb. Jedenfalls schien das, was er den Anwesenden im Auftrag des Gottes sagte, im ganzen sehr schmeichelhaft zu sein, was entweder Koloris Schlauheit beweist oder die Liebedienerei und den schwachen Charakter des schlecht behandelten Gottes.

Da Moa Artua nichts mehr zu sagen hat, schaukelt der Priester ihn wieder in den Armen, wird aber alsbald dabei unterbrochen, da einer der Krieger dem Gott eine Frage zu stellen wünscht. Wieder hält Kolori ihn an sein Ohr, lauscht mit großer Aufmerksamkeit und macht abermals den Dolmetscher. Nachdem auf diese Weise eine Menge von Fragen gestellt und zur Befriedigung der Fragesteller beantwortet sind, wird der Gott zärtlich in den Trog gebettet und die ganze Gesellschaft vereinigt sich zu einer langen Litanei, bei der Kolori den Vorsänger macht. Damit ist die ganze Zeremonie beendet, die Häuptlinge erheben sich in bester Laune, und der Erzbischof, nachdem er noch einen Augenblick geplaudert und ein oder zwei Züge aus einer Pfeife geraucht hat, nimmt sein Schifflein unter den Arm und entfernt sich damit.

Das Ganze machte durchaus den Eindruck einer Kinderschar, die mit Puppen spielt. Warum dieser arme kleine Gott, der jetzt Kopfstücke bekam und dann wieder gestreichelt und schließlich in eine Schachtel gelegt wurde, in höheren Ehren gehalten wurde als die ausgewachsenen und würdigen Herrschaften in den Tabu-Hainen, ahne ich nicht. Aber Mehivi und andere Häuptlinge – von dem Primas selber nicht zu reden – versicherten mir unzählige Male, dass Moa Artua der Schutzgott von Typee sei und mehr geehrt werden müsse als eine ganze Schar plumper Götzen auf dem Hulah-Hulah-Grund. Auch Kory-Kory, der in der Theologie des Stammes sehr bewandert war, denn er wusste die Namen aller Götzenbilder im Tal und hat sie mir oft aufgezählt, hatte eine bedeutende Vorstellung von der Macht Moa Artuas und den Ansprüchen, die er stellen durfte. Er erklärte mir einmal mit einer Gebärde, die nicht misszuverstehen war, dass, wenn Moa Artua es wollte, er einen Kokosnussbaum aus seinem – Kory-Korys – Kopf könnte hervorsprießen lassen, und dass es ein Kinderspiel für ihn wäre, die ganze Insel Nuku Hiva in den Mund zu nehmen und mit ihr auf den Meeresgrund hinabzutauchen.

In vollem Ernst, ich vermochte die religiösen Anschauungen des Tales nicht zu begreifen. Auch der berühmte Cook fand ja bei seinem Verkehr mit den Südsee-Insulanern ihre heiligen Gebräuche völlig unerklärlich, obschon er bei seinen Forschungen durch Dolmetscher unterstützt wurde. Andere hervorragende Reisende, Carteret, Byron, Kotzebue und Vancouver, haben dies gleichfalls zugegeben.

Obschon kaum ein Tag verging, ohne dass ich Zeuge irgendeiner religiösen Handlung wurde, so war es für mich doch nicht anders, als ob ich eine Gesellschaft von Freimaurern einander geheime Zeichen hätte machen sehen: ich sah alles, aber ich verstand nichts. Im ganzen möchte ich glauben, dass die Inselbewohner der Südsee überhaupt keine klaren und bestimmten religiösen Ansichten haben. Ich bin überzeugt, dass Kolori in große Verlegenheit kommen würde, wenn er seine Glaubensartikel aufsetzen und den Glauben;

durch den er selig zu werden hoffte, hätte erklären sollen. Soweit ich beobachten konnte, gehorchten die Typees keinem Gesetz, das geheimnisvolle Tabu immer ausgenommen. Die »Wählerschaft« des Tales ließ sich weder von Häuptlingen und Priestern noch von Götzenbildern und Teufeln imponieren. Was die unglücklichen Götzenbilder betrifft, so bekamen sie mehr Schläge als sonst etwas. Ihre Anbeter waren so ehrfurchtslos, dass man nie wissen konnte, ob sie einen Götzen nicht demnächst umwerfen, zerbrechen und auf seinem Altar verbrennen, die Brotfruchtopfergaben in seinem eigenen Feuer rösten und frech aufessen würden.

Wie wenig Ehrfurcht die Eingeborenen vor diesen unglücklichen Gottheiten hatten, konnte ich bei einer Gelegenheit besonders deutlich sehen. Ich ging einmal mit Kory-Kory in den Wäldern umher, als ich auf ein seltsam aussehendes Götzenbild von etwa sechs Fuß Höhe stieß, das ursprünglich aufrecht vor einem niederen Pai-Pai mit einem verfallenen Bambustempel gestanden hatte, das aber schwach in den Knien geworden war und nur noch an der Steinwand lehnte. Zum Teil vom Laubwerk eines nahen Baumes überwachsen, bestand es aus einem grotesk geformten Block, so zurecht geschnitzt, dass er eine Ähnlichkeit mit einem stattlichen nackten Mann hatte, der die Arme über den Kopf hielt, die Kinnladen weit geöffnet hatte, während seine dicken, unförmigen, krummen Beine einen Bogen bildeten. Es war schon recht verwittert; der untere Teil war mit hellem, seidigen Moos überzogen; dünne Grashalme wuchsen aus dem aufgesperrten Mund und bildeten Fransen um Kopf und Arme. Alle Ecken und Spitzen waren abgebrochen oder abgefault. Die Nase war verschwunden, und der Kopf sah so aus, als hätte der hölzerne Gott, verzweifelt über die Vernachlässigung, versucht, sich an einem der nahen Bäume den Schädel einzurennen.

Ich trat näher, um das seltsame Ding genauer zu betrachten, blieb aber ehrfurchtsvoll in einer Entfernung von zwei oder drei Schritten stehen, um die religiösen Empfindungen meines Dieners zu schonen. Sowie aber Kory-Kory meine Wissbegierde bemerkte, eilte er auf das Bild zu, schob es von der Steinwand, an der es lehnte, fort und versuchte es auf die Beine zu stellen. Aber die Gottheit hatte ihren Gebrauch verlernt; während Kory-Kory es mit einem Stock zu stützen suchte, den er an das Pai-Pai lehnte, fiel das Ungetüm schwerfällig zu Boden und würde sich zweifellos den Hals gebrochen haben, wenn Kory-Kory es nicht, allerdings unabsichtlich, aufgefangen hätte; denn es war mit seinem ganzen Gewicht ihm, wie er gebückt dastand, auf den Rücken gefallen. Nie noch hatte ich den ehrlichen Burschen in solcher Wut gesehen. Rasend sprang er auf, fasste den Stock und begann das arme Götzenbild damit zu verprügeln, wobei er immer wieder innehielt und es aufs heftigste anschrie. Als er sich ein wenig beruhigt hatte, wirbelte er das Idol in gottlosester Weise herum, damit ich es von allen Seiten betrachten konnte. Ich hätte mir nie solche Freiheiten mit dem Gott erlaubt, und Kory-Korys Ruchlosigkeit machte mir einen sehr schlechten Eindruck.

Vierundzwanzigstes Kapitel

Obschon ich über vieles, was mich interessierte, bei dem letzten Fest keine Aufklärung hatte erhalten können, so waren doch meine allgemeinen Kenntnisse von den Inselbewohnern bedeutend vermehrt worden.

Was mir besonderen Eindruck machte, war ihre außerordentliche Körperkraft und Schönheit; sie übertrafen darin die Bewohner der benachbarten Bucht von Nuku Hiva bei weitem: auch die großen Unterschiede in ihrer Hautfarbe fielen mir auf.

An Schönheit und Gestalt übertrafen sie alles, was ich je gesehen. In der Menge, die an dem Schmause teilnahm, sah ich keine einzige Missgestalt. Ich sah wohl gelegentlich an den Männern Narben, die von im Kampf erhaltenen Wunden herrührten, und manchmal, wenn auch selten, hatte einer aus der gleichen Ursache einen Finger, ein Auge oder einen Arm verloren. Davon abgesehen, waren alle wundervoll gebaut und ohne körperliche Fehler, und beinahe jeder hätte einem Bildhauer zum Modell dienen können.

Im Geist verglich ich diese nackten Inselbewohner mit den eleganten Herren, die so tadellos auf unseren Promenaden erscheinen: wenn man sie dessen beraubte, was sie der Kunst des Schneiders verdanken, und sie im paradiesischen Gewande dastünden, was für einen traurigen Eindruck würden diese rundrückigen, dürrschenkeligen, dünnhalsigen Herren machen! Wie bedauerlich würden sie ohne künstliche Waden, ausgestopfte Brust und wunderbar geschnittene Hosen aussehen!

Was mir an den Insulanern besonders auffiel, war die Wei
ße ihrer Zähne. Sie waren herrlicher als Elfenbein. Die der ältesten Graubärte waren besser erhalten als die junger Leute in
zivilisierten Ländern; die der jungen Leute und der Männer in
mittleren Jahren waren einfach blendend. Diese wunderbare
Weiße ihrer Zähne kommt von der reinen Pflanzenkost und
der herrlichen Gesundheit, die sie ihrer natürlichen Lebensweise verdanken.

Die Männer sind fast alle sehr groß, kaum einer weniger
als sechs Fuß hoch, während das andere Geschlecht ungewöhnlich klein ist. Es muss auch erwähnt werden, wie früh
die Menschen in dem reichen tropischen Klima zur Reife gelangen. Ein kleines Ding, das noch nicht über dreizehn Jahre
alt ist und als ein bloßes Kind gelten könnte, nährt oft bereits
ihr Baby; und Jungen, die unter rauerem Himmel noch auf
der Schulbank säßen, sind Familienväter.

Als ich das Typee-Tal zuerst betrat, war mir sogleich der
große Unterschied zwischen seinen Bewohnern und denen
der anderen Buchten aufgefallen. In Nuku Hiva waren mir
die Männer keineswegs schön erschienen, wenn mir auch die
Frauen, von einigen traurigen Ausnahmen abgesehen, außerordentlich gefallen hatten.

Auch aus anderen Gründen möchte ich annehmen, dass
es sich um zwei ganz verschiedene Stämme, wenn nicht zwei
Rassen handelt. Wer nur die Bucht von Nuku Hiva berührt
hat, ohne andere Teile der Insel zu besuchen, würde es kaum
glauben, wie verschieden die kleinen Stämme sind, die diesen winzigen Fleck Erde bewohnen. Vielleicht erklärt die
Erbfeindschaft, die seit vielen Generationen zwischen ihnen
besteht, diese Erscheinung.

Nicht so leicht dürfte es sein, für die unendliche Verschiedenheit der Hautfarbe, die man im Typee-Tal beobachten
kann, eine Erklärung zu finden. Bei dem Feste hatte ich mehrere junge Weiber gesehen, deren Hautfarbe fast so weiß wie

die angelsächsischer Damen war; ein kleiner Stich ins Bräunliche war der ganze Unterschied. Diese verhältnismäßig helle Hautfarbe ist zwar wesentlich Natur, aber zum Teil auch das Ergebnis künstlicher Behandlung. Der Saft der »Pepa«-Wurzel, die sich im oberen Talende reichlich findet, wird als Schönheitsmittel sehr geschätzt, und viele Weiber reiben täglich den ganzen Körper damit ein. Ihr Gebrauch macht die Haut weiß und verschönert sie. Die jungen Mädchen, die auf diese Weise ihre Reize zu vermehren suchen, setzen sich auch niemals den Sonnenstrahlen aus; das macht keinerlei Schwierigkeiten, da es nur wenige unbewohnte Strecken im Tale gibt, die nicht von einem weiten Laubdach überschattet wären, sodass man ohne Umweg von Haus zu Haus gehen kann, ohne jemals seinen eigenen Schatten zu sehen.

Man lässt das Pepa mehrere Stunden auf der Haut; es hat eine hellgrüne Farbe und gibt dem Teint mit der Zeit die gleiche Schattierung. Nichts kann sonderbarer sein, als wenn man eines dieser nahezu nackten Dämchen, unmittelbar nachdem sie sich damit eingerieben haben, erblickt. Sie sehen wie unreife, grüne Pflanzen aus, die man zum Reifen in die Sonne legen möchte, während sie gerade im Schatten bleiben wollen.

Das Salben ist allgemein Sitte; die Frauen bevorzugen »Ekar« oder »Pepa«, die Männer nehmen Kokosnussöl. Mehivi liebte es, sich damit einzureiben. Manchmal dampfte sein ganzer Leib von dem duftenden Nussöl, und er sah aus, als ob er eben dem Kessel eines Seifensieders entstiegen wäre oder sich in Talgmasse getaucht hätte. Davon sowie von dem vielen Baden und ihrer außerordentlichen Reinlichkeit haben die Eingeborenen eine so wunderbar reine und glatte Haut.

Die vorherrschende Hautfarbe der Frauen des Tales war ein helles Oliv; Fayaweh war das schönste Beispiel. Andere waren dunkler, nicht wenige geradezu goldfarben und einige hatten eine schwärzliche Haut.

Schon Mendaña, ihr erster Entdecker, schildert die Eingeborenen der Marquesas in seinem Bericht als »wunderbar schön zu schauen und den Bewohnern Südeuropas ähnelnd«. Die erste der Inseln, die Mendaña erblickte, war La Madelena, die nicht weit von Nuku Hiva liegt und deren Bewohner denen der anderen Inseln der Gruppe in jeder Hinsicht gleichen. Figueroa, der Chronist, der die Reise Mendañas beschrieb, erzählt, dass an dem Morgen, als das Land in Sicht kam und die Spanier sich dem Ufer näherten, etwa sechzig Kanus herauskamen, während gleichzeitig viele Eingeborene – ich vermute, die Frauen – auf die Schiffe zuschwammen. Er fügt hinzu, dass sie »von nahezu weißer Farbe, stattlichem Bau und wohlgestaltet waren; auf ihren Gesichtern und Körpern waren Bilder von Fischen und andere Ornamente gezeichnet«. Und der alte Don fährt fort: »Unter anderem kamen zwei Burschen in ihrem Kanu, die ihre Blicke auf das Schiff hefteten; sie waren schön von Angesicht und hatten ein vielversprechendes Mienenspiel; ihr ganzes Wesen war so anmutig, dass Quiros, der Oberlotse, erklärte, nichts im Leben habe ihm so leidgetan, als dass er so schöne Geschöpfe in diesem Lande zurücklassen musste, wo sie doch verloren waren.«

Einige der Eingeborenen, die beim Fest der Kalebassen gewesen waren, hatten ein paar europäische Kleidungsstücke besessen, die sie jedoch in ihrer eigenen Weise am Leibe trugen. Ich entdeckte auch die zwei Stücke Wollstoff, die der arme Toby und ich unseren jugendlichen Führern an dem Nachmittag geschenkt hatten, an dem wir ins Tal gekommen waren. Sie wurden offenbar für hohe Festtage aufgespart, und während jenes Festes verschafften sie den jungen Leuten, die sie trugen, beträchtliches Ansehen. Die geringe Zahl derer, die ähnlich herausgeputzt waren, und der große Wert, den sie auf die gewöhnlichsten und unbedeutendsten Gegenstände legten, bewies zur Genüge, wie gering ihr Verkehr mit den fremden Schiffen war, die das Eiland berührten. Einige wenige Baumwolltücher, die um den Hals gebunden waren und über die Schultern fielen, und Streifen gemusterten Kalikos, der um die Lenden gewickelt wurde, waren fast alles, was ich sah.

Im ganzen Tal gab es nur sehr wenig' Gegenstände europäischer Herkunft. Außer den eben erwähnten Tüchern weiß ich nur von den sechs Musketen, die im Tai aufbewahrt wurden, und von drei oder vier ähnlichen Kriegswaffen, die in anderen Häusern hingen, sowie einigen kleinen Beuteln aus Segeltuch, die zum Teil Kugeln und Pulver enthielten; ich sah auch ein halbes Dutzend alter Beilschneiden, aber so stumpf und schartig, dass sie völlig wertlos waren. Auch die Eingeborenen schienen das zu wissen; denn sie nahmen sie mehrmals vor mir zur Hand und warfen sie mit einer Gebärde des Ekels weg, ohne zu ahnen, wie leicht man sie wieder brauchbar machen konnte.

Dagegen wurden die Musketen, Pulver und Blei mit übertriebener Wertschätzung behandelt. Die ersteren waren so alt und seltsam, dass sie in einen Antiquitätenladen gepasst hätten. Ich erinnere mich besonders einer, die im Tai hing und die mir Mehivi eines Tags übergab, weil er offenbar dachte, dass ich sie reparieren könnte. Es war eine jener schwerfälligen und altmodischen englischen Hakenschlossflinten, die man bei uns als Museumsstücke vom Tower kennt, und die vielleicht noch von Wallace, Carteret, Cook oder Vancouver herrührten. Der Schaft war halb verfault und wurmstichig; das Schloss war ganz verrostet und für seinen Zweck so geeignet wie eine alte Türangel; die Schraubengewinde am Hahn waren völlig ausgeleiert, das Rohr saß nicht mehr fest im Holz. Da ich weder ein gelernter Waffenschmied war, noch die nötigen Werkzeuge hatte, musste ich dem Häuptling, wenn auch ungern, gestehen, dass ich nichts damit machen konnte. Mehivi sah mich einen Augenblick an, als argwöhnte er, dass ich eine mindere Art weißen Manns sei, nicht viel klüger als ein

Typee. Durch eine sehr mühsame Erklärung machte ich ihm zuletzt begreiflich, wie außerordentlich schwierig die Sache war. Immerhin ging er nur halb befriedigt und beinahe empört mit der veralteten Waffe davon, als wollte er sie meinen ungeschickten Händen nicht anvertrauen.

Während des Festes hatte ich vor allem die Einfachheit, die Ungezwungenheit und – bis zu einem gewissen Grad – die Gleichheit der Eingeborenen beobachtet. Niemand schien sich irgendeinen Vorzug anzumaßen oder besondere Ansprüche zu machen. Nur geringe Unterschiede in der Tracht zeichneten die Häuptlinge vor den anderen aus. Alle schienen frei und rückhaltlos miteinander zu verkehren; ich bemerkte jedoch, dass der Wunsch eines Häuptlings, und wenn er im sanftesten Ton ausgesprochen wurde, ebenso augenblicklichen Gehorsam fand, wie man ihn anderswo einem strengen Befehl geleistet hätte. Wie weit die Autorität der Häuptlinge über die anderen Mitglieder des Stammes reichte, vermag ich nicht zu sagen, aber nach allem, was ich während meines Aufenthalts sah, muss ich annehmen, dass sie in Fragen des Gemeinwohls nur eine sehr beschränkte ist. Aber man behandelte sie mit williger Ehrerbietung, und da ihre Autorität sich vom Vater auf den Sohn vererbte, so bezweifle ich nicht, dass hier wie anderswo einer hohen Geburt Achtung und Gehorsam erwiesen wurde.

Die Rangabstufung unter den einzelnen Typee-Häuptlingen wurde mir nicht immer klar. Vor dem Kalebassen-Fest hatte ich mir oft den Kopf darüber zerbrochen, welche Stellung Mehivi eigentlich einnahm. Die Rolle, die er auf dem Fest spielte, hatte mich davon überzeugt, dass niemand im Tal höheren Rang hatte als er. Ich hatte schon immer bemerkt, dass alle, mit denen ich ihn sah, ihm eine gewisse Ehrerbietung erwiesen, aber wenn ich bedachte, dass ich nur in einem bestimmten Teil des Tales umhergekommen war, dass gegen das Meer zu noch hervorragende Häuptlinge wohnten, von denen einige mich in Marheyos Haus besucht hatten, die ich aber bis zum Fest nie in Mehivis Gesellschaft gesehen, so war ich geneigt, zu glauben, dass sein Rang kein so besonders hoher sein mochte.

Bei den Schmausereien aber waren all die Krieger zusammengekommen, die ich vorher einzeln oder in Gruppen bei verschiedenen Gelegenheiten kennengelernt hatte. Mehivi bewegte sich unter ihnen mit einer sicheren Überlegenheit, die unverkennbar war, und er, den ich bisher nur für den gastlichen Hausherrn des Tai und einen der kriegerischen Führer des Stammes gehalten hatte, erschien mir jetzt in königlicher Stellung. Seine auffallende Tracht und seine gebieterische Erscheinung ließen ihn hervorstechen. In dem türmenden Federhelm, den er trug, überragte er alle, die ihn umgaben, und wenn einige auch eine ähnliche Zier besaßen, so war ihr Federschmuck bei weitem nicht so lang und üppig wie der seine.

Mehivi also war der größte Häuptling, das Oberhaupt des Clan, der Gebieter des Tales, und es bewies nur die Einfachheit der Sitten und der sozialen Einrichtungen dieses Volkes, dass ich mehrere Wochen im Tale gelebt und fast täglich mit Mehivi verkehrt und doch bis zum Fest nichts von seiner königlichen Würde geahnt hatte. Jetzt ging mir ein neues Licht auf. Der Tai war der königliche Palast und Mehivi der König. Beide waren allerdings von einfachster patriarchalischer Art, und von dem Pomp und dem Zeremoniell, die sonst den Purpurträger umgeben, war nichts zu bemerken.

Als ich diese Entdeckung gemacht hatte, konnte ich nicht umhin, mich zu beglückwünschen, dass Mehivi mich von Anfang an gleichsam in seinen königlichen Schutz genommen, und dass er auch weiterhin die wärmste Zuneigung zu mir hatte, soviel ich zumindest aus dem Anschein schließen konnte. Ich nahm mir vor, mich hinfort weiter so beliebt wie möglich zu machen, in der Hoffnung, möglicherweise durch ihn einst zur Freiheit zu gelangen.

Fünfundzwanzigstes Kapitel

König Mehivi! Ein schöner, volltönender Titel! Und warum sollte ich ihn dem ersten Mann des Tales vorenthalten? Also Heil, König Mehivi, Selbstherrscher aller Typees! Glück und Heil Seiner tropischen Majestät!

Nach diesem Ausbruch meiner monarchischen Gefühle will ich nüchtern fortfahren. Bevor ich die tanzenden Witwen gesehen, hatte ich kaum gedacht, dass es in Typee eheliche Verbindungen gäbe; dass Mann und Weib daselbst eine feierliche Verbindung eingehen, schien mir fast ebenso unwahrscheinlich, wie dass nur platonische Beziehungen zwischen den Geschlechtern bestünden. Gewiss, der alte Marheyo und Teinor in unserem Hause lebten freundlich miteinander; immerhin hatte ich mitunter einen komisch aussehenden alten Herrn in schäbiger Tätowierung gesehen, der gleichfalls völlig zu Hause zu sein schien. Dieses Verhalten war mir höchst rätselhaft, bis spätere Entdeckungen mich aufklärten.

Mehivi hatte ich für einen eingefleischten Junggesellen gehalten und desgleichen die anderen wichtigsten Häuptlinge. Jedenfalls, wenn sie Frauen und Kinder hatten, benahmen sie sich schlecht, denn um ihre häuslichen Angelegenheiten kümmerten sie sich nie. Mehivi schien Vorsitzender eines Klubs fröhlicher Herren zu sein, die aus dem Tai ein Junggesellenheim im besten Stil machten. Kinder sahen sie zweifellos als eine unangenehme Belästigung an, und ihre Auffassung häuslichen Glücks ergab sich deutlich genug daraus, dass sie keine Frau und keine Haushälterin in ihrem behaglichen Hause duldeten.

Ich hatte wohl Gründe, anzunehmen, dass mehrere dieser vergnügten Junggesellen Liebesverhältnisse mit den Mägdlein des Stammes hatten, wenn sie sie auch nicht öffentlich anerkannten. Mehrere Male war ich unerwartet Mehivi begegnet, als er sich mit einer der hübschesten kleinen Hexen des Tales derart ausgelassen vergnügte, wie es einem Krieger und König keineswegs anstand. Sie lebte mit einer alten Frau und einem jungen Mann in einem Hause nahe dem Marheyos, und obschon sie ein bloßes Kind schien, hatte sie einen feinen Jungen, der etwa ein Jahr alt war und Mehivi zum Erstaunen ähnlich sah; allerdings hatte der kleine Bursche kein Dreieck im Gesicht. Dennoch war Mehivi nicht der einzige, dem das Fräulein Mununi lächelndes Wohlwollen zeigte; der fünfzehnjährige junge Bursche, der im selben Hause mit ihr lebte, genoss fraglos gleichfalls ihre Gunst. Auch dies war ein Geheimnis, für das ich, wie für andere ähnliche, später eine befriedigende Erklärung fand.

Am zweiten Tag des Kalebassenfestes hatte Kory-Kory im Laufe seiner Erläuterungen meine Aufmerksamkeit auf eine Eigentümlichkeit gelenkt, die ich an vielen Frauen, besonders denen reiferen Alters und würdigerer Erscheinung, öfter wahrgenommen hatte. Sie hatten nämlich die rechte Hand und den linken Fuß sorgfältig tätowiert, während der ganze übrige Körper frei blieb, die winzigen Fleckchen auf den Lippen und die leichten Streifen auf den Schultern ausgenommen, die ich bereits als einzige Tätowierung an Fayaweh und den anderen jungen Mädchen ihres Alters bemerkt hatte. Diese Verschönerung von Hand und Fuß waren, wie Kory-Kory mir erklärte, die Zeichen des Verheiratetseins, soweit die lobenswerte Einrichtung der Ehe sich bei diesem Volk findet; sie hat also die gleiche Bedeutung wie der Trauring bei uns.

Nachdem Kory-Kory mir dies erklärt hatte, benahm ich mich durch einige Zeit in Gegenwart aller so tätowierten

Frauen besonders respektvoll und erlaubte mir niemals, einer von ihnen auch nur entfernt den Hof zu machen.

Bei tieferer Einsicht in das häusliche Leben der Eingeborenen des Tales wurden meine Bedenken allerdings weniger strenge, und ich musste erkennen, dass meine Schlüsse noch immer nicht völlig richtig waren. Ein höchst seltsames System herrschte auf der Insel: nicht die Männer hatten mehrere Frauen, sondern die Frauen mehrere Männer, sicherlich ein Beweis für die sanfte Gemütsanlage der männlichen Bevölkerung.

Welche Feierlichkeiten bei der Eheschließung beobachtet wurden, konnte ich nicht erfahren, aber ich muss annehmen, dass sie höchst einfacher Art waren. Vielleicht folgte die hochzeitliche Verbindung unmittelbar auf den »Antrag«. Lange und langweilige Brautschaften waren im Tale von Typee jedenfalls unbekannt.

Die Zahl der Männer ist beträchtlich größer als die der Frauen, und dies gilt von vielen polynesischen Inseln. Schon in sehr frühem Alter wirbt irgendein Junge um die Liebe eines Mädchens, die zu dem gleichen Haushalt gehört, und gewinnt sie. Dies ist allerdings halb ein Spiel und keine förmliche Verbindung. Wenn diese erste Liebe sich ein wenig beruhigt hat, erscheint ein zweiter Freier in reiferen Jahren und nimmt beide, den Jungen wie das Mädchen, mit in sein Haus. Dieser uneigennützige edle Mensch heiratet gewissermaßen das junge Paar, denn das Mägdlein und ihr junger Liebhaber werden gleichzeitig vermählt, und alle drei leben von da an einträchtig miteinander wie Turteltauben. Ich habe schon von Männern in zivilisierten Ländern gehört, die unvorsichtig ganze Familien heiraten, aber das hatte ich nicht gedacht, dass es ein Land gäbe, wo man noch einen weiteren Gatten mitheiratet! Untreue von Mann oder Weib kommt sehr selten vor. Kein Mann hat mehr als eine Frau, und keine Frau in reiferen Jahren weniger als zwei Männer, manchmal hat sie drei, aber das ist selten. Das Eheband ist nicht unauflöslich, Scheidungen kommen gelegentlich vor. Wenn sie aber vorkommen, wird kein Teil unglücklich, noch gibt es lange Streitigkeiten vorher; denn die schlecht behandelte Frau oder der pantoffelgequälte Gatte braucht nicht erst eine gerichtliche Klage einzureichen. Die Trennung ist augenblicklich und jederzeit möglich, daher ist auch das Ehejoch sanft und leicht, und die Typee-Frauen leben mit ihren Gatten auf dem freundlichsten Fuße. Im Ganzen scheint die Ehe, so wie sie bei den Typees besteht, deutlicher und dauerhafter zu sein als sonst bei barbarischen Völkern.

Aber obwohl die Einrichtung der Ehe besteht, dem Gebot der Schrift »Seid fruchtbar und mehret euch« scheinen sie nicht besonders zu folgen. Nie sah ich eine jener zahlreichen Familien, die man bei uns so oft trifft. Nie sah ich mehr als zwei junge Burschen in demselben Haus, und bisweilen nicht einmal die. Dass die Frauen sich durch die Sorgen der Kinderpflege in ihrer Seelenruhe nicht sonderlich stören ließen, war völlig klar, und niemals sah ich eine im Tal mit einem halben Dutzend kleiner Kinder am Schürzenband oder richtiger an dem Brotfruchtblatt, das sie gewöhnlich rückwärts trugen.

Ich habe schon früher erwähnt, dass ich niemals einen Begräbnisplatz im Tal gesehen; ich schrieb dies zunächst dem Umstand zu, dass ich in einem abgeschlossenen Teile lebte und nach der See zu nicht weit gehen durfte. Ich vermutete später, dass die Typees, sei es, weil sie den Beweis ihrer Sterblichkeit nicht vor Augen zu haben wünschten, sei es um der landschaftlichen Schönheit willen, irgendwo in den schattigen Einsamkeiten am Fuße der Berge einen entzückenden Friedhof haben mussten. In Nuku Hiva wurden mir zwei oder drei breite viereckige Pai-Pais, die dicht mit Flaggen besetzt, von regelrechten Steinmauern eingeschlossen und von den Ästen gewaltiger Bäume beschattet und beinahe versteckt waren, als Begräbnisplätze gezeigt. Ich hörte, dass die Leichen in primitiven Gewölben unter den Flaggenstangen niedergelegt wurden und dort blieben. Obwohl der Anblick dieser Orte, auf denen man nur raue Steinblöcke im dunkeln Schatten hoher Bäume sah, äußerst seltsam und düster war, hätte nichts dem Fremden verraten, dass sie Begräbnisplätze waren.

Da während meines Aufenthaltes im Tal keiner der Einwohner mir den Gefallen tat, zu sterben und begraben zu werden, um meine Wissbegier zu befriedigen, so blieben mir ihre Bestattungsfeierlichkeiten leider unbekannt. Ich habe indessen Grund, anzunehmen, dass die Gebräuche der Typees in dieser Hinsicht die gleichen wie die der anderen Stämme der Insel sind, und in Nuku Hiva konnte ich sie einmal beobachten.

In einem Hause nahe am Strand war gegen Tagesanbruch ein junger Mann gestorben. Ich war an diesem Morgen an Land geschickt worden und beobachtete einen guten Teil der Vorbereitungen, die für seine Leichenfeier getroffen wurden. Der Leib lag, sauber in neues weißes Tapatuch gewickelt, auf einer Bahre aus geflochtenem elastischen Bambus unter einem Dach aus Kokospalmzweigen zur Schau. Die Bahre befand sich, von Rohrklötzen getragen, etwa zwei Fuß über dem Boden. Zwei Frauen wachten in trauriger Haltung neben ihr, sie sangen Klagelieder und bewegten große Grasfächer hin und her, die mit Pfeifenton weiß gefärbt waren. In dem Wohnhaus nebenan war eine zahlreiche Gesellschaft versammelt, und verschiedene Speisen wurden zum Mahl bereitet. Zwei oder drei Personen, die durch ihren Kopfputz aus schönem Tapa und zahlreichen Schmuck auffielen, schienen die Zeremonienmeister zu spielen. Gegen Mittag war die Leichenfeier in vollem Gang, und man sagte uns, dass sie mindestens die nächsten zwei Tage andauern würde. Mit Ausnahme derer, die an der Leiche trauerten, schienen alle anderen entschlossen, ihren Schmerz um den Hingeschiedenen mit geselligen Vergnügungen zu betäuben. Die Mädchen in ihrem wilden Schmuck tanzten; die alten Männer sangen; die Krieger rauchten und schwatzten, die Jungen und Kräftigen beiderlei Geschlechts schmausten reichlich und schienen sich genauso gut zu unterhalten wie bei einer Hochzeitsfeier.

Die Eingeborenen verstehen die Kunst des Einbalsamierens und üben sie mit solchem Erfolg, dass die Körper großer Häuptlinge oft jahrelang in den Häusern aufbewahrt werden, in denen sie starben. Ich sah drei solcher einbalsamierten Krieger, als ich die Bucht von Teior besuchte. Einer war in ungeheure Streifen von Tapa gewickelt, die nur das Gesicht frei ließen, und hing aufrecht an der Wand des Wohnhauses. Die beiden anderen lagen auf Bahren aus Bambus in offenen, erhöhten Tempeln, die ihrem Andenken geweiht schienen. Die Köpfe der in der Schlacht getöteten Feinde werden stets aufbewahrt und als Trophäen im Hause des Siegers aufgehängt. Ich weiß nicht, welches Verfahren dabei gebräuchlich ist, aber ich glaube, dass sie geräuchert werden. Was ich davon sah, wirkte wie ein Schinken, der längere Zeit im Rauchfang gehangen hat.

Aber um von den Toten zu den Lebenden zurückzukehren: das Fest hatte, wie ich glauben durfte, die ganze Bevölkerung des Tales zusammengeführt, und ich hatte daher Gelegenheit, ihre Zahl abzuschätzen. Ich möchte glauben, dass Typee etwa zweitausend Einwohner zählte, eine Zahl, die der Ausdehnung des Tales auch am besten entsprach. Es ist etwa neun Meilen lang und durchschnittlich ungefähr eine Meile breit; die Häuser stehen im Tale verstreut umher, sind aber gegen das Talende zu zahlreicher. Dörfer gibt es nicht. Die Häuser stehen im Schatten der Haine oder an den Ufern des sich windenden Flusses, und ihre goldfarbigen Bambuswände und die leuchtend weißen Dächer bilden einen prächtigen Gegensatz zu dem ewigen Grün, aus dem sie hervorschimmern. Straßen gibt es in dem Tale gleichfalls nicht. Nur ein Labyrinth von Fußpfaden, die sich endlos durch das Dickicht winden und kreuzen.

Sechsundzwanzigstes Kapitel

Spitzbuben schien es in Typee nicht zu geben. In den dunkelsten Nächten schliefen die Eingeborenen sicher inmitten all ihres weltlichen Hab und Guts, und nie wurden die Haustüren verschlossen[4]. Kein Gedanke an Mörder oder Diebe beunruhigte sie. Jeder Bewohner der Insel ruhte unter seinem Dach aus Palmblättern oder saß im Schatten seines Brotfruchtbaumes, und niemand schreckte oder belästigte ihn. Es gab keine Vorhängeschlösser noch irgendetwas Ähnliches im Tal: dennoch lebten sie nicht in Gütergemeinschaft. Jener lange, elegant geschnitzte und sauber geglättete Speer gehört Warmunu; er ist viel hübscher als der Speer, den Marheyo so hochhält, und ist das wertvollste Stück, das Warmunu besitzt. Dennoch habe ich es an einem Kokosbaum tief im Hain lehnen sehen, und als Warmunu danach suchte, fand er es noch dort. Kurluna hat einen Walfischzahn, über und über mit feinen Ornamenten graviert; es ist das köstlichste, was sie hat; sie würde es für keinen Rubin hergeben, dennoch lässt sie das

---

4   Die vollkommene Ehrlichkeit, die die Bewohner fast aller polynesischen Inseln untereinander beobachten, steht in schreiendem Gegensatz zu den diebischen Neigungen, die sie im Verkehr mit Fremden zeigen. Man möchte beinahe annehmen, dass das Mausen einer Axt oder eines Handbeils oder eines schmiedeeisernen Nagels aus dem Besitz eines Europäers nach ihrem Sittengesetz als preiswürdige Handlung gilt. Wenn man nicht mit mehr Recht vermuten darf, dass sie, der großen Raubzüge ihrer seefahrenden Besucher gedenkend, an ihrer Habe billige Repressalien üben. Diese Ansicht würde den scheinbaren Widerspruch erklären und die schlechte Meinung verbessern, die man sich aus Reiseberichten von den Insulanern machen könnte.

Juwel an einer Rindenschnur im Hause hängen, das tief und einsam im Tale liegt, auch wenn alle Insassen zum Fluss hinab zum Bade gegangen sind.

Ob der Grund und Boden des Tales Gemeinbesitz seiner Bewohner war, oder ob er parzelliert einer Anzahl von Grundbesitzern gehörte, die jedermann unbeschränkten Zutritt gestatteten, vermochte ich nicht festzustellen. Verstaubte Pergamente und Besitzurkunden gab es jedenfalls auf der Insel nicht.

Gestern sah ich Kory-Kory, mit einer langen Stange bewaffnet, sich aus dem Hause schleichen, die Früchte von den obersten Zweigen eines Baumes herunterschlagen und in seinem Korb aus Kokosblättern nach Hause bringen. Heute sehe ich einen Inselbewohner, der in einem fernen Teil des Tales lebt, das Gleiche tun. An dem sanft absteigenden Ufer des Flusses wuchsen Bananenbäume. Ich habe ganze Scharen junger Leute die großen goldenen Fruchtbüschel lustig plündern und sie jubelnd und stampfend nach den verschiedensten Teilen des Tales schleppen sehen. Es war klar, dass die Brotfruchthalme und die herrlichen gelben Bananen keinem mürrischen alten Filz gehören konnten.

Aus alledem ergibt sich, dass zwischen persönlichem und Grundeigentum im Tal von Typee ein großer Unterschied gemacht wurde. Wohl sind einige Leute wohlhabender als andere. Die Dachstange in Marheyos Haus zum Beispiel krümmt sich unter der Last vieler schwerer Tapabündel; auf seiner langen Lagerstätte liegen sieben Matten übereinander. Draußen in ihrem Bambusbüfett, oder wie man es sonst nennen mag, hat Teinor eine stattliche Zahl von Kalebassen und hölzernen Tranchierbrettern angereiht. Das nächste Haus jenseits des Haines, in dem Ruaruga wohnt, ist nicht so reich versehen. Nur drei mäßige Bündel hängen von der Decke; nur zwei Lagen von Matten trägt der Boden, die Kalebassen und Bretter sind weder so zahlreich noch so geschmackvoll geschnitzt und gefärbt. Aber schließlich ist Ruarugas Haus, wenn auch nicht so hübsch, doch ebenso bequem wie das Marheyos; und wenn er es ebenso schön haben und ebenso reich werden wollte wie sein Nachbar, so würde ihn das vermutlich wenig Mühe kosten. Dies sind die wesentlichen erkennbaren Vermögensunterschiede in Typee.

Die Menschen lebten in Eintracht miteinander. Welche Brüderlichkeit unter ihnen herrscht, mag man aus folgendem ersehen.

Ich kehrte eines Tages mit Kory-Kory von meinem gewohnten Besuch im Tal zurück; wir kamen an einer kleinen Lichtung vorbei; es sollte dort, wie mein Diener mir sagte, an diesem Nachmittag ein Wohnhaus aus Bambus gebaut werden. Wenigstens hundert Eingeborene schafften die Baumaterialien an Ort und Stelle, einige trugen ein oder zwei der großen Rohrstöcke, die zu den Wänden gebraucht wurden, in der Hand, andere zarte Hybiscusstäbe, an denen Zwergpalmblätter fürs Dach hingen. Jeder beteiligte sich irgendwie an der Arbeit, und dank ihrer vereinten Bemühung, die leicht genug war und lässig vor sich ging, war der ganze Bau vor Sonnenuntergang vollendet. Wie die Leute so an der Errichtung dieser Wohnstätte arbeiteten, erinnerten sie mich an eine Kolonie von Bibern bei ihrer Arbeit. Sie waren allerdings nicht so still und ehrbar wie diese merkwürdigen Tiere, noch auch nur entfernt so fleißig. Die Wahrheit zu sagen, waren sie eher faul, aber alles geschah unter lärmender Heiterkeit; und sie arbeiteten so einig zusammen und das offenbar aus reiner Freundlichkeit, dass es schön zu sehen war.

Kein Weib nahm an der Arbeit teil: und wenn der Grad der Achtung und Rücksicht, die die Männer auf das reizende Geschlecht nehmen, wie manche Denker behaupten, das Kennzeichen des Kulturgrades eines Volkes ist, dann kann ich sagen, dass die Typees zu den kultiviertesten Völkern unter der Sonne gehörten. Mit Ausnahme der Beschränkungen religiöser Natur, die das Tabu ihnen auferlegte, war den Frauen des Tales beinahe alles gestattet. Nirgends werden die Frauen mehr umworben; nirgends höher geschätzt; man sieht in ihnen Wesen, denen man die höchsten Genüsse verdankt, und sie sind sich ihrer Macht sehr bewusst. Zum Unterschied von so manchen raueren Völkerschaften, bei denen die Weiber alle Arbeit leisten, während ihre ungalanten Herren und Meister den Tag in Faulheit verbringen, ist das zartere Geschlecht im Tale von Typee von jeder Arbeit befreit; wenn man das überhaupt Arbeit nennen darf, was selbst in diesem tropischen Klima nie einen Tropfen Schweiß kostet. Nur die leichteste Hausarbeit, die Anfertigung des Tapa, das Flechten der Matten und das Polieren von Trinkgefäßen fiel den Frauen zu, Arbeiten, die mehr angenehmen Zerstreuungen gleichen, wie auch die Damen bei uns die freie Zeit des Vormittags elegant mit mancherlei Beschäftigungen ausfüllen. Aber selbst bei diesen Arbeiten sah man die leichtlebigen jungen Mädchen nur selten. Diese launischen jungen Damen, die sich nur die Zeit zu vertreiben suchten, waren jeder nützlichen Beschäftigung abgeneigt. Wie verwöhnte Schönheiten trieben sie sich in den Wäldchen herum, badeten im Fluss, tanzten, flirteten, spielten den anderen alle möglichen boshaft-lustigen Streiche und verbrachten ihre Tage in einem Wirbel sorglosen Glückes.

Während meines ganzen Aufenthaltes auf der Insel bin ich niemals Zeuge eines Streites gewesen, noch einer Erörterung, die auch nur entfernt einem Zank glich. Die Eingeborenen schienen einen einzigen Haushalt zu bilden, dessen Mitglieder einander aufs liebevollste zugetan waren. Verwandtenliebe war weniger wahrzunehmen, da sie in der allgemeinen Liebe aufzugehen schienen; wo alle wie Brüder und Schwester behandelt wurden, war es schwer zu sagen, wer durch Bande des Blutes dem anderen verwandt war.

Dies Bild ist nicht übertrieben. Man möge mir auch nicht einwenden, dass die Feindschaft des Stammes gegen alle Ausländer, noch der Hass, den sie dauernd gegen die anderen Bewohner der Insel jenseits der Berge hegen, dem Gesagten widerspräche. Der scheinbare Widerspruch ist leicht zu erklären. So mancher Bericht von Gewalt und Unrecht, sowie Ereignisse, die sie mit eigenen Augen gesehen, haben den Stamm gelehrt, die weißen Männer mit Abscheu zu betrachten. Der grausame Überfall Porters würde genügen, ihre Gereiztheit zu erklären; und ich kann es wohl verstehen, dass der Typeekrieger alle Pässe, die zu seinem Tal führen, mit gefälltem Speer bewacht und, den Rücken gegen seine grüne Heimat gekehrt, jeden Europäer drohend vom Strande fernhält.

Woher die Feindschaft gerade dieses Clans gegen die Nachbarstämme kommt, vermag ich nicht so sicher zu sagen. Ich will auch nicht behaupten, dass ihre Feinde die Angreifer waren, noch ihr Verhalten irgend beschönigen. Aber wenn unsere bösen Leidenschaften sich Luft machen müssen, dann ist es sicher besser, sie gegen Ausländer und Fremde auszutoben, als innerhalb der Gemeinschaft, in der man lebt. In vielen kultivierten Ländern herrschen innere Streitigkeiten und Familienzwiste gleichzeitig mit den grausamsten auswärtigen Kriegen. Wieviel weniger schuldig sind da meine Inselbewohner, die von diesen drei Sünden nur eine begehen, und die geringste unter ihnen.

Man wird mir vielleicht vorwerfen, dass ich ein Volk bewundere, das man der Menschenfresserei bezichtigt. Aber diese einzige Ungeheuerlichkeit in ihrem Verhalten ist nicht halb so schauerlich, wie man sie gewöhnlich schildert. Wenn man den volkstümlichen Geschichten glauben wollte, so würden die Mannschaften der Fahrzeuge, die an irgendeiner unwirtlichen Küste Schiffbruch leiden, von den wilden Eingeborenen lebendig gefressen, und unglückliche Reisende in heitere verräterische Buchten gelockt, mit der Kriegskeule über den Schädel geschlagen und dann ohne weiteres angerichtet. So furchtbar und unwahrscheinlich sind diese

Geschichten, dass viele vernünftige und unterrichtete Leute an die Existenz von Menschenfressern überhaupt nicht glauben wollten und derartige Geschichten einfach für Märchen erklärten. Die Wahrheit liegt wie gewöhnlich in der Mitte: Kannibalismus findet sich in mäßigem Umfang bei mehreren Stämmen des Stillen Ozeans, aber es wird nur das Fleisch erschlagener Feinde verzehrt; und so schrecklich und schauerlich diese Sitte ist und wie sehr man sie verurteilen mag, ich behaupte trotzdem, dass die, bei denen sie herrscht, nach jeder anderen Richtung menschliche und liebenswürdige Geschöpfe sind.

Siebenundzwanzigstes Kapitel

Nirgends zeigten sich die liebenswürdige Natur und das soziale Empfinden der Typees besser als bei ihren großen Fischzügen. Viermal während meines Aufenthaltes im Tal versammelten sich die jungen Männer um die Vollmondzeit und begaben sich zusammen auf den Fischzug. Da sie gewöhnlich etwa achtundvierzig Stunden ausblieben, glaubte ich, dass sie ans offene Meer in einiger Entfernung von der Bucht gingen. Die Polynesier gebrauchen die Angelrute nur selten, sondern verwenden fast immer große feste Netze, die aus den gedrehten Fasern einer bestimmten Baumrinde sehr geschickt geschlungen sind; ich habe mehrere davon untersucht, die am Strand von Nuku Hiva zum Trocknen ausgebreitet lagen. Sie glichen ungefähr unseren Schleppnetzen und waren vermutlich ebenso dauerhaft.

Alle Südseeinsulaner essen Fische leidenschaftlich gern, aber vielleicht niemand mehr als die Typees. Ich konnte daher nicht begreifen, weshalb sie sie so selten aus ihren Gewässern holten; denn die Fischzüge wurden nur zu bestimmten Zeiten unternommen, und man sah ihnen stets mit nicht geringem Interesse entgegen.

Während der Abwesenheit der Fischer war die ganze Bevölkerung in Aufregung, und überall hörte man nur »Pehih, Pehih« (Fische, Fische). Wenn ihre Rückkehr zu erwarten stand, begann der mündliche Telegraph zu arbeiten: im ganzen Tal kletterten die Eingeborenen auf Felsen und Bäume, jubelnd im Gedanken an das bevorstehende leckere Mahl. Sowie das Nahen der Schar angekündigt wurde, stürzte alles zum Strand; einige blieben jedoch im Tai, um alles für den Empfang der Fische bereitzumachen, die in ungeheuren Blätterpaketen nach den Tabu-Hainen gebracht wurden; jedes dieser Pakete hing an einer Stange, die zwei Männer auf den Schultern trugen.

Bei einer dieser Gelegenheiten war ich im Tai und sah ein höchst interessantes Schauspiel. Als alle Pakete beisammen waren, wurden sie in einer Reihe unter dem Vorplatz des Gebäudes niedergelegt. Die Fische waren alle ganz klein, zumeist von der Größe eines Herings, und spielten in allen Farben. Etwa ein Achtel davon wurde für den Gebrauch des Tais zurückgelegt, der Rest wurde in zahlreiche kleinere Pakete gesondert, die sogleich nach allen Richtungen bis in die entferntesten Teile des Tales verschickt wurden. An ihrem Bestimmungsort angelangt, wurden sie wieder frisch gesondert und gleichmäßig an die einzelnen Häuser jedes Distriktes verteilt. Die Verteilung erfolgte stets in gerechtester Weise, und die Fische standen unter strengem Tabu, bis sie vollzogen war. Durch dieses Vorgehen konnte jeder Mann, jedes Weib und jedes Kind im Tal gleichzeitig sich an dieser Lieblingsspeise erfreuen.

Einmal, erinnere ich mich, kehrten die Fischer um Mitternacht heim, aber auch diese ungewöhnliche Stunde tat der Ungeduld der Leute keinen Abbruch. Man sah die Träger vom Tai nach allen Richtungen durch die Tiefe der Haine eilen; jedem ging ein Junge mit einer brennenden Fackel aus trockenen Kokoszweigen voran; von Zeit zu Zeit, wenn sie ausgebrannt war, wurde neues Holz, das am Wege lag, aufgenommen und angezündet. Das Licht dieser ungeheuren Fackeln, die in die verborgensten Schlupfwinkel des Tales ihren hellen Schein trugen und sich rasch unter dem dunkeln Laubdach fortbewegten, das wilde Schreien der aufgeregten Boten, die die Nachricht von ihrem Kommen brachten und denen andere Rufe von allen Seiten antworteten, der seltsame Anblick ihrer nackten Körper, die sich im Fackelschein von dem finsteren Hintergrund abhoben, all dies hatte eine Wirkung, die ich nicht so bald vergessen werde.

Damals weckte mich Kory-Kory mitten in der Nacht und brachte mir wie in Verzückung mit den Worten »Pehih perni!« (Fische kommen) die Nachricht!

Da ich gerade besonders gut geschlafen hatte, begriff ich nicht, warum er diese wichtige Mitteilung nicht bis zum Morgen verschoben hatte; ich hatte die größte Lust, ihn zu ohrfeigen; aber ich besann mich eines Besseren, stand schweigend auf, trat aus dem Hause und sah mit Überraschung die bewegliche Illumination in den Wäldern.

Als der alte Marheyo seinen Anteil der Beute erhielt, wurden sogleich Vorbereitungen für ein mitternächtliches Bankett getroffen. Kalebassen wurden bis zum Rande mit Poi-Poi gefüllt, grüne Brotfrüchte geröstet und ein mächtiger »Emar«-Kuchen mit einem dünnen Bambussplitter aufgeschnitten und auf ein ungeheures Bananenblatt gelegt. Die Beleuchtung bei der Mahlzeit bestand aus Fackeln, die die jungen Mädchen hielten. Diese Fackeln sind sehr sinnreich gemacht. Es gibt überall im Tal eine Nuss, die die Typees »Armor« nennen und die unserer Rosskastanie sehr ähnlich sieht. Man schlägt die Schale auf und nimmt den ganzen Kern heraus. Diese Kerne werden in beliebiger Anzahl an einer langen elastischen Kokosfaser, die aus den Zweigen des Baumes gewonnen wird, aufgereiht. Solche Fackeln sind oft acht bis zehn Fuß lang. Da sie vollkommen biegsam sind, wird das eine Ende zu einem Ring gedreht, an dem man sie festhält, während man sie am anderen Ende anzündet. Die Nuss brennt mit einer flackernden bläulichen Flamme; das Öl, das sie enthält, ist in etwa zehn Minuten verzehrt; sowie die eine niederbrennt, entzündet sich die nächste, die Asche wird in eine Kokosnussschale abgestreift. Man muss diese primitive Kerze stets in der Hand halten und beständig aufpassen. Die

Person, die sie hält, erkennt den Zeitablauf an der Zahl der verbrannten Nüsse, die durch Abzählen von Tapastreifen, die in regelmäßigen Zwischenräumen an der Schnur angebracht sind, sich leicht feststellen lässt.

Es tut mir leid, es sagen zu müssen, aber die Bewohner von Typee pflegten den Fisch so zu verzehren, wie die zivilisierten Leute einen Rettich essen, nämlich ohne jede weitere Zubereitung. Sie essen sie roh, mit Schuppen, Gräten, Flossen und Eingeweiden. Sie halten den Fisch beim Schwanz fest, stecken den Kopf in den Mund, und das Tier verschwindet mit einer Schnelligkeit, dass man anfangs glaubt, es würde im ganzen verschluckt.

Ja, sie essen Fische roh! Werde ich je den Augenblick vergessen, als ich meine Inselschönheit einen Fisch so verzehren sah? O Fayaweh, wie konntest du dir nur etwas so Schreckliches angewöhnen? Ich muss indessen gestehen, dass, als der erste Schrecken vorbei war, die Sache mir weniger greulich erschien und ich mich bald daran gewöhnte. Es möge auch niemand glauben, dass die entzückende Fayaweh große und ordinäre Fische verschluckte; o nein, mit ihrer schönen kleinen Hand nahm sie ein zartes, kleines, entzückendes, goldfarbenes Fischlein und aß es so elegant und unschuldig, als wäre es feines Biskuit gewesen. »Wer in Rom ist, tue, wie die Römer tun!« In Typee machte ich es mir zur Aufgabe, so wie die Typees zu tun. Ich aß Poï-Poï; ich ging in der einfachsten Gewandung einher; ich schlief mit ihnen auf dem gemeinsamen Lager; ich tat noch viel anderes, was ihren besonderen Sitten entsprach. Aber das höchste, was ich auf dem Wege der Anpassung erreichte, war, dass ich bei mehreren Gelegenheiten rohe Fische aß. Da sie ungewöhnlich zart und ganz klein waren, so fand ich die Sache gar nicht so unangenehm, ja, ich begann mit der Zeit daran Geschmack zu finden; allerdings unterzog ich die Fische vor dem Essen einer kleinen Operation mit meinem Messer.

Achtundzwanzigstes Kapitel

Es gab einige merkwürdig aussehende Hunde im Tale; das heißt, wenn man das Hunde nennen konnte. Es schienen eher große unbehaarte Ratten zu sein; sie hatten ein glattes, glänzendes, geflecktes Fell, waren fett, mit hässlichen Köpfen. Woher sie nur kommen mochten? Dass sie in der Gegend nicht heimisch waren, scheint mir sicher. Sie schienen selber zu wissen, dass sie nicht hergehörten, sahen aus, als schämten sie sich, und verkrochen sich in die dunkelsten Winkel. Es waren ekelhafte Köter, die ich nicht ausstehen konnte, und nichts wäre mir lieber gewesen, als sie sämtlich auszurotten. Einmal deutete ich Mehivi an, wie nützlich ein Hundekreuzzug wäre, aber der gutmütige König wollte nichts davon wissen. Er hörte mich geduldig an, aber dann schüttelte er den Kopf und sagte mir im Vertrauen, dass sie »Tabu« seien.

Nie werde ich den Tag vergessen, an dem ich eines Mittags im Hause lag; alle anderen um mich her in tiefem Schlaf: ich schlug zufällig die Augen auf und begegnete denen einer großen gespenstischen schwarzen Katze, die aufrecht in der Türe saß und mich mit ihren schrecklichen kuglig-großen Augen anstarrte, gleich einem jener Höllengeister, die die alten Heiligen bedrängten.

Nun war mir der Anblick dieser Tiere zu allen Zeiten unerträglich; die plötzliche Erscheinung der Katze in Typee verstörte mich geradezu. Als ich mich ein wenig erholt hatte, sprang ich auf, die Katze ergriff die Flucht; ihre Flucht machte mich kühn, ich stürzte aus dem Hause, um sie zu verfolgen; aber sie war verschwunden. Es war das einzige Mal, dass ich eine Katze in dem Tal sah, und wie sie dahingekommen war, begreife ich nicht. Vielleicht war sie aus einem Schiff in Nuku Hiva entwichen. Von den Eingeborenen konnte ich nichts erfahren, keiner hatte das Tier gesehen, dessen Erscheinen mir noch heute ein Rätsel ist.

Unter den wenigen Tieren, die es in Typee gibt, interessierte mich am meisten eine wunderschöne goldfarbene Eidechsenart. Sie war vom Kopf bis zur Schwanzspitze vielleicht fünf Zoll lang und von anmutigstem Bau. Man sah sie in großer Zahl auf den Hausdächern sich sonnen, sah ihre glitzernden Körper zu jeder Tageszeit im Grase hin und her huschen oder scharenweise an den hohen Stämmen der Kokospalmen auf und ab laufen. Diese kleinen zierlichen Tiere waren vollkommen zahm und kannten keine Furcht. Oft, wenn ich mich während der heißen Stunden des Tages an irgendeiner schattigen Stelle auf den Boden setzte, liefen sie von allen Seiten an mir herauf. Wenn ich eine vom Arm streifen wollte, sprang sie mir ins Haar, wenn ich sie sachte an einem Beine fasste, um sie von dort zu verscheuchen, schlüpfte sie mir zahm in die Hand.

Auch die Vögel in diesem Lande sind merkwürdig zahm. Wenn man einen in Armeslänge auf einem Zweig sitzen sah und auf ihn zuging, flog er nicht gleich fort, sondern blieb ruhig sitzen und sah einen an, bis man ihn fast greifen konnte; dann flog er langsam auf, und es sah aus, als täte er es weniger aus Furcht, als um nicht länger zu stören.

Auf einer unbewohnten Insel der Galapagos hatte sich einmal ein Vogel auf meinen ausgestreckten Arm gesetzt, während das Weibchen – oder Männchen – von einem benachbarten Baum zwitscherte. Ich war damals von solcher Zahmheit entzückt, und mit ähnlicher Freude sah ich später die Vögel und Eidechsen des Typee-Tales das gleiche Vertrauen in die Gutartigkeit der Menschen setzen.

Eines der zahlreichen Übel, das die Europäer den Eingeborenen der Südsee gebracht haben, war, dass sie, wenn auch zufällig und unabsichtlich, jene ewigen Störenfriede und Quäler, die Moskitos, einführten. Auf den Sandwich-Inseln und auf zwei oder drei der Gesellschaftsinseln gibt es ganze Kolonien dieser Insekten, die dort glänzend gedeihen und die heimischen Sandfliegen über kurz oder lang verdrängt haben werden. Sie stechen, summen und quälen das ganze Jahr hindurch, verärgern die Eingeborenen und hemmen die Tätigkeit der Missionare.

Von dieser Plage waren die Typees noch frei; aber leider werden die Stechmücken dort einigermaßen durch eine winzige Fliegenart ersetzt, die zwar nicht sticht, aber doch zu einer lästigen Qual wird. Denn die Zahmheit der Vögel und Eidechsen ist nichts im Vergleich zur furchtlosen Zudringlichkeit dieser Insekten. Sie setzen sich auf die Augenwimpern und bleiben dort, wenn man sie nicht vertreibt, oder drängen sich einem ins Haar, oder klettern die Nasenhöhlen hinauf, als wollten sie einem ins Gehirn gucken. Einmal war ich so unvorsichtig und gähnte, als diese Tiere um mich herum flogen. Sogleich flog mir ein halbes Dutzend in die Mundhöhle und marschierte auf meinem Gaumen umher; es war ein schauderhaftes Gefühl. Wilde Tiere gibt es auf der Insel nicht. In den Gebirgen im Innern herrscht lautlose Einsamkeit, die nie vom Gebrüll der Raubtiere unterbrochen wird. Selbst vom Dasein kleiner und kleinster Tiere findet man nur geringe Spuren. Giftige Reptilien, Schlangen irgendwelcher Art sind in keinem der Täler zu finden.

Für die Eingeborenen der Marquesas bildet das Wetter keinen Gesprächsstoff. Es wechselt so gut wie gar nicht. Wohl bringt die Regenzeit häufige Schauer, aber sie sind erfrischend und halten nicht an. Kein Inselbewohner, der einen Ausgang vorhat, denkt, wenn er des Morgens aufsteht, daran, zu schauen, wie der Himmel aussieht oder woher der Wind weht. Ein schöner Tag ist ihm immer gewiss, und die Aussicht auf ein paar tüchtige Regengüsse begrüßt er mit Freude. Er hat nie Gelegenheit, sich über ein besonders schönes Wetter zu wundern oder davon zu erzählen; es gibt keine plötzlichen Umschläge in der Atmosphäre, keinen Frost, keinen Schneesturm: Tag folgt auf Tag in ewigem Sommer und Sonnenschein, und das ganze Jahr ist ein langer tropischer Juni, der eben in den Juli übergeht.

Diesem herrlichen Klima verdanken die Kokosnüsse ihr Gedeihen. Diese unschätzbare Frucht reift nirgends zu solcher Vollkommenheit wie auf dem reichen Boden der Marquesas. Man sollte glauben, dass sie auf ihrer stattlichen Säule, in mehr als hundert Fuß Höhe, für die Eingeborenen kaum erreichbar wäre. Der schlanke, glatte Stamm, an dem es keinen Ast, keinen Knoten, nichts gibt, was das Klettern erleichtert, scheint unersteiglich, und nur die erstaunliche Behändigkeit und Geschicklichkeit der Eingeborenen vermag es dennoch. Man sollte auch glauben, dass sie aus Trägheit geduldig die Reifezeit der Nüsse und ihr allmähliches Abfallen erwarten, und sie würden das auch tun, wenn sie nicht gerade die junge Frucht in ihrer weichen grünen Schale als einen besonderen Leckerbissen betrachteten. Das Fleisch bildet sich erst in ihr und liegt wie eine gallertige Haut an; dafür enthält sie den herrlichsten Saft. Sie haben mindestens zwanzig Ausdrücke, um die verschiedenen Reifestadien der Kokosnuss zu bezeichnen. Manche von ihnen essen die Frucht überhaupt nur in einem ganz bestimmten Reifezustand, und so unglaublich es scheinen mag, sie vermögen den Augenblick, in dem die Nuss diesen Zustand erreicht, auf die Stunde anzugeben. Andere sind noch wählerischer; sie sammeln einen Haufen von Nüssen jeden Alters, zapfen alle geschickt an und kosten eine nach der anderen, wie ein empfindlicher alter Weinbeißer mit dem Glas in der Hand die verstaubten Fässer der verschiedenen Lesen prüft.

Einige der jungen Leute, die noch geschmeidiger waren als die anderen und vielleicht auch mutiger, hatten eine Art, an dem Stamm der Kokosnussbäume hinaufzulaufen, die mir einfach wunderbar schien, und wenn ich ihnen dabei zusah, staunte ich, wie wenn ein Kind zum ersten Mal eine Fliege an der Zimmerdecke kriechen sieht.

Wenn Narmi, ein vornehmer junger Häuptling, manchmal, um mir damit ein Vergnügen zu machen, diese Leistung vollbrachte, dann führte er vorher ein ganzes Theater auf. Wir standen vor einem Baum, und ich wies ihm die junge Frucht, die ich gerne haben wollte: der hübsche Wilde sah mich zunächst überrascht an, wie erstaunt über die vollkommene Sinnlosigkeit meiner Bitte. So blieb er einen Augenblick, dann veränderte sich sein Gesichtsausdruck und ward der eines Menschen, der einem anderen mit gutmütiger Resignation nachgibt. Sehnsüchtig blickte er zu den Laubkronen des Baumes empor, stellte sich auf die Zehenspitzen, streckte den Hals und hob die Arme über den Kopf, als wollte er die Frucht vom Boden aus erreichen. Da dies vergeblich bleibt, wirft er sich zur Erde und schlägt sich in Verzweiflung die Brust; dann springt er plötzlich wieder auf, wirft den Kopf zurück und hebt beide Hände, als wollte er eine der Nüsse beim Fallen auffangen. Auch dies hat keinen Erfolg, und er bekommt einen neuen Verzweiflungsanfall, so heftig, dass er es nicht aushält und einfach wegläuft. In einer Entfernung von sechzig bis achtzig Schritten bleibt er stehen und guckt nach dem Baum, ein wahres Bild des Jammers. Da, plötzlich scheint ihm eine Erleuchtung zu kommen, er stürzt auf den Baum zu, umfasst den Stamm mit beiden Armen, wobei er den einen etwas höher ansetzt als den anderen, drückt beide Fußsohlen dicht nebeneinander gegen den Baum, streckt die Beine, bis sie fast waagrecht stehen und sein Körper einen Bogen bildet; dann, Hand über Hand und Fuß vor Fuß setzend, erhebt er sich blitzschnell vom Boden und, ehe man überhaupt recht begriffen hat, was er tut, ist er schon hoch oben in der Krone, wo die Nüsse hängen, und wirft jubelnd die Früchte herunter.

Diese Art, den Baum hinaufzugehen, ist nur möglich, wenn der Stamm beträchtlich von der Senkrechten abweicht; aber das ist fast immer der Fall; manche dieser völlig geraden Stämme wachsen in einem Winkel von dreißig Grad.

Minder energische Leute und viele Kinder des Tales haben eine andere Methode. Sie nehmen ein breites, festes Stück Baumrinde, das sie mit beiden Enden an ihren Knöcheln befestigen, sodass sie die Füße nur etwa zwölf Zoll weit spreizen können. Dadurch wird das Klettern außerordentlich erleichtert. Der Rindenstreif wird an den Baum gedrückt, legt sich fest an und gibt eine gute Stütze; mit den Armen umfassen sie den Stamm und ziehen die Füße um etwa eine Elle nach, worauf sie sofort um ein entsprechendes Stück mit den Händen höher greifen. Ich habe kleine, kaum fünfjährige Kinder in dieser Art furchtlos den schlanken Stamm eines jungen Kokosbaumes hinaufklettern sehen; dann hingen sie vielleicht fünfzig Fuß über dem Boden, während unten ihre Eltern Beifall klatschten und sie ermunterten, noch höher zu steigen.

Als ich zum ersten Mal solch eine Leistung sah, fragte ich mich, was wohl eine nervöse amerikanische oder englische Mutter zu ähnlichen Mutproben eines ihrer Kinder sagen würde? Vielleicht hätten die Spartaner sie gepriesen; aber die meisten modernen Damen würden wohl hysterische Anfälle bekommen.

Die zahlreichen Zweige, die an der Spitze der Kokospalme nach allen Seiten wachsen, bildeten oben gleichsam einen grünen wogenden Korb, und man kann die in dichten Büscheln stehenden Nüsse gerade noch zwischen den Blättern erkennen; auf höheren Bäumen scheinen sie, von unten gesehen, nicht größer als Weintrauben.

Ich erinnere mich eines waghalsigen kleinen Kerls – Tu-Tu hieß der Halunke –, der sich in der Krone eines Baumes, nahe bei Marheyos Wohnung, eine Art luftigen Häuschens zurechtgemacht hatte. Stundenlang saß er dort oben, ließ die

Zweige rascheln und rauschen und schrie vor Entzücken jedes Mal, wenn die starken Windstöße vom Bergeshang die lange biegsame Säule, auf deren Spitze er saß, hin und her schaukelte. So oft ich Tu-Tus musikalische Stimme aus dieser steilen Höhe seltsam an mein Ohr klingen hörte, und ihn aus seinem laubigen Versteck herabgucken sah, fielen mir stets Dibdins Verse ein:

> *»Ein kleiner Engel sitzt hoch oben*
> *Und guckt, und guckt nach dem armen Hans.«*

Wunderschöne Vögel fliegen durch das Tal. Man sieht sie hoch oben auf den unbeweglichen Ästen gewaltiger Brotfruchtbäume sitzen oder sanft auf den biegsamen Zweigen des Omoobaumes schaukeln, über die Zwergpalmendächer der Rohrhütten streifen, wie geflügelte Geister durch die schattigen Haine flattern und manchmal in glänzendem Flug von den Bergen tief ins Tal hinunterschießen. Ihr Gefieder ist blau und purpurfarben, weiß und tiefrot, schwarz und golden; sie haben Schnäbel von jeder Farbe: blutrot, tiefschwarz und elfenbeinweiß. Ihre Augen sind hell und funkelnd, sie segeln durch die Luft wie eine Schar von Sternschnuppen; aber ach, sie sind sämtlich stumm, wie verzaubert – nicht ein einziger Singvogel ist im Tal!

Ich weiß nicht warum, aber der Anblick dieser Vögel, der doch sonst so fröhlich stimmt, machte mich jedes Mal traurig. Wenn sie mich auf meinen Wegen durch den Hain in ihrer stummen Schönheit umflatterten, oder mich mit ruhigen, neugierigen Augen aus den Büschen ansahen, dann bildete ich mir fast ein, sie wüssten, dass sie einen Fremden schauten, und bemitleideten ihn.

Neunundzwanzigstes Kapitel

Auf einer meiner Wanderungen mit Kory-Kory kam ich am Rand dichter Büsche vorüber, als mir ein seltsames Geräusch auffiel. Ich trat ins Dickicht und sah zum ersten Mal, wie man tätowiert wird.

Ich sah einen Mann auf dem Erdboden flach auf dem Rücken liegen und, obwohl er seine Gesichtszüge beherrschte, zweifellos furchtbare Qualen erleiden. Der Folterknecht beugte sich über ihn und arbeitete mit Hammer und Meißel wie ein Steinmetz. In der einen Hand hielt er einen kurzen dünnen Stab, an dem ein spitzer Haifischzahn befestigt war. Auf das obere Ende dieses Stabes klopfte er mit einem kleinen hammerförmigen Holz, sodass er die Haut durchstach und der Farbstoff, in den er sein Werkzeug getaucht hatte, in sie eindrang. Eine Kokosnussschale mit der flüssigen Farbe stand auf dem Boden. Um die Farbe zu bereiten, mischt man die Asche jener zu Kerzen verwendeten, »Armor« genannten Nüsse, die man immer zu diesem Zweck vorrätig hält, mit einem bestimmten Pflanzensaft. Auf einem Stück fleckigen Tapas lagen seltsame schwärzliche kleine Werkzeuge aus Bein und Holz in großer Zahl, die bei den mannigfachen Ausführungsweisen dieser Kunst gebraucht werden. Einige endeten in einer einzigen feinen Spitze und wurden wie besonders feine Bleistifte verwendet, um dem Werk die letzte Vollendung zu geben oder wenn man, wie es hier der Fall war, die empfindlicheren Teile des Körpers bearbeitete. Andere zeigten mehrere Spitzen nebeneinander, die fast wie die Zähne einer Säge aussahen. Sie wurden für die gröbere Arbeit gebraucht, besonders um gerade Streifen zu ziehen. Bei einigen waren die Spitzen so angeordnet, dass sie kleine Figuren bildeten, die auf den Körper aufgesetzt, nur eines einzigen Hammerschlags bedurften, um ein unzerstörbares Bild in die Haut zu prägen. Einige hatten merkwürdig gekrümmte Griffe, als sollten sie ins Ohr eingeführt werden oder sonst einem geheimnisvollen Gebrauch dienen. Der Anblick all dieser Werkzeuge erinnerte mich lebhaft an die grausam aussehenden kleinen stählernen Dinger mit Perlmuttergriffen, die man in samtgefütterten Etuis beim Zahnarzt sieht.

Der Künstler vor mir war im Augenblick nicht mit einer Originalskizze beschäftigt; er arbeitete an einem ehrwürdigen alten Wilden, dessen Tätowierung schadhaft geworden war und einer Reparatur bedurfte; er retouchierte gewissermaßen die Werke alter Meister, die auf der menschlichen Leinwand ausgeführt waren. Und zwar operierte er augenblicklich an den Augenlidern, über die ein länglicher Streifen lief, gleich dem, der Kory-Korys Antlitz schmückte. Obschon der arme alte Mann aufs äußerste bemüht war, sich zu beherrschen, verriet doch ein wiederholtes Zucken und Verziehen der Gesichtsmuskeln die außerordentliche Empfindlichkeit der Teile, die übermalt wurden. Der Künstler aber blieb unempfindlich wie ein Militärchirurg und fuhr mit seiner Arbeit fort, hämmerte drauflos wie ein Specht und begleitete seine Tätigkeit mit einem wilden Gesang.

Er war so in seine Arbeit versunken, dass er unser Kommen nicht wahrgenommen hatte; ich sah eine Weile ruhig zu, dann machte ich mich bemerkbar. In der Meinung, dass ich ihn beruflich aufsuchte, fasste er mich entzückt an und hätte mich am liebsten gleich in Arbeit genommen. Da ich ihm zu verstehen gab, dass er mich völlig missverstanden, war er aufs tiefste betrübt und enttäuscht. Er wollte mir nicht glauben, ergriff sein Werkzeug und bewegte es in schrecklicher Nähe vor meinem Gesicht, als wollte er mir durch in die Luft gezogene

Linien zeigen, was er konnte, und gab mir durch Ausrufe der Bewunderung zu verstehen, wie schön die Zeichnungen waren, die er auf mir entwerfen wollte.

Entsetzt bei dem bloßen Gedanken, für immer entstellt zu werden, wenn der Elende seine Absicht ausführte, versuchte ich mich von ihm loszumachen, aber Kory-Kory, der Verräter, stand dabei und beschwor mich, ihm doch zu willfahren. Da ich mich dauernd weigerte, kam der Künstler fast außer sich, er war verzweifelt, dass er eine so herrliche Gelegenheit, sich in seinem Beruf hervorzutun, verlieren sollte.

Der Gedanke, meine weiße Haut zu tätowieren, begeisterte ihn; immer wieder betrachtete er mein Gesicht, und jeder Blick schien seinen Ehrgeiz zu steigern. Ich suchte ihn wenigstens davon abzulenken und hielt ihm selbst verzweifelt meinen Arm hin; aber er wies diesen Kompromiss entrüstet zurück und fuhr mir mit dem Zeigefinger übers Gesicht, wie um die Randlinien der parallelen Streifen zu entwerfen, die es umschließen sollten. Mir erstarrte das Blut in den Adern; halb wild vor Schrecken und Zorn riss ich mich von den drei Wilden los und floh nach Marheyos Haus. Der unerbittliche Künstler lief mir mit seinen Werkzeugen nach; aber jetzt griff Kory-Kory ein und hinderte ihn an weiterer Verfolgung.

Dieses Ereignis ließ mich eine neue Gefahr erkennen. Ich war überzeugt, dass man mich irgendeinmal so entstellen würde, das ich nie mehr die »Stirn« haben würde, unter meine Landsleute zurückzukehren. Meine Befürchtung steigerte sich noch beträchtlich, als auch König Mehivi und mehrere andere Häuptlinge nunmehr den Wunsch aussprachen, dass ich mich tätowieren lassen sollte. Drei Tage nach meiner zufälligen Begegnung mit Karky, so hieß der Künstler, wurde mir der hohe Wunsch Seiner Majestät zum ersten Mal kundgegeben. Ich verfluchte den elenden Karky vieltausendmal; ich wusste, der Kerl würde nicht ruhen, bis er seine teuflischen Absichten an meinem Gesichte vollzogen hätte. Ich traf ihn mehrmals in verschiedenen Teilen des Tales, und jedes Mal wenn er mich erblickte, kam er mit Hammer und Meißel hinter mir hergelaufen und fuhr mir damit vor dem Gesicht hin und her, als wollte er gleich anfangen.

Als der König mir seinen Wunsch aussprach, erklärte ich ihm meinen Abscheu davor und wurde dabei so aufgeregt, dass er mich verwundert anstarrte. Er begriff es offenbar nicht, wie ein vernünftiger Mensch sich gegen solch eine Verschönerung sperren könnte. Nach kurzer Zeit wiederholte er seinen Vorschlag, und da ich wieder ablehnte, zeigte er sich verstimmt. Beim dritten Mal begriff ich, dass ich zum Schutz meines Gesichtes etwas tun müsse; ich nahm all meinen Mut zusammen und erklärte mich bereit, mir beide Arme vom Handgelenk aufwärts bis zur Schulter tätowieren zu lassen. Seine Majestät war sehr erfreut, und ich beglückwünschte mich bereits, die Sache auf diese Weise erledigt zu haben, als er bemerkte, dass man natürlich mit dem Gesicht beginnen müsste. Ich war verzweifelt; die unerbittlichen Häuptlinge verlangten meine Entstellung oder vielmehr der niederträchtige Karky, der dahinter steckte. Man überließ mir die Wahl des Musters: ich konnte mir drei waagerechte Streifen machen lassen, wie sie mein Diener trug, oder drei schräge Streifen; ich konnte auch den Höfling spielen und nach dem Beispiel Seiner Majestät mir das mystische Dreieck einzeichnen lassen. Aber obwohl der König mir deutlich erklärte, dass ich völlig freie Wahl haben sollte, ließ ich mich nicht bewegen. Schließlich hörte er auf, mich damit zu behelligen. Aber nicht so die übrigen Wilden. Kaum ein Tag verging, ohne dass sie mich mit ihren Bitten quälten, bis mir das Leben vergällt war; alle Freuden, die ich bisher genossen, verloren ihren Reiz für mich, und mein Wunsch, aus dem Tal zu entfliehen, wurde noch einmal so heftig.

Ich erfuhr damals etwas, was meine Furcht vermehrte. Die Tätowierung stand mit ihrer Religion im Zusammenhang; sie wollten mich also zugleich bekehren.

Bei der Verschönerung der Häuptlinge werden die Linien aufs sorgfältigste gezogen; während manche der geringeren Eingeborenen so aussahen, als ob man sie einfach angestrichen hätte. Ich erinnere mich eines Kerls, der äußerst stolz auf einen großen rechteckigen Fleck am oberen Teil seines Rückens war und so aussah, als ob er ein spanisches Fliegenpflaster zwischen den Schultern trüge. Ein anderer, dem ich oft begegnete, hatte sich in die Augenhöhlen regelmäßige dunkle Vierecke tätowieren lassen, und da er besonders glänzende Augen hatte, so funkelten sie aus dieser Einfassung hervor wie Diamanten, die in Ebenholz gefasst sind.

Aber obwohl ich begriffen hatte, dass die Tätowierung ein religiöser Gebrauch war, gelang es mir doch nie, den Zusammenhang zu erkennen, in dem sie mit dem abergläubischen Götzendienst des Volkes stand. So wie das weit bedeutungsvollere Tabu, ist mir auch dies unerklärt geblieben.

Die religiösen Einrichtungen auf den meisten Inseln Polynesiens sind einander auffallend ähnlich, ja beinahe die gleichen, und überall findet man das geheimnisvolle Tabu in größerem oder geringerem Maß. Das Ganze ist so seltsam und kompliziert, dass ich wiederholt Leute getroffen habe, die Jahre auf den Südseeinseln gelebt hatten, eine beträchtliche Kenntnis der Sprache besaßen und doch die Wirkungen des Tabu nie in befriedigender Weise erklären konnten. Im Typee-Tal fühlte ich täglich seine allbeherrschende Macht, ohne sie doch jemals begreifen zu können. Seine Wirkungen zeigten sich überall, bei den wichtigsten wie bei den unbedeutendsten Handlungen und Ereignissen. Der Wilde beobachtet die Gebote des Tabu stets und aufs strengste, sie leiten und beherrschen all sein Tun.

Durch mehrere Tage nach meiner Ankunft im Tal hatte ich mindestens fünfzigmal innerhalb von vierundzwanzig Stunden das Rätselwort »Tabu« mir in die Ohren schreien lassen müssen, weil ich mich ahnungslos irgendeiner groben

Verletzung seiner Vorschriften schuldig gemacht hatte. Am Tage nach unserer Ankunft hatte ich Toby über den Kopf eines Eingeborenen hin, der zwischen uns saß, etwas Tabak gereicht. Der Mann sprang auf, wie von einer Natter gestochen; die ganze Gesellschaft, von gleichem Schauder erfüllt, schrie wie aus einem Munde »Tabu«! Nie wieder ließ ich mir eine ähnliche Ungezogenheit zuschulden kommen, denn solch ein Verhalten war sowohl nach den Regeln der guten Erziehung wie durch die Vorschriften des Tabu verboten. Aber es war keineswegs immer so leicht zu erkennen, womit man dem Geist dieser Einrichtung zuwidergehandelt hatte. Ich wurde viele Male zur Ordnung gerufen, wenn ich so sagen darf, ohne dass ich um mein Leben begriffen hätte, was ich eigentlich getan hatte.

Eines Tages schlenderte ich durch einen abgelegenen Teil des Tales, da hörte ich den musikalischen Ton des Tuchklopfens aus der Nähe und bog in einen Pfad ein, der mich in wenigen Augenblicken zu einem Hause führte, wo etwa ein halbes Dutzend junger Mädchen beim Tapamachen beschäftigt war. Ich hatte schon oft dabei zugesehen und die Rinde auch selbst in all ihren verschiedenen Stadien bearbeitet. Die Mädchen waren diesmal sehr eifrig bei ihrer Arbeit, sie sahen einen Augenblick auf und wechselten ein paar fröhliche Worte mit mir, dann kehrten sie wieder zu ihrer Tätigkeit zurück. Ich sah eine Weile schweigend zu und nahm dann gleichgültig eine Handvoll von dem Faserstoff, der umherlag, auf und begann ihn in Gedanken zu zerzupfen, da hörte ich plötzlich einen Schrei, als ob ein ganzes Mädchenpensionat hysterisch geworden wäre. Ich dachte schon, eine Schar Happar-Krieger sei im Anzug, um einen neuen Raub der Sabinerinnen in Szene zu setzen, aber ich sah nur die Mädchen, die von ihrer Arbeit aufgesprungen waren und mit weit aufgerissenen Augen und wogender Brust vor mir standen und entsetzt mit den Fingern auf mich wiesen.

Ich dachte, ein giftiges Tier müsse in der Rinde verborgen sein, die ich in der Hand hielt, und begann sie vorsichtig zu untersuchen. Die Mädchen verdoppelten ihr Geschrei; nun wirklich besorgt, warf ich das Stück Tapa, weg und wollte aus dem Hause stürzen – im Augenblick hörte auch ihr Geschrei auf und eine fasste mich beim Arm, zeigte auf die zerrissenen Fasern, die ich eben weggeworfen hatte, und schrie mir das verhängnisvolle Wort »Tabu!« in die Ohren.

Ich bekam später heraus, dass der Stoff, mit dem sie beschäftigt waren, von besonderer Art und dazu bestimmt war, von den Frauen auf den Köpfen getragen zu werden, diese Art Tapa war im ganzen Verlauf der Zubereitung durch ein Tabu geschützt, das dem männlichen Geschlecht die Berührung verbot.

Oft, wenn ich durch die Haine schritt, sah ich Brotfrucht- und Kokosnussbäume, um deren Stamm ein Blätterkranz in besonderer Form gewunden war. Dies war das Tabu-Zeichen. Die Bäume, ihre Früchte, ja selbst der Schatten, den sie auf den Boden warfen, war gefeit. Eine Pfeife, die der König mir geschenkt hatte, war auf dieselbe Weise geheiligt, und nie konnte ich einen Eingeborenen dazu bringen, aus ihr zu rauchen. Der Kopf war von einem geflochtenen Grasband umgeben.

Einmal flocht Mehivi mit seiner eigenen königlichen Hand ein ähnliches Abzeichen um mein Handgelenk und erklärte mich, als er fertig war, für »Tabu«. Dies geschah, kurz nach Tobys Verschwinden; und hätten mich die Eingeborenen nicht vom ersten Augenblick an, in dem ich das Tal betrat, mit immer gleicher Freundlichkeit behandelt, ich hätte ihr späteres Verhalten auf diese Heiligung zurückgeführt. All die launisch scheinenden Wirkungen des Tabu aufzuzählen, wäre unmöglich. Schwarze Schweine, Kinder bis zu einem gewissen Alter, Frauen in anderen Umständen, junge Männer, während ihre Gesichter tätowiert werden, gewisse Teile des Tales, während ein Regenschauer niedergeht, werden alle mit einem schützenden »Tabu« umgeben.

Ein auffälliges Beispiel seiner Wirksamkeit erlebte ich in der Bucht von Teior, in der ich wenige Tage, bevor ich das Schiff verließ, gewesen war. Unser würdiger Kapitän war mit uns. Er war ein leidenschaftlicher Jäger. Von dem Augenblick an, in dem wir auf der Höhe von Kap Horn angelangt waren, saß er auf dem Heck, und der Steward musste drei oder vier alte Vogelflinten immer wieder für ihn laden, mit denen er Albatrosse, Kaptauben, Seeraben, Sturmschwalben und andere Seevögel herunterschoss, die kreischend in unserem Kielwasser folgten. Die Mannschaft war starr über diese Roheit, und alle waren überzeugt, dass das gottlose Gemetzel, das er unter den friedlichen Vögeln anrichtete, schuld daran war, dass wir vierzig Tage nicht von dem schrecklichen Vorgebirge loskamen.

In Teior kümmerte er sich ebenso wenig um die religiösen Vorurteile der Eingeborenen, wie vorher um den Aberglauben der Seeleute. Er hatte gehört, dass es im Tal zahlreiches Geflügel gab, Nachkommen einiger Hähne und Hennen, die ein englisches Schiff zufällig hiergelassen und die, da ein strenges »Tabu« sie schützte, nahezu wild lebten; und er beschloss, ihnen den Garaus zu machen. Er versah sich also mit einer Büchse, und das erste, was er beim Landen tat, war, dass er einen Hahn herunterschoss, der auf einem Baumast am Strand saß und krähte. »Tabu!«, schrien die entsetzten Wilden. »Der Henker hole euer Tabu!«, sagte der Seesportsmann. »Mir könnt ihr lange von Tabu reden!« Peng! krachte die Büchse und ein zweites Huhn fiel. Von Schreck erfüllt über die ungeheuerliche Tat, liefen die Eingeborenen davon.

Den ganzen Nachmittag hallten die Felsenwände des Tales vom Krachen seiner Büchse wider, und das herrliche Gefieder manches wunderschönen Vogels wurde von den Kugeln zerfetzt. Wäre nicht gerade der französische Admiral mit zahl-

reichem Gefolge in der Schlucht gewesen, die Eingeborenen
würden, obgleich es ein kleiner und entmutigter Stamm war,
an dem Mann, der so ihre heiligsten Gebräuche verletzte,
schnelle Rache genommen haben, immerhin ließen sie es ihn
gründlich büßen.

Durstig von der Jagd lenkte der Schiffer seine Schritte zum
Fluss, aber die Wilden, die ihm in einiger Entfernung gefolgt
waren, erkannten, was er vorhatte, stürzten auf ihn los und
trieben ihn vom Ufer weg: seine Lippen würden das Wasser
entheiligt und untrinkbar gemacht haben. Müde wollte er
ein Haus betreten, um sich auf den Matten auszuruhen; die
Bewohner sammelten sich am Eingang und verwehrten es
ihm. Erst bat er, dann wurde er grob – beides war vergeblich;
die Eingeborenen ließen sich weder einschüchtern noch ver-
söhnen; es blieb ihm nichts übrig, als die Bootsmannschaft
zusammenzurufen und abzufahren. An einem so niederträchtigen Ort sei er noch nie gewesen, sagte er. Es war ein Glück
für ihn und für uns, dass die erbitterten Wilden uns bei der
Abfahrt nicht einen Schauer von Steinen nachschleuderten.
Nur wenige Wochen vorher waren auf der benachbarten Insel
Ropo um eines ganz ähnlichen Vergehens willen der Schiffer
und drei von der Mannschaft der »K…« getötet worden.

Es ist mir nie gelungen, zu erfahren, wer eigentlich das
Tabu verhängt. Wenn ich die geringen Standesunterschiede
unter den Eingeborenen, die sehr beschränkten und unbe-
trächtlichen Vorrechte der Könige und Häuptlinge, die ungewisse Stellung der Priester bedenke, die zumeist von den
anderen kaum zu unterscheiden waren, so frage ich mich, wer
die Autorität haben konnte, über ein solches Machtmittel zu
bestimmen. Heute wird ein Ding für »Tabu« erklärt, und
morgen wird das Verbot zurückgenommen; in anderen Fällen
währt es ewig. Manchmal betrifft es ein einzelnes Individuum, manchmal eine Familie, manchmal einen ganzen Stamm.
In seltenen Fällen erstreckt es sich sogar auf die Einwohner

einer ganzen Gruppe. Solch ein umfassendes Tabu war es, das Frauen das Betreten eines Kanus verbot und das auf allen nördlichen Marquesas galt.

Auch, das Wort »Tabu« selbst wird in verschiedenem Sinn gebraucht. Die Eltern sagen es zu ihren Kindern, wenn sie ihnen irgendetwas verbieten. Alles, was den Anschauungen oder der Sitte der Eingeborenen widerspricht, auch wenn es nicht ausdrücklich verboten ist, wird »Tabu« genannt.

Die Sprache der Typee ist sehr schwer zu lernen. Sie ist den anderen polynesischen Dialekten ähnlich, die alle den gleichen Ursprung haben müssen. Ein charakteristischer Zug ist die Reduplikation der Worte wie »Lumi-Lumi«, »Poï-Poï«, »Moï-Moï«. Viel lästiger ist, dass dasselbe Wort in ganz verschiedenem Sinn gebraucht wird, wenn auch die einzelnen Bedeutungen in einem gewissen Zusammenhang stehen, was das Verständnis nur noch mehr erschwert. Zum Beispiel drückt die gleiche Verbindung von Silben die Gedanken »Schlaf«, »Ruhe«, »Liegen«, »Sitzen«, »Lehnen« und noch eine Menge ähnlicher Dinge aus, und was in dem besonderen Fall gemeint ist, wird wesentlich durch verschiedene Gebärden oder den Gesichtsausdruck kenntlich gemacht.

Dreißigstes Kapitel

Ich erwähne noch einige bemerkenswerte Züge, die ich bei den Typees beobachtete, so wie sie mir der Reihe nach einfallen.

Im Hause des alten Marheyo konnte ich eine seltsame Sitte beobachten, die mich oft in Erstaunen setzte. Jede Nacht, ehe sie sich schlafen legten, versammelten sich die Einwohner des Hauses auf den Matten, und mit gekreuzten Beinen sitzend, wie es allgemeiner Brauch auf den Inseln ist, begannen sie einen leisen, eintönigen, trübseligen Singsang und begleiteten ihn mit einer Art Instrumentalmusik – wenn man das so nennen kann –, indem jede Person ein paar halbverfaulte Stöcke in der Hand hielt und sie langsam aneinanderschlug. Das dauerte ein bis zwei Stunden, und manchmal noch länger. Ich lag im Dunkeln am anderen Ende des Hauses, und in dem Flackerlicht der Armornussfackeln sah ich die wilden Gesichter sich von dem düsteren Hintergrund abheben. Es war kein erfreuliches Schauspiel; manchmal schlummerte ich ein und erwachte plötzlich wieder und hörte sie noch immer ihr Klagelied leiern, sah die wild aussehenden, so seltsam beschäftigten Menschen mit ihren nackten tätowierten Gliedern und geschorenen Köpfen im Kreise sitzen, und mir war, als blickte ich auf eine Schar böser Geister, die irgendeine schauerliche Beschwörung vornahmen.

Was der Sinn oder der Zweck dieses Brauches war, ob sie es nur der Unterhaltung wegen taten, ob es eine Andachtsübung, eine Art Familiengebet war, habe ich nie herausbekommen. Die Töne waren die allerseltsamsten; und wenn ich nicht dabei gewesen wäre, ich hätte nie geglaubt, dass menschliche Wesen ein so sonderbares Geräusch hervorbringen können.

Man schreibt den Wilden im allgemeinen Kehllaute zu. Dies ist aber nicht immer der Fall, besonders bei den Bewohnern des polynesischen Archipels. Die Typee-Mädchen sprechen in der Regel mit den Lippen; sie verlängern die letzte Silbe jedes Satzes zu einem wohlklingenden Singsang, und manche Worte zirpen sie geradezu wie die Vögel, und es klingt entzückend. Die Sprache der Männer ist nicht ganz so lieblich, und sie verfallen, wenn sie aufgeregt sind, in eine Art Sprechparoxysmus, bei dem sie alle möglichen rauen Töne mit einer Gewalt und Schnelligkeit hervorstoßen, dass es geradezu erstaunlich ist.

Obschon diese Wilden sehr gerne Töne vor sich hinleiern, scheinen sie vom wirklichen Singen, wenigstens von dem, was andere Völker darunter verstehen, keine Ahnung zu haben.

Ich werde nie vergessen, wie ich das erste Mal in Mehivis Gegenwart die Strophe eines Liedes hinausschmetterte. Es war eine Strophe aus dem »Bayerischen Besenhändler«. Seine Majestät und der ganze Hof starrten mich erstaunt an, als hätte ich plötzlich eine übernatürliche Fähigkeit gezeigt, die der Himmel ihnen versagt hatte. Dem König gefielen die Verse, aber der Refrain setzte ihn geradezu in Verzückung. Auf seine Bitte sang ich ihn immer wieder, und nichts war komischer als seine vergeblichen Versuche, Melodie und Worte nachzusingen. Er machte die sonderbarsten Versuche, verzog sein ganzes Gesicht gegen die Nasenspitze, dennoch gelang es ihm nicht, er gab den Versuch schließlich auf und tröstete sich damit, dass er mich das Lied etwa fünfzigmal vorsingen ließ.

Bis dahin hatte ich nie geahnt, dass ich etwas von einer Nachtigall hatte; nun aber wurde ich zum Hofsänger ernannt und musste in dieser Eigenschaft fast fortwährend Dienst tun.

Die Typees haben außer jenen Stöcken und den Trommeln keinerlei musikalische Instrumente, ausgenommen eines, das man eine Nasenflöte nennen könnte. Es ist etwas länger als eine gewöhnliche Querpfeife, wird aus einem wunderschönen scharlachfarbenen Rohr geschnitten, hat vier oder fünf Löcher und eine große Öffnung nahe an dem einen Ende, die unter das linke Nasenloch gehalten wird. Das andere Nasenloch wird durch eine besondere Muskelbewegung geschlossen, der Atem ins Rohr geblasen, und es entsteht ein leiser süßer Ton, der dadurch variiert wird, dass die Finger beliebig über die Öffnungen gleiten. Besonders die Frauen unterhalten sich gerne damit, und Fayaweh spielte es sehr gut. So sonderbar dieses Instrument scheinen mag, in Fayawehs zarten kleinen Händen sah es reizend aus.

Nicht nur durch meinen Gesang vermochte ich Mehivi und seine leicht befriedigten Untertanen zu unterhalten: es war für sie ein hohes Vergnügen, wenn ich die Stellungen eines Boxkämpfers annahm. Da keiner der Eingeborenen die Courage hatte, sich mir zu stellen wie ein Mann, und mich auf ihn loshämmern zu lassen, musste ich mit einem eingebildeten Gegner kämpfen, den ich am Schlusse stets überlegen zur Strecke brachte. Manchmal, wenn der verprügelte Schatten sich eilends auf eine Gruppe der Wilden zurückzog und ich bei der Verfolgung unter sie stürzte und nach rechts und links Hiebe austeilte, liefen sie nach allen Richtungen davon, was Mehivi, die Häuptlinge und sie selbst nicht wenig belustigte.

Sie schienen die edle Kunst der Selbstverteidigung als eine besondere Gabe des weißen Mannes anzusehen und zeigten keine Lust, sie zu lernen.

Eines Tages war ich mit Kory-Kory zum Fluss gegangen, als ich ein Weib auf einem Felsen mitten in der Strömung sitzen sah, die irgendein Geschöpf mit lebhaftem Interesse beobachtete, das im Wasser spielte und das ich zuerst für eine ungewöhnlich große Froschart hielt. Als ich auf die Stelle zu watete, traute ich meinen Augen nicht, als ich ein kleines Kind, das unmöglich mehr als einige Tage alt sein konnte, im

Wasser herumpaddeln sah, als wäre es darin geboren. Manchmal, wenn das kleine Wesen einen schwachen Laut von sich gab, seine winzigen Gliederchen streckte und dem Felsen zuschwamm, streckte die entzückte Mutter die Hand aus, holte es aus dem Wasser und schloss es an die Brust. Dies geschah wieder und wieder, und jedes Mal blieb das Baby etwa eine Minute lang im Wasser. Ein- oder zweimal schnitt es Gesichter, wenn es einen Mundvoll Wasser schluckte, und spuckte und hustete, als müsste es ersticken. Dann fing die Mutter es sogleich auf und zwang es, das Wasser wieder auszuspeien. Durch Wochen hindurch beobachtete ich die Frau, wie sie regelmäßig jeden Tag ihr Kind zum Flusse brachte, in der Morgenkühle und wieder am Abend, und es baden ließ. Kein Wunder, dass die Südseeinsulaner eine so amphibische Rasse sind, wenn sie ins Wasser gesetzt werden, sowie sie das Licht der Welt erblickt haben. Ich weiß jetzt, dass der Mensch von Natur aus ebenso schwimmt wie eine Ente. Und dennoch, wie viel kräftige Leute sterben bei uns infolge der sinnlosesten Unfälle, wie junge Katzen, die man ersäuft.

Die langen, üppigen, dunkelglänzenden Flechten der Typee-Damen erregten gar oft meine Bewunderung. Reiches, schönes Haar ist der Stolz und die Freude jeden Weibes. Ob es, gegen den Willen der Vorsehung, oben auf dem Kopf zusammengelegt und aufgebunden, ob es mit Kämmen und Nadeln aufgetürmt oder in glatten Flechten niedergestrichen wird, ob es in natürlichen Locken über die Schultern fallen darf, immer ist es der Stolz der Besitzerin und ihr höchster Schmuck.

Die Typee-Mädchen verbringen einen guten Teil ihrer Zeit mit der Pflege ihres Haares und ihrer üppigen Locken. Nach dem Baden – und sie baden oft fünf- und sechsmal am Tag – wird das Haar sorgfältig getrocknet, und wenn sie im Meer gebadet haben, jedes Mal in Süßwasser gewaschen und mit einem duftenden Öl gesalbt, das aus der Kokosnuss gewonnen wird.

Der Prozess ist sehr einfach. Ein großes Holzgefäß mit durchlöchertem Boden wird mit dem gestoßenen Fleisch der Nuss gefüllt und der Sonne ausgesetzt. Die ölige Masse wird ausgeschwitzt und tropft durch die Löcher in eine Kalebasse mit weiter Öffnung, die sich unter dem Holzgefäß befindet. Wenn sich genug Öl angesammelt hat, wird es gereinigt und dann in die kleinen kugligen Schalen der Nüsse des Omoobaumes geschüttet, die man vorher ausgehöhlt hat. Die Nüsse werden dann mit einem Gummiharz luftdicht verschlossen, und der Duft ihrer grünen Schale verleiht dem Öl einen entzückenden Geruch. Nach ein paar Wochen wird die äußere Schale der Nüsse trocken und hart, und ihre Farbe ein schönes Rosa. Wenn man sie dann öffnet, findet man sie zu zwei Dritteln mit einer hellgelben Salbe gefüllt, die den süßesten Duft ausstreut. Die elegante kleine wohlriechende Kugel würde auf dem Toilettentisch einer Königin nicht schlecht stehen. Auf das Haar hat das Präparat jedenfalls den wohltätigsten Einfluss. Es macht es seidenzart und gibt ihm einen herrlichen Glanz.

Einunddreißigstes Kapitel

Seit meiner zufälligen Begegnung mit Karky, dem Künstler, lebte ich ein elendes Leben. Kein Tag verging, an dem die Eingeborenen mich nicht mit ihren Bitten gequält hätten, ich möchte mich doch tätowieren lassen. Ihre Zudringlichkeit machte mich fast rasend, weil ich wusste, wie leicht sie ihren Willen und was sie etwa sonst noch gelüstete, gewaltsam durchsetzen konnten. Aber noch immer war ihr Benehmen gegen mich so freundlich wie je. Fayaweh war ebenso liebenswürdig, Kory-Kory immer gleich hilfreich, und Mehivi, der König, ebenso gnädig und herablassend wie zuvor. Aber ich war nunmehr, meiner Schätzung nach, etwa drei Monate in ihrem Tal; ich kannte jeden Winkel des engen Gebiets, auf dem mir umherzugehen gestattet war, und ich begann meine Gefangenschaft bitter zu empfinden. Es gab niemanden, mit dem ich frei sprechen, niemanden, dem ich meine Gedanken mitteilen konnte, der für das, was ich litt, Mitgefühl empfunden hätte. Tausendmal bedachte ich, wieviel erträglicher mein Los gewesen wäre, wenn Toby bei mir geblieben wäre. So war ich allein, und es war schrecklich. Aber trotz meiner Kümmernis tat ich mein möglichstes, um ruhig und fröhlich zu erscheinen, denn ich hätte mir nur selbst den Weg verbaut, wenn ich Unruhe gezeigt oder den Wunsch wegzukommen irgendwie verraten hätte.

Ich war in dieser unglücklichen Stimmung, als die schmerzliche Krankheit, unter der ich so lange gelitten hatte, und die fast ganz geschwunden war, wieder aufzutreten begann, und mit ebenso heftigen Symptomen wie zuvor. Dieses neue Unglück brachte mich zur Verzweiflung; der Rückfall bewies, dass ich ohne eine gründliche Behandlung nicht auf endgültige Heilung hoffen konnte; und der Gedanke, dass gleich hinter den Höhen, die mich umschlossen, die ärztliche Hilfe, die ich brauchte, zu finden war, und ich, trotz ihrer Nähe, sie mir nicht verschaffen konnte, machte mich ganz elend.

In diesem jammervollen Zustand vermehrte jedes Ereignis, das die Wildheit der Menschen verriet, in deren Händen ich war, meine Furcht. Ein Vorfall, der sich zu dieser Zeit ereignete, machte mir den tiefsten Eindruck.

Ich habe bereits erzählt, dass an der Dachstange in Marheyos Haus eine Anzahl in Tapa gewickelter Bündel hing. Viele davon hatte ich in den Händen der Eingeborenen gesehen, und sie waren oft in meiner Gegenwart geöffnet worden. Aber in der Nähe der Stelle, wo ich lag, hingen drei Bündel, die durch ihr seltsames Aussehen oft meine Neugier gereizt hatten. Mehrmals hatte ich Kory-Kory gebeten, mir zu zeigen, was darin war; aber mein Diener, der sonst meine kleinsten Wünsche erfüllte, weigerte sich stets, dies zu tun.

Eines Tages kam ich unerwartet vom Tai zurück, und meine Ankunft schien die Hausbewohner in die größte Verwirrung zu stürzen. Sie saßen zusammen auf den Matten, und an den Schnüren, die vom Dach auf den Boden herabhingen, erkannte ich sogleich, dass die geheimnisvollen Pakete aus irgendeinem Grunde geöffnet und nachgesehen, wurden. Die sichtliche Sorge der Wilden ließ mich Böses ahnen, und ich wollte das so eifersüchtig gehütete Geheimnis erfahren. Wie sehr Marheyo und Kory-Kory mich zurückzuhalten suchten, ich drängte mich in den Kreis und konnte gerade noch einen Blick auf drei menschliche Köpfe werfen, die die anderen mit größter Eile wieder in die Blätter wickelten, aus denen sie sie genommen hatten.

Einen davon hatte ich ganz deutlich gesehen. Er war vollkommen gut erhalten, und nach dem flüchtigen Blick, den ich darauf geworfen, schloss ich, dass er irgendeinem Räucherungsprozess unterzogen worden war, durch den er ein trockenes, hartes, mumienhaftes Aussehen erhalten hatte. Die zwei langen Skalplocken waren auf dem kahlen Schädel zu Kugeln geflochten, so wie der Krieger sie im Leben getragen hatte. Die eingesunkenen Wangen sahen dadurch noch grässlicher aus, dass die blanken Zähne zwischen den geöffneten Lippen zu sehen waren; die Augenhöhlen waren mit eiförmigen Perlmutterstücken, in deren Mitte ein schwarzer Punkt saß, ausgefüllt, was die Scheußlichkeit des Anblicks noch erhöhte.

Zwei von den dreien waren Köpfe von Eingeborenen; aber mit Schauder hatte ich erkannt, dass der dritte der eines Weißen war. Wie rasch man ihn entfernt hatte, der eine Blick hatte genügt, um jeden Irrtum auszuschalten.

Die fürchterlichsten Gedanken erfüllten meinen Geist. Vielleicht hatte ich beim Lösen dieses Rätsels zugleich ein anderes gelöst: vielleicht hatte der entsetzliche Anblick, der sich mir eben geboten, mir das Schicksal meines verlorenen Kameraden verraten! Am liebsten hätte ich die Tuchstreifen heruntergerissen und die entsetzlichen Zweifel, die mich quälten, augenblicklich gelöst. Aber ehe ich mich noch von meiner Bestürzung erholt hatte, waren die verhängnisvollen Pakete schon emporgezogen und schaukelten mir wieder zu Häupten. Die Eingeborenen aber umdrängten mich lärmend und suchten mich davon zu überzeugen, dass das, was ich gesehen, die Köpfe von drei in der Schlacht gefallenen Happar-Kriegern gewesen. Diese offenbare Lüge vermehrte meine Besorgnis, und ich wurde nicht eher wieder ruhig, als bis ich mich daran erinnerte, dass ich die drei Pakete ja schon vor Tobys Verschwinden dort oben hatte schaukeln sehen.

Aber obschon die schlimmste Angst damit beseitigt war, so hatte ich doch genug gesehen, um in der Gemütsstimmung, in der ich war, mir die bittersten Gedanken zu machen. Jedenfalls waren es die Überbleibsel irgendeines Unglücklichen, der bei einem jener gefährlichen Versuche, an der Küste Handel zu treiben, erschlagen worden war.

Es war nicht nur die Ermordung des Fremden, die mich so düster stimmte; ich schauderte vor allem bei dem Gedanken, welches Schicksal der Leichnam erfahren haben mochte. Stand mir das gleiche bevor? War ich bestimmt, wie er, umzukommen, vielleicht, wie er, gefressen zu werden, und sollte mein Kopf einst als fürchterliches Andenken in einer Hülle hängen? Meine Phantasie verlor sich in die schauerlichsten Vorstellungen, und ich war ganz überzeugt, dass ich dem schlimmsten Geschick entgegenging. Aber was ich auch argwöhnen mochte, ich verbarg meinen Verdacht sorgfältig vor den Eingeborenen und ließ sie auch nicht ahnen, was ich alles entdeckt hatte.

Obschon die wiederholten Versicherungen der Typees, dass sie niemals Menschenfleisch aßen, mich nicht überzeugt hatten, so war ich doch so lange im Tal gewesen, ohne irgendetwas wahrzunehmen, was darauf hingewiesen hätte, dass ich bereits dachte, es komme nur äußerst selten vor, und mir jedenfalls würde es erspart werden, während meines Aufenthaltes Zeuge des schauerlichen Gebrauches zu sein; aber ach, auch diese Hoffnung wurde enttäuscht!

Merkwürdigerweise findet sich in all unseren Berichten von Kannibalenstämmen nur sehr selten die Bestätigung eines Augenzeugen, der bei dem widerwärtigen Vorgang selbst zugegen war. Die europäischen Berichte, die darauf schließen ließen, waren fast immer Berichte aus zweiter Hand; oder die Wilden selbst gaben es zu, nachdem sie bis zu einem gewissen Grade zivilisiert waren. Die Polynesier wissen, wie sehr die Europäer den Gebrauch verabscheuen; daher leugnen sie stets, dass er besteht, und mit der ganzen Schlauheit der Wilden bemühen sie sich, jede Spur davon zu verbergen.

Etwa eine Woche, nachdem ich den Inhalt der geheimnisvollen Pakete entdeckt hatte, war ich, wie so oft, im Tai, als eben wieder Kriegslärm ertönte und die Eingeborenen zu den Waffen griffen und hinausstürzten, um einen neuerlichen Einfall der Happar-Krieger abzuwehren. Alles spielte sich ab wie beim ersten Mal, nur dass ich diesmal mindestens fünfzehn Gewehrschüsse aus den Bergen hörte. Ein oder zwei Stunden später tönten laute Triumphgesänge durch das Tal und verkündeten das Herannahen der Sieger. Ich stand mit Kory-Kory über das Geländer des Pai-Pai gelehnt und erwartete ihre Ankunft, als die lärmende Menge stürmisch und mit wildem Geschrei sich aus den nächsten Hainen ergoss. In ihrer Mitte schritten vier Männer in einem regelmäßigen Abstand von acht bis zehn Fuß hintereinander, die auf ihren Schultern Stangen von gleicher Länge trugen. An den Stangen waren mit Rindenschnur drei lange schmale Bündel befestigt. Sie waren sorgfältig in große, frisch gepflückte Palmblätter gewickelt, die mit Bambussplittern wie mit Stecknadeln zusammengehalten waren. Auf dieser grünen Umhüllung sah ich Blutflecken, und auch die Krieger, die die schreckliche Last trugen, waren mit Blut befleckt. Das geschorene Haupt des vordersten wies eine tiefe Wunde auf, die mit geronnenem und getrocknetem Blut verklebt war. Er schien der Last zu erliegen; die glänzende Tätowierung auf seinem Leibe war mit Staub und Blut bedeckt; seine entzündeten Augen rollten in ihren Höhlen, man sah ihm die schrecklichsten Schmerzen und die furchtbare Anstrengung an; dennoch schritt er mit mächtigem Willen weiter, während die Menge ihn mit ihren Zurufen anfeuerte. Die drei anderen Männer trugen an Arm und Brust leichtere Wunden, die sie prahlerisch zeigten.

Die vier waren die tapfersten im Treffen gewesen und beanspruchten dafür die Ehre, die Körper ihrer erschlagenen Feinde nach dem Tai tragen zu dürfen. Ich schloss dies teils aus meinen Beobachtungen, teils aus den Erklärungen Kory-Korys, soweit ich sie verstehen konnte.

An der Seite der Helden schritt Mehivi. In einer Hand trug er eine Muskete, an deren Rohr eine kleine Segeltuchtasche mit Schießpulver hing, in der anderen einen kurzen Wurfspieß, den er mit wildem Triumph betrachtete. Er hatte ihn einem berühmten Happar-Krieger entrissen, der schimpflich die Flucht ergriffen hatte und von den Siegern bis jenseits des Kammes verfolgt worden war.

Sie waren schon nahe beim Tai, als der Krieger mit der Kopfwunde, in dem ich jetzt Narmonih erkannte, zu taumeln begann und nach zwei oder drei unsicheren Schritten zu Boden sank, aber nicht, ehe ein anderer das Ende der Stange erfasst und auf die Schulter genommen hatte. Die aufgeregte Menge, die den König und die feindlichen Leichen umgab, kam immer näher; sie schwangen ihre Waffen, von denen viele zerbrochen und schartig waren, und stießen ein unaufhörliches Triumphgeschrei aus. Jetzt stellten sie sich dem Tai gegenüber auf; ich beobachtete alles, was sie taten, mit größter Aufmerksamkeit; da, als sie stillestanden, berührte mein Diener, der mich einen Augenblick verlassen hatte, meinen Arm und schlug mir vor, nach Hause zurückzukehren. Ich wollte nicht; aber zu meinem Erstaunen wiederholte Kory-Kory seine Bitte, und das mit ungewöhnlicher Heftigkeit. Ich weigerte mich noch immer und entzog mich ihm, als er mich drängte, da fühlte ich eine schwere Hand auf meiner Schulter; ich wendete mich um und erkannte die massige Gestalt Moh-Mohs, des einäugigen Häuptlings, der eben von rückwärts das Pai-Pai bestiegen hatte.

Seine Wange war von einer Speerspitze durchbohrt, und die Wunde gab seinem scheußlich tätowierten Gesicht, das bereits durch den Verlust des einen Auges entstellt war, ein noch schrecklicheres Aussehen. Ohne eine Silbe zu sprechen, zeigte er wild nach der Richtung, in der Marheyos Haus lag, während Kory-Kory sich bückte und mich bat, auf seinen Rücken zu steigen.

Dies lehnte ich ab, zog mich aber natürlich zurück und verließ langsam den Vorplatz, ohne zu begreifen, was die Ursache der ungewöhnlichen Behandlung sein könnte. Aber ich begriff sogleich, dass die Wilden irgendeine scheußliche Feier vorhatten, bei der ich nicht zugegen sein sollte. Ich stieg vom Pai-Pai herab; und es fiel mir auf, dass Kory-Kory, der sonst stets tiefes Mitleid für meine Lahmheit zeigte, heute mich zur Eile trieb. Als ich durch die lärmende Menge schritt, die jetzt den Tai vollständig umgab, sah ich mit ängstlicher Neugier nach den drei Bündeln, die man auf dem Boden niedergelegt hatte; die dichte Blätterhülle ließ keine menschliche Gestalt erkennen. Dennoch war ich nicht im Zweifel über ihren Inhalt.

Am nächsten Morgen, kurz nach Sonnenaufgang, dröhnten die gleichen Töne durch das Tal, die mich am zweiten Tag des Kalebassen-Festes aus dem Schlaf geweckt hatten. Ich wusste somit, dass die Wilden wieder ein Fest feierten, und ich war überzeugt, dass es diesmal ein schauerliches Fest war. Alle Insassen des Hauses, mit Ausnahme Marheyos, seines Sohnes und Teinors, hatten sich aufs Beste herausgeputzt und verließen es in der Richtung nach den Tabu-Hainen.

Um zu ergründen, ob mein Verdacht auf Wahrheit beruhte, schlug ich Kory-Kory vor, wie gewöhnlich nach dem Tai zu gehen: er weigerte sich, und als ich meine Bitte wiederholte, sah ich, dass es aussichtslos war. Um mich abzulenken, bot er mir an, mich an den Fluss zu begleiten. Dahin gingen wir auch und badeten. Als wir ins Haus zurückkehrten, sah ich zu meiner Überraschung, dass alle zurückgekehrt waren und wie gewöhnlich auf den Matten umherlagen, obwohl die Pauken noch immer aus den Hainen dröhnten.

Den Rest des Tages verbrachte ich mit Kory-Kory und Fayaweh; wir gingen in einem anderen Teil des Tales umher, und sooft ich nur nach der Gegend blickte, in der der Tai lag, den ich hinter den Bäumen gar nicht sehen konnte, umso mehr als die Entfernung über eine Meile betrug, rief mein Diener: »Tabu, Tabu.«

In den Häusern, die wir besuchten, fand ich viele der Bewohner ruhig liegen oder irgendwie beschäftigt, als ob nichts Ungewöhnliches vor sich ginge; aber nirgend sah ich einen einzigen Häuptling oder Krieger. Wenn ich die Leute fragte, warum sie nicht bei dem Hulah-Hulah-Fest wären, so erhielt ich immer nur eine Antwort, die bedeutete, dass es kein Fest für sie wäre, sondern für Mehivi, Narmonih, Moh-Moh, Kolory, Womonu, Kalau, das heißt, sie zählten die Namen der bedeutendsten Häuptlinge auf.

Dies alles bestätigte meinen Argwohn, und ich konnte an der Natur des Festes, das sie feierten, kaum mehr zweifeln. In Nuku Hiva hatte ich oft gehört, dass an Gelagen mit Menschenfleisch niemals der ganze Stamm, sondern nur die Häuptlinge und Priester teilnähmen, und was ich jetzt sah, stimmte damit durchaus überein.

Den ganzen Tag hindurch tönten die riesigen Trommeln, und ihr unaufhörliches Dröhnen erregte in mir eine Empfindung grässlichen Abscheus, der sich nicht beschreiben lässt. Da ich am folgenden Tag den Lärm, der die Schmauserei begleitete, nicht mehr hörte, so schloss ich, dass das unmenschliche Festmahl zu Ende sein musste; eine Art krankhafter Neugier trieb mich, nachzusehen, ob ich am Tai nicht Spuren von dem, was dort geschehen war, entdecken könnte, und ich schlug Kory-Kory vor, hinzugehen. Er aber wies mit dem Finger nach der eben aufgegangenen Sonne und dann zum Zenith empor und deutete mir damit an, dass wir den Besuch bis zum Mittag verschieben müssten. Als wir dann nach den Tabu-Hainen gingen, sah ich mich ängstlich um, um die Spuren zu sehen, aber ich fand alles in seinem gewöhnlichen Zustand. Im Tai lagen Mehivi und einige Häuptlinge auf den Matten und empfingen mich so freundlich wie sonst. Sie machten keinerlei Anspielungen auf die letzten Ereignisse, und ich hütete mich aus begreiflichen Gründen, darauf zurückzukommen.

Ich blieb nur eine kurze Zeit und nahm dann Abschied. Auf dem Vorplatz, ehe ich über die Stufen vom Pai-Pai hinunterstieg, bemerkte ich ein eigentümlich geschnitztes Holzgefäß von beträchtlicher Größe, das in der Form einem kleinen Kanu glich und mit einem hölzernen Deckel verschlossen war. Es war von einem niederen Bambusgeländer umgeben, das kaum einen Fuß hoch war. Da das Gefäß früher nicht dagewesen war, schloss ich, dass es vom Fest übrig war, und von unwiderstehlicher Neugier getrieben, hob ich im Vorübergehen den Deckel an einem Ende auf, und schon riefen die Häuptlinge, die meine Absicht bemerkten, laut: »Tabu, Tabu!« Aber der eine rasche Blick hatte genügt: meine Augen hatten die unordentlich durcheinanderliegenden Reste eines menschlichen Skeletts gesehen, die Knochen noch feucht und hier und da noch mit Fleischteilen bedeckt.

Kory-Kory, der einige Schritte vor mir ging, wendete sich bei den Rufen der Häuptlinge um und sah noch den Ausdruck des Grauens auf meinem Gesicht. Er eilte herbei, wies auf das Kanu und rief: »Puerkih! Puerkih!« (Schweinefleisch). Ich tat, als glaubte ich ihm und wiederholte die Worte mehrere Male, als sähe ich es ein. Die anderen Wilden, entweder durch mein Verhalten getäuscht oder weil sie ihr Missfallen an einer Sache, die nicht mehr zu ändern war, nicht zeigen wollten, kümmerten sich nicht weiter darum, und ich verließ den Tai.

Aber die ganze Nacht lag ich wach und überdachte meine furchtbare Lage. Die letzte schreckliche Erkenntnis war da. Nirgends sah ich auch nur die geringste Aussicht, wieder aus dem Tal zu entkommen. Der einzige Mensch, der mir helfen zu können schien, war jener Fremde, Marnu; aber ob er jemals wiederkam? Und wenn er kam, würde man mir gestatten, ihn zu sehen? Ich schien von jeder Hoffnung abgeschnitten und es blieb mir nichts übrig, als mich widerstandslos in mein

Schicksal zu ergeben. Immer wieder versuchte ich mir das rätselhafte Verhalten der Eingeborenen zu erklären. Warum in aller Welt hielten sie mich gefangen? Was konnten sie damit bezwecken, dass sie mich dem Anschein nach so freundlich behandelten? Verbarg sich eine verräterische Absicht dahinter? Und wenn sie wirklich nichts anderes im Sinne hatten, als mich gefangen zu halten, wie sollte ich meine Tage in diesem engen Tal verbringen, ohne jeden Verkehr mit kultivierten Geschöpfen, und von meiner Heimat und allen Freunden für immer getrennt?

Es blieb mir nur eine Hoffnung. Es konnte nicht mehr lange dauern, und die Franzosen mussten die Bucht besuchen, und wenn sie Truppen im Tale ließen, dann konnten die Eingeborenen ihnen meine Anwesenheit nicht verborgen halten. Aber dann dachte ich wieder, dass dies ein Ereignis war, das hundert Gründe und Zufälle verzögern konnten – und welchen Grund hatte ich, zu hoffen, dass man mich so lange verschonen würde?

Zweiunddreißigstes Kapitel

»Marnu, Marnu pimih!« Diese willkommenen Töne schlugen etwa zehn Tage nachdem in dem vorhergehenden Kapitel geschilderten Ereignissen an mein Ohr. Wieder wurde die Ankunft des Fremden ausgerufen, und die Nachricht wirkte auf mich wie ein Zauberwort. Ich war bereits glücklich, dass ich wieder mit jemandem in meiner Sprache sprechen konnte, und völlig entschlossen, auf jede Gefahr irgendeinen Plan mit ihm zu verabreden, um mich aus meiner Lage, die mir unerträglich geworden war, zu befreien. Ich war zu jedem noch so verzweifelten Schritt bereit.

Als Marnu näher kam, gedachte ich besorgt des ungünstigen Ausganges, den unsere erste Begegnung genommen hatte, und als er das Haus betrat, beobachtete ich gespannt, wie man ihn empfangen würde. Zu meiner Freude wurde er mit dem lebhaftesten Vergnügen begrüßt; er redete mich auch freundlich an, setzte sich an meine Seite und begann mit den Eingeborenen zu sprechen. Es zeigte sich jedoch bald, dass er heute keine wichtigen Nachrichten brachte. Ich fragte ihn, woher er komme? Er erwiderte, dass er aus Puiarka, seinem Heimattal, komme, und noch am selben Tag dahin zurückzukehren beabsichtige. Sogleich kam mir ein Gedanke: wenn ich nur unter seinem Schutz bis in dieses Tal gelangte, könnte ich von dort Nuku Hiva leicht zu Wasser erreichen. Eine leichte Hoffnung erfüllte mich, ich teilte ihm meinen Plan in wenigen kurzen Worten mit und fragte ihn, wie er am besten auszuführen wäre. Aber er erwiderte in seinem gebrochenen Englisch, er sei überhaupt nicht ausführbar. »Kannaka nicht lassen Sie gehen nirgends«, sagte er, »Sie Tabu. Warum Sie nicht wollen bleiben? Viel Moï-Moï (Schlaf), viel Kai-Kai (Essen), viel Weihini! (junge Mädchen). Oh, sehr guter Ort, Typee! Wenn Sie nicht lieben diese Bucht, warum Sie kommen? Sie nicht hören von Typee? Alle weiße Männer fürchten vor Typee, so keine weißen Männer kommen.«

Seine Worte machten mich völlig niedergeschlagen, und als ich ihm nochmals die Umstände erzählte, unter denen ich ins Tal gekommen war und ihn für mich zu gewinnen suchte, indem ich ihm mein körperliches Leiden schilderte, hörte er mich nur mit Ungeduld an und schnitt mir schließlich das Wort ab, indem er leidenschaftlich rief: »Mich nicht hören Sie reden noch mehr; bald Kannaka werden wild, töten Sie und mich auch. Nicht Sie sehen, er nicht wollen Sie zu mir sprechen überhaupt? – Sie sehen – ah! bald Sie nicht kümmern – Sie werden gesund, er töten Sie, essen Sie, hängen Sie Kopf auf da, wie Happar-Kannaka! Jetzt Sie hören – aber nicht reden noch mehr! Mit Zeit ich gehen; Sie sehen Weg, ich gehen. Ah! Dann eine Nacht Kannaka alle moï-moï (schlafen) – Sie laufen fort – Sie kommen Puiarka. Ich sprechen Puiarka – Kannaka – er nichts tun Sie – Ah! Dann ich nehmen Sie mein Kanu Nuku Hiva, und Sie nicht laufen fort Schiff noch mehr.« Mit diesen Worten, denen er durch Gebärden von einer Heftigkeit, die sich nicht schildern lässt, den größten Nachdruck gab, sprang Marnu auf, verließ mich und begann sogleich ein Gespräch mit einigen Häuptlingen, die ins Haus getreten waren.

Jeder Versuch, das Gespräch, das Marnu so entschieden beendet hatte, wieder aufzunehmen, wäre müßig gewesen, er war offenbar nicht geneigt, seine Sicherheit aufs Spiel zu setzen, indem er irgendeinen unüberlegten Schritt für mich tat. Aber der Plan, den er mir vorgeschlagen hatte, schien nicht ganz unausführbar, und ich beschloss, so schnell wie möglich danach zu handeln.

Als er aufstand, um zu gehen, begleitete ich ihn daher mit den Eingeborenen aus dem Hause, um genau zu sehen, auf welchem Weg er das Tal verlassen würde. Ehe er vom Pai-Pai hinabsprang, fasste er meine Hand, warf mir einen vielsagenden Blick zu und rief: »Nun Sie sehen, Sie tun, was ich sagen Sie! – ah! dann Sie tun gut! – Sie nicht tun so – ah! dann Sie sterben!« Im nächsten Augenblick winkte er den Eingeborenen zum Abschied mit seinem Speer, schlug einen Weg ein, der zu einem Engpass in den Bergen auf der Happar entgegengesetzten Seite führte, und schwand uns rasch aus dem Gesicht.

Ich wusste nun einen Weg zur Flucht; aber wie sollte ich ihn benützen? Ich war stets von den Wilden umgeben; ich konnte nicht von einem Hause zum anderen gehen, ohne dass mich einige begleiteten; und selbst in der Nacht, wenn alles schlief, schien die leiseste Bewegung, die ich machte, die Aufmerksamkeit derer, die auf den nächsten Matten schliefen, zu erregen. Trotz alledem beschloss ich, sogleich den Versuch zu machen. Wenn ich ihn nur mit der geringsten Aussicht auf Erfolg unternehmen wollte, musste ich einen Vorsprung von mindestens zwei Stunden haben, ehe die Inselbewohner meine Abwesenheit entdeckten; denn der Alarmruf klang so schnell durchs ganze Tal, und die Eingeborenen waren mit den Wegen durch die Haine und das Dickicht natürlich so vertraut, dass ich nicht hoffen konnte, lahm, geschwächt und des Weges unkundig, wie ich war, zu entkommen, wenn ich nicht wenigstens diesen Vorteil für mich hatte. Ich konnte also meinen Plan nur des Nachts ausführen, und auch dann nur mit der äußersten Vorsicht.

Man betrat die Wohnung Marheyos durch eine enge niedrige Öffnung in der weidengeflochtenen Wand an der Vorderseite. Dieser Ausgang wurde jede Nacht, ohne dass irgendein Grund dafür ersichtlich gewesen wäre, wenn alle zur Ruhe gegangen waren, geschlossen, indem man eine schwere Schiebetür davor zog. Sie bestand aus Brettern, die sehr geschickt durch Bindsel aus Flechtwerk zusammengefügt waren. Wenn irgendjemand hinauswollte, machte das Zurückschieben dieser roh gezimmerten Türe solchen Lärm, dass alles aufwachte; und ich hatte mehr als einmal bemerkt, dass die Eingeborenen dann ebenso gereizt wurden, wie zivilisiertere Menschen im gleichen Fall.

Diese Schwierigkeit wollte ich in folgender Weise umgehen: Ich wollte im Laufe der Nacht kühn aufstehen, die Tür beiseiteschieben und aus dem Hause gehen, unter dem Vorwand, dass ich nur einen Trunk aus der Kalebasse tun wollte, die außerhalb des Wohnraums in einer Ecke des Pai-Pai stand. Beim Zurückkommen wollte ich die Tür hinter mir offen lassen, überzeugt, dass die Eingeborenen zu lässig sein würden, sie zu schließen, mich wieder auf meine Matte strecken und geduldig warten, bis alle wieder eingeschlafen waren. Dann wollte ich mich hinausschleichen und sogleich den Weg nach Puiarka einschlagen.

Schon in der nächsten Nacht nach Marnus Abschied ging ich an die Ausführung. Als es ungefähr Mitternacht schien, stand ich auf und zog die Schiebetür weg. Die Eingeborenen fuhren empor, genau wie ich es erwartet hatte, und einige fragten: »Arwehr pu awa, Tommo?« (Wohin gehst du, Tommo?) »Wai« (Wasser), antwortete ich lakonisch und griff nach der Kalebasse. Auf diese Antwort legten sie sich wieder hin, und zwei Minuten später kehrte ich zu meiner Matte zurück und erwartete gespannt und ängstlich das Ergebnis.

Ich hörte, wie die Wilden sich unruhig hin und her warfen, aber allmählich schien einer nach dem anderen wieder einzuschlafen, und hocherfreut über die Stille, die eintrat, wollte ich mich eben wieder von meinem Lager erheben, als ich ein leichtes Rascheln hörte und eine dunkle Gestalt zwischen mir und der Türöffnung sah: die Schiebetür wurde vorgeschoben und der es getan hatte – wer er immer sein mochte –, kehrte zu seiner Matte zurück. Das war ein schlimmer Schlag für mich; aber wenn ich in dieser Nacht noch einen zweiten Versuch unternommen hätte, so hätte es den Verdacht der Eingeborenen wecken können; ich musste ihn, wenn auch ungern, auf die nächste Nacht verschieben. Mehrere Male wiederholte ich nun in den folgenden Nächten das gleiche Manöver, aber mit so wenig Erfolg wie zuvor. Und da ich unter dem Vorwand, meinen Durst löschen zu wollen, das Haus verließ, stellte Kory-Kory, entweder weil er argwöhnisch geworden war, oder auch nur, um mir gefällig zu sein, jeden Abend eine Kalebasse voll Wasser neben mir auf die Matten.

Selbst unter diesen ungünstigeren Umständen machte ich den gleichen Versuch wieder und wieder; aber sooft ich aufstand, stand auch mein Diener auf, der mich offenbar nicht aus den Augen verlieren wollte. Schließlich musste ich die Sache zunächst aufgeben; ich suchte mich mit dem Gedanken zu trösten, dass mir die Flucht auf diese Weise doch einmal gelingen müsste.

Bald nach Marnus Besuch verschlechterte sich mein Zustand derart, dass ich nur mit äußerster Schwierigkeit gehen konnte, selbst wenn ich mich auf einen Speer stützte, und Kory-Kory mich wie früher täglich zum Fluss hinabtragen musste.

Während der heißen Zeit des Tages lag ich stundenlang auf meiner Matte, und während beinahe alle um mich her sorglos schlummerten, blieb ich wach und lag in düsteren Gedanken über das Schicksal, gegen das weiterer Widerstand vergeblich schien. Ich dachte geliebter Freunde, die Tausende von Meilen von der wilden Insel entfernt lebten, auf der man mich gefangen hielt, bedachte, dass sie mein schreckliches Schicksal nie erfahren und vielleicht noch lange hoffen und meine Rückkehr erwarten würden, wenn mein Körper längst Staub im Tale war, und ein kalter Schauer überlief mich.

Jede Kleinigkeit, die ich in diesen langen Leidenstagen vor meinen Augen sah, ist meinem Gedächtnis aufs lebhafteste eingeprägt. Auf meine Bitte hatte man mir die Matten so gelegt, dass ich durch die Tür sehen konnte, wie Marheyo draußen in geringer Entfernung an seiner Hütte aus Zweigen baute.

Wenn meine sanfte Fayaweh und Kory-Kory sich neben mir hinstreckten, und mich für eine Weile völlig in Ruhe ließen, dann verfolgte ich die kleinste Bewegung des sonderbaren alten Kriegers mit einem merkwürdigen Interesse. Da saß er ganz allein in der Stille des tropischen Mittags und flocht die kleinen Blätter seiner Kokoszweige zusammen oder rollte gedrehte Rindenfasern auf seinem Knie, um die Schnüre zu verfertigen, mit denen er das Dach eines winzigen Häuschens festknüpfte. Bisweilen unterbrach er seine Beschäftigung, und wenn er meinen traurigen Blick auf sich gerichtet sah, machte er eine Handbewegung, die tiefes Mitleid ausdrückte, kam dann langsam auf das Haus zu, trat auf den Zehenspitzen ein, besorgt, die Schlummernden nicht zu stören; dann nahm er mir den Fächer aus der Hand, setzte sich neben mich und bewegte ihn sachte hin und her, wobei er mir mit großem Ernst ins Gesicht sah.

Gerade außerhalb des Pai-Pais standen drei prächtige Brotfruchtbäume, die in einem Dreieck angeordnet vor dem Hauseingang wuchsen. Noch jetzt sehe ich ihre schlanken Stämme vor mir und die anmutigen Unebenheiten ihrer Rinde, auf denen mein Auge täglich ruhte, während ich so einsam lag und sann. Es ist seltsam, wie unsere Empfindungen sich an leblose Dinge knüpfen, besonders in trüben Stunden. Mitten im Lärm und in der Bewegung der stolzen geschäftigen Stadt, in der ich wohne, sehe ich plötzlich jene drei Bäume so lebhaft vor mir, als ob sie wirklich dastünden, und fühle das stille beruhigende Gefühl, das ich damals empfand, wenn ich stundenlang ihre höchsten Zweige anmutig im leisen Winde schaukeln sah.

Dreiunddreißigstes Kapitel

Beinahe drei Wochen waren seit dem zweiten Besuch Marnus vergangen, und es mussten mehr als vier Monate sein, seitdem ich ins Tal gekommen war, als eines Tages gegen Mittag, während alles im tiefen Schweigen lag, plötzlich Moh-Moh, der einäugige Häuptling, in der Tür erschien und, sich ein wenig vorbeugend – ich lag ja der Tür gegenüber –, leise zu mir sagte: »Toby pimi ina!« (Toby ist gekommen!)

Gütiger Himmel! Wer könnte meine Aufregung beschreiben? Ich sprang sogleich auf, ich fühlte den Schmerz nicht mehr, der mich eben noch verrückt gemacht hatte, und wild rief ich Kory-Kory, der neben mir lag. Alle Eingeborenen sprangen von ihren Matten; man sagte ihnen rasch, was geschehen war, und im nächsten Augenblick war ich auf dem Rücken Kory-Korys unterwegs nach dem Tai, von den aufgeregten Wilden, die mir folgten, umgeben.

Von den Einzelheiten, die Moh-Moh den anderen auf dem Wege wiederholte, konnte ich nur so viel begreifen, dass mein lang verlorener Gefährte in einem Boot gekommen war, das man gerade in die Bucht einfahren gesehen hatte. Natürlich wünschte ich aufs lebhafteste, sogleich ans Meer hinabgetragen zu werden, um ihn in jedem Falle zu treffen; aber das wollten die Wilden nicht gestatten, und wir setzten den Weg nach dem Hause des Königs fort. Als wir uns ihm näherten, wurden Mehivi und mehrere Häuptlinge auf dem Vorplatz sichtbar und riefen uns laut zu, hinaufzukommen.

Ich versuchte ihnen noch von unten klarzumachen, dass ich jetzt zum Strand hinabgehen würde, um Toby zu treffen;

aber der König wollte nicht darein willigen und machte Kory-Kory ein Zeichen, mich ins Haus zu tragen. Widerspruch war ja vergeblich, und einige Augenblicke später war ich im Tai, umgeben von einer lärmenden Schar, die die eben eingetroffene Nachricht erörterte. Immer wieder hörte ich Tobys Namen und Ausrufe heftigen Erstaunens. Sie schienen die Tatsache seiner Ankunft noch zu bezweifeln. Jede neue Nachricht vom Strande versetzte sie in die lebhafteste Erregung.

Mich aber machte es halb verrückt, dass ich so im Ungewissen blieb, und leidenschaftlich bat ich Mehivi um die Erlaubnis, hinunterzugehen. Ob Toby nun angekommen war oder nicht, ich hatte ein Vorgefühl, dass mein Schicksal sich jetzt entscheiden musste. Immer aufs Neue wiederholte ich meine Bitte. Mehivi sah mich lange ernst an, aber endlich gab er, wenn auch widerwillig, meinem Drängen nach und gestattete es mir.

Von etwa fünfzig Eingeborenen begleitet, machte ich mich nun rasch auf den Weg und kam schnell vorwärts, da mich jeden Augenblick ein anderer auf den Rücken nahm und ich den, der mich eben trug, aufs dringendste zur Eile trieb. Keinen Augenblick kam mir jetzt ein Zweifel an der Wahrheit der Nachricht in den Sinn. Ich war nur von dem einen überwältigenden Gedanken erfüllt, dass eine Gelegenheit der Befreiung gekommen war, wenn die Wilden mich nicht hinderten.

Da man mir während meines ganzen Aufenthalts im Tal nicht gestattet hatte, ans Meer zu gehen, so hatte ich mir die Flucht immer auf diesem Wege vorgestellt. Auch Toby musste, wenn er mich wirklich freiwillig verlassen hatte, seine Flucht zu Wasser bewerkstelligt haben, und je näher ich dem Strande kam, desto mehr gab ich mich nie empfundenen Hoffnungen hin. Dass ein Boot in die Bucht eingefahren war, war klar; warum sollte es nicht meinen Kameraden gebracht haben? Jedes Mal, wenn wir eine Anhöhe erreichten, blickte ich eifrig aus, in der Hoffnung, ihn bereits kommen zu sehen.

Die aufgeregten Wilden, die mit ihren heftigen Gebärden und ihrem wilden Geschrei nicht weniger erregt schienen als ich, liefen mehr als sie gingen, und ich, der in ihrer Mitte dahin getragen wurde, musste mich oft bücken, um die Äste zu vermeiden, die über den Weg ragten, und immer wieder bat ich die, die mich trugen, ihre Schritte noch zu beschleunigen.

So waren wir etwa vier oder fünf Meilen weit gekommen, als uns etwa zwanzig andere Eingeborene entgegenkamen, die sofort mit meinen Begleitern aufs lebhafteste zu verhandeln begannen. Ungeduldig bat ich den Mann, der mich eben trug, allein mit mir weiterzugehen, als Kory-Kory zu mir eilte und mir in drei verhängnisvollen Worten mitteilte, dass die ganze Nachricht sich als falsch erwiesen hatte, dass Toby nicht gekommen war: »Toby auli permi!« Nur Gott weiß, wie ich in dem körperlichen und geistigen Zustand, in dem ich mich befand, den Jammer, in den diese Mitteilung mich versetzte, überhaupt ertrug; ich hatte aus den Reden des neuangekommenen Trupps schon Ähnliches befürchtet; aber ich hatte gehofft, die Tatsache würde erst am Strand endgültig festgestellt werden. Nun sah ich sogleich voraus, was die Wilden tun würden. Sie hatten meinen Bitten nur so weit nachgegeben, dass sie mir ein freudiges Wiedersehen mit meinem lang verlorenen Gefährten nicht weigern wollten; nun, da sie wussten, dass er nicht gekommen war, fiel jeder Grund für sie fort. Ich wusste, sie würden mit mir umkehren.

Meine Befürchtungen waren nur zu wohlbegründet. Trotz meines Widerstrebens trugen sie mich in ein Haus in der Nähe und setzten mich dort auf die Matten nieder. Kurz darauf trennten sich mehrere von denen, die mit mir vom Tai gekommen waren, von den anderen, und gingen auf dem Wege nach dem Strande weiter. Die Zurückbleibenden, darunter Marheyo, Moh-Moh, Kory-Kory und Teinor, sammelten sich um das Haus und schienen auf die Rückkehr der anderen warten zu wollen.

Das bewies mir, dass jedenfalls Fremde, vielleicht Landsleute von mir, in die Bucht gekommen sein mussten. Der Gedanke machte mich wahnsinnig, und ohne mich um die Versicherungen der Eingeborenen, dass überhaupt keine Boote am Strande wären, zu kümmern, ohne auf die Schmerzen zu achten, die ich fühlte, sprang ich auf und versuchte zur Tür zu gelangen. Sogleich versperrten mir mehrere Männer den Weg und befahlen mir, mich wieder hinzusetzen. Ihre wilden Blicke sagten mir, dass Gewalt hier nichts nützen und ich mein Ziel nur durch Bitten erreichen konnte.

Ich wendete mich daher an Moh-Moh, der der einzige anwesende Häuptling war, und mit dem ich in letzter Zeit viel verkehrt hatte, und, meine wahre Absicht verbergend, suchte ich ihm begreiflich zu machen, dass ich immer noch glaubte, Toby sei unten am Strande. Ich beschwor ihn, mir zu gestatten, dass ich hinunterging und ihn begrüßte. Er versicherte mich wiederholt, dass niemand Toby gesehen hätte; ich tat, als verstünde ich ihn nicht, und setzte meine Bitten mit den deutlichsten und beredtesten Gebärden fort, bis der einäugige Häuptling ihnen nicht mehr widerstehen konnte. Er schien mich jetzt wie ein launisches Kind zu betrachten, gegen das er Gewalt zu gebrauchen nicht das Herz hatte und dem er seinen Willen lassen musste. Er sprach einige Worte zu den Eingeborenen, die sogleich die Tür freigaben, und ich trat ins Freie.

Ich sah mich nach Kory-Kory um, aber mein bis dahin so treuer Diener war nirgends zu sehen. Ich wollte keine Zeit verlieren, jeder Augenblick schien kostbar, ich machte daher einem kräftigen Burschen, der in meiner Nähe stand, ein Zeichen, er möchte mich auf den Rücken nehmen; zu meinem Erstaunen schlug er es mir zornig ab. Ich wendete mich an einen anderen mit dem gleichen Ergebnis. Auch ein dritter Versuch blieb erfolglos, und nun begriff ich, warum Moh-Moh mir nachgegeben hatte und warum die anderen Eingeborenen sich so sonderbar benahmen. Offenbar hatte der Häuptling mir nur darum erlaubt, meinen Weg zum Strande fortzusetzen, weil er annahm, dass ich ihn ohne Hilfe doch nicht erreichen konnte.

Nun wusste ich, dass sie mich unbedingt gefangen halten wollten und ich geriet in Verzweiflung; ich fühlte den Schmerz in meinem Bein kaum mehr, fasste einen Speer, der an dem vorspringenden Hausdach lehnte, stützte mich darauf und schritt den Pfad hinab, der an dem Hause vorüberführte. Zu meinem Erstaunen ließ man mich gehen und zwar allein; die Eingeborenen blieben alle vor dem Hause stehen und besprachen sich; ihre Unterredung wurde laut und heftig, und zu meiner unsagbaren Freude merkte ich, dass eine Meinungsverschiedenheit zwischen ihnen entstanden sein musste; sie waren geteilter Ansicht, es hatten sich zwei Parteien gebildet; das ließ mich Günstiges hoffen.

Ich war aber noch keine zweihundert Schritte weitergegangen, als sie mir nachkamen und mich wieder umringten; sie waren aber noch in hitzigem Streit begriffen, so sehr, dass es schien, als würden sie im nächsten Augenblick handgemein werden. Während der Streit tobte, trat der alte Marheyo an meine Seite, und nie werde ich den gütigen Ausdruck seines Gesichts vergessen. Er legte mir die Hand auf die Schulter und mit besonderer Betonung sprach er ein einziges englisches Wort, das ich ihn gelehrt hatte: »Heimat!« Ich verstand ihn und drückte ihm meine Dankbarkeit aus. Fayaweh und Kory-Kory waren ihm gefolgt; beide weinten heftig, und zweimal musste der alte Mann seinem Sohne befehlen, mich wieder auf den Rücken zu nehmen, ehe dieser es über sich brachte, ihm zu gehorchen. Der einäugige Häuptling wollte es verhindern, aber seine eigenen Anhänger, wie es mir wenigstens schien, erklärten sich gegen ihn.

So schritten wir weiter, und nie werde ich die jubelnde Freude vergessen, mit der ich zum ersten Mal wieder das Donnern der Brandung am Strande hörte. Nicht lange, und ich sah die Wogen zwischen den Bäumen aufblitzen. Mit welchem Entzücken begrüßte ich den Anblick und die Töne des Ozeans! Jetzt konnte man auch das Schreien und Rufen der Menge am Strand deutlich hören, und mir war, als könnte ich die Stimmen meiner Landsleute unterscheiden.

Als wir den offenen Strand, der zwischen den Wäldern und dem Meere lag, erreichten, sah ich ein englisches Walfischboot, mit dem Bug seewärts gerichtet, nur wenige Faden vom Ufer entfernt liegen. Es war mit fünf Eingeborenen bemannt, die kurze Röckchen aus Kaliko trugen. Es sah aus, als ob sie eben aus der Bucht hinausruderten und ich nach so viel Not und Mühe dennoch zu spät gekommen wäre. Ich wollte schon verzweifeln, aber ein zweiter Blick belehrte mich, dass sie das Boot nur außerhalb der Brandung hielten; und im nächsten Augenblick hörte ich eine Stimme aus der Menge meinen Namen rufen.

Hinsehend, erkannte ich zu meiner unbeschreiblichen Freude die hohe Gestalt Karakoïs, eines Kanakas aus Puehu, der oft an Bord der »Dolly« gewesen war, als sie vor Nuku Hiva lag. Er trug die grüne Jagdjacke mit den vergoldeten Knöpfen, die ein Offizier der »Reine Blanche«, des französischen Flaggschiffs, ihm geschenkt und die ich ihn immer tragen gesehen hatte. Ich erinnerte mich jetzt, dass der Kanaka mir oft gesagt hatte, seine Person sei in allen Tälern der Insel »Tabu«, und sein Anblick erfüllte mein Herz mit Jubel.

Er stand nahe am Uferrand; über den einen Arm hatte er eine große Rolle Baumwollstoff geworfen und hielt zwei oder drei Säcke aus Segelleinwand mit Schießpulver in der Hand, während er in der anderen eine Muskete trug, die er mehreren der Häuptlinge anzubieten schien. Diese aber wendeten sich verächtlich ab, sie schienen ihn loswerden zu wollen, mit heftigen Gebärden wiesen sie auf sein Boot und befahlen ihm, sich zu entfernen.

Der Kanaka aber blieb, und mir wurde sofort klar, dass er meine Freiheit zu erkaufen suchte. Laut rief ich ihm zu, er möge doch zu mir kommen, aber er erwiderte in gebrochenem Englisch, dass die Eingeborenen gedroht hätten, ihn mit ihren Speeren zu durchbohren, wenn er nur einen Fuß auf mich zu bewegte. Ich schritt noch immer weiter, von einer dichten Menge der Eingeborenen umringt, von denen mehrere mich angefasst hielten; und mehr als ein Wurfspieß war drohend gegen mich gerichtet; aber ich sah ganz deutlich, dass selbst unter denen, die gegen mich waren, viele unentschlossen und besorgt aussahen.

Ich war noch etwa sechzig Schritt von Karakoi entfernt, als die Eingeborenen mich nicht weitergehen ließen, sondern mich zwangen, mich niederzusetzen, wobei sie mich noch immer an den Armen festhielten. Der Lärm und die Aufregung steigerten sich ins Zehnfache; ich sah auch, dass mehrere von den Priestern zur Stelle waren, die alle Moh-Moh und die anderen Häuptlinge sichtlich bestürmten, mich nicht fortzulassen. Und das verabscheute Wort »Runi! Runi!«, das ich an diesem Tage wohl tausendmal schon gehört hatte, erscholl jetzt von allen Seiten. Aber immer noch sah ich, dass Karakoi sich für mich bemühte, dass er kühn über die Sache mit den Wilden weiterverhandelte und sie zu locken suchte, indem er ihnen das Tuch und das Pulver hinhielt und den Hahn der Muskete einschnappen ließ. Aber was er auch sagte oder tat, die anderen schrien nur noch lauter und suchten ihn ins Wasser hinabzudrängen. Wenn ich bedachte, welchen übertriebenen Wert die Leute auf die Waren legten, die man ihnen zum Austausch für mich bot, und die sie jetzt so empört zurückwiesen, so erkannte ich aufs neue, wie unerbittlich ihr Entschluss war, mich hierzubehalten. Verzweifelt nahm ich all meine Kraft zusammen, schüttelte die Hände derer, die mich festhielten, ab, sprang auf die Füße und eilte auf Karakoï zu.

Dieser unüberlegte Schritt hätte fast mein Schicksal entschieden, denn in der Angst, dass ich entweichen könnte, stürzten sich mehrere der Eingeborenen mit einem gleichzeitigen wilden Schrei auf Karakoï, bedrohten ihn mit wütenden Gebärden und drängten ihn tatsächlich ins Wasser. Erschrocken über ihre Heftigkeit suchte der arme Kerl, der bis zum Gürtel in der Brandung stand, sie zu beruhigen; aber zuletzt bekam er Angst und winkte seinen Gefährten, heranzurudern und ihn aufzunehmen.

In diesem schrecklichen Augenblick, in dem ich bereits alle Hoffnungen aufgab, erhob sich ein neuer Streit zwischen den zwei Parteien, die mit mir heruntergekommen waren, und jetzt kam es wirklich zu einer Schlägerei, bei der Blut floss. In der Aufregung und Verwirrung, die darüber entstand, waren nur Marheyo, Kory-Kory und die arme süße Fayaweh bei mir geblieben, die sich krampfhaft schluchzend an mich klammerte. Ich fühlte: jetzt oder nie! Mit gerungenen Händen sah ich Marheyo flehend an und schritt den jetzt beinahe verlassenen Strand hinab. Tränen waren in den Augen des alten Mannes, aber weder er noch Kory-Kory versuchten mich zu hindern; ich erreichte den Kanaka, der meinen Bewegungen ängstlich gefolgt war, die Ruderer pullten das Boot so nahe ans Land, wie sie bei der Brandung wagen durften; ich schloss Fayaweh, die vor Kummer nicht sprechen konnte, noch einmal in die Arme und saß im nächsten Augenblick im Boot; Karakoï neben mir, der den Ruderern zuschrie, loszulegen. Marheyo, Kory-Kory und viele Weiber folgten mir ins Wasser; ich reichte, da ich ihnen anders meine Dankbarkeit nicht zeigen konnte, Kory-Kory die Muskete – der mich dabei wieder zu packen suchte –, warf dem alten Marheyo die Tuchrolle zu, wobei ich auf die arme Fayaweh wies, die trostlos am Ufer saß, und die Pulversäcke den nächsten jungen Damen, die alle eifrig danach griffen. Das Ganze dauerte keine zehn Sekunden, und noch ehe ich damit fertig war, hatte das Boot schon volle Fahrt, während der Kanaka laut gegen die überflüssige Verschwendung so wertvollen Gutes protestierte.

Die Eingeborenen hatten, obwohl mehrere natürlich gesehen hatten, was geschah, ihren Streit nicht sogleich abgebrochen, und das Boot war wohl schon mehr als hundert Schritt vom Strand entfernt, als Moh-Moh, und sechs oder sieben Krieger mit ihm, ins Wasser sprangen und ihre Wurfspieße nach uns schleuderten. Einige davon flogen dicht genug an uns vorbei; aber niemand war verwundet, und die Männer pullten tapfer darauf los. Aber obwohl wir bald außerhalb des Bereichs der Speere waren, kamen wir doch nur sehr langsam vorwärts; der Seewind kam heftig herein und die Flut war gegen uns, und ich sah, wie Karakoï, der das Boot steuerte, ängstliche Blicke auf eine vorspringende Landzunge am Ende der Bucht warf, an der wir vorüber mussten.

Ein oder zwei Minuten lang verharrten die Wilden in starrem Schweigen, dann zeigte der wütende Häuptling durch Gebärden, was er beschlossen hatte. Unter lauten Zurufen wies er mit seinem Tomahawk auf den Landvorsprung und rannte, von etwa dreißig Eingeborenen gefolgt, unter denen mehrere Priester waren, mit Windeseile in der gleichen Richtung, und alle brüllten »Runi! Runi!« Es war ganz klar, dass sie vom Vorgebirge ins Wasser springen und uns den Weg abschneiden wollten. Der Wind wurde jede Minute steifer und blies uns gerade entgegen, und das Meer hatte jenen kurzen, zornigen Wellenschlag, der das Rudern so erschwert. Wir waren noch zweihundert Schritte von der Landspitze entfernt, als die Wilden sich schon ins Meer stürzten, und fünf Minuten später konnten wir zwanzig der rasenden Halunken um uns haben. Dann war es mit uns aus, denn die Wilden sind nicht so erbärmliche Schwimmer wie die Leute bei uns, sondern im Wasser womöglich noch gefährlichere Gegner als auf dem Lande. Es kam auf die Kraftprobe an; unsere Eingeborenen pullten, dass die Riemen sich bogen, und die Schwimmer schossen, so hoch die See ging, mit fürchterlicher Geschwindigkeit durch das Wasser.

Als wir die Höhe des Vorgebirges erreicht hatten, hatten sie sich schon quer über unsern Kurs im Wasser zerstreut. Die Ruderer zogen ihre Messer und nahmen sie zwischen die Zähne; ich ergriff den Bootshaken. Wir wussten: gelang es ihnen, uns abzuschneiden, so packten sie die Ruder, fassten das Dollbord, brachten das Boot zum Kentern, und wir waren ihnen auf Gnade und Ungnade ausgeliefert. Das ist ein Manöver, das schon so mancher Bootsmannschaft in der Südsee zum Verhängnis geworden war.

Ein paar atemlose Sekunden vergingen, da sah ich Moh-Moh. Der riesige Insulaner, den Tomahawk zwischen den Zähnen, schoss durch das Wasser, dass es schäumte. Er war schon ganz nahe. Im nächsten Augenblick musste er eines der Ruder ergriffen haben. Wohl schauderte im Augenblick mir selbst vor dem, was ich tat, aber jetzt war keine Zeit zu Mitleid oder Reue, mit aller Kraft stieß ich den Bootshaken nach ihm. Ich traf ihn gerade unter der Kehle und riss ihn unters Wasser. Es blieb mir keine Zeit, den Schlag zu wiederholen; ich sah ihn im Kielwasser des Boots wieder auftauchen; die Wut in seinem Blick werde ich nie vergessen.

Nur noch einer der Wilden erreichte das Boot. Er fasste das Dollbord, aber die Ruderer bearbeiteten seine Handgelenke so mit ihren Messern, dass er es loslassen musste; in der nächsten Minute hatten wir alle überholt und waren in Sicherheit. Die ungeheure Aufregung, die mich bis dahin aufrechterhalten hatte, ließ jetzt nach und ohnmächtig fiel ich Karakoï in die Arme.

Ich will noch kurz erzählen, welche Umstände mir diese so unerwartete Flucht ermöglicht hatten. Der Kapitän eines australischen Schiffes, der in diesen fernen Meeren an Leutemangel litt, war in Nuku Hiva eingefahren, um seine Mannschaft zu ergänzen. Aber er hatte nicht einen einzigen Mann auftreiben können, und wollte mit seiner Barke eben wieder unter Segel gehen, als Karakoï an Bord kam und dem enttäuschten

Engländer mitteilte, dass die Wilden in der benachbarten Bucht von Typee einen amerikanischen Matrosen gefangen hielten; er erbot sich, wenn man ihn mit genügenden Handelsartikeln versähe, seine Befreiung ins Werk zu setzen. Der Kannaka hatte diese Kunde von Marnu, dem ich also tatsächlich meine Rettung verdanke; der Schiffer hatte den Vorschlag angenommen, und Karakoï kam mit fünf Eingeborenen von Nuku Hiva, die alle »Tabu« waren, wieder an Bord der Barke, die wenige Stunden später hinübersegelte und auf der Einfahrt in die Typee-Bucht ihr Großmarssegel killen ließ. Das Boot mit der Mannschaft, die »Tabu« war, fuhr nach dem inneren Ende der Bucht, während das Schiff draußen hin und her geworfen wurde und seine Rückkehr abwartete.

Alles Weitere habe ich bereits erzählt, und es bleibt nur wenig hinzuzufügen. Als wir die »Julia« erreichten, wurde ich an Bord geschafft, und mein seltsames Aussehen sowie meine merkwürdigen Erlebnisse erregten allgemeines Interesse. Man sorgte für mich in menschenfreundlichster Weise, aber ich brauchte drei Monate, ehe ich meine volle Gesundheit wiedererlangte.

Das Geheimnis, das über dem Schicksal meines Freundes und Gefährten Toby lag, ist nie aufgeklärt worden. Ich weiß noch heute nicht, ob es ihm gelang, das Tal zu verlassen oder ob er von den Eingeborenen umgebracht wurde.

Nachtrag: Die Geschichte Tobys

Der Verfasser von »Typee« blieb nach seiner Flucht aus dem Tale, von der wir im letzten Kapitel berichtet haben, mehr als zwei Jahre in der Südsee, dann kehrte er nach Amerika zurück und veröffentlichte einige Zeit später die vorstehende Erzählung. Niemand ahnte damals, dass diese Veröffentlichung die Auffindung Tobys, den man längst verloren glaubte, zur Folge haben würde. Dennoch war es so. Die Geschichte seiner Flucht bildet den natürlichen Abschluss seiner Abenteuer. Wir lassen die Erzählung, wie sie der Verfasser von Toby selbst gehört hat, hier folgen.

An dem Morgen, an dem mein Kamerad mich verließ, war er von einem großen Trupp Eingeborener begleitet, von denen einige Früchte und Schweine trugen, um Tauschhandel zu treiben, da sich die Nachricht verbreitet hatte, dass Boote die Bucht berührt hätten.

Auf ihrem Wege durch die bewohnten Teile des Tales schlossen sich ihnen von allen Seiten neue Scharen an, die mit lebhaftem Geschrei aus den Wäldchen auftauchten; alle waren so eifrig und erregt, dass Toby, den es selbst so sehr zum Strande zog, kaum mit ihnen Schritt halten konnte. Sie liefen mehr als sie gingen, die vordersten blieben hier und da einen Augenblick stehen und schwangen ihre Waffen, um die anderen zur Eile anzufeuern, und das Tal hallte von ihrem Geschrei wider.

Sie waren an einer Stelle angekommen, wo der Pfad durch den Fluss führte, der hier eine Krümmung bildete, da hörte man einen seltsamen Ton aus der Tiefe des Haines am anderen Ufer, und die Eingeborenen machten halt: Moh-Moh, der einäugige Häuptling, der den anderen vorausgeeilt war, schlug mit seiner schweren Lanze gegen einen hohlen Ast.

Das war ein Alarmsignal; von allen Seiten hörte man den Ruf »Happar! Happar!« Die Krieger legten ihre Speere ein oder schwangen sie in der Luft; Weiber und Kinder schrien einander zu und sammelten Steine im Flussbett. Einen Augenblick später kamen Moh-Moh und zwei oder drei andere Häuptlinge aus dem Hain gelaufen, und der Lärm wurde noch zehnmal so groß.

Nun, dachte Toby, heißt es raufen; da er waffenlos war, bat er einen der jungen Männer, die bei Marheyo wohnten, ihm seinen Speer zu leihen. Der aber weigerte sich und sagte ihm schelmisch, für ihn, den Typee, sei das eine sehr gute Waffe, aber ein weißer Mann könnte ja viel besser mit den Fäusten kämpfen.

Auch die anderen Krieger schienen die gute Laune dieses jungen Spaßvogels zu teilen, denn trotz ihrem kriegerischen Geschrei und ihrer wilden Gebärden tanzten sie umher und lachten, als ob es die lustigste Sache der Welt wäre, wenn jeden Augenblick drei Dutzend Happar-Wurfspeere aus einem Hinterhalt im Dickicht fliegen konnten.

Während Toby sich vergeblich ihr Verhalten zu erklären suchte, trennte sich ein guter Teil der Eingeborenen von den übrigen und lief in den Hain, der auf der einen Seite lag, während die anderen sich vollkommen ruhig verhielten, als ob sie das Ergebnis abwarteten. Nach einer kleinen Weile machte ihnen Moh-Moh, der voraus war, ein Zeichen, leise heranzukommen, und sie kamen, beinahe ohne dass ein Blatt geraschelt hätte. Etwa zehn oder fünfzehn Minuten krochen und schlichen sie weiter, wobei sie jeden Augenblick anhielten, um zu lauschen. Toby gefiel dieses Anschleichen keineswegs; wenn schon gekämpft werden sollte, wünschte er draufloszugehen. Aber alles kommt zu seiner Zeit – sie waren gerade im tiefsten Dickicht, als von allen Seiten schreckliches Geheul erscholl und Pfeile und Steine massenhaft über den Weg flogen. Aber kein Feind war zu sehen und nicht ein einziger Mann fiel, obgleich die Steine wie Hagel durch die Blätter sausten.

Einen Augenblick stand alles still, dann stürzten sich die Typees mit wildem Geschrei und mit eingelegten Speeren ins Dickicht. Toby blieb nicht zurück; er hatte einen alten Groll gegen die Leute von Happar und war einer der ersten, der auf sie losstürzte. Er bahnte sich einen Weg durch das Unterholz und suchte gleichzeitig einem jungen Häuptling seinen Speer zu entreißen – aber auf einmal hörte das Schlachtgeschrei plötzlich auf und der Wald lag in Totenstille. Im nächsten Augenblick stürzte die Schar, die sie vorher verlassen hatte, hinter Bäumen und Büschen hervor, und alle lachten laut und lustig.

Es war alles ein Schwindel gewesen, und Toby, der vor Erregung ganz außer Atem war, war wütend, dass sie ihn so zum Narren gehalten hatten.

Sie hatten die ganze Geschichte verabredet, um ihn zum Besten zu halten, und er war über diesen Jungenstreich umso erbitterter, als viel Zeit damit verlorengegangen war und jeder Augenblick kostbar schien. Vielleicht hatten sie es gerade darum getan; denn als wieder aufgebrochen wurde, fiel ihm auf, dass sie es nicht mehr so eilig hatten, wie vorher.

Sie waren wieder ein Stück weitergekommen – Toby fürchtete die ganze Zeit, sie würden das Meer überhaupt nicht mehr erreichen –, als zwei Männer auf sie zugelaufen kamen; wieder wurde haltgemacht, und eine lärmende Erörterung fand statt, in der Tobys Name oft genannt wurde. Er wollte nun erst recht wissen, was am Strand eigentlich vorging; aber vergeblich drängte er vorwärts; die Eingeborenen hielten ihn zurück.

Als die Besprechung zu Ende war, liefen viele in der Richtung nach der See weiter, die anderen blieben und baten

Toby, »Moï« zu machen, das heißt, sich niederzusetzen und auszuruhen. Um die Aufforderung verlockender zu machen, wurden mehrere Kalebassen mit Nahrungsmitteln, die man mitgenommen hatte, auf die Erde gesetzt und geöffnet und Pfeifen angezündet. Eine Weile zügelte Toby seine Ungeduld; zuletzt sprang er auf und stürmte wieder weiter. Er war bald eingeholt und umringt, aber man hielt ihn nicht mehr zurück und alles begab sich zum Meer hinab.

Sie kamen auf eine helle, grüne Fläche zwischen Wald und Wasser, dicht am Fuß des Happar-Berges; ein Pfad war sichtbar, der sich in den Windungen einer Schlucht verlor.

Nirgends war etwas von einem Boot zu sehen; nur eine lärmende Menge von Männern und Weibern, in deren Mitte jemand stand, der ernsthaft auf sie einsprach. Als Toby sich näherte, trat der, der gesprochen hatte, aus der Menge auf ihn zu, und es zeigte sich, dass er kein Fremder war. Es war ein alter grauhaariger Seemann, den wir beide oft in Nuku Hiva gesehen hatten, wo er im Haushalt Moanas, des Königs, lässig dahinlebte. Man nannte ihn »Jimmy«. Er war der Günstling des Königs und führte in dessen Rat das große Wort. Er trug einen Manilahut und eine Art Schlafrock aus Tapa, den er so lose und nachlässig umgehängt hatte, dass man einen Vers aus einem Liede, der auf seine Brust tätowiert war, und eine Reihe anderer geistreicher Schnittzeichnungen eingeborener Künstler an verschiedenen Stellen seines Körpers sehen konnte. Er hielt eine Angelrute in der Hand und trug eine schmutzige alte Pfeife an einem Bande um den Hals.

Er war ein alter Herumstreicher, der sich für seinen Lebensabend in Nuku Hiva niedergelassen hatte; er konnte die Sprache der Insel reden und wurde von den Franzosen häufig als Dolmetscher verwendet. Er war ein unverbesserlicher alter Schwätzer, und er kam in seinem Kanu zu allen Schiffen, die in der Bucht lagen, erzählte der Mannschaft den neuesten Hofklatsch, so zum Beispiel ein skandalöses Verhältnis Seiner

Majestät mit einer Happar-Dame, die bei den Schmausereien als Tänzerin auftrat, und die unglaublichsten anderen
Geschichten. So erzählte er der Mannschaft der »Dolly« ein
vollkommenes Ammenmärchen von zwei Naturwundern,
die auf der Insel wären. In einer Höhle in den Bergen sollte
ein altes Ungetüm von einem Eremiten leben, der im Geruch
großer Heiligkeit stand und als berüchtigter Zauberer galt; er
verbarg sich in jener Höhle, weil ihm ein gewaltiges Paar Hör-
ner an den Schläfen gewachsen war. Trotz seiner Frömmigkeit
war der scheußliche alte Kerl der Schrecken der ganzen Insel,
denn es hieß, dass er jede dunkle Nacht seinen Schlupfwinkel
verließ und auf die Menschenjagd ging. Irgendjemand, der
natürlich ungenannt blieb, war einmal in den Bergen an seine
Höhle gekommen, hatte einen Blick hineingeworfen und sie
voll von menschlichen Knochen gesehen. Das war das eine
Ungeheuer. Das andere Wunderwesen, von dem Jimmy erzählt hatte, war der jüngere Sohn eines Häuptlings, der, kaum
zehn Jahre alt, zum Priester geweiht worden war, weil seine
abergläubischen Landsleute ihn dazu besonders geeignet und
bestimmt glaubten, da er einen Hahnenkamm auf dem Kopfe trug. Das war noch nicht genug. Der Junge hatte auch die
Stimme eines Hahns und krähte und war auf seinen sonderbaren Kopfschmuck nicht wenig stolz.

Sowie Toby den alten Herumstreicher am Strande sah, eilte er auf ihn zu, und die Menge bildete einen Kreis um sie.

Jimmy begrüßte ihn sehr freundlich, sagte ihm, dass er alles
wüsste, wie wir vom Schiff ausgerissen und nun unter den Typees wären. Moana, der König, hätte ihn wiederholt gedrängt,
einmal ins Tal herüberzugehen, seine Freunde daselbst zu besuchen und uns mitzubringen, da seinem königlichen Herrn
sehr viel daran gelegen wäre, einen Anteil an der Belohnung
zu erhalten, die für den, der uns einfangen und bringen würde, ausgesetzt war. Er aber – so versicherte er Toby – hätte
diese Zumutung mit Entrüstung zurückgewiesen.

Mein Kamerad war nicht wenig erstaunt, denn wir hatten nie geahnt, dass ein weißer Mann den Typees jemals einen freundlichen Besuch machen könnte. Jimmy aber versicherte ihn, es wäre doch so, wenn er auch selten und kaum jemals weiter als an den Strand käme. Einer der Priester des Tales, der mit einem tätowierten alten Theologen von Nuku Hiva in irgendeinem Zusammenhang stand, wäre ein Freund von ihm, und dadurch wäre er »Tabu«. Er werde auch manchmal in die Bucht herübergeschickt, um Früchte für Schiffe einzuhandeln, die in Nuku Hiva lagen. Mit solch einem Auftrag sei er eben hier und gerade über Happar durch die Berge gekommen. Bis zum nächsten Mittag sollten die Früchte am Strande aufgestapelt sein, und er werde dann mit Booten in die Bucht kommen, um sie zu holen. Er fragte Toby, ob er die Insel zu verlassen wünsche: drüben im Hafen läge ein Schiff, das Leute brauche; er würde ihn gerne hinüberführen und noch heute an Bord bringen.

»Nein«, sagte Toby, »ich kann die Insel nicht verlassen, wenn mein Kamerad nicht mit mir kommt. Ich habe ihn im Tal zurückgelassen, weil sie ihn nicht mit mir herabkommen lassen wollten. Wir wollen gehen und ihn holen.«

»Aber wie soll er mit uns über den Berg kommen«, erwiderte Jimmy, »selbst wenn wir ihn bis an den Strand schaffen? Es ist besser, wir lassen ihn bis morgen, wo er ist, und dann hole ich ihn mit den Booten ab und bringe ihn nach Nuku Hiva.«

»Nein, das geht nicht«, sagte Toby, »aber kommt Ihr jetzt mit mir und bringen wir ihn jedenfalls heute noch herunter an den Strand;« und ungestüm wollte er sogleich ins Tal zurück. Aber ein Dutzend Hände hielten ihn fest.

Er wehrte sich vergeblich; sie wollten ihn nicht einen Schritt vom Ufer tun lassen. Unglücklich und erbittert beschwor Toby den Alten, mich allein zu holen. Aber Jimmy erwiderte, in der Stimmung, in der die Typees wären, würden sie es ihm nicht gestatten, wenn sie ihm auch gewiss nichts zuleide tun würden.

Viel später erst kam Toby der Verdacht, dass dieser Jimmy ein herzloser Schuft war, der die Eingeborenen schlau beredet hatte, ihn festzuhalten, als er mich holen wollte. Der Alte musste auch wissen, dass die Eingeborenen uns niemals beide weglassen würden. Und er hatte seine Gründe, Toby allein mitzunehmen. Von alledem ahnte mein Kamerad damals noch nichts.

Er rang noch mit den Insulanern, als Jimmy auf ihn zutrat und ihn warnte, sie zu reizen, er mache es ja nur schlimmer für uns beide, und wenn sie in Wut gerieten, könnte es ein böses Ende nehmen. Er veranlasste Toby schließlich, sich auf ein zerbrochenes Kanu neben einem Steinhaufen zu setzen, auf dem ein verfallenes altes Tempelchen stand; es war von vier senkrecht in die Erde gesteckten Rudern getragen und vorne zum Teil durch ein Netz geschützt. Wenn die Fischer vom Meer hereinkamen, brachten sie hier ihre Opfergaben dar und legten sie vor ein Götzenbild im Innern auf einen glatten schwarzen Stein. Die Stelle, sagte Jimmy, sei »Tabu«, und niemand würde ihn belästigen oder ihm nahekommen, solange er im Schatten des Tempelchens bliebe. Nun begann der alte Seemann ernsthaft mit Moh-Moh und einigen anderen Häuptlingen zu reden; die anderen bildeten einen Kreis um den Tabu-Platz, sprachen unaufhörlich miteinander und sahen Toby dabei beständig an.

Trotz allem, was Jimmy ihm gesagt hatte, kam jetzt ein altes Weib auf meinen Kameraden zu und setzte sich neben ihn auf das Kanu.

»Typee mortarkih?«, sagte sie.

»Mortarkih muih«, sagte Toby.

Darauf fragte sie ihn, ob er nach Nuku Hiva ginge. Er nickte; sie stieß einen klagenden Ton aus, ihre Augen füllten sich mit Tränen, dann stand sie auf und verließ ihn.

Dies alte Weib war, wie Jimmy ihm später sagte, die Frau eines bejahrten Königs in einem kleinen Tal im Innern der Insel, das durch einen tiefen Pass mit dem Typee-Land verbunden war. Die Bewohner der beiden Täler waren blutsverwandt und führten den gleichen Namen. Die alte Frau war tags vorher ins Typee-Tal gekommen; sie machte mit drei Häuptlingen, ihren Söhnen, ihren Verwandten einen Besuch. Als die alte Königin ihn verließ, trat Jimmy wieder zu Toby und sagte ihm, er hätte die ganze Sache nun mit den Eingeborenen durchgesprochen, und es gäbe nur einen Weg. Sie wollten ihm nicht erlauben, ins Tal zurückzukehren, und beide würden in schlimme Gefahr kommen, wenn er länger am Strande bliebe. »Am besten«, schloss er, »Ihr und ich gehen jetzt zu Lande nach Nuku Hiva zurück, und morgen hole ich Tommo, wie sie ihn nennen, zu Wasser; sie haben versprochen, ihn morgen früh ans Meer herabzutragen, so entsteht also gar kein Aufschub.«

»Nein, nein«, sagte Toby verzweifelt, »ich verlasse ihn nicht; wir müssen zusammen fort.«

»Dann bleibt keine Hoffnung«, rief der Seemann, »wenn ich Euch jetzt hier am Strande verlasse, dann tragen sie Euch, sowie ich fort bin, ins Tal zurück, und keiner von euch beiden wird jemals wieder das Meer erblicken.« Und er schwur ihm zu, wenn er nur heute mit ihm nach Nuku Hiva käme, morgen würde er mich bestimmt hinüberholen.

»Aber woher wisst Ihr, dass sie ihn morgen an den Strand herabbringen werden, wenn sie es heute durchaus nicht tun wollen?«, fragte Toby. Der Seemann sagte ihm viele Gründe, die mit den geheimnisvollen Gebräuchen der Eingeborenen so viel zu tun hatten, dass er nichts davon begriff. Ihr ganzes Verhalten, besonders dass sie ihn nicht ins Tal zurückkehren lassen wollten, war ihm völlig unerklärlich; dazu kam der bittere Gedanke, dass der Alte ihn möglicherweise betrog. Dann dachte er wieder an mich, der ich allein und krank bei den

Eingeborenen zurückblieb. Wenn er mit Jimmy ging, durfte er wenigstens hoffen, mir Hilfe zu bringen. Wie aber, wenn die Wilden, deren Verhalten so sonderbar war, mich fortschafften, ehe er wiederkam? Und wenn er blieb, ließen sie ihn vielleicht nicht ins Tal zu mir zurückgehen.

Kurz, mein armer Kamerad war in der schwierigsten Lage; er wusste nicht, was er tun sollte, und all sein Mut nützte ihm nichts. Da saß er allein auf dem zerbrochenen Kanu, und die Eingeborenen umstanden ihn in geringer Entfernung und sahen ihn an.

»Es wird spät«, sagte Jimmy, der hinter den Eingeborenen stand. »Nuku Hiva ist weit und bei Nacht kann ich nicht durch Happar wandern. Entweder Ihr kommt mit mir und alles wird gut; wenn nicht, verlasst Euch darauf, wird keiner von euch je davonkommen.«

»Es bleibt nichts übrig«, sagte Toby zuletzt mit schwerem Herzen. »Ich muss Euch wohl trauen«, und er trat aus dem Schatten des kleinen Tempels und warf einen langen Blick auf das Tal.

»Nun haltet Euch dicht an meiner Seite«, sagte Jimmy, »und gehen wir schnell.«

Eben erschienen Teinor und Fayaweh; die gutherzige alte Frau umfing Tobys Knie unter einem Strom von Tränen; Fayaweh, kaum weniger ergriffen, sagte ein paar englische Worte, die sie gelernt hatte, und hielt drei Finger in die Höhe: in so vielen Tagen hatte er versprochen, zurückzukehren.

Schließlich zog Jimmy Toby mit sich fort, rief einem jungen Typee, der ein Ferkel auf den Armen trug, und alle drei schritten auf die Berge zu.

»Ich habe ihnen gesagt, dass Ihr bald wiederkommt«, sagte der Alte lachend, als sie die Höhe hinanstiegen, »aber die können lange warten.« Toby wandte sich um und sah die Eingeborenen alle in Bewegung: die Mädchen winkten mit ihren Tapatüchern zum Abschied und die Männer mit ihren Speeren. Als der letzte im Walde verschwand, den einen Arm und drei Finger erhoben, wurde ihm wieder schwer ums Herz.

Vielleicht hatten die Eingeborenen oder wenigstens einige von ihnen wirklich auf seine schnelle Rückkehr gerechnet, als sie ihn schließlich gehen ließen; wahrscheinlich dachten sie – und er hatte ihnen das ja auch auf dem Wege durchs Tal gesagt –, dass er nur die Heilmittel bringen wollte, die ich brauchte. Das hatte wohl auch Jimmy ihnen gesagt. Und so wie damals, als mein Kamerad mir zuliebe seine gefährliche Reise nach Nuku Hiva unternahm, betrachteten sie uns als unzertrennlich und glaubten, dass ich in seiner Abwesenheit eine sichere Gewähr seines Wiederkommens sei. Dies ist übrigens nur meine Vermutung; im Grunde ist ihr ganzes Verhalten mir immer noch ein Rätsel.

»Ihr seht, was für ein Tabu-Mann ich bin«, sagte der Alte, als sie eine Weile schweigend dem Pfad gefolgt waren, der den Berg hinaufführte. »Moh-Moh hat mir dies kleine Schwein geschenkt, und der Mann, der es trägt, wird mit uns geradeswegs durch Happar und nach Nuku Hiva hinunterkommen. Solange wie er mit mir ist, ist er sicher, und so auch Ihr und morgen Tommo. Seid also guten Muts und verlasst Euch auf mich, morgen früh seht Ihr ihn wieder.«

Der Anstieg war nicht schwer, da sie nahe am Meere waren, wo die Kämme verhältnismäßig niedrig sind; auch der Weg war gut, und in kurzer Zeit standen alle drei auf der Höhe und sahen beide Täler zu ihren Füßen liegen. Die weißen Wasserfälle im Grün am oberen Ende des Typee-Tals waren deutlich sichtbar; auch Marheyos Haus konnte er leicht ausfindig machen.

Als sie mit Jimmy den Kamm entlang gingen, bemerkte Toby, dass das Happar-Tal sich nicht so tief ins Land erstreckte wie das der Typees. Dies erklärte unseren Irrtum in jenen Tagen und warum wir in das andere Tal gekommen waren.

Bald zeigte sich ein Fußpfad, der den Berg hinabführte; sie folgten ihm und waren bald tief im Happar-Gebiet. Sie schritten rasch weiter, als Jimmy sagte: »Wir Tabu-Leute haben Weiber in jeder Bucht, und ich werde Euch zwei zeigen, die ich hier habe.«

Als sie zu dem Hause kamen, in dem die Frauen wohnen sollten – es stand dicht am Fuße des Berges in einem schattigen Winkel –, trat er ein und geriet in nicht geringen Zorn, als er es leer fand: die Damen waren ausgegangen. Sie kamen jedoch bald zurück und hießen Jimmy in der Tat sehr herzlich willkommen, desgleichen Toby, den sie neugierig betrachteten. Sie stellten auch viele Fragen; dennoch, als das Gerücht von ihrer Ankunft sich verbreitete und die Happars sich sammelten, erkannte er wohl, dass das Erscheinen eines fremden Weißen hier keineswegs ein so wunderbares Ereignis schien wie in dem Nachbartal.

Der alte Seemann hieß seine Frauen etwas zum Essen bereiten, da er wieder in Nuku Hiva sein müsste, ehe es dunkel wurde. Ein Mahl, das aus Fischen, Brotfrucht und Bananen bestand, wurde aufgetragen, und man speiste auf den Matten liegend in zahlreicher Gesellschaft.

Die Happars stellten Jimmy zahlreiche Fragen über Toby, und Toby sah sie scharf an; er suchte den Kerl, der ihm die Wunde beigebracht hatte, an der er noch litt; aber der hitzige Herr, der mit seinem Speer so schnell zur Hand war, schien zartfühlend genug, sich nicht zu zeigen. Einige der müßigen Abendbesucher baten Toby höflich, ein paar Tage bei ihnen in Happar zu verbringen, es stünde ein großes Fest bevor. Er lehnte indessen ab.

Die ganze Zeit heftete sich der junge Typee an Jimmy wie sein Schatten, und obschon er sonst so munter war wie nur einer in seinem Stand, war er jetzt zahm wie ein Lämmchen und tat seinen Mund nur auf, um zu essen. Einige der Happars warfen finstere Blicke auf ihn; andere waren höflicher und sie schienen ihn einzuladen und wollten ihm das Tal zeigen. Aber der Typee ließ sich nicht verlocken. Er wusste sicher, bis auf den Bruchteil eines Zolles, wieviel Schritte von Jimmy das »Tabu« seine Kraft verlor. Für das Versprechen eines roten Baumwolltuchs und einer Belohnung, die geheim war, hatte der arme Kerl die recht gefährliche Reise gewagt; soweit Toby feststellen konnte, war dies noch nie vorgekommen.

Am Schluß des Mahles wurde der heimische Punsch der Insel, Arwa, hereingebracht und in flachen Kalebassen gereicht.

Nun wurde meinem Kameraden, während er in dem Happar-Hause saß, wieder bitter zumute bei dem Gedanken, dass er mich verlassen hatte, ja, er wurde so traurig darüber, dass er davon sprach, ins Typee-Tal zurückzukehren, und von Jimmy verlangte, ihn bis zu den Bergen zu begleiten. Aber der alte Seemann wollte nichts davon hören, und um ihn zu zerstreuen, drängte er ihn, von dem Arwa zu trinken. Da er die berauschende Wirkung kannte, weigerte er sich, aber Jimmy sagte, er würde etwas dareinmischen lassen, wodurch es ein ganz unschuldiges Getränk werde, das sie nur für den Rest ihres Weges anregen würde. So ließ Toby sich bereden, davon zu trinken, und es war in der Tat, wie der Alte gesagt hatte: er fühlte sich augenblicklich erfrischt und alle trüben Gedanken wichen von ihm.

Der alte Herumstreicher begann jetzt seine wahre Natur zu zeigen, obschon Toby immer noch keinen Verdacht schöpfte. »Wenn ich Euch auf ein Schiff bringe«, sagte er, »werdet Ihr einem armen Mann doch wohl etwas für Eure Rettung geben?« Und ehe sie das Haus verließen, hatte er Toby das Versprechen abgenommen, ihm fünf spanische Taler zu geben, wenn es gelingen sollte, von dem Schiff, an dessen Bord sie am anderen Tage gehen wollten, einen Vorschuss auf seine Heuer zu bekommen; überdies verpflichtete sich Toby, ihn für meine Befreiung noch besonders zu belohnen.

Bald nachher brachen sie auf, von vielen Eingeborenen begleitet; sie schritten das Tal aufwärts; beinahe an seinem Ende zweigte sich ein steiler Pfad ab, der nach Nuku Hiva führte. Hier blieben die Happars zurück und sahen ihnen nach, als sie den Berg hinaufstiegen; mehrere bösartig aussehende Kerle schwangen ihre Speere und warfen drohende Blicke auf den armen Typee, dessen Herz und Füße bedeutend leichter schienen, als er von oben auf sie heruntersah.

Als sie auf der Höhe waren, führte der Weg sie über mehrere Kämme, die mit ungeheurem Farnkraut besetzt waren. Endlich kamen sie zu einem bewaldeten Landstrich und überholten einen Trupp von Nuku Hiva-Leuten, die alle wohlbewaffnet waren und Bündel von langen Stangen trugen. Jimmy schien alle gut zu kennen und blieb eine Weile stehen und sprach mit ihnen über die »Wuih-Wuihs«, wie die Nuku Hiva-Leute die Monsieurs nennen. Es waren Leute des Königs Moana, die in seinem Auftrag in den Schluchten die Stangen für seine Verbündeten, die Franzosen, gesammelt hatten.

Sie ließen die Leute mit ihrer Last hinter sich und schritten rascher vorwärts, da die Sonne schon tief im Westen stand. So gelangten sie in die Täler von Nuku Hiva auf der einen Seite der Bucht, wo das Hochland sich 'mählich zum Meer senkt. Die Kriegsschiffe lagen noch in dem Hafen, und als Toby auf sie heruntersah, schienen all die seltsamen Ereignisse, die er indessen erlebt hatte, wie ein Traum.

Sie waren bald unten am Strande und gelangten zu Jimmys Haus, noch ehe es völlig dunkel war. Hier wurde er von den Nuku Hiva-Frauen des Alten willkommen geheißen, sie nahmen einige Erfrischungen, Poï-Poï und Kokosmilch zu sich, dann setzten sie sich in ein Kanu, der Typee natürlich mit ihnen, und paddelten zu einem Walfischfänger, der nahe dem Strand vor Anker lag. Dies war das Schiff, das Leute brauchte. Das unsere war einige Zeit vorher abgesegelt. Der Schiffer zeigte sich sehr erfreut, als er Toby sah, meinte aber, nach seinem erschöpften Aussehen würde er wohl kaum dienstfähig sein. Immerhin erklärte er sich bereit, ihn zu heuern und seinen Kameraden, wenn er kommen sollte, gleichfalls.

Toby bat ihn sehr, ihn in einem bewaffneten Boot nach Typee hinüberzuschicken, dass er mich befreien könnte, da er sich auf Jimmy nicht verließ. Aber davon wollte der Kapitän nichts hören, sondern sagte ihm, er möge doch nur Geduld haben, Jimmy werde schon sein Wort halten. Auch als er die fünf Silbertaler für Jimmy verlangte, rückte der Schiffer nicht gerne damit heraus. Aber Toby bestand darauf, denn es kam ihm vor, als ob es Jimmy wohl nur aufs Geld ankäme und er sicher nicht Wort halten würde, wenn er nicht pünktlich bezahlt wurde. So gab er ihm nicht nur das Geld, sondern versicherte ihn wieder und wieder, dass er eine noch größere Summe erhalten würde, sobald er mich an Bord brächte.

Am nächsten Tage vor Sonnenaufgang wurden zwei Boote des Schiffes mit Eingeborenen bemannt, die Tabu waren, und Jimmy und der Typee fuhren darin ab. Toby wollte natürlich mit, aber der Alte sagte ihm, das würde alles verderben; so musste er zurückbleiben, wie schwer es ihm auch ankam. Gegen Abend war er auf dem Ausguck und sah die Boote ums Vorgebirge wenden und in die Bucht einfahren. Er strengte seine Augen an und glaubte mich auch zu sehen; dann aber war ich doch nicht mitgekommen. Halb wahnsinnig kletterte er vom Mast herunter, packte Jimmy, sowie er das Deck betrat, und brüllte ihn an: »Wo ist Tommo?« Der Alte erschrak und stammelte etwas, ermannte sich aber bald wieder und suchte ihn auf jede Weise zu beruhigen; er versicherte, es sei ganz unmöglich gewesen, mich an diesem Morgen an den Strand hinabzubekommen; er führte durchaus glaubliche Gründe an und fügte hinzu, dass er früh am nächsten Morgen in einem französischen Boot wieder nach der Bucht fahren werde, und wenn er mich dann nicht am Strande finden sollte – obwohl er es bestimmt erwartete –, würde er einfach ins Tal hineinmarschieren und mich holen, koste es, was es wolle. Aber dass Toby ihn dabei begleitete, wollte er wieder unter keinen Umständen zugeben.

Machtlos, wie Toby war, musste er sich im Augenblick an Jimmy halten, und es blieb ihm nichts übrig, als sich bei dem zu beruhigen, was der Alte ihm sagte.

Am nächsten Morgen sah er wirklich das französische Boot mit Jimmy ausfahren. Also heute Abend sehe ich ihn, dachte Toby; aber manch ein langer Tag verging, ehe er Tommo wiedersah. Denn kaum war das Boot außer Sicht, als der Kapitän nach dem Vorderschiff kam und die Anker zu lichten befahl; er stach in See.

Alles Toben und Schreien Tobys war umsonst; niemand kümmerte sich darum; als er zu sich kam, waren alle Segel beigesetzt und das Schiff in voller Fahrt vom Lande.

»Oh!«, sagte er, als wir uns trafen, »wieviel Nächte lag ich schlaflos, wie oft fuhr ich aus meiner Hängematte auf, weil ich geträumt hatte, du stündest vor mir und hieltest mir vor, dass ich dich verlassen hätte!«

Es bleibt nicht mehr viel zu berichten. Toby verließ das Schiff in Neuseeland und kam nach einigen weiteren Abenteuern, weniger als zwei Jahre, nachdem er die Marquesas verlassen, in die Heimat zurück. Er hielt mich für tot; ich hatte allen Grund, auch ihn nicht mehr unter den Lebenden zu vermuten; dennoch sollten wir uns auf so sonderbare Weise finden – ein Wiedersehen, bei dem Toby ein Stein vom Herzen fiel.

Anhang

Der Verfasser dieses Buches kam an demselben Tage in Tahiti an, an dem die Franzosen ihren rechtswidrigen Plan zu Ende führten, indem sie die Unterhäuptlinge in Abwesenheit der Könige dazu vermochten, einen hinterlistig abgefassten Vertrag gutzuheißen, durch den sie tatsächlich so gut wie abgesetzt wurden. Durch Drohungen und Versprechungen wurden die Häuptlinge dazu bewogen, und die 32-Pfünder, die aus den Stückpforten der Fregatte sahen, waren die Hauptgründe, mit denen man die gewissenhafteren Bewohner der Insel zum Schweigen brachte.

Und doch hat die Besitzergreifung von Tahiti, die sich von einem Seeräuberüberfall nicht sehr unterschied, und die so viel Jammer und Unheil brachte, nicht halb so viel Aufsehen erregt, wenigstens in Amerika, wie das Verfahren der Engländer auf den Sandwich-Inseln. Nie sind Ereignisse so grob entstellt worden, wie die Vorfälle nach der Ankunft Lord George Paulets in Oëhu. Bei einem viermonatigen Aufenthalt in Honolulu, der Hauptstadt der Gruppe, stand der Verfasser in engster Verbindung mit einem Engländer, der im Dienst Seiner Lordschaft stand; der Verfasser war daher nicht wenig erstaunt, als er im Herbst 1844 nach Boston kam und die verzerrten Berichte und all die Erfindungen las, die in den Vereinigten Staaten eine so heftige Empörung gegen die Engländer erregten. Er hält es daher für eine bloße Pflicht der Gerechtigkeit gegen einen wackeren Offizier, die wesentlichen Ereignisse kurz zu erzählen, wie sie sich wirklich zugetragen.

Ich werde nicht all die gehässigen Verleumdungen wiederholen, die von den eingeborenen Behörden auf den Sandwich-Inseln schon seit einiger Zeit und bis zum Frühjahr 1843 gegen die britischen Vertreter und insbesondere gegen den Generalkonsul Kapitän Charlton verbreitet wurden. Der Günstling des schwachsinnigen Königs war damals ein gewisser Dr. Judd, ein Apotheker und Abenteurer, der immer salbungsvoll redete; mit ihm zusammen arbeiteten verwandte Seelen, die gleichfalls Einfluss hatten und die alle von heftigem Engländerhass erfüllt waren. Die Lage war diese: ein halbzivilisierter König herrschte mit absoluter Macht über ein Volk, das gerade auf der Kippe zwischen Barbarei und Kultur stand und das sich durch seine eigentümlichen Beziehungen zu den fremden Mächten in einer besonders schwierigen Lage befand. In dem Rat dieses Königs hatte eine Kamarilla von unwissenden und ränkevollen methodistischen Kirchenvorstehern den größten Einfluss. Dieser Zustand war nicht gerade geeignet, die Politik seiner Regierung zu einer besonders vernünftigen zu machen.

Die Misswirtschaft war eine derartige und es kam zuletzt so weit, dass der englische Konsul Unbill und Frechheit nicht länger zu ertragen vermochte. Als Kapitän Charlton schimpflich ausgewiesen wurde, zog er es vor, sich in aller Stille nach Valparaiso einzuschiffen, wo er eine Besprechung mit dem Konteradmiral Thomas, dem Oberbefehlshaber der in der Südsee stationierten englischen Schiffe, hatte. Der Admiral schickte Lord George Paulet auf der Fregatte »Carysfort« mit dem Auftrag, den Fall zu untersuchen und vorhandene Missbräuche abzustellen. Sofort nach seiner Ankunft schickte Lord Paulet seinen ersten Offizier ans Land, mit einem Brief an den König, der in den höflichsten Ausdrücken abgefasst war, und erbat die Ehre einer Audienz. Der Bote wurde von Seiner Majestät nicht vorgelassen und Paulet an Dr. Judd gewiesen; es wurde ihm mitgeteilt, dass der Apotheker

Vollmacht hätte, mit ihm zu verhandeln. Dieses unverschämte Ansinnen wurde zurückgewiesen und Seine Lordschaft schrieb nochmals an den König und wiederholte seine Bitte, erhielt jedoch abermals einen abschlägigen Bescheid. Mit Recht empört, schrieb er zum dritten Mal, zählte in dem neuen Brief alle Beschwerden auf und verlangte die Erfüllung seiner Forderungen, widrigenfalls er unverzüglich die Feindseligkeiten eröffnen würde.

Nun blieb der Regierung nichts übrig als zu handeln; aber die verächtlichen Berater des Königs griffen zu einem höchst hinterlistigen Verfahren, um sich in der christlichen Welt Sympathien zu verschaffen und die allgemeine Meinung gegen England aufzureizen. Man veranlasste Seine Majestät, den englischen Kommandanten dahin zu bescheiden, dass er als gewissenhafter Herrscher die willkürlichen Forderungen Seiner Lordschaft nicht erfüllen könne, aber um die Schrecken des Krieges seinem geliebten Volke zu ersparen, biete er ihm die provisorische Abtretung der Inseln an, vorbehaltlich der Ergebnisse, zu denen die damals in London schwebenden Verhandlungen führen würden. Paulet, ein gerader, einfacher Seemann, nahm den König beim Wort, traf die nötigen Vorkehrungen, übernahm die Verwaltung von Hawai und führte sie in derselben festen und zugleich gütigen Weise durch, mit der er die Disziplin auf seiner Fregatte aufrechterhielt und durch die er der Abgott seiner Mannschaft geworden war. Bald hatte er die Liebe fast aller Stände der Eingeborenen gewonnen; nur der König und die Häuptlinge, deren Feudal-Herrschaft die Missionare mühsam aufrechtzuerhalten suchten, verfolgten alles, was er tat, mit wachsamer Feindschaft. Seine wachsende Beliebtheit machte sie eifersüchtig, und da sie auf der Insel nichts dagegen vermochten, so bemühten sie sich, seinem Ruf in der Ferne zu schaden, indem sie laut gegen sein Verfahren protestierten und mit orientalischem Phrasenreichtum die gesamte Welt zu Zeugen des unerhörten Unrechts, das ihnen geschah, anriefen und Mitgefühl begehrten.

Ohne sich um ihr Geschrei zu kümmern, ging Lord George Paulet daran, die Streitigkeiten zwischen den fremden Vertretern auszugleichen, ihre Beschwerden abzustellen, ihre Handelsinteressen zu fördern und, soweit er es vermochte, den Zustand der misshandelten Eingeborenen zu bessern. Man kann nicht all das Unrecht, das er feststellte und sogleich beseitigte, hier aufzählen; ein Beispiel wird genügen, um von der entsetzlichen Misswirtschaft, unter der die armen Eingeborenen litten, eine Vorstellung zu geben.

Die auf den Sandwich-Inseln geltenden Gesetze wurden unaufhörlich abgeändert, sodass alle Begriffe von Recht und Unrecht bei den Eingeborenen völlig verwirrt wurden, was zu den schlimmsten Folgen führte. Und auf keinem Gebiete wurde mehr Unheil angerichtet, als durch die beständig wechselnden Verfügungen zur Eindämmung der Unsittlichkeit. Bald wurden die unschuldigsten Freiheiten zwischen den Geschlechtern mit Geldstrafen und Gefängnis bedroht, bald wurden diese Vorschriften widerrufen und die gröbsten Ausschreitungen öffentlich gestattet.

Drei Wochen vor Paulets Ankunft waren die Sittengesetze des Staates Connecticut in Kraft gesetzt worden. Die Folge war, dass eine Menge junger Mädchen im Fort von Honolulu gefangen saßen, weil sie vom Weg der Tugend abgewichen waren. Paulet wollte sich zuerst in die inneren Angelegenheiten der Eingeborenen nicht einmischen, aber gewisse Berichte, die er erhielt, bewogen ihn, eine strenge Untersuchung gegen den General Kekuanoah einzuleiten, eine der Säulen der hawaischen Kirche, der Gouverneur der Insel Oehu und Befehlshaber des Forts war. Die Untersuchung ergab, dass viele der jungen Frauenzimmer bei Tag zur Arbeit angehalten wurden, deren Ertrag dem König zufiel, bei Nacht aber über die Wälle des Forts, das dicht am Meer liegt, geschmuggelt und heimlich an Bord von Schiffen gebracht wurden, mit denen der General entsprechende Lieferungsverträge abgeschlossen hatte. Vor Tagesanbruch wurden sie ins Gefängnis zurückgebracht und, um sie zum Schweigen über diese geheimen Ausflüge zu veranlassen, erhielten sie einen kleinen Anteil an dem Sündenlohn, den Kekuanoah bezog.

Die Strenge, mit der die Gesetze gegen Unsittlichkeit damals durchgeführt wurden, machte es dem General möglich, sich geradezu ein Monopol für den scheußlichen Handel, den er trieb, zu sichern. Sehr beträchtliche Summen flossen in seine Kasse und, wie manche behaupteten, auch in die der Regierung. Denn es ist eine traurige Tatsache, dass die hawaische Regierung ihr Haupteinkommen aus den Geldstrafen bezog, mit denen das Laster bestraft wurde oder, richtiger gesagt, für die es gestattet wurde, sodass die finanzielle Lage der Regierung von der Verbreitung des Lasters abhing. Wären die Leute tugendhaft geworden, so wäre die Regierung verarmt; wie die Dinge lagen; brauchte man jedoch diesbezüglich keine Sorge zu haben.

Etwa fünf Monate nach der Abtretung fuhr die Fregatte »Dublin«, auf der Konteradmiral Thomas seine Flagge gehisst hatte, in den Hafen von Honolulu ein. Bei ihrem plötzlichen Erscheinen entstand eine ungeheure Aufregung. Drei Tage nach ihrer Ankunft holte ein englischer Matrose das rote Kreuz, das von den Höhen des Forts geflattert hatte, nieder und die hawaische Fahne wurde aufgezogen. Gleichzeitig öffneten die langen 42-Pfünder auf Punchbowl Hill ihren eisernen Mund zu triumphierender Antwort auf das Donnern der Geschütze der fünf Kriegsschiffe, die im Hafen lagen; und König Kammahammaha III., umgeben von einer glänzenden Schar englischer und amerikanischer Offiziere, entfaltete die Königsstandarte vor den Tausenden seiner Untertanen, die von dem imponierenden militärischen Schauspiel angezogen, herbeigeströmt waren, um die feierliche

Rückgabe der Inseln an ihre angestammten Beherrscher mit anzusehen.

Der Admiral hatte das Vorgehen seines Offiziers nach jeder Richtung gutgeheißen und die hawaischen Behörden zur Nachgiebigkeit gezwungen; es war daher nicht mehr nötig, die provisorische Abtretung aufrechtzuerhalten.

Der König und die größeren Häuptlinge feierten das Ereignis durch wüste Gelage und, um die geringeren Leute gleichfalls in begeisterte Stimmung zu versetzen, erklärten sie die strengen Gesetze für zeitweilig aufgehoben. Königliche Proklamationen in englischer und in hawaischer Sprache wurden in den Straßen von Honolulu angeschlagen und in den größeren Dörfern der Gruppe an Pfähle genagelt, in denen Seine Majestät seinen liebenden Untertanen die Wiederaufrichtung seines Thrones mitteilte und sie aufrief, dieses frohe Ereignis zu feiern, indem sie sich zehn Tage über alle sittlichen, gesetzlichen und religiösen Schranken hinwegsetzten; für diese zehn Tage wurden alle Gesetze des Landes feierlich für aufgehoben erklärt.

Kein Mensch, der damals in Honolulu war, wird diese zehn Tage je vergessen. Das Schauspiel, das man am hellen Tage sah, spottete jeder Beschreibung. Die Eingeborenen der benachbarten Inseln strömten zu Hunderten nach Honolulu; die Mannschaften zweier Fregatten, die zu gleicher Zeit Urlaub erhielten, vermehrten wie losgelassene Dämonen den heidnischen Aufruhr. Man könnte es die »Polynesischen Saturnalien« nennen. Taten, zu scheußlich, als dass man von ihnen sprechen könnte, wurden am hellen Tage in den Straßen verübt; Eingeborene, die man beim Diebstahl ausländischen Gutes betroffen hatte und die vom Bestohlenen nach dem Fort gebracht wurden, wurden dort sogleich freigelassen und durften das gestohlene Gut behalten; grinsend belehrte Kekuanoah die weißen Männer, dass die Gesetze »hanepa« (gefesselt) seien.

Die Geschichte dieser zehn Tage zeigte den Charakter der Sandwich-Insulaner in seinem wahren Licht, und sie liefert einen beredten Kommentar zu den Ergebnissen, die das Wirken der Missionare erzielt hatten. Sowie der Zwang der strengen Strafgesetze aufhörte, gaben sich die Eingeborenen fast ausnahmslos den wüstesten Exzessen hin und begingen jede Schlechtigkeit; deutlich zeigte sich, dass sie sich zwar scheinbar in die neue Ordnung der Dinge gefügt hatten, in Wirklichkeit aber so herabgekommen und lasterhaft waren, wie je zuvor.

Das waren die Vorgänge, die in Amerika einen solchen Ausbruch der Entrüstung gegen den mutigen und hochherzigen Paulet hervorriefen. Er ist nicht der erste, der durch furchtlose Pflichterfüllung das sinnlose Geschrei der Leute erregte, die ein beschränkter Argwohn unfähig macht, Maßregeln zu beurteilen, die durch ungewöhnliche Vorgänge nötig wurden.

Unnötig hinzuzufügen, dass die britische Regierung niemals die Absicht hatte, die Inseln zu erwerben. Es genügt zur Rechtfertigung Lord George Paulets, dass sein Vorgehen nicht nur von seiner Regierung durchaus gebilligt wurde, sondern dass die große Mehrheit des hawaischen Volkes ihn noch heute segnet und dankbar der Zeit gedenkt, in der seine väterliche und freisinnige Herrschaft ihnen Frieden und Glück sicherte.

Ende

www.ingramcontent.com/pod-product-compliance
Lightning Source LLC
Chambersburg PA
CBHW060602030726
47498CB00005B/1500